O TERCEIRO SEGREDO

Obras do autor publicadas pela Editora Record

A busca de Carlos Magno
A conspiração Colombo
O elo de Alexandria
O enigma de Jefferson
O legado dos templários
A profecia Romanov
A Sala de Âmbar
O terceiro segredo
Traição em Veneza
Vingança em Paris
A tumba do imperador

STEVE
BERRY

O TERCEIRO SEGREDO

Tradução de
ALVES CALADO

9ª edição

EDITORA RECORD
RIO DE JANEIRO • SÃO PAULO
2024

CIP-Brasil. Catalogação na fonte
Sindicato Nacional dos Editores de Livros, RJ.

Berry, Steve, 1955-
B453t O terceiro segredo / Steve Berry; tradução de Alves Calado. –
9ª ed. 9ª ed. – Rio de Janeiro: Record, 2024.

Tradução de: The third secret
ISBN 978-85-01-07402-7

1. Maria, Virgem, Santa – Aparições e milagres – Ficção. 2. Fátima, Nossa Senhora de – Ficção. 3. Ficção americana. I. Alves Calado, Ivanir, 1953 - . II. Título.

CDD – 813
05-3097 CDU – 821.111(73)-3

Título original em inglês:
THE THIRD SECRET

Texto revisado segundo o Acordo Ortográfico da Língua Portuguesa de 1990.

Foto de capa © Stock Photos / Corbis
Projeto gráfico de miolo: Leonardo Iaccarino

Direitos exclusivos de publicação em língua portuguesa para o Brasil
adquiridos pela
EDITORA RECORD LTDA.
Rua Argentina, 171 – Rio de Janeiro, RJ – 20921-380 – Tel.: 2585-2000,
que se reserva a propriedade literária desta tradução.

Impresso no Brasil

ISBN 978-85-01-07402-7

Para Dolores Murad Parrish
Que deixou este mundo cedo demais
1930-1992

AGRADECIMENTOS

Como sempre, muitos agradecimentos. Primeiro a Pam Ahearn, minha agente, por seus conselhos sempre sensatos. Depois, a todo o pessoal da Random House: Gina Centrello, uma editora fantástica que se esforçou mais do que o normal neste caso; Mark Tavani, cujos conselhos editoriais transformaram meus originais grosseiros num livro; Cindy Murray, que suporta com paciência minhas idiossincrasias e cuida da publicidade; Kim Hovey, que faz o marketing com precisão de especialista; Bech Stvan, o artista responsável pela fantástica ilustração de capa; Laura Jorstad, uma copidesque com olhos de águia que nos corrige; Carole Lowenstein, que de novo fez as páginas brilharem; e finalmente a todos do departamento de Promoções e Vendas – nada poderia ser alcançado sem seus esforços excelentes. Além disso, não posso me esquecer de Fran Downing, Nancy Pridgen e Daiva Woodworth. Este foi o último original que fizemos juntos como um grupo de escritores, e realmente sinto saudades desse tempo.

Como sempre, minha mulher, Amy, e minha filha, Elizabeth, estavam comigo a cada passo do caminho, oferecendo doses necessárias de encorajamento amoroso.

Este livro é dedicado a minha tia, uma mulher maravilhosa que não viveu para ver este momento. Sei que ela teria orgulho. Mas está olhando e, tenho certeza, sorrindo.

A Igreja precisa apenas da verdade.

– Papa Leão XIII (1881)

Não há nada maior do que o mistério fascinante e doce de Fátima, que acompanha a Igreja e toda a humanidade através deste longo século de apostasia, e sem dúvida os acompanhará até sua queda final e a nova ascensão.

– Abade Georges de Nantes (1982),
na ocasião da primeira peregrinação do papa João Paulo II a Fátima

A fé é um aliado precioso na busca da verdade.

– Papa João Paulo II (1998)

REINO UNIDO
Mar do Nort
IRLANDA
Mar da Irlanda
Kinnegad
Londres
HOLANDA
BÉLGICA
Canal da Mancha
OCEANO ATLÂNTICO
Paris
Rio Sena
Rio Loire
Baía de Biscaia
FRANÇA
R. Ródano
Lourdes
La Salette
Tur
PORTUGAL
Fátima
Lisboa
Córse
(Fran
Ilhas Baleares
ESPANHA
Sardenha
(Itália)
Estreito de Gibraltar
EUROPA

ESTÔNIA
Skagerrak
Kattegat
SUÉCIA
NAMARCA
Mar Báltico
LETÔNIA
RÚSSIA
LITUÂNIA
(RÚSSIA)
BIELO-RÚSSIA
Rio Elba
ALEMANHA
Rio Vístula
olônia
POLÔNIA
UCRÂNIA
Mts. Erz
Bamberg
REP. TCHECA
ESLOVÁQUIA
Munique
Rio Danúbio
Cárpatos
MOLDÁVIA
ÁUSTRIA
HUNGRIA
ÍÇA
Zlatna
Alpes
ESLOVÊNIA
ROMÊNIA
CROÁCIA
Alpes da Transilvânia
rim
Bucareste
Costa da Dalmácia
BÓSNIA-HERZEGOVINA
Rio Danúbio
TOSCANA
Apeninos
SÉRVIA
Mar Negro
Split
Medjugorje
IUGOSLÁVIA
MONTENEGRO
BULGÁRIA
Mar Adriático
KOSOVO
Roma
Castel Gandolfo
MACEDÔNIA
ITÁLIA
ALBÂNIA
TURQUIA
Mar Tirreno
GRÉCIA
Mar Egeu
Sicília (Itália)
Mar Jônio
0
100
200
MILHAS

PRÓLOGO

FÁTIMA, PORTUGAL

13 DE JULHO DE 1917

Lúcia olhou para o céu e viu Nossa Senhora descer. A aparição vinha do leste, como já acontecera duas vezes, surgindo como um ponto brilhante do fundo do céu nublado. O voo jamais se alterava enquanto Ela se aproximava rapidamente. A forma ficou mais brilhante ao parar sobre a azinheira, a dois metros e meio do chão.

Nossa Senhora estava de pé, a imagem cristalizada envolta num brilho que parecia mais luminoso que o sol. Lúcia baixou os olhos em reação à beleza ofuscante.

Uma multidão rodeava Lúcia, diferentemente da primeira vez em que Nossa Senhora aparecera, dois meses antes. Naquela ocasião, apenas Lúcia, Jacinta e Francisco estavam no campo, cuidando das ovelhas da família. Seus primos tinham sete e nove anos. Ela era a mais velha, com dez anos, e assim se sentia. À direita, Francisco se ajoelhou com suas calças compridas e um gorro de lã na cabeça. À esquerda, Jacinta estava ajoelhada vestindo saia preta e um lenço cobrindo o cabelo escuro.

Lúcia ergueu os olhos e notou a multidão de novo. As pessoas tinham começado a se juntar no dia anterior, muitas vindas dos povoados vizinhos, algumas com crianças aleijadas que esperavam ser curadas por Nossa Senhora. O prior de Fátima havia proclamado que a aparição era uma fraude e insistiu que todos ficassem longe. *É trabalho do diabo* – dissera ele. Mas as pessoas não prestaram atenção; um paroquiano chegou a chamar o prior de idiota, já que o diabo jamais incitaria o povo a rezar.

Uma mulher na multidão gritava, chamando Lúcia e seus primos de impostores, jurando que Deus se vingaria de seu sacrilégio. Manuel Marto, tio de Lúcia, pai de Jacinta e Francisco, estava de pé atrás deles e Lúcia o ouviu censurar a mulher, mandando que se calasse. Era respeitado no vale como um homem que vira mais do mundo do que a Serra de Aire, ao redor. Lúcia sentiu conforto nos olhos castanhos incisivos e nos modos silenciosos dele. Era bom que o tio estivesse ali, entre os estranhos.

Tentou não se concentrar em nenhuma palavra que era gritada e bloqueou da mente o cheiro de hortelã, o aroma de pinheiro e a fragrância pungente do alecrim do campo. Seus pensamentos, e agora os olhos, estavam em Nossa Senhora, que flutuava à sua frente.

Apenas ela, Jacinta e Francisco podiam ver Nossa Senhora, mas somente ela e Jacinta podiam ouvir suas palavras. Lúcia achava estranho – por que isso seria negado a Francisco? –, mas durante a primeira visita Nossa Senhora deixara claro que Francisco só iria para o céu depois de rezar muitos rosários.

Uma brisa soprou na paisagem quadriculada do grande vale conhecido como Cova da Iria. A terra pertencia aos pais de Lúcia e era cheia de oliveiras e canteiros de sempre-verdes. O capim crescia alto e virava um feno excelente, e o solo produzia batata, repolho e milho.

Fileiras de muros simples de pedra delimitavam os campos. A maioria tinha desmoronado, e Lúcia agradecia por isso, já que possibilitava que as ovelhas pastassem à vontade. Seu trabalho era cuidar do rebanho da família. Jacinta e Francisco recebiam dos pais a mesma tarefa, e os três haviam passado muitos dias no campo nos últimos anos, algumas vezes brincando ou rezando, outras ouvindo Francisco tocar seu pífano.

Mas tudo havia mudado havia dois meses, quando a aparição surgira pela primeira vez.

Desde então, eram golpeados com perguntas incessantes e zombados pelos incrédulos. A mãe de Lúcia chegou a levá-la ao pároco, exigindo que ela dissesse que era tudo mentira. O padre ouviu o que Lúcia contou e declarou não ser possível que Nossa Senhora descesse do céu simplesmente para dizer que o rosário deveria ser recitado todos os dias. O único consolo de Lúcia vinha quando ficava só e podia chorar livremente por si mesma e pelo mundo.

O céu escureceu e os guarda-sóis usados pela multidão começaram a se fechar. Lúcia levantou-se e gritou:

– Tirem os chapéus porque estou vendo Nossa Senhora.

Os homens obedeceram imediatamente, alguns fazendo o sinal da cruz como se quisessem ser perdoados pelo comportamento grosseiro.

Ela se virou para a visão e se ajoelhou.

– *Vosmecê, que me quere?* – perguntou.

– Não ofendam mais o Senhor, nosso Deus, porque Ele já está muito ofendido. Quero que venham aqui no décimo terceiro dia do próximo mês e continuem a rezar o terço a cada dia em honra de Nossa Senhora do Rosário para obter a paz para o mundo e o fim da guerra. Porque somente Ela poderá ajudar.

Lúcia olhou intensamente para a Senhora. A forma era transparente, em vários tons de amarelo, branco e azul. O rosto era lindo, mas estranhamente envolto em tristeza. Um manto descia até os tornozelos. Um véu cobria a cabeça. Um rosário que parecia ser de pérolas se entrelaçava nas mãos cruzadas. A voz era gentil e agradável, jamais se alterava, numa suavidade constante, como a brisa que soprava sobre a multidão.

Lúcia criou coragem e disse:

– Gostaria de perguntar quem é a senhora, e pedir que realize um milagre para que todo mundo acredite que a senhora apareceu para nós.

– Continuem a vir aqui a cada mês, neste mesmo dia. Em outubro direi quem sou e o que desejo, e farei um milagre em que todo mundo terá de acreditar.

Durante o mês anterior, Lúcia tinha pensado no que dizer. Muitos lhe haviam feito pedidos relativos a entes queridos e aos que estavam doentes demais para falar por si mesmos. Um, em particular, lhe veio à mente.

– A senhora pode curar o filho aleijado de Maria Carreira?

– Não vou curá-lo. Mas lhe darei os meios de viver, desde que ele reze o terço todos os dias.

Achou estranho que uma senhora do céu estabelecesse condições para a misericórdia, mas entendeu a necessidade de devoção. O pároco sempre proclamava esse culto como o único meio de obter a graça divina.

– Sacrifiquem-se pelos pecadores – disse a Senhora – e digam muitas vezes, especialmente quando fizerem algum sacrifício: Ó, Jesus, isto é por Vosso amor, pela conversão dos pecadores e em reparação pelos pecados cometidos contra o Imaculado Coração de Maria.

Nossa Senhora abriu as mãos e estendeu os braços. Um esplendor penetrante surgiu e banhou Lúcia num calor parecido com o do sol de inverno num dia frio. Ela acolheu aquele sentimento, depois viu que o esplendor não parava nela e nos dois primos. Em vez disso, atravessava a terra, e o chão se abriu.

Isso era novo e diferente; e a amedrontou.

Um mar de fogo espalhou-se diante dela numa visão magnífica. Dentro das chamas apareceram formas enegrecidas, como pedaços de carne se retorcendo numa sopa fervente. Tinham forma humana, mas nenhum rosto ou feição era perceptível. Surgiam no fogo e sumiam rapidamente, acompanhados por gritos e gemidos tão cheios de sofrimento que um tremor de medo correu pela coluna de Lúcia. As pobres almas pareciam não possuir peso nem equilíbrio e estavam completamente à mercê da conflagração que as consumia. Formas animais apareceram, algumas ela reconheceu, mas todas eram apavorantes e Lúcia soube o que eram. Demônios. Vigias das chamas. Ficou aterrorizada e viu que Jacinta e Francisco estavam igualmente amedrontados. Lágrimas surgiam nos olhos deles, e Lúcia sentiu vontade de reconfortá-los. Se não fosse Nossa Senhora flutuando à frente, também teria perdido o controle.

– Olhem para Ela – sussurrou aos primos.

Eles obedeceram e os três se afastaram da visão horrível, com as mãos cruzadas diante do corpo, os dedos apontando para o céu.

– Viram o inferno, para onde vão as almas dos pobres pecadores. Para salvá-las, Deus quer estabelecer no mundo a devoção a meu Imaculado Coração. Se fizerem o que eu disser, muitas almas serão salvas e terão paz. A guerra vai acabar, mas se não deixarem de ofender a Deus, no reinado de Pio XI começará outra pior.

A visão do inferno desapareceu e a luz quente recuou para as mãos cruzadas de Nossa Senhora.

– Quando virem uma noite iluminada por uma luz desconhecida, saibam que é o grande sinal que Deus lhes dá de que vai punir o mundo por seus crimes, por meio da guerra, da fome e de perseguições à Igreja e ao Santo Padre.

Lúcia ficou perturbada com as palavras de Nossa Senhora. Sabia que uma guerra assolava a Europa nos últimos anos. Homens dos povoados tinham ido lutar, muitos jamais retornaram. Ouvira a tristeza das famílias na igreja. Agora estava sendo informada de um modo para acabar com esse sofrimento.

– Para impedir isso – disse Nossa Senhora –, venho pedir a consagração da Rússia a meu Imaculado Coração e a comunhão reparadora nos primeiros sábados. Se atenderem a meus pedidos, a Rússia se converterá e haverá paz. Caso contrário, espalhará seus erros pelo mundo, promovendo guerras e perseguições à Igreja. Os bons serão martirizados, o Santo Padre terá que sofrer muito, várias nações serão aniquiladas. Por fim, meu Imaculado Coração triunfará. O Santo Padre consagrará a Rússia a Mim, ela se converterá, e será concedido ao mundo algum tempo de paz.

Lúcia imaginou o que seria a *Rússia*. Uma pessoa? Uma mulher má que precisava de salvação? Talvez um lugar? Fora da Galícia e da Espanha, ela não sabia o nome de nenhuma nação. Seu mundo era o povoado de Fátima, onde sua família morava, o povoado de Aljustrel, ali perto, onde viviam Francisco e Jacinta, a Cova da Iria, onde as ovelhas pastavam e legumes eram plantados, e a gruta de Cabeco, onde o anjo viera no ano passado e no anterior, anunciando a chegada de Nossa Senhora. Essa *Rússia* era aparentemente muito importante, para atrair a atenção de Nossa Senhora. Mas Lúcia queria saber:

– E Portugal?

– Em Portugal, o dogma da fé será sempre mantido.

Ela sorriu. Era reconfortante saber que sua pátria era bem considerada no céu.

– Quando rezarem o terço – insistiu Nossa Senhora –, depois de cada mistério digam: Ó meu Jesus, perdoai-nos e livrai-nos do fogo do inferno. Levai todas as almas para a salvação, especialmente os necessitados.

Lúcia assentiu.

– Tenho mais a dizer. – Quando a terceira mensagem foi terminada, Nossa Senhora falou: – Não contem isto a ninguém, por enquanto.

– Nem mesmo a Francisco? – perguntou Lúcia.

– Podem contar a ele.

Seguiu-se um longo momento de silêncio. Nenhum som vinha da multidão. Todos os homens, mulheres e crianças estavam de pé ou ajoelhados, em êxtase, fascinados pelo que os três videntes – como tinham sido rotulados – faziam. Muitos seguravam rosários e murmuravam preces. Lúcia sabia que ninguém podia ver nem ouvir Nossa Senhora – a experiência dos outros seria apenas de fé.

Saboreou o silêncio por um momento. Toda a Cova estava imersa numa profunda solenidade. Até o vento silenciara. Sua carne ficou fria e, pela primeira vez, sentiu o peso da responsabilidade em seus ombros. Inspirou profundamente e perguntou:

– Não quer mais nada de mim?

– Hoje não quero mais nada de vocês.

Nossa Senhora começou a subir para o céu a leste. Algo que parecia um trovão estrondeou acima. Lúcia se levantou. Estava tremendo.

– Lá vai Ela – gritou, apontando para o céu.

A multidão sentiu que a visão havia terminado e começou a se comprimir sobre as crianças.

– Como Ela era?

– O que Ela disse?

– Por que você está tão triste?

– Ela virá de novo?

A pressão das pessoas em direção à azinheira tornou-se intensa, e um medo súbito varreu Lúcia, que disse bruscamente:

– É segredo. É segredo.

– Bom ou ruim? – gritou uma mulher.

– Bom para algumas pessoas. Para outras é ruim.

– E vocês não vão contar à gente?

– É um segredo, e Nossa Senhora disse para não contarmos.

Manuel Marto pegou Jacinta no colo e começou a abrir caminho pela multidão. Lúcia seguiu-o, segurando a mão de Francisco. As pessoas foram atrás, bombardeando-os com mais perguntas. Só conseguia pensar numa resposta:

– É segredo. É segredo.

PARTE 1

UM

CIDADE DO VATICANO

QUARTA-FEIRA, 8 DE NOVEMBRO, TEMPO ATUAL

6H15

O monsenhor Colin Michener ouviu o ruído outra vez e fechou o livro. Havia alguém ali. Ele sabia.

Como antes.

Levantou-se da mesa de leitura e olhou para a disposição das prateleiras barrocas ao redor. As estantes antigas erguiam-se até o alto, outras postavam-se nos corredores estreitos que se espalhavam nas duas direções. A sala cavernosa tinha uma aura, uma mística resultante, em parte, de seu nome. *L'Archivio Segreto Vaticano.* O arquivo secreto do Vaticano.

Sempre achara o nome estranho, já que pouca coisa contida nos volumes era segredo. A maioria era apenas o registro meticuloso de dois milênios de organização da Igreja, relatos de um tempo em que os papas eram reis, guerreiros, políticos e amantes. No total, eram quarenta quilômetros de prateleiras que ofereciam muita coisa, se o interessado soubesse onde procurar.

E Michener certamente sabia.

Concentrando-se de novo no som, seu olhar percorreu a sala, passando por afrescos que mostravam Constantino, Pepino e Frederico II, antes de parar numa grade de ferro na extremidade mais distante. O espaço do outro lado da grade era escuro e silencioso. A Riserva só era acessível por meio da autoridade papal direta, e a chave da porta de ferro era guardada pelo arquivista da igreja. Michener nunca havia entrado naquela câmara, embora tivesse permanecido obedientemente do lado de fora enquanto seu chefe, o papa Clemente XV, se aventurava por lá. Mesmo assim, sabia de alguns documentos preciosos contidos no espaço sem janelas. A última carta de Maria Stuart, rainha da Escócia, antes de ser decapitada por Elizabeth I. As petições de 75 lordes ingleses solicitando ao papa que anulasse o primeiro casamento de Henrique VIII. A confissão assinada por Galileu. O Tratado de Tolentino, de Napoleão.

Estudou as cristas e os contrafortes da grade de ferro e o friso dourado de folhagens e animais martelado no metal acima. A grade em si estava ali desde o século XIV. Nada na Cidade do Vaticano era comum. Tudo trazia a marca nítida de um artista renomado ou de um artesão lendário, alguém que havia trabalhado por anos tentando agradar a Deus e ao seu papa.

Caminhou pela sala, com os passos ecoando no ar tépido, e parou junto ao portão de ferro. Uma brisa quente passou por ele, vinda de trás da grade. O lado direito do portal era trancado por um enorme ferrolho. Testou-o. Trancado e seguro.

Virou-se, imaginando se algum funcionário teria entrado no arquivo. O *scriptor* de serviço havia partido quando ele chegara, e ninguém mais teria permissão de entrar enquanto estivesse ali, já que o secretário do papa não precisava de babá. Mas havia uma infinidade de portas, e ele se perguntou se o ruído que tinha escutado há alguns instantes seria de dobradiças antigas sendo forçadas e depois fechadas suavemente. Difícil dizer. Os sons daquela vastidão eram tão confusos quanto os escritos.

Deu um passo à direita, na direção de um dos longos corredores – o Salão dos Pergaminhos. Mais além ficava a Sala dos Inventários e Índices. Enquanto caminhava, as lâmpadas no alto se acendiam e apagavam, criando uma sucessão de intervalos de luz, e ele sentiu como se estivesse no subterrâneo, apesar de estar no segundo andar.

Aventurou-se apenas por um curto espaço, não ouviu nada, e virou-se.

Era de manhã, no meio da semana. Tinha escolhido deliberadamente esta hora para a pesquisa – teria menos chance de retardar outros que tivessem obtido acesso ao arquivo e menos chance de atrair a atenção de empregados da cúria. Cumpria uma missão para o Santo Padre; suas investigações eram particulares, mas não estava sozinho. Na última vez, há uma semana, havia sentido a mesma coisa.

Entrou de novo no salão principal e voltou à mesa de leitura, mantendo a atenção ao redor. O chão era um diagrama zodiacal orientado para o sol, cujos raios podiam penetrar graças a fendas cuidadosamente posicionadas no alto das paredes. Sabia que séculos antes o calendário gregoriano fora calculado neste exato local. No entanto, nenhuma luz do sol entrava hoje. Do lado de fora, estava frio e úmido, com uma tempestade de meio de outono assolando Roma.

Os volumes que tinham atraído sua atenção nas últimas duas horas estavam muito bem arrumados na estante de leitura. Muitos haviam sido compostos nas últimas duas décadas. Quatro eram bem mais velhos. Dois dos mais antigos eram escritos em italiano, um em espanhol e o outro em português. Podia ler todos com facilidade – outro motivo para Clemente XV tê-lo solicitado para a tarefa.

Os relatos em espanhol e italiano eram de pouco valor, ambos reedições da obra em português: *Um estudo amplo e detalhado dos relatos das aparições da Santa Virgem Maria em Fátima – entre 13 de maio de 1917 e 13 de outubro de 1917.*

O papa Bento XV ordenara o inquérito em 1922 como parte da investigação da Igreja do que supostamente ocorrera num remoto vale em Portugal. Todo o texto era manuscrito, a tinta havia desbotado e se tornado um amarelo quente, de modo que as palavras pareciam gravadas em ouro. O bispo de Leira tinha feito um inquérito detalhado, durante oito anos no total, e mais tarde as informações foram críticas para o reconhecimento por parte do Vaticano, em 1930, de que as seis aparições da Virgem em Fátima eram *dignas de confirmação.* Três apêndices, agora anexados ao original, tinham sido gerados nos anos 1950, 1960 e 1990.

Michener havia estudado todos com a meticulosidade de advogado treinado pela Igreja. Sete anos na Universidade de Munique tinham-lhe valido seus diplomas, mas ele jamais havia exercido o direito de modo convencional. Seu mundo era de pronunciamentos eclesiásticos e decretos canônicos. Os precedentes cobriam dois milênios e dependiam mais de uma compreensão das épocas do que de qualquer noção de *stare decisis.* A árdua formação jurídica havia se tornado valiosíssima para seu serviço à Igreja, já que a lógica da lei muitas vezes havia se tornado aliada no confuso atoleiro da política divina. Mais importante, ela o havia acabado de ajudar a descobrir, neste labirinto de informações esquecidas, aquilo que Clemente XV desejava.

O som veio de novo.

Um rangido fraco, como dois galhos roçando um no outro à brisa, ou um camundongo anunciando sua presença.

Correu em direção à origem do som e olhou para os dois lados.

Nada.

Quinze metros à esquerda, uma porta dava para fora do arquivo. Aproximou-se do portal e testou a fechadura. Ela cedeu. Michener fez força para abrir a pesada placa de carvalho esculpido e as dobradiças de ferro gemeram ligeiramente.

Ele reconheceu o som.

O corredor do outro lado estava vazio, mas um brilho no chão de mármore chamou sua atenção.

Ajoelhou-se.

As poças transparentes de umidade surgiam regularmente, as gotas indo pelo corredor, depois voltando pela porta e entrando no arquivo. Suspensas em algumas havia restos de lama, folhas e grama.

Seguiu a trilha com o olhar e parou no fim de uma fileira de estantes. A chuva continuava a cair no telhado.

Sabia o que eram as poças.

Pegadas.

DOIS

7H45

O circo da mídia começou cedo, como Michener sabia que aconteceria. Parou diante da janela e ficou olhando os furgões e trailers das televisões entrando na Praça de São Pedro e reivindicando as posições determinadas. O departamento de imprensa do Vaticano tinha informado a ele, na véspera, que 71 pedidos da imprensa haviam sido aprovados para o tribunal, para jornalistas norte-americanos, ingleses e franceses, ainda que no grupo também houvesse uma dúzia de italianos e três alemães. A maioria era da mídia impressa, mas vários serviços de noticiários tinham pedido e recebido autorização para transmitir diretamente do local. A BBC chegou a fazer *lobby* para o acesso de câmeras dentro do próprio tribunal, parte de um documentário que estava preparando, mas o pedido foi negado. A coisa toda seria um grande espetáculo – mas esse era o preço de se processar uma celebridade.

O Tribunal Penitenciário Apostólico era o principal dos três tribunais do Vaticano e lidava exclusivamente com excomunhões. A lei canônica proclamava cinco motivos pelos quais uma pessoa poderia ser excomungada: romper o segredo do confessionário, atacar fisicamente o papa, consagrar um bispo sem aprovação da Santa Sé, profanar a eucaristia. E o que estava em questão hoje: um padre absolver seu cúmplice num pecado sexual.

O padre Thomas Kealy, da Igreja de São Pedro e São Paulo em Richmond, Virgínia, tinha feito o impensável. Há três anos havia mantido um relacionamento explícito com uma mulher. Depois, na frente de sua congregação, tinha absolvido os dois do pecado. Esse ato e os comentários mordazes de Kealy sobre a posição inflexível da Igreja com relação ao celibato tinham atraído enorme atenção. Padres e teólogos há muito vinham questionando individualmente Roma quanto ao celibato, e a reação mais comum era esperar que o questionador saísse, já que a maioria abandonava a Igreja ou entrava na linha. Mas o padre Kealy levara seu desafio a um novo nível ao publicar três livros, um dos quais se tornou best seller internacional, contradizendo diretamente a doutrina católica estabelecida. Michener conhecia muito bem o medo institucional que o rodeava. Uma coisa era um padre desafiar Roma, outra muito diferente era quando as pessoas começavam a prestar atenção.

E as pessoas estavam prestando atenção ao padre Kealy.

Ele era bonito, inteligente e possuía o invejável dom de transmitir sucintamente suas ideias. Tinha se apresentado por todo o mundo e atraído muitos seguidores. Todo movimento precisava de um líder, e os defensores das reformas na Igreja aparentemente haviam encontrado um naquele padre ousado. Seu *site* na internet, que, como Michener sabia, o Penitenciário Apostólico monitorava diariamente, recebia mais de 20 mil visitas por dia. Um ano antes, Kealy tinha fundado um movimento global – Católicos Defendendo a Igualdade Contra as Excentricidades Teológicas (cuja sigla em inglês era CREATE) – que atualmente alardeava ter mais de um milhão de membros, a maioria na América do Norte e na Europa.

A ousada liderança de Kealy tinha até mesmo gerado coragem entre os bispos americanos e, no ano anterior, um bloco considerável chegou perto de endossar abertamente suas ideias e questionar a manutenção de uma arcaica filosofia medieval por parte de Roma. Como Kealy havia declarado muitas vezes, a Igreja americana estava em crise graças a ideias antiquadas, padres caídos em desgraça e líderes arrogantes. Seu argumento de que *o Vaticano ama o dinheiro americano, mas não a influência americana* tinha ressonância. Proporcionava o tipo de bom senso populista pelo qual Michener sabia que as mentes ocidentais ansiavam. Tinha se tornado uma celebridade. Agora, o desafiante viera conhecer o campeão, e o torneio seria registrado pela imprensa mundial.

Mas primeiro, Michener tinha um torneio pessoal.

Virou-se de costas para a janela e olhou para Clemente XV, afastando da mente o pensamento de que seu velho amigo poderia morrer em breve.

– Como está hoje, Santo Padre? – perguntou em alemão. Quando estavam sozinhos, sempre usavam a língua natal de Clemente. Quase nenhum funcionário do palácio falava alemão.

O papa alcançou uma xícara de porcelana e saboreou um gole de café expresso.

– É incrível como ser rodeado por tanta majestade pode ser tão insatisfatório.

O cinismo não era novo, mas ultimamente seu tom havia se intensificado.

Clemente pôs a xícara na mesa.

– Encontrou a informação no arquivo?

Michener afastou-se da janela e assentiu.

– O relato original de Fátima foi útil?

– Nem um pouco. Descobri outros documentos que revelaram mais. – Ele se perguntou de novo por que aquilo era importante, mas não disse nada.

O papa pareceu ouvir seus pensamentos.

– Você nunca pergunta, não é?

– O senhor me contaria, se desejasse que eu soubesse.

Muita coisa havia mudado naquele homem nos últimos três anos – o papa havia ficado mais distante, pálido e frágil a cada dia. Ainda que sempre tivesse sido um homem baixo e magro, nos últimos tempos parecia que o corpo de Clemente estava se retraindo para dentro de si mesmo. O couro cabeludo, que já tivera uma farta cobertura de fios castanhos, agora era coberto por uma leve penugem grisalha. O rosto luminoso que adornara jornais e revistas, sorrindo da sacada da Catedral de São Pedro quando sua eleição foi anunciada, parecia magro a ponto de lembrar uma caricatura; as bochechas rosadas haviam sumido; a mancha de nascença, cor de vinho do Porto, anteriormente quase imperceptível, era agora um borrão proeminente que a imprensa do Vaticano costumava retocar nas fotos. As pressões de ocupar o trono de São Pedro tinham cobrado um preço alto, envelhecendo severamente um homem que, não muito tempo antes, escalava com regularidade os Alpes da Baviera.

Michener apontou para a bandeja de café. Lembrou-se de quando salsichas, iogurte e pão preto constituíam o desjejum.

– Por que não come? O camareiro disse que o senhor não jantou ontem à noite.

– Você se preocupa demais.

– Por que não está com fome?

– E também é persistente.

– Fugir das minhas perguntas não alivia meus temores.

– E quais são seus temores, Colin?

Pensou em mencionar as rugas que formavam parênteses na sobrancelha de Clemente, a palidez assustadora da pele, as veias que marcavam as mãos e os pulsos do velho. Mas simplesmente falou:

– Apenas a sua saúde, Santo Padre.

Clemente sorriu.

– Você é bom em evitar minhas provocações.

– Discutir com o Santo Padre é uma tarefa infrutífera.

– Ah, aquele negócio da infalibilidade. Tinha me esquecido. Estou sempre certo.

Michener decidiu aceitar o desafio.

– Nem sempre.

Clemente deu um risinho.

– Você está com o nome encontrado nos arquivos?

Michener enfiou a mão na batina e retirou o que havia escrito pouco antes de ouvir o som. Entregou a Clemente e disse:

– Havia alguém lá, outra vez.

– O que não deveria surpreendê-lo. Nada é privado aqui. – O papa leu em silêncio, depois em voz alta o que estava escrito. – Padre Andrej Tibor.

Michener sabia o que o papa esperava dele.

– É um padre aposentado que mora na Romênia. Verifiquei nossos registros. Seus cheques de aposentadoria ainda são enviados para um endereço lá.

– Quero que vá vê-lo.

– Vai me dizer por quê?

– Por enquanto, não.

Nos últimos três meses, Clemente estivera profundamente incomodado. Tinha tentado esconder isso, mas depois de 24 anos de amizade, pouca coisa escapava a Michener. Lembrava-se exatamente de quando a apreensão havia começado. Logo depois de uma visita ao arquivo – à *Riserva* – e ao antigo cofre atrás da grade de ferro trancada.

– Posso saber quando vai me dizer por quê?

O papa levantou-se da cadeira.

– Depois das orações.

Saíram do escritório e caminharam em silêncio pelo quarto andar, parando junto a uma porta aberta. A capela do outro lado era forrada de mármore branco, as janelas, um ofuscante mosaico de vidro representando as Estações da Cruz. Clemente vinha todas as manhãs, para alguns minutos de meditação. Ninguém tinha permissão de interrompê-lo. Tudo podia esperar até que ele terminasse de falar com Deus.

Michener servia a Clemente desde o início, quando o magro alemão era arcebispo, depois cardeal, depois secretário de Estado do Vaticano. Tinha subido junto com o mentor – de seminarista a padre e a monsenhor –, a ascensão culminando havia 34 meses, quando o Sagrado Colégio de Cardeais elegeu o cardeal Jakob Volkner o 267º sucessor de São Pedro. Imediatamente, Volkner escolheu Michener como secretário pessoal.

Michener conhecia Clemente como realmente era – um homem educado numa sociedade alemã do pós-guerra que havia passado por um redemoinho de tumultos –, aprendendo seu trabalho diplomático em postos tão voláteis como Dublin, Cairo, Cidade do Cabo e Varsóvia. Jakob Volkner era um homem de paciência imensa e atenção fanática. Nos anos que tinham passado juntos, Michener jamais duvidara da fé ou do caráter de seu mentor, e há muito tempo resolvera que, se pudesse ser simplesmente metade do homem que Volkner fora, consideraria sua vida um sucesso.

Clemente terminou as orações, persignou-se e em seguida beijou a cruz no peitoral, que enfeitava a frente da veste branca. Seu momento de silêncio fora curto, hoje. O papa levantou-se do genuflexório, mas demorou-se junto ao altar. Michener ficou quieto no canto até que o pontífice se aproximou.

– Pretendo me explicar numa carta ao padre Tibor. Será a autorização papal para ele lhe dar uma determinada informação.

Ainda não era uma explicação para a necessidade da viagem à Romênia.

– Quando gostaria que eu fosse?

– Amanhã. No mais tardar, depois de amanhã.

– Não sei se é boa ideia. Um dos legados não pode cuidar dessa tarefa?

– Garanto, Colin: não vou morrer enquanto você estiver fora. Posso parecer mal de saúde, mas estou me sentindo ótimo.

Isso fora confirmado pelos médicos de Clemente havia menos de uma semana. Depois de uma bateria de exames, o papa fora proclamado livre de qualquer doença debilitante. Mas em particular o médico do papa havia alertado que o estresse era o inimigo mais mortal de Clemente, e o rápido declínio nos últimos meses parecia evidência de que algo estava rasgando sua alma.

– Nunca falei que o senhor está parecendo mal, Santidade.

– Não precisava. – O velho apontou para os olhos dele. – Está aí. Aprendi a lê-los.

Michener levantou o pedaço de papel.

– Por que precisa fazer contato com esse padre?

– Eu deveria ter feito isso quando fui pela primeira vez à *Riserva*. Mas resisti. – Clemente fez uma pausa. – Não posso resistir mais. Não tenho escolha.

– Por que o sumo pontífice da Igreja Católica Romana está sem escolhas?

O papa afastou-se e fitou um crucifixo na parede. Duas velas grossas queimavam de cada lado do altar de mármore.

– Vai ao tribunal hoje de manhã? – perguntou Clemente, de costas para ele.

– Isso não é uma resposta à minha pergunta.

– O sumo pontífice da Igreja Católica romana pode escolher o que quer responder.

– Creio que o senhor me instruiu a comparecer ao tribunal. De modo que, sim, estarei lá. Junto com muitos repórteres.

– Ela estará lá?

Michener sabia exatamente a quem o velho estava se referindo.

– Disseram-me que se candidatou à credencial de imprensa para cobrir o evento.

– Sabe qual é o interesse dela no tribunal?

Ele balançou a cabeça.

– Como lhe disse antes, só soube da presença dela por acaso.

Clemente virou-se para fitá-lo.

– Mas que acaso feliz!

Michener imaginou por que o papa estaria interessado.

– Não faz mal se importar, Colin. Ela faz parte de seu passado. Uma parte que você não deveria esquecer.

Clemente só sabia de toda a história porque Michener precisara de um confessor e, na época, o arcebispo de Colônia era seu companheiro mais íntimo. Fora o único rompimento de seus votos clericais em um quarto de século como sacerdote. Pensou em abandonar a batina, mas Clemente o convenceu a não fazer isso, explicando que somente através da fraqueza uma alma pode ganhar força. Nada seria conquistado ao afastar-se. Agora, após mais de doze anos, ele sabia que Jakob Volkner estava certo. Michener era o secretário do papa. Durante quase três anos tinha ajudado Clemente XV a comandar uma combinação ridícula de personalidade e cultura católicas. O fato de que toda a sua participação se baseava numa violação do juramento a seu Deus e sua Igreja jamais pareceu incomodá-lo. E ultimamente essa percepção havia se tornado bastante perturbadora.

– Não me esqueci de nada – sussurrou.

O papa aproximou-se e pôs a mão em seu ombro.

– Não lamente o que foi perdido. É pouco saudável e contraproducente.

Mentir não é fácil para mim.

Seu Deus o perdoou. É só disso que você precisa.

– Como pode ter certeza?

– Eu tenho. E se você não consegue acreditar no chefe infalível da Igreja Católica, em quem poderá acreditar? – Um sorriso acompanhou o comentário jocoso, dizendo a Michener para não levar as coisas tão a sério.

Ele sorriu também.

– O senhor é impossível.

Clemente retirou a mão.

– É verdade, mas sou adorável.

– Vou tentar me lembrar disso.

– Tente. Logo terminarei a carta para o padre Tibor. Pedirei uma resposta escrita, mas se ele desejar falar, ouça, pergunte o que quiser e me conte tudo. Entendido?

Imaginou como saberia o que perguntar, já que não tinha ideia do motivo para ir, mas simplesmente disse:

– Entendo, Santidade. Como sempre.

Clemente riu.

– Isso mesmo, Colin. Como sempre.

TRÊS

11H

Michener entrou na câmara do tribunal. O salão de reuniões era um vasto espaço de mármore branco e cinza, enriquecido por um padrão geométrico de mosaicos coloridos que testemunhavam quatrocentos anos de história da Igreja.

Dois guardas suíços com roupas comuns vigiavam das portas de bronze e fizeram uma reverência ao reconhecer o secretário do papa. Antes de vir, Michener havia esperado durante uma hora, de propósito. Sabia que sua presença seria motivo de discussões – raramente alguém tão próximo do papa comparecia aos processos.

Por insistência de Clemente, Michener tinha lido os três livros de Kealy e informado em particular ao pontífice sobre o conteúdo provocador. Clemente não os lera, já que esse ato geraria especulações demais. No entanto, o papa estivera profundamente interessado no que o padre Kealy tinha escrito. Enquanto ocupava um lugar nos fundos da sala, Michener viu Thomas Kealy pela primeira vez.

O acusado estava sentado sozinho a uma mesa. Parecia ter trinta e poucos anos, com fartos cabelos castanho-avermelhados e um rosto agradável e jovial. O sorriso que surgia periodicamente parecia calculado – a aparência e os modos quase intencionalmente esquisitos. Michener lera todos os relatórios gerados pelo tribunal e cada um deles pintava Kealy como pretensioso e não conformista. *É claramente um oportunista*, escrevera um dos investigadores. Mesmo assim, não conseguia evitar o pensamento de que, em muitos sentidos, os argumentos de Kealy eram persuasivos.

Kealy estava sendo interrogado pelo cardeal Alberto Valendrea, secretário de estado do Vaticano, e Michener não invejava a situação do sujeito. Kealy atraíra um júri forte. Todos os cardeais e bispos eram o que Michener considerava extremamente conservadores. Nenhum abraçava os ensinamentos do Concílio Vaticano II e nenhum apoiava Clemente XV. Valendrea era notado particularmente por uma devoção radical ao dogma. Todos os membros do tribunal usavam vestes completas, os cardeais com seda escarlate, os bispos com lã preta, empoleirados atrás de uma mesa curva, de mármore, sob uma pintura de Rafael.

Ninguém se afastou tanto de Deus como um herege – disse o cardeal Valendrea. Sua voz profunda ecoou sem necessidade de amplificação.

– Parece-me, Eminência – disse Kealy –, que quanto menos aberto é um herege, mais perigoso ele se torna. Não escondo minhas discordâncias. Em vez disso, creio que o debate aberto é saudável para a Igreja.

Valendrea levantou três livros e Michener reconheceu as capas das obras de Kealy.

– Isto é heresia. Não há outro modo de vê-los.

– Porque defendo que os sacerdotes devem se casar? Que as mulheres podem ser sacerdotes? Que um sacerdote pode amar uma esposa, um filho e seu Deus como os outros de sua fé? Que talvez o papa não seja infalível? Ele é humano, capaz de erro. Isso é heresia?

– Não creio que algum membro deste tribunal diria algo diferente.

E nenhum disse.

Michener observou Valendrea remexendo-se na cadeira. O cardeal italiano era baixo e atarracado como um hidrante. Uma franja de cabelos brancos emaranhados caía na testa, atraindo a atenção simplesmente pelo contraste com a pele cor de azeitona. Aos sessenta anos, Valendrea desfrutava do luxo de uma relativa juventude numa cúria dominada por homens muito mais velhos. Além disso, não possuía nada da solenidade que as pessoas de fora associavam a um príncipe da Igreja. Fumava quase dois maços de cigarro por dia, era dono de uma adega que causava inveja a muitos e regularmente frequentava os melhores círculos sociais da Europa. Sua família era abençoada com dinheiro, boa parte do qual lhe fora concedido como o homem mais velho na linhagem paterna.

Há muito tempo a imprensa rotulara Valendrea como *papabile*, título que significava ser elegível ao papado por idade, posto e influência. Michener ouvira boatos de como o secretário de estado estava se posicionando para o próximo conclave, barganhando com os que ficavam em cima do muro, pressionando opositores potenciais. Clemente fora obrigado a nomeá-lo secretário de estado, o cargo mais poderoso abaixo do papa, porque um considerável grupo de cardeais tinha insistindo em que Valendrea recebesse o cargo, e Clemente era astuto o bastante para aplacar os que o haviam colocado no poder. Além disso, como explicou na ocasião, *mantenha seus amigos por perto e seus inimigos mais perto ainda*.

Valendrea pousou os braços na mesa. Não havia papéis espalhados à sua frente. Era conhecido como um homem que raramente precisava de materiais de referência.

– Padre Kealy, há muitos na Igreja que acham que a experiência do Vaticano II não pode ser considerada um sucesso, e o senhor é um exemplo brilhante de nosso fracasso. Os clérigos não têm liberdade de expressão. Há opiniões demais neste mundo para que o discurso seja permitido. Esta Igreja deve falar com uma só voz: a do Santo Padre.

– E hoje há muitos que consideram o celibato e a infalibilidade papal como doutrinas falhas. Algo de um tempo em que o mundo era iletrado e a Igreja, corrupta.

– Discordo de suas conclusões. Mas, mesmo que esses prelados existam, eles guardam suas opiniões para si mesmos.

– O medo tem o dom de silenciar as línguas, Eminência.

– Não há o que temer.

– Sentado nesta cadeira, peço para discordar.

– A Igreja não pune os clérigos por seus pensamentos, padre, apenas pelas ações. Sua organização é um insulto à Igreja que o senhor serve.

– Se eu não tivesse consideração pela Igreja, Eminência, simplesmente sairia dela e não diria nada. Em vez disso, amo minha Igreja o bastante para questionar seus princípios.

– O senhor pensou que a Igreja não faria nada enquanto o senhor violava seus votos, mantinha relacionamento com uma mulher abertamente e se absolvia do pecado? – Valendrea levantou os livros outra vez. – E depois escrevia sobre isso? O senhor literalmente pediu esse confronto.

– O senhor acredita honestamente que todos os padres são celibatários? – perguntou Kealy.

A pergunta atraiu a atenção de Michener. Notou que os repórteres também se empertigaram.

– Não importa no que acredito. Essa questão diz respeito ao próprio clérigo. Cada um fez um juramento ao Senhor e à Igreja. Espero que esse juramento seja honrado. Qualquer um que falhe nisso deve sair ou ser forçado a sair.

– O senhor manteve seu juramento, Eminência?

Michener ficou pasmo com a ousadia de Kealy. Talvez ele já soubesse de seu destino e, por isso, não se importava.

Valendrea balançou a cabeça.

– Acha que um desafio pessoal a mim é benéfico à sua defesa?

– É uma pergunta simples.

– Sim, padre. Mantive meu juramento.

Kealy pareceu inabalável.

– Que outra resposta o senhor poderia dar?

– Está dizendo que sou mentiroso?

– Não, Eminência. Só que nenhum padre, cardeal ou bispo ousaria admitir o que sente no coração. Cada um de nós é obrigado a dizer o que a Igreja exige. Não faço ideia de como o senhor realmente se sente, e isso é triste.

– O que sinto é irrelevante para sua heresia.

– Parece, Eminência, que o senhor já me julgou.

– Não mais do que o seu Deus. Que *é* infalível. Ou talvez o senhor também questione essa doutrina?

– Quando foi que Deus decretou que os padres não podem conhecer o amor de alguém?

– Alguém? Por que não simplesmente uma mulher?

– Porque o amor não tem fronteiras, Eminência.

– Então está defendendo o homossexualismo também?

– Defendo apenas que cada indivíduo deve seguir seu coração.

Valendrea balançou a cabeça.

– O senhor esqueceu, padre, que sua ordenação foi uma união com Cristo? A verdade de sua identidade, que é a mesma para todos neste tribunal, vem de uma participação integral nessa união. O senhor deve ser uma imagem viva e transparente de Cristo.

– Mas como vamos saber qual é essa imagem? Nenhum de nós estava presente quando Cristo viveu.

– É o que a Igreja diz.

– Mas isso não é meramente o homem moldando o divino para atender a suas necessidades?

Valendrea levantou a sobrancelha direita numa incredulidade aparente.

– Sua arrogância é espantosa. O senhor argumenta que o próprio Cristo não era celibatário? Que Ele não colocou Sua Igreja acima de tudo? Que Ele não estava em união com Sua Igreja?

– Não faço a mínima ideia de qual era a preferência sexual de Cristo, nem o senhor.

Valendrea hesitou um momento, depois disse:

– Seu celibato, padre, é um presente que o senhor deu a você mesmo. Uma expressão de seu serviço dedicado. Isso é doutrina da Igreja. Mas parece que o senhor não consegue, ou não quer entender.

Kealy respondeu citando mais dogmas e Michener deixou sua atenção se desviar para longe do debate. Tinha evitado olhar, dizendo a si mesmo que aquele não era o motivo para ter ido até ali, mas examinou rapidamente os cerca de cem espectadores, finalmente pousando o olhar numa mulher sentada duas fileiras atrás de Kealy.

Seu cabelo era da cor da meia-noite e possuía uma intensidade e um brilho notáveis. Lembrou-se de como antigamente os fios formavam uma juba densa e recendiam a limão fresco. Agora eram curtos, em camadas e penteados com os dedos. Só podia vislumbrar um perfil angulado, mas o nariz delicado e os lábios finos continuavam lá. A pele continuava da cor de café com leite, evidência da mãe cigana romena e do pai alemão-húngaro. Seu nome, Katerina Lew, significava "puro leão", uma descrição que ele sempre achara adequada, dado o temperamento volátil e as convicções fanáticas.

Tinham se conhecido em Munique. Ele estava com 33 anos, terminando o curso de direito. Ela com 25, decidindo-se entre o jornalismo e uma carreira como romancista. Sabia que ele era padre, e passaram quase dois anos juntos antes que surgissem as cartas na mesa. *O seu Deus ou eu* – declarou ela.

Ele escolheu Deus.

– Padre Kealy – dizia Valendrea –, a natureza de nossa fé é que nada pode ser acrescentado ou retirado. O senhor deve abraçar integralmente os ensinamentos da Madre Igreja ou rejeitá-los totalmente. Não existe católico parcial. Nossos princípios, expostos pelo Santo Padre, não são ímpios nem podem ser diluídos. São puros como Deus.

– Acredito que essas palavras foram ditas pelo papa Bento XV – disse Kealy.

– O senhor é bem versado. O que aumenta minha tristeza diante de sua heresia. Um homem inteligente, como o senhor parece ser, deveria compreender que esta Igreja não pode e não vai tolerar a dissensão explícita. Especialmente no grau que o senhor oferece.

– O que está dizendo é que a Igreja tem medo do debate.

– Estou dizendo que a Igreja estabelece regras. Se não gosta das regras, junte votos suficientes para eleger um papa que as mude. Caso contrário, deve fazer o que é mandado.

– Ah, tinha me esquecido. O Santo Padre é infalível. O que quer que ele diga com relação à fé é correto, sem questionamentos. Agora estou declarando o dogma certo?

Michener notou que nenhum dos outros homens do tribunal tinha sequer tentando pronunciar uma palavra. Aparentemente, o secretário de estado era o inquisidor do dia. Sabia que todos os jurados eram leais a Valendrea e que existia pouca chance de algum deles questionar o benfeitor. Mas Thomas Kealy estava facilitando tudo, causando mais danos a si mesmo do que qualquer pergunta deles pudesse infligir.

– Correto – disse Valendrea. – A infalibilidade papal é essencial à Igreja.

– Outra doutrina criada pelo homem.

– Outro dogma ao qual *esta* Igreja obedece.

– Sou um sacerdote que ama seu Deus e sua Igreja – disse Kealy. – Não vejo por que discordar de qualquer dos dois possa me sujeitar à excomunhão. O debate e a discussão só fazem estimular políticas mais sensatas. Por que a Igreja teme isso?

– Padre, esta audiência não é sobre liberdade de expressão. Não temos uma constituição americana que garanta esse direito. A audiência é sobre seu relacionamento descarado com uma mulher, seu perdão público ao pecado dos dois e sua dissensão explícita. Tudo isso está em contradição direta com as regras da Igreja para a qual o senhor entrou.

O olhar de Michener voltou a Kate. Era o nome que lhe dera, como um modo de impor parte de sua herança irlandesa à personalidade dela, do leste europeu. Estava sentada ereta, com um *notebook* no colo, atenta ao debate que se desenrolava.

Pensou no último verão que haviam passado juntos na Baviera, quando ele tirou três semanas de férias entre os semestres. Tinham viajado até um povoado alpino e ficado numa hospedaria rodeada de cumes cobertos de neve. Michener sabia que aquilo era errado, mas ela havia tocado uma parte sua cuja existência ele não conhecia. O que o cardeal Valendrea tinha acabado de falar sobre Cristo e a união do sacerdote com a Igreja era de fato a base do celibato clerical. O padre devia se dedicar somente a Deus e à Igreja. Mas desde aquele verão ele havia se perguntado por que não podia amar uma mulher, sua Igreja e Deus simultaneamente. O que Kealy havia dito? *Como os outros fiéis.*

Sentiu que alguém o olhava. Quando sua mente se focalizou de novo, percebeu que Katerina tinha virado a cabeça e agora o encarava diretamente.

O rosto ainda tinha a firmeza que ele achara tão atraente. A leve sugestão de olhos asiáticos permanecia, a boca puxada para baixo, o queixo suave e feminino. Simplesmente não havia bordas afiadas em lugar nenhum. Estas, ele sabia, eram escondidas na personalidade. Examinou a expressão e tentou avaliar a temperatura. Não havia raiva. Nem ressentimento. Nem afeto. Um olhar que parecia não dizer nada. Nem mesmo olá. Achou desconfortável estar tão perto de uma lembrança. Talvez Kate esperasse seu comparecimento e não quisesse lhe dar a felicidade de pensar que ela se importava. Afinal de contas, a separação, há muitos anos, não fora amigável.

Ela se virou de novo para o tribunal e a ansiedade de Michener diminuiu.

– Padre Kealy – disse Valendrea –, pergunto simplesmente: o senhor renuncia à sua heresia? Reconhece que o que fez é contra as leis desta Igreja e de seu Deus?

O padre aproximou-se da mesa.

– Não acredito que amar uma mulher seja contrário às leis de Deus. De modo que o perdão desse pecado foi irrelevante. Tenho direito de falar o que penso, por isso não peço desculpas pelo movimento que lidero. Nada fiz de errado, Eminência.

– O senhor é um homem tolo, padre. Eu lhe dei todas as oportunidades de pedir perdão. A Igreja pode, e deve, perdoar. Mas a contrição funciona nas duas direções. O penitente deve estar disposto.

– Eu não busco o seu perdão.

Valendrea balançou a cabeça.

– Meu coração sofre pelo senhor e por seus seguidores, padre. Sem dúvida, todos vocês estão com o demônio.

QUATRO

13H05

O cardeal Alberto Valendrea estava de pé em silêncio, esperando que a euforia de antes no tribunal aliviasse a irritação crescente. Era espantoso como uma experiência ruim podia rapidamente arruinar uma boa.

– O que você acha, Alberto? – perguntou Clemente XV. – Há tempo para eu ver a multidão? – O papa apontou para a alcova e a janela aberta.

Valendrea achava irritante o papa perder tempo parado diante de uma janela aberta, acenando para as pessoas na praça de São Pedro. A segurança do Vaticano havia alertado contra o gesto, mas o velho idiota ignorava os avisos. A imprensa escrevia sobre isso o tempo todo, comparando o alemão a João XXIII. E, em verdade, havia semelhanças. Ambos subiram ao trono papal perto dos oitenta anos. Ambos eram considerados papas de transição. Ambos surpreenderam todo mundo.

Valendrea odiava o modo como os observadores do Vaticano também faziam analogia entre a janela aberta do papa e *seu espírito animado, sua abertura despretensiosa, seu calor carismático*. O papado não tinha a ver com popularidade. Tinha a ver com coerência, e ele se ressentia do modo como Clemente havia dispensado tantos costumes consagrados pelo tempo. Os assessores não se ajoelhavam mais na presença do papa. Poucos beijavam o anel papal. E raras vezes Clemente falava na primeira pessoa do plural, como os papas haviam feito por séculos. *Estamos no século XXI*, gostava de dizer quando decretava o fim de outro costume antigo.

Valendrea lembrou-se de que, não fazia muito tempo, os papas jamais ficavam de pé diante de uma janela aberta. Além das preocupações com a segurança, a exposição limitada gerava uma aura, fomentava um ar de mistério, e nada promulgava mais a fé e a obediência do que um sentimento de admiração reverente.

Tinha servido a papas durante quase quatro décadas, subindo rapidamente na cúria, ganhando o barrete de cardeal antes dos cinquenta, um dos mais jovens nos tempos modernos. Agora ocupava o segundo cargo mais poderoso da Igreja Católica – secretário de Estado –, um serviço que o interpunha a cada aspecto da Santa Sé. Mas queria mais. Queria o cargo mais poderoso. Aquele em que ninguém questionava suas decisões. No qual poderia falar sem falhas e sem questionamentos.

Queria ser papa.

– O dia está lindo – dizia o papa. – Parece que a chuva parou. O ar está como no lugar onde nasci, nas montanhas da Alemanha. Um frescor alpino. É uma pena ficar aqui dentro.

Clemente foi para a alcova, mas não o suficiente para ser visto de fora. Usava uma batina de linho, com a tradicional veste branca sobre os ombros. Sapatos escarlates envolviam os pés e um solidéu branco cobria a cabeça que ficava careca. Era o único prelado, entre um bilhão de católicos, que tinha permissão de se vestir assim.

– Talvez Sua Santidade possa realizar essa atividade encantadora depois que tivermos terminado a reunião. Tenho outros compromissos, e o tribunal ocupou toda a manhã.

– Só demoraria alguns instantes – disse Clemente.

Valendrea sabia que o alemão gostava de provocá-lo. De trás da janela aberta vinha o zumbido de Roma, aquele som singular de três milhões de almas e suas máquinas movendo-se sobre a porosa cinza vulcânica.

Clemente também pareceu notar o rugido.

– Esta cidade tem um som estranho.

– É o *nosso* som.

– Ah, quase me esqueci. Você é italiano, e nem todos nós somos.

Valendrea estava parado junto a uma cama de dossel, feita de carvalho pesado, com arranhões tão numerosos que pareciam fazer parte do artesanato. Uma velha colcha de crochê cobria uma das extremidades, dois travesseiros enormes a outra. O resto da mobília também era alemã – o armário, a penteadeira e mesas pintadas num alegre estilo bávaro. Não havia um papa alemão desde meados do século XI. Clemente II fora fonte de inspiração para o atual Clemente XV – fato do qual o pontífice não fazia segredo. Mas aquele Clemente anterior provavelmente foi morto envenenado. Uma lição que este alemão não deveria esquecer, pensava Valendrea muitas vezes.

– Talvez você esteja certo – disse Clemente. – Os visitantes podem esperar. Temos negócios a resolver, não é?

Uma brisa passou pela janela e agitou os papéis sobre a mesa. Valendrea baixou a mão e impediu que voassem antes de chegarem ao terminal de computador. Clemente ainda não tinha ligado a máquina. Era o primeiro papa a ser totalmente versado em informática – outro ponto que a imprensa adorava –, mas Valendrea não havia se incomodado com essa mudança. Os computadores e as linhas de fax eram muito mais fáceis de monitorar do que os telefones.

– Soube que você estava bastante animado esta manhã – disse Clemente. – Qual será o resultado do tribunal?

Valendrea presumiu que Michener fizera um relatório. Tinha visto o secretário do papa na audiência.

– Não sabia que Sua Santidade estava tão interessado no assunto do tribunal.

– É difícil não ficar curioso. A praça lá embaixo está cheia de furgões das televisões. De modo que, por favor, responda à pergunta.

– O padre Kealy deixou-nos poucas opções. Ele será excomungado.

O papa cruzou as mãos às costas.

– Ele não pediu desculpas?

– Foi arrogante a ponto de insultar e nos desafiou a questioná-lo.

– Talvez devêssemos.

A sugestão pegou Valendrea desprevenido, mas décadas de serviço diplomático tinham lhe ensinado a esconder a surpresa com perguntas.

– E qual seria o propósito de uma ação tão pouco ortodoxa?

– Por que tudo precisa de um propósito? Talvez devêssemos simplesmente ouvir um ponto de vista contrário.

O cardeal manteve o corpo imóvel.

– De jeito nenhum seria possível debater abertamente a questão do celibato. Essa tem sido a doutrina por 500 anos. O que viria em seguida? Mulheres no sacerdócio? Casamento para os clérigos? Aprovação do controle da natalidade? Haverá uma reversão completa de todos os dogmas?

Clemente foi em direção à cama e fitou uma representação medieval de Clemente II pendurada na parede. Valendrea sabia que fora trazida de um dos enormes porões onde estivera guardada por séculos.

– Ele era bispo de Bamberg. Um homem simples, que não tinha desejo de ser papa.

– Era confidente do rei – disse Valendrea. – Tinha ligações políticas. Estava no lugar certo na hora certa.

Clemente virou-se para encará-lo.

– Como eu, não é?

– Sua eleição aconteceu pela maioria absoluta dos cardeais, todos inspirados pelo Espírito Santo.

A boca de Clemente formou um sorriso irritante.

– Ou quem sabe tenha sido afetada pelo fato de que nenhum dos outros candidatos, inclusive você, conseguisse reunir votos suficientes para ser eleito?

Parecia que a discussão, hoje, ia começar cedo.

– Você é um homem ambicioso, Alberto. Acha que, de algum modo, usar esta batina branca vai deixá-lo feliz. Posso garantir que não vai.

Os dois já haviam tido conversas semelhantes, mas a intensidade das discussões vinha crescendo ultimamente. Ambos sabiam o que o outro sentia. Não eram amigos e nunca seriam. Valendrea achava divertido as pessoas imaginarem que, simplesmente por ele ser um cardeal e Clemente o papa, o relacionamento entre os dois seria o encontro sagrado de duas almas devotas, colocando as necessidades da Igreja em primeiro plano. Em vez disso, eram homens tremendamente diferentes, com uma união nascida puramente de políticas conflitantes. Por consideração, nenhum dos dois jamais entrara em conflito aberto com o outro. Valendrea era inteligente – o papa não devia discutir com ninguém – e Clemente parecia saber que muitos cardeais apoiavam o secretário de estado.

– Não desejo nada, Santo Padre, a não ser que o senhor tenha uma vida longa e próspera.

– Você não sabe mentir.

Valendrea estava cansado das provocações do velho.

– Por que isso importa? O senhor não estará aqui quando o conclave acontecer. Não se preocupe com as perspectivas.

Clemente deu de ombros.

– Isso não importa. Estarei sepultado sob a catedral de São Pedro, com os outros homens que ocuparam este trono. Não poderia me importar menos com meu sucessor. Mas esse homem? Sim, esse homem deveria se importar tremendamente.

O que o velho prelado sabia? Ultimamente parecia ter o hábito de deixar no ar sugestões estranhas.

– Há algo que desagrade ao Santo Padre?

Os olhos de Clemente brilharam com fulgor.

– Você é um oportunista, Alberto. Um político cheio de tramas. Eu poderia muito bem desapontá-lo e viver mais dez anos.

Valendrea decidiu abandonar o fingimento.

– Duvido.

– Na verdade, espero que você herde este cargo. Vai achá-lo muito diferente do que pode imaginar. Talvez deva ser você.

Agora ele queria saber.

– Deva ser eu o quê?

Por alguns instantes, o papa ficou em silêncio. Depois disse:

– O papa, claro. O que mais?

– O que está roendo sua alma?

– Nós somos idiotas, Alberto. Todos nós, em nossa majestade, não passamos de idiotas. Deus é muito mais sábio do que qualquer um de nós pode sequer imaginar.

– Não creio que qualquer fiel questione isso.

– Expomos nossos dogmas e, no processo, arruinamos a vida de homens como o padre Kealy. Ele é apenas um sacerdote que tenta seguir sua consciência.

– Ele me pareceu mais um oportunista, para usar sua descrição. Um homem que gosta dos refletores. Mas sem dúvida entendia a política da Igreja quando fez os votos de viver segundo nossos ensinamentos.

– Ensinamentos de quem? São homens como você e eu que pronunciam a suposta Palavra de Deus. São homens como você e eu que punem outros homens por violar esses ensinamentos. Eu sempre me pergunto: será que nossos preciosos dogmas são os pensamentos do Todo-poderoso ou apenas de clérigos comuns?

Valendrea considerou essas perguntas apenas mais um dos estranhos comportamentos que aquele papa vinha demonstrando ultimamente. Pensou se deveria sondar, mas decidiu que estava sendo testado, por isso respondeu do único modo que podia:

– Considero a Palavra de Deus e os dogmas desta Igreja uma coisa só.

– Boa resposta. Tirada dos livros, tanto em elocução quanto em sintaxe. Infelizmente, Alberto, essa crença será sua ruína.

O papa virou-se e foi para a janela.

CINCO

Michener caminhava ao sol do meio-dia. A chuva matinal havia se dissipado e agora o céu repleto de pequenas nuvens, os retalhos de azul cortados pelo risco de um avião indo para o leste. Diante dele, as pedras do calçamento da praça de São Pedro ainda tinham os restos da tempestade anterior, com poças espalhadas como uma miríade de lagos numa vasta paisagem. As equipes de televisão continuavam ali, naquele instante transmitindo reportagens para seus países.

Saíra do tribunal antes do recesso. Mais tarde, um de seus auxiliares o informou que o confronto entre o padre Kealy e o cardeal Valendrea tinha continuado por quase duas horas. Imaginou qual era o sentido da audiência. A decisão de excomungar Kealy certamente fora tomada muito antes de o sacerdote ser convocado a Roma. Poucos clérigos acusados compareciam a um tribunal, de modo que provavelmente Kealy viera para atrair mais atenção para seu movimento. Em algumas semanas, seria declarado *não em comunhão com a Santa Sé*, apenas mais um expatriado proclamando que a Igreja era um dinossauro que caminhava para a extinção.

E algumas vezes Michener acreditava que os críticos, como Kealy, podiam estar certos.

Atualmente, quase metade dos católicos vivia na América Latina. Acrescentando a África e a Ásia, a fração subia para três quartos. Aplacar essa maioria internacional emergente sem alienar os europeus e italianos era um desafio cotidiano. Nenhum chefe de estado enfrentava algo tão intricado. Mas a Igreja Católica Romana tinha feito exatamente isso durante dois mil anos – uma afirmação que nenhuma outra instituição humana podia fazer – e à frente dele estava uma das manifestações mais grandiosas da Igreja.

A praça em forma de chave, envolvida pelas duas magníficas colunatas semicirculares de Bernini, era de tirar o fôlego. Michener sempre se impressionava com a Cidade do Vaticano. Viera pela primeira vez havia doze anos, como sacerdote adjunto do arcebispo de Colônia – sua virtude tinha sido testada por Katerina Lew, mas sua decisão estava solidificada. Lembrou-se de ter explorado todos os 43 hectares do enclave murado, maravilhando-se com a majestade que dois milênios de obras ininterruptas puderam alcançar.

O país minúsculo não ocupava uma das colinas sobre as quais Roma foi construída a princípio; em vez disso, coroava o *Mons Vaticanus*, a única das sete designações antigas de que o povo ainda se lembrava. Menos de duzentas pessoas eram cidadãs de fato, e um número ainda menor possuía passaporte. Ninguém jamais nascera ali, poucos, além dos papas, morriam ali e menos ainda eram enterrados ali. Seu governo era uma das únicas monarquias absolutas que restavam no mundo e, num desvio que Michener sempre considerara irônico, o representante da Santa Sé na ONU não pôde assinar a declaração mundial dos direitos humanos porque, dentro do Vaticano, não havia liberdade de religião.

Olhou para a praça ensolarada, além dos furgões de TVs e suas antenas, e notou pessoas olhando para a direita e para cima. Alguns gritavam "Santíssimo Padre". Acompanhou as cabeças erguidas até o quarto andar do Palácio Apostólico. Entre as persianas de madeira de uma janela de canto, surgiu o rosto de Clemente XV.

Muitos começaram a acenar. Clemente acenou de volta.

– Ainda fica fascinado, não é? – disse uma voz feminina.

Ele se virou. Katerina Lew estava a alguns passos de distância. De algum modo sabia que ela o encontraria. Ela se aproximou, à sombra de uma das colunas de Bernini.

– Você não mudou nada. Ainda apaixonado por seu Deus. Pude ver isso nos seus olhos, no tribunal.

Ele tentou sorrir, mas tentou se concentrar no desafio à sua frente.

– Como tem andado, Kate? – As feições dela se suavizaram. – A vida é tudo que você imaginava que seria?

– Não posso reclamar. Não, não vou reclamar. Não é produtivo. Foi assim que você descreveu uma vez.

– É bom ouvir isso.

– Como soube que eu estaria lá hoje?

– Vi seu pedido de credencial há algumas semanas. Posso perguntar qual é seu interesse no padre Kealy?

– Nós não nos falamos há quinze anos e é sobre isso que quer conversar?

– Na última vez em que conversamos, você disse para nunca mais falar de *nós*. Disse que não existia *nós*. Só eu e Deus. Por isso, não achei que fosse um bom assunto.

– Mas eu só disse isso depois de você ter falado que ia voltar ao arcebispado e se dedicar ao serviço dos outros. Um padre na Igreja Católica.

Estavam parados perto demais, por isso ele recuou alguns passos, mais para dentro das sombras da colunata. Captou um vislumbre da cúpula de Michelangelo sobre a basílica de São Pedro sendo secada por um luminoso sol de meio de outono.

– Vejo que ainda tem talento para fugir das perguntas – observou ele.

– Estou aqui porque Tom Kealy me pediu. Ele não é idiota. Sabe o que o tribunal vai fazer.

– Para quem você está trabalhando?

– Para ninguém. Ele e eu estamos escrevendo um livro.

Era uma boa escritora, especialmente de poesias. Michener sempre invejara seu talento, e na verdade queria saber mais sobre o que lhe acontecera depois de Munique. Sabia poucas coisas. O trabalho em alguns jornais europeus, sempre curtos, até mesmo um nos Estados Unidos. Ocasionalmente via a assinatura dela em alguma matéria – nada pesado, principalmente artigos religiosos. Por várias vezes quase a rastreara, ansiando por compartilhar um café, mas sabia que era impossível. Fizera sua escolha e não existia volta.

– Não fiquei surpresa quando vi sua nomeação pelo papa – disse ela. – Imaginei que, quando Volkner fosse eleito papa, não deixaria você ir embora.

Michener captou a expressão nos olhos cor de esmeralda e viu que ela estava lutando contra as emoções, como acontecera há quinze anos. Na época, ele era um padre estudando direito, ansioso e ambicioso, preso à sorte de um bispo alemão que muitos diziam que poderia se tornar cardeal. Agora falava-se em sua própria elevação ao Sacro Colégio. Todos sabiam que os secretários papais passavam diretamente do Palácio Apostólico para um chapéu escarlate. Ele queria ser príncipe da Igreja, fazer parte do próximo conclave na Capela Sistina, sob os afrescos de Michelangelo e Botticelli, com voz e voto.

– Clemente é um bom homem – disse ele.

– É um idiota – declarou ela em voz baixa. – Não passa de alguém que os bons cardeais colocaram no trono até que um deles consiga juntar apoio suficiente.

– O que a torna uma autoridade tão grande?

– Estou errada?

Ele se virou de costas, permitindo que o mau humor esfriasse, e observou um grupo de vendedores de lembranças no perímetro da praça. A atitude carrancuda da mulher continuava ali, as palavras tão cortantes e amargas como ele recordava. Kate estava passando dos quarenta, mas a maturidade não conseguira diminuir as paixões que a consumiam. Era uma das coisas de que ele jamais gostara, e uma das coisas de que sentia falta. Em seu mundo, a franqueza era desconhecida. Estava rodeado por pessoas que podiam dizer com convicção coisas que jamais pensavam a sério, de modo que havia algo de bom na verdade. Pelo menos, sabíamos exatamente onde pisávamos. Terreno sólido. E não a perpétua areia movediça com a qual se acostumara a lidar.

– Clemente é um bom homem encarregado de uma tarefa quase impossível.

– Claro que, se a querida Madre Igreja se dobrasse um pouquinho, as coisas talvez não fossem tão difíceis. É bem difícil governar um bilhão de pessoas quando todos têm de aceitar que o papa é o único homem na terra que não pode cometer um erro.

Michener não queria discutir dogmas com ela, especialmente no meio da praça de São Pedro. Dois guardas suíços, emplumados e com capacetes, as alabardas erguidas, passaram marchando. Ele os viu avançar para a entrada principal da basílica. Os seis enormes sinos na cúpula permaneciam silenciosos, mas percebeu que não estava muito distante o tempo em que dobrariam pela morte de Clemente XV. O que tornava a insolência de Katerina mais irritante. Ir ao tribunal antes e conversar com ela naquele momento era errado. Sabia o que precisava fazer.

– Foi bom vê-la outra vez, Kate. – E virou-se para sair.

– Idiota.

Ela cuspiu o insulto num volume suficiente apenas para ele ouvir.

Michener virou-se de novo, imaginando se ela teria falado sério. O conflito nublava o rosto de Katerina. Ele se aproximou e manteve a voz baixa.

– Não nos falamos há anos, e tudo que quer me dizer é como a Igreja é má. Se a despreza tanto, por que perde tempo escrevendo sobre ela? Escreva aquele romance que sempre disse que escreveria.

Eu achava que talvez, só talvez, você tivesse amadurecido. Mas vejo que isso não aconteceu.

– Que maravilha saber que você se importa! Não pensou nos meus sentimentos quando disse que estava tudo acabado.

– Temos de repassar tudo isso?

– Não, Colin. Não há necessidade. – Ela recuou. – Nenhuma necessidade. Como você disse, foi bom vê-lo de novo.

Por um instante, ele percebeu sua dor, mas ela pareceu dominar com rapidez qualquer fraqueza que pudesse ter surgido internamente.

Michener olhou de novo para o palácio. Agora um número muito maior de pessoas gritava e acenava. Clemente ainda estava acenando de volta. Várias equipes de televisão filmavam.

– É *ele*, Colin – disse Katerina. – *Ele* é o seu problema. Você simplesmente não sabe.

E antes que pudesse responder, ela sumiu.

SEIS

15H

Valendrea pôs os fones de ouvido, apertou o PLAY no gravador de rolo e ouviu a conversa entre Colin Michener e Clemente XV. Os instrumentos de escuta instalados nos apartamentos do papa tinham funcionado impecavelmente de novo. Havia muitos receptores assim no Palácio Apostólico. Cuidara disso logo depois da eleição de Clemente, o que tinha sido fácil já que, como secretário de Estado, era encarregado de garantir a segurança do Vaticano.

Clemente estava certo. Valendrea queria que o pontificado atual demorasse um pouco mais, o suficiente para ele reunir os poucos desgarrados dos quais precisaria no conclave. O atual Sacro Colégio tinha 160 membros, apenas 47 com mais de oitenta anos e inelegíveis se acontecesse um conclave nos próximos trinta dias. Na última contagem, teve bastante certeza de garantir 45 votos. Um bom começo, mas muito longe da eleição. Na vez passada, ignorara o adágio: *quem entra no conclave como papa sai como cardeal*. Desta vez, não correria nenhum risco. Os instrumentos de escuta eram apenas um aspecto de sua estratégia para garantir que os cardeais italianos não repetissem a defecção anterior. É incrível o número de indiscrições cometidas pelos príncipes da Igreja diariamente. O pecado não era estranho a eles, suas almas precisavam de limpeza como a de todo mundo. Mas Valendrea sabia muito bem que, algumas vezes, a penitência tinha de ser forçada ao penitente.

Não faz mal se importar, Colin. Ela faz parte de seu passado. Uma parte que você não deveria esquecer.

Valendrea tirou os fones de ouvido e olhou para o homem sentado ao lado. O padre Paolo Ambrosi estava com ele há mais de uma década. Era baixo, magro, com cabelos grisalhos finos como palha. O nariz adunco e o formato do maxilar faziam com que Valendrea se lembrasse de um falcão, analogia também que descrevia muito bem a personalidade do padre. Um sorriso era raro, uma risada ainda mais. Um ar solene sempre o envolvia, mas isso jamais incomodava Valendrea porque esse padre era um homem repleto de paixão e ambição, dois traços que Valendrea admirava demais.

– É engraçado, Paolo, como eles falam em alemão como se fossem os únicos que pudessem entender. – Valendrea desligou o gravador. – Nosso papa parece preocupado com essa mulher com a qual o padre Michener aparentemente é familiarizado. Fale-me sobre ela.

Estavam sentados numa sala sem janelas no terceiro andar do Palácio Apostólico, parte da enorme área destinada à secretaria de Estado. Os gravadores e o receptor de rádio eram instalados dentro de um armário trancado. Valendrea não se preocupava com a hipótese de alguém encontrar o material. Com mais de dez mil câmaras, salões de audiência e passagens, a maioria atrás de portas trancadas, existia pouco perigo de que esses pouco mais de dez metros quadrados fossem perturbados.

– O nome dela é Katerina Lew. Filha de pais romenos que fugiram do país quando ela era adolescente. O pai era professor de direito. Possui excelente formação, com um diploma da Universidade de Munique e outro da Faculdade Nacional da Bélgica. Voltou à Romênia no final da década de 1980 e estava lá quando Ceausescu foi deposto. É uma revolucionária orgulhosa. – Valendrea percebeu o toque de ironia que temperava a voz de Ambrosi. – Conheceu Michener em Munique, quando ambos eram estudantes. Tiveram um caso amoroso que durou alguns anos.

– Como sabe tudo isso?

– Michener e o papa tiveram outras conversas.

Valendrea sabia que, enquanto ele ouvia apenas as fitas mais importantes, Ambrosi saboreava tudo.

– Você jamais mencionou isso antes?

– Parecia não ter importância até o Santo Padre demonstrar interesse pelo tribunal.

– Talvez eu tenha subestimado o padre Michener. Ele parece humano, afinal de contas. Um homem com passado. E defeitos. Na verdade, gosto desse lado dele. Conte-me mais.

– Katerina Lew trabalhou para várias publicações europeias. Ela se diz jornalista, mas é mais uma escritora *freelancer.* Fez trabalhos para *Der Spiegel*, o *Herald Tribune* e o *Times* de Londres. Não fica muito tempo. Sua tendência é para a política de esquerda e a religião radical. Seus artigos não promovem o culto organizado. É coautora de três livros, dois sobre o Partido Verde da Alemanha, um sobre a Igreja Católica na França. Nenhum vendeu muito. É muito inteligente, mas indisciplinada.

Valendrea percebeu o que realmente queria saber.

– Ambiciosa, também, imagino.

– Foi casada duas vezes, depois de romper com Michener. Ambos os casamentos foram breves. Sua ligação com o padre Kealy foi mais ideia dela do que dele. Esteve nos Estados Unidos nos últimos dois anos, trabalhando. Apareceu no escritório dele um dia e desde então têm estado juntos.

O interesse de Valendrea foi atiçado.

– São amantes?

Ambrosi deu de ombros.

– Difícil dizer. Mas ela parece gostar de padres, de modo que presumo que sim.

Valendrea recolocou os fones de ouvido e ligou o gravador. A voz de Clemente XV preencheu seus ouvidos. *Logo terminarei a carta para o padre Tibor. Pedirei uma resposta escrita, mas se ele desejar falar, ouça, pergunte o que quiser e me conte tudo.* Tirou os fones.

– O que esse velho idiota está tramando? Mandando Michener procurar um padre de 80 anos? Que serventia tem isso?

– Ele é a única pessoa viva, além de Clemente, que viu o que há na *Riserva* relativo aos segredos de Fátima. O próprio João XXIII entregou ao padre Tibor o texto original da irmã Lúcia.

Valendrea sentiu um frio no estômago à menção de Fátima.

– Você localizou Tibor?

– Tenho um endereço na Romênia.

– Isso exige monitoramento detalhado.

– Eu sei. Estou imaginando o motivo.

Valendrea não ia explicar. A não ser que não houvesse opção.

– Acho que seria bom obter ajuda para monitorar Michener.

Ambrosi riu.

– Acha que Katerina Lew pode ajudar?

Valendrea revirou a pergunta na mente, associando sua resposta ao que sabia sobre Colin Michener, e o que agora suspeitava sobre Katerina Lew.

– Veremos, Paolo.

SETE

20H30

Michener estava parado diante do altar principal da basílica de São Pedro. A igreja estava fechada e o silêncio era perturbado apenas pelas equipes de manutenção que enceravam os hectares de piso de mosaico. Encostou-se numa grossa balaustrada e ficou olhando os trabalhadores passando esfregões nas escadas de mármore e retirando o lixo do dia. O ponto focal teológico e artístico de toda a cristandade estava logo abaixo dele, no túmulo de São Pedro. Virou-se e inclinou a cabeça para cima, em direção ao baldaquino encaracolado de Bernini, depois mais para o alto, até a cúpula de Michelangelo, que protegia o altar, como notara um observador, *como as mãos de Deus em concha*.

Pensou no Concílio Vaticano II, imaginando a nave ao redor ladeada de bancos abrigando três mil cardeais, padres, bispos e teólogos de praticamente todas as denominações religiosas. Em 1962, ele estava entre sua Primeira Comunhão e a confirmação, um menino que frequentava a escola católica às margens do rio Savannah, no sudeste da Geórgia. O que acontecia a cinco mil quilômetros de distância, em Roma, não significava nada para ele. Com o passar dos anos, assistira a filmes sobre a sessão de abertura do concílio, enquanto João XXIII, curvado no trono papal, implorava que os tradicionalistas e os progressistas trabalhassem em conjunto para que *a cidade terrena pudesse ser levada a se parecer com a cidade celestial onde reina a verdade.* Fora um gesto sem precedentes. Um monarca absoluto reunindo os subordinados para recomendar como mudar tudo. Durante três anos, os delegados debateram a liberdade religiosa, o judaísmo, o laicato, o casamento, a cultura e o sacerdócio. No final, a Igreja foi fundamentalmente alterada. Alguns argumentavam que não o suficiente, outros achavam que demais.

Muito parecido com a vida de Michener.

Apesar de ter nascido na Irlanda, foi criado na Geórgia. Sua formação teve início nos Estados Unidos e terminou na Europa. Apesar da criação bicontinental, era considerado americano pela cúria dominada por italianos. Por sorte, entendia totalmente a atmosfera volátil que o rodeava. Trinta dias depois de chegar ao palácio papal, havia dominado as quatro regras básicas da sobrevivência no Vaticano. *Regra número um: nunca tenha um pensamento original. Regra número dois: se por algum motivo uma ideia lhe ocorrer, não a verbalize. Regra número três: absolutamente jamais ponha um pensamento no papel. E regra número quatro: sob nenhuma circunstância assine qualquer coisa que tenha idiotamente decidido escrever.*

Olhou para o resto da igreja, maravilhando-se com as proporções harmoniosas que apresentavam um equilíbrio arquitetônico quase perfeito. Cento e trinta papas estavam enterrados ao redor dele, e esta noite esperava encontrar alguma serenidade entre os túmulos.

No entanto, as preocupações com Clemente continuavam a perturbá-lo.

Enfiou a mão na batina e retirou duas folhas de papel dobradas. Toda a sua pesquisa sobre Fátima havia se concentrado nas três mensagens da Virgem, e essas palavras pareciam fundamentais para o que quer que estivesse perturbando o papa. Desdobrou o papel e leu o relato da irmã Lúcia sobre o primeiro segredo:

Nossa Senhora mostrou-nos um grande mar de fogo que parecia estar debaixo da terra. Mergulhados nesse fogo, estavam demônios e almas em formato humano, como se fossem brasas incandescentes, todas enegrecidas ou parecendo bronze polido. Essa visão durou apenas um instante.

O segundo segredo era resultado direto do primeiro:

Viram o inferno, para onde vão as almas dos pobres pecadores. Para salvá-las, Deus quer estabelecer no mundo a devoção a meu Imaculado Coração. Se fizerem o que eu disser, muitas almas serão salvas e terão paz. A guerra vai acabar, mas se não deixarem de ofender a Deus, no reinado de Pio XI começará outra pior. Quando virem uma noite iluminada por uma luz desconhecida, saibam que é o grande sinal que Deus lhes dá de que vai punir o mundo por seus crimes, por meio da guerra, da fome e de perseguições à Igreja e ao Santo Padre. Para impedir isso, venho pedir a consagração da Rússia a meu Imaculado Coração e a comunhão reparadora nos primeiros sábados. Se atenderem a meus pedidos, a Rússia se converterá e haverá paz. Caso contrário, espalhará seus erros pelo mundo, promovendo guerras e perseguições à Igreja. Os bons serão martirizados, o Santo Padre terá que sofrer muito, várias nações serão aniquiladas. Por fim, o meu Imaculado Coração triunfará. O Santo Padre consagrará a Rússia a Mim, ela se converterá, e será concedido ao mundo algum tempo de paz.

A terceira mensagem era a mais cifrada de todas.

Depois das duas partes que já expus, vimos ao lado esquerdo de Nossa Senhora, um pouco mais alto, um anjo com uma espada de fogo na mão esquerda; ao cintilar, despedia chamas que parecia que iam incendiar o mundo; mas apagavam-se no contato com o brilho que da mão direita expedia Nossa Senhora ao seu encontro: o anjo, apontando com a mão direita para a terra, com voz forte disse: "Penitência, Penitência, Penitência!" E vimos numa luz imensa que é Deus: "algo semelhante a como se veem as pessoas num espelho quando lhe passam por diante"; um bispo vestido de Branco "tivemos o pressentimento de que era o Santo Padre". Vários outros bispos, sacerdotes, religiosos e religiosas subiram uma escabrosa montanha, no cimo da qual estava uma grande cruz de troncos toscos como se fora de sobreiro com a casca. O Santo Padre, antes de chegar aí, atravessou uma grande cidade meio em ruínas, e meio trêmulo, com andar vacilante, aflito de dor e pena, ia orando pelas almas dos cadáveres que encontrava pelo caminho. Ao chegar ao cimo do monte, ajoelhado aos pés da grande cruz, foi morto por um grupo de soldados que lhe dispararam vários tiros e flechas, e do mesmo modo foram morrendo uns trás dos outros os bispos, sacerdotes, religiosos e religiosas e várias pessoas seculares, cavalheiros e senhoras de várias classes e posições. Sob os dois braços da cruz, estavam dois anjos, cada um com um regador de cristal na mão, no qual recolhiam o sangue dos mártires e com ele regavam as almas que se aproximavam de Deus.

As frases tinham o mistério cifrado de um poema, com significados sutis e abertos à interpretação. Teólogos, historiadores e pesquisadores de teorias de conspiração vinham há décadas postulando várias análises. Então, quem sabia alguma coisa com certeza? No entanto, alguma coisa perturbava muito Clemente XV.

– Padre Michener.

Ele se virou.

Uma das freiras que tinham preparado seu jantar vinha em sua direção.

– Desculpe, mas o Santo Padre gostaria de vê-lo.

Em geral, Michener jantava com Clemente, mas esta noite o papa fizera a refeição no Colégio Norte-Americano, com um grupo de bispos mexicanos visitantes. Olhou para o relógio. Clemente voltara cedo.

– Obrigado, irmã. Vou ao apartamento.

– O papa não está lá.

Isso era estranho.

– Está no *L'Archivo Segreto Vaticano*. A *Riserva*. Pediu que o senhor o encontrasse lá.

Michener escondeu a surpresa enquanto dizia:

– Certo. Vou imediatamente.

Caminhou pelos corredores vazios em direção ao arquivo. A presença de Clemente de novo na *Riserva* era um problema. Ele sabia exatamente o que o papa estava fazendo. O que não conseguia deduzir era por quê. Deixou a mente vaguear, revendo mais uma vez o fenômeno de Fátima.

Em 1917, a Virgem Maria se revelou a três crianças camponesas num vale chamado Cova da Iria, perto do povoado português de Fátima. Jacinta e Francisco Marto eram irmãos. Ela estava com sete anos e ele com nove. Lúcia dos Santos, prima em primeiro grau dos dois, tinha dez anos. A mãe de Deus apareceu seis vezes, entre maio e outubro, sempre no dia treze de cada mês, no mesmo lugar, à mesma hora. Durante a última aparição, havia milhares de pessoas que testemunharam o sol dançando no céu, sinal celeste de que as visões eram verdadeiras.

Mais de uma década depois, a Igreja sancionou as aparições como *dignas de confirmação*. Mas os dois videntes mais jovens não viveram para ver esse reconhecimento. Jacinta e Francisco morreram de *influenza* trinta meses depois do último aparecimento da Virgem. Porém Lúcia viveu até a velhice, morrendo recentemente, depois de dedicar a vida a Deus como uma freira enclausurada. A Virgem até mesmo previu esses fatos quando disse: *Levarei Jacinta e Francisco logo, mas você, Lúcia, permanecerá aqui durante certo tempo. Jesus quer usá-la para Me tornar conhecida e amada.*

Foi durante a visita de julho que a Virgem contou três segredos aos jovens videntes. A própria Lúcia revelou os dois primeiros nos anos seguintes às aparições, incluindo-os em suas memórias, publicadas no início dos anos 1940. Apenas Jacinta e Lúcia ouviram a Virgem revelar o terceiro segredo. Por algum motivo, Francisco foi excluído de uma revelação direta, mas Lúcia teve permissão de contar a ele. Apesar de terem sido tremendamente pressionadas pelo bispo local para revelar o terceiro segredo, todas as crianças se recusaram. Jacinta e Francisco levaram a informação para o túmulo, embora Francisco tenha dito a um entrevistador, em outubro de 1917, que o terceiro segredo "era para o bem das almas e que muitos ficariam tristes se soubessem".

Lúcia ficou encarregada de ser a guardiã da mensagem final.

Apesar de abençoada com boa saúde, em 1943 uma pleurisia recorrente parecia anunciar seu fim. O bispo local, um homem chamado Silva, pediu que ela escrevesse o terceiro segredo e o lacrasse num envelope. Inicialmente ela resistiu, mas em janeiro de 1944, a Virgem lhe apareceu no convento em Tuy e disse que era a vontade de Deus que ela agora redigisse a mensagem final.

Lúcia escreveu o segredo e lacrou-o num envelope. Ao lhe perguntarem quando a comunicação deveria ser divulgada publicamente, ela só disse: *em 1960*. O envelope foi entregue ao Bispo Silva e posto num envelope maior, lacrado com cera, e depositado no cofre da diocese, onde permaneceu por 13 anos.

Em 1957, o Vaticano requisitou que todos os escritos da irmã Lúcia fossem mandados a Roma, inclusive o terceiro segredo. Quando o envelope chegou, o papa Pio XII colocou-o numa caixa de madeira com a inscrição SECRETUM SANCTI OFFICIO, Segredo do Santo Ofício. A caixa ficou na mesa do papa durante dois anos e Pio XII jamais leu seu conteúdo.

Em agosto de 1959, a caixa foi finalmente aberta e o envelope duplo, ainda lacrado com cera, foi entregue ao papa João XXIII. Em fevereiro de 1960, o Vaticano divulgou uma curta declaração pronunciando que o terceiro segredo de Fátima continuaria lacrado. Nenhuma outra explicação foi dada. Por ordem papal, o texto manuscrito da irmã Lúcia foi recolocado na caixa de madeira e depositado na *Riserva*. Cada papa, desde João XXIII, aventurou-se nos arquivos e abriu a caixa, no entanto nenhum pontífice divulgou publicamente a informação.

Até João Paulo II.

Quando a bala de um assassino quase o matou, em 1981, ele concluiu que uma mão maternal guiara o caminho da bala. Dezenove anos depois, em gratidão à Virgem, ordenou que o terceiro segredo fosse revelado. Para acabar com qualquer debate, uma dissertação de quarenta páginas acompanhando a divulgação interpretava as complexas metáforas da Virgem. Além disso, fotografias do texto original da irmã Lúcia foram publicadas. Durante um tempo, a imprensa ficou fascinada; depois, o assunto perdeu o interesse.

A especulação terminou.

Poucos sequer ainda falavam disso.

Apenas Clemente XV permanecia obcecado.

Michener entrou no arquivo e passou pelo guardião da noite, que lhe fez apenas um rápido cumprimento de cabeça. A cavernosa sala de leitura adiante estava em sombras. Havia uma luz amarelada na extremidade mais distante, onde a grade de ferro da *Riserva* estava aberta.

O cardeal Maurice Ngovi estava parado do lado de fora, com os braços cruzados sob uma batina escarlate. Era um homem de quadris estreitos, com um rosto marcado pelo tempo, pela vida dura. Seu cabelo crespo era ralo e grisalho, e um par de óculos de aro de metal delineava olhos que ofereciam uma perpétua expressão de intensa preocupação. Mesmo com apenas 62 anos, era arcebispo de Nairóbi, principal cardeal africano. Não era um bispo titular, com uma diocese honorária, e sim um prelado trabalhador que administrava ativamente a maior população católica da região subsaariana.

Seu envolvimento diário com essa diocese mudou quando Clemente XV o convocou a Roma para supervisionar a Congregação para a Educação Católica. A partir daí, Ngovi envolveu-se com cada aspecto da educação católica, inserido no primeiro plano com bispos e padres, trabalhando de perto para garantir que escolas, universidades e seminários católicos atuassem em conformidade com a Santa Sé. Nas décadas passadas, esse posto gerava confrontos, com ressentimentos fora da Itália, mas o espírito de renovação do Vaticano II alterou essa hostilidade – bem como homens como Maurice Ngovi, que conseguia aliviar a tensão ao mesmo tempo que garantia a conformidade.

Uma vigorosa ética profissional e uma personalidade adaptável eram dois motivos pelos quais Clemente nomeara Ngovi. Outro era o desejo de que mais pessoas conhecessem esse brilhante cardeal. Há seis meses, Clemente acrescentara-lhe outro título: camerlengo. Isso significava que Ngovi administraria a Santa Sé depois da morte de Clemente, durante as duas semanas até a eleição canônica. Era uma função de guardião, principalmente cerimonial, mas mesmo assim era importante, já que garantia que Ngovi seria um ator fundamental no próximo conclave.

Michener e Clemente haviam discutido várias vezes o próximo papa. O homem ideal, se a história ensinasse algo, seria uma figura não controversa, poliglota, com experiência na cúria – preferivelmente arcebispo de um país que não fosse uma potência mundial. Depois de três anos produtivos em Roma, Maurice Ngovi possuía todas essas características, e a mesma pergunta era feita repetidamente pelos cardeais do Terceiro Mundo. *Seria hora de um papa negro*?

Michener aproximou-se da *Riserva*. Lá dentro, Clemente estava diante de um antigo cofre que fora testemunha da pilhagem de

Napoleão. Sua porta dupla, de ferro, estava aberta, expondo gavetas e prateleiras de bronze. Clemente abrira uma das gavetas. Uma caixa de madeira estava visível. O papa estava segurando um pedaço de papel nas mãos trêmulas. Michener sabia que o texto original da irmã Lúcia continuava guardado naquela caixa de madeira, mas também sabia que havia outro pedaço de papel ali. Uma tradução para o italiano da mensagem original em português, feita quando João XXIII leu pela primeira vez as palavras, em 1959. O sacerdote que havia realizado essa tarefa era um jovem recruta na secretaria de estado.

Padre Andrej Tibor.

Michener lera diários de autoridades da cúria, guardados no arquivo, revelando como o padre Tibor entregara pessoalmente a tradução ao papa João XXIII, que leu a mensagem e depois ordenou que a caixa fosse lacrada, junto com a tradução.

Agora, Clemente XV queria encontrar o padre Andrej Tibor.

– Isso é perturbador – sussurrou Michener, com os olhos ainda observando a cena na *Riserva*.

O cardeal Ngovi estava parado a seu lado, mas não disse nada. Em vez disso, segurou-o pelo braço e levou-o para longe, em direção a uma fileira de estantes. Ngovi era um dos poucos no Vaticano em quem Clemente confiava sem questionar.

– O que está fazendo aqui? – perguntou Michener a Ngovi.

– Fui chamado.

– Achei que Clemente estava no Colégio Norte-Americano. – Ele manteve a voz baixa.

– Estava, mas saiu abruptamente. Ligou para mim há meia hora e disse para encontrá-lo aqui.

– É a terceira vez em duas semanas que ele entra lá. Sem dúvida as pessoas estão notando.

Ngovi assentiu.

– Felizmente aquele cofre contém uma variedade de itens. É difícil saber com certeza o que ele está fazendo.

– Estou preocupado com isso, Maurice. Ele tem agido de modo estranho. – Somente em particular Michener rompia o protocolo e usava nomes próprios.

– Concordo. Ele evita todas as minhas perguntas com charadas.

– Passei o mês passado pesquisando toda aparição mariana jamais investigada. Li relato após relato de testemunhas e videntes. Nunca imaginei que houvesse tantas visitas divinas à terra. Ele quer saber os detalhes de cada uma, junto com cada palavra que a Virgem pronunciou. Mas não quer me dizer por quê. Mas volta aqui toda hora. – Michener balançou a cabeça. – Não vai demorar muito até que Valendrea saiba disso.

– Esta noite ele e Ambrosi estão fora do Vaticano.

– Não importa. Ele vai descobrir. Às vezes me pergunto se todos aqui não prestam contas a ele.

O som de uma tampa se fechando ecoou dentro da *Riserva*, seguido pelo ruído de uma porta metálica. Um instante depois, Clemente apareceu.

– O padre Tibor deve ser encontrado.

Michener adiantou-se.

– O departamento de registros me informou a localização exata dele na Romênia.

– Quando você parte?

– Amanhã à noite ou na manhã seguinte, dependendo dos voos.

– Quero que essa viagem fique apenas entre nós três. Tire férias. Entendeu?

Ele assentiu. A voz de Clemente não era mais do que um sussurro. Michener ficou curioso.

– Por que estamos falando tão baixo?

– Não percebi.

Michener detectou irritação. Como se não devesse observar isso.

– Colin, você e Maurice são os únicos em que confio implicitamente. Meu caro amigo, o cardeal aqui, não pode viajar para o exterior sem atrair atenção: agora ele é famoso demais, importante demais. Portanto, você é o único que pode cumprir essa tarefa.

Michener apontou para a *Riserva*.

– Por que o senhor está sempre entrando lá?

– As palavras me atraem.

– Sua Santidade João Paulo II revelou a terceira mensagem de Fátima ao mundo no início do novo milênio – disse Ngovi. – Antes disso, ela foi analisada por uma comissão de padres e eruditos. Eu trabalhei nessa comissão. O texto foi fotografado e publicado em todo o mundo.

Clemente não respondeu.

– Talvez um conselho com os cardeais possa ajudar com qualquer problema que haja – disse Ngovi.

– O que mais temo são os cardeais.

– E o que o senhor espera saber de um velho que mora na Romênia? – perguntou Michener.

– Ele me mandou algo que exige minha atenção.

– Não me lembro de nada vindo dele – disse Michener.

– Estava no malote diplomático. Um envelope lacrado do núncio de Bucareste. O remetente disse que havia traduzido a mensagem da Virgem para o papa João.

– Quando foi isso? – perguntou Michener.

– Há três meses.

Michener notou que foi mais ou menos quando Clemente começou a visitar a *Riserva*.

– Agora sei que ele falava a verdade, por isso não desejo mais que o núncio seja envolvido. Preciso que você vá à Romênia e avalie o padre Tibor pessoalmente. Sua opinião é importante para mim.

– Santo Padre...

Clemente levantou a mão.

– Não pretendo ser mais questionado sobre esse assunto. – Havia raiva na declaração, uma emoção incomum em Clemente.

– Certo – respondeu Michener. – Vou encontrar o padre Tibor, Santidade. Fique tranquilo.

Clemente olhou de volta para a *Riserva*.

– Meus predecessores estavam muito errados.

– Em que sentido, Jakob? – perguntou Ngovi.

Clemente virou-se de novo, com os olhos distantes e tristes.

– Em todos os sentidos, Maurice.

OITO

21H45

Valendrea estava gostando da noite. Ele e o padre Ambrosi haviam saído do Vaticano há duas horas e ido num carro oficial até o La Marcello, um de seus bistrôs prediletos. O coração de vitela com alcachofras era, sem dúvida, o melhor de Roma. A *ribollita*, uma sopa toscana com feijão, legumes e pão, o lembrava da infância. E a sobremesa, sorvete de limão com molho de tangerina, bastava para fazer qualquer visitante retornar. Ele havia jantado ali durante anos, à sua mesa de sempre, perto dos fundos, e o dono tinha pleno conhecimento de sua preferência em vinhos e da exigência de privacidade absoluta.

– Está uma noite linda – disse Ambrosi.

O sacerdote fitou Valendrea no banco de trás de um cupê Mercedes que costumava levar muitos diplomatas pela Cidade Eterna – até o presidente dos Estados Unidos, que fizera uma visita no outono passado. O compartimento de passageiros era separado do motorista por um vidro fosco. Todas as janelas eram escuras e à prova de balas, as laterais e o piso forrados de aço.

– Está sim. – Estava fumando um cigarro e soltando baforadas, desfrutando a sensação calmante da nicotina entrando no sangue depois de uma refeição satisfatória. – O que descobrimos sobre o padre Tibor?

Havia passado a falar na primeira pessoa do plural, prática que esperava ser útil nos próximos anos. Os papas falaram assim durante séculos. João Paulo II foi o primeiro a abandonar o hábito, e Clemente XV tinha-o declarado oficialmente morto. Mas se o papa atual estava decidido a descartar todas as tradições reverenciadas pelo tempo, Valendrea estaria igualmente decidido a ressuscitá-las.

Durante o jantar, não havia perguntado nada a Ambrosi sobre o assunto que pesava na mente, seguindo sua regra de jamais discutir negócios do Vaticano em outro lugar que não fosse o Vaticano. Tinha visto muitos homens derrubados pela língua descuidada, vários dos quais ele próprio ajudara a derrubar. Mas esse carro podia ser considerado uma extensão do Vaticano, e Ambrosi garantia diariamente que ele estivesse livre de qualquer instrumento de escuta.

Uma suave melodia de Chopin saía do aparelho de CD. A música o relaxava, mas também impedia que a conversa fosse captada por qualquer aparelho de escuta móvel.

– O nome dele é Andrej Tibor – disse Ambrosi. – Trabalhou no Vaticano entre 1959 e 1967. Depois se tornou um padre comum, que serviu em muitas congregações antes de se aposentar há duas décadas. Atualmente, vive na Romênia e recebe um cheque de pensão mensal que é descontado com seu endosso.

Valendrea saboreou uma longa tragada no cigarro.

– Então, a pergunta do dia é: o que Clemente deseja com esse padre idoso?

– Certamente tem a ver com Fátima.

Tinham acabado de rodear a *Via Milazzo* e agora estavam acelerando pela *Via Dei Fori Imperiali* em direção ao Coliseu. Ele adorava o modo como Roma se mantinha fiel ao passado. Podia facilmente visualizar imperadores e papas desfrutando da satisfação de saber que podiam dominar algo tão espetacularmente lindo. Um dia ele também saborearia esse sentimento. Jamais se contentaria com o barrete escarlate de cardeal. Queria usar o *camauro*, reservado apenas para os papas. Clemente havia rejeitado aquele chapéu de estilo antigo por ser anacrônico. Mas o gorro de veludo vermelho com acabamento de pele branca serviria como um dos muitos sinais de que o papado imperial havia retornado. Os católicos do ocidente e do Terceiro Mundo não teriam mais permissão de diluir o dogma do latim. A Igreja havia se tornado muito mais preocupada em se ajustar ao mundo do que em defender sua fé. O islamismo, o hinduísmo, o budismo e uma enormidade de seitas protestantes estavam diminuindo radicalmente o número de católicos. E tudo isso era trabalho do demônio. A única verdadeira igreja apostólica estava com problemas, mas ele sabia do que ela precisava: uma mão firme. Que garantisse que os padres obedecessem, que os fiéis permanecessem e que os rendimentos crescessem. A mão que ele estava totalmente disposto a oferecer.

Sentiu um toque no joelho e desviou o olhar da janela.

– Eminência, é logo adiante – disse Ambrosi, apontando.

Valendrea olhou de novo pela janela enquanto o carro fazia a curva e uma progressão de cafés, bistrôs e discotecas espalhafatosas passava. Estavam numa das ruas secundárias, a *Via Frattina*, com as calçadas apinhadas de gente aproveitando a noite.

– Ela está hospedada no hotel ali em frente – disse Ambrosi. – Localizei a informação a partir do pedido de credenciais feito ao escritório de segurança.

Ambrosi fora detalhista, como sempre. Valendrea estava se arriscando ao visitar Katerina Lew sem ser anunciado, mas esperava que a noite agitada e o adiantado da hora minimizassem qualquer olhar curioso. Estivera pensando em como fazer o contato. Não queria desfilar até o quarto dela. Também não queria que Ambrosi o fizesse. Mas viu que nada disso seria necessário.

– Talvez Deus esteja olhando nossa missão – disse ele, sinalizando para uma mulher que caminhava pela calçada, em direção à entrada de um hotel envolta em hera.

Ambrosi sorriu.

– A noção de tempo é tudo.

O motorista foi instruído a passar rapidamente pelo hotel e parar ao lado da mulher. Valendrea apertou um botão e a janela de trás baixou.

– Sra. Lew. Sou o cardeal Alberto Valendrea. Talvez se lembre de mim, do tribunal hoje cedo.

Ela interrompeu o caminhar casual e ficou parada olhando para a janela. Seu corpo era flexível e pequeno. Mas o modo como se portou, como plantou os pés e avaliou a fala dele, o modo como os ombros ficaram retos e o pescoço se arqueou, sinalizava algo mais substancial em seu caráter do que o tamanho do corpo poderia indicar. Tinha um jeito lânguido, como se um príncipe da Igreja Católica – nada menos do que o secretário de Estado – a abordasse todos os dias. Mas Valendrea também percebeu outra coisa. Ambição. E essa percepção o relaxou instantaneamente. A coisa poderia ser muito mais fácil do que ele havia imaginado.

– Acha que podemos ter uma conversa? Aqui no carro?

Ela deu um sorriso.

– Como eu poderia recusar um pedido tão gentil do secretário de Estado do Vaticano?

Ele abriu a porta e deslizou no banco para lhe dar espaço. Ela entrou, desabotoando o casaco forrado de pele de ovelha. Ambrosi fechou a porta. Valendrea notou um talho na saia quando ela se acomodou no banco.

O Mercedes se adiantou vagarosamente, parando adiante, num beco estreito. A multidão foi deixada para trás. O motorista saiu e voltou andando para o fim da rua, onde Valendrea sabia que ele se certificaria de que nenhum carro entrasse.

– Este é o padre Paolo Ambrosi, meu principal assistente na Secretaria de Estado. Katerina apertou a mão de Ambrosi. Valendrea notou que os olhos de Ambrosi se suavizaram, o bastante para sinalizar calma à convidada. Paolo sabia exatamente como cuidar de um problema.

– Precisamos falar com a senhora sobre uma questão importante, para a qual esperamos sua ajuda – disse Valendrea.

– Não consigo ver em que eu poderia ajudar alguém de sua estatura, Eminência.

– A senhora compareceu à audiência no tribunal hoje cedo. Presumo que o padre Kealy tenha requisitado sua presença.

– É disso que se trata? Está preocupado com notícias ruins na imprensa sobre o que aconteceu?

Ele fez uma expressão de autocensura.

– Com tantos repórteres presentes, garanto que más notícias não têm nada a ver com isto. O destino do padre Kealy está selado, como tenho certeza de que a senhora, ele e toda a imprensa perceberam. Isto tem a ver com algo muito mais importante do que um herege.

– O que o senhor está para dizer é oficial?

Ele se permitiu um sorriso.

– Sempre jornalista... Não, Sra. Lew, nada disso é oficial. Ainda está interessada?

Valendrea esperou enquanto ela avaliava em silêncio as opções. Este era o momento em que a ambição deveria derrotar o bom julgamento.

– Certo. Extraoficial, então. Vá em frente.

Ele ficou satisfeito. Até agora, tudo bem.

– Tem a ver com Colin Michener.

Os olhos dela demonstraram surpresa.

– Sim, eu sei de seu relacionamento com o secretário do papa. Uma questão muito séria para um sacerdote, especialmente da importância dele.

– Foi há muito tempo.

As palavras dela tinham tom de negação. Talvez agora, pensou Valendrea, a mulher percebesse por que ele estava tão disposto a lhe confiar algo *extraoficial*. O negócio tinha a ver com ela, e não com ele.

– Paolo testemunhou seu encontro com Michener esta tarde na praça. Foi qualquer coisa, menos cordial. *Idiota*, acho, foi a palavra que a senhora usou.

Ela lançou um olhar para o acólito de Valendrea.

– Não me lembro de tê-lo visto lá.

– A praça de São Pedro é um lugar grande – observou Ambrosi em voz baixa.

– Talvez a senhora esteja pensando como ele pode ter ouvido isso – disse Valendrea. – A senhora praticamente sussurrou. Paolo é excelente leitor de lábios. Um talento útil, não acha? – Ela pareceu não saber como responder, por isso ele fez uma pausa antes de dizer: – Sra. Lew, não estou tentando ser ameaçador. Na verdade o padre Michener está para embarcar numa viagem a mando do papa. Preciso de sua ajuda com relação a essa viagem.

– O que eu poderia fazer?

– Alguém deve monitorar aonde ele vai e o que faz. A senhora seria a pessoa ideal para isso.

– E por que eu o faria?

– Porque houve um tempo em que a senhora gostava dele. Talvez até o amasse. Talvez até ainda ame. Muitos sacerdotes, como o padre Michener, conheceram mulheres. É a vergonha de nosso tempo. Homens que não se importam nada com um voto feito a Deus. – Fez uma pausa. – Ou com o sentimento das mulheres que podem magoar. Sinto que a senhora não desejaria que nada magoasse o padre Michener. – Ele deixou que as palavras a dominassem. – Acreditamos que há um problema surgindo, que poderia prejudicá-lo demais. Não fisicamente, veja bem, mas poderia prejudicar a situação dele na Igreja. Talvez prejudicar sua carreira. Estou tentando impedir que isso aconteça. Se encarregássemos alguém do Vaticano para essa tarefa, o fato seria conhecido em questão de horas e a missão fracassaria. Gosto do padre Michener. Não gostaria de ver a carreira dele prejudicada. Preciso do segredo que a senhora pode proporcionar para protegê-lo.

Ela apontou para Ambrosi.

– Por que não manda o padre vir aqui?

Valendrea ficou impressionado com a petulância.

– O padre Ambrosi é conhecido demais para a tarefa. Por sorte, a missão do padre Michener o levará à Romênia, lugar que a senhora conhece bem. Por isso poderia aparecer sem que ele fizesse perguntas demais. Presumindo que ficasse sabendo de sua presença.

– E qual o objetivo dessa viagem à minha pátria?

Ele ignorou a pergunta.

– Isso só atrapalharia o seu relatório. Em vez disso, apenas observe. Desse modo, não nos arriscamos a nada que prejudique suas observações.

– Em outras palavras, o senhor não vai me contar.

– Exato.

– E o que eu ganharia para fazer esse favor ao senhor?

Ele se permitiu um risinho enquanto tirava um charuto de uma bolsa na lateral da porta.

– Por infelicidade, Clemente XV não vai durar muito mais. Um conclave está se aproximando. Quando isso acontecer, posso lhe garantir que a senhora terá um amigo que lhe dará informações mais do que suficientes para tornar suas reportagens uma mercadoria valiosa nos círculos jornalísticos. Talvez o bastante para que volte a trabalhar com todos aqueles editores que a abandonaram.

– Devo me impressionar pelo fato de o senhor saber coisas a meu respeito?

– Não estou tentando impressioná-la, Sra. Lew, apenas garantir sua ajuda em troca de algo pelo qual qualquer jornalista morreria. – Acendeu o charuto e saboreou uma tragada. Não fez qualquer menção de abrir a janela antes de exalar uma névoa densa.

– Isso deve ser importante para o senhor.

Valendrea notou como ela verbalizara a fala. Não disse *importante para a Igreja. Importante para o senhor.* Decidiu acrescentar uma pitada de verdade à discussão.

– O bastante para eu vir às ruas de Roma. Garanto que manterei meu lado do acordo. O próximo conclave será monumental, e a senhora terá uma fonte confiável de informações de primeira mão.

Ela ainda parecia estar argumentando consigo mesma. Talvez pensasse que Colin Michener se tornaria a fonte anônima no Vaticano que ela poderia citar para validar as histórias que venderia. Mas aqui havia outra oportunidade. Uma oferta lucrativa. E tudo isso em troca de uma tarefa simples. Ele não estava pedindo para ela roubar, mentir ou trapacear. Só para fazer uma viagem ao seu país e vigiar um antigo namorado por alguns dias.

– Deixe-me pensar nisso – disse finalmente.

Ele encheu de novo os pulmões com a fumaça do charuto.

– Eu não demoraria muito. O negócio vai acontecer logo. Telefonarei amanhã para seu hotel, digamos às duas horas, para ter a resposta.

– Presumindo que eu concorde, como informarei o que descobrir?

Ele apontou para Ambrosi.

– Meu assistente entrará em contato com a senhora. Jamais tente ligar para mim. Entendeu? Ele a encontrará.

Ambrosi cruzou as mãos na frente da batina preta e Valendrea lhe permitiu o prazer do momento. Queria que Katerina Lew soubesse que esse padre não era alguém que ela quisesse desafiar, e a pose rígida de Ambrosi transmitiu a mensagem. Ele sempre gostara dessa qualidade em Paolo. Tão reservado em público, tão intenso em particular.

Valendrea enfiou a mão sob o banco e pegou um envelope, que entregou à convidada.

– Dez mil euros para ajudar com passagens aéreas, hotel, e o que mais for necessário. Se decidir me ajudar, não espero que a senhora banque o empreendimento. Se disser não, fique com o dinheiro, em troca do incômodo.

Em seguida, esticou um braço para além dela e abriu a porta.

– Gostei da conversa, Sra. Lew.

Katerina saiu do carro segurando o envelope. Ele olhou para a noite e disse:

– Seu hotel fica à esquerda, na *via* principal. Tenha uma boa noite.

Ela não disse nada e se afastou. Valendrea fechou a porta e sussurrou:

– Tão previsível! Ela quer que esperemos. Mas não há dúvida do que fará.

– Foi quase fácil demais – disse Ambrosi.

– Exatamente por isso quero você na Romênia. Essa mulher merece ser vigiada, e será mais fácil de ser monitorada do que Michener. Arranjei com um dos nossos benfeitores corporativos um jato particular. Você partirá de manhã. Como já sabemos para onde Michener vai, chegue primeiro e espere. Ele deve chegar amanhã à noite ou, no mais tardar, no dia seguinte. Mantenha-se fora das vistas, mas fique de olho nessa mulher e certifique-se de que ela entenda que queremos um retorno para o investimento.

Ambrosi assentiu.

O motorista voltou e sentou-se ao volante. Ambrosi bateu no vidro e o carro recuou até a *via*.

Valendrea afastou o pensamento do trabalho.

– Com toda essa intriga terminada, que tal um conhaque e um pouco de Tchaikovski antes de ir para a cama? Gostaria, Paolo?

NOVE

23H50

Katerina rolou para longe do padre Kealy e relaxou. Ele a estava esperando quando ela subiu, e prestou atenção enquanto ela contou sobre o encontro inesperado com o cardeal Valendrea.

– Foi bom, Katerina – disse Kealy. – Como sempre.

Ela examinou o perfil do padre, iluminado por um brilho âmbar que se derramava pelas cortinas parcialmente fechadas.

– Perco meu colarinho clerical de manhã e à noite me deito com uma mulher. E nada menos do que uma mulher lindíssima.

– Isso tira um pouco da tensão.

Ele deu um risinho.

– Pode-se dizer que sim.

Kealy sabia tudo sobre o relacionamento dela com Colin Michener. Na verdade, tinha sido bom para Katerina aliviar a alma com alguém que pudesse entender. Fizera o primeiro contato ao invadir a paróquia de Kealy na Virgínia e pedir uma entrevista. Estava nos Estados Unidos trabalhando como *freelancer* para alguns periódicos interessados em opiniões religiosas radicais. Ganhara algum dinheiro, o bastante para cobrir as despesas, mas achou que a história de Kealy poderia ser o início de alguma coisa grandiosa.

Ali estava um padre em guerra com Roma, numa questão que calava no coração dos católicos ocidentais. A Igreja norte-americana estava tentando desesperadamente conseguir seguidores. Os escândalos sobre padres pedófilos e molestamento de crianças haviam devastado a reputação da Igreja, e a reação apática de Roma só servira para complicar uma situação já difícil. A condenação ao casamento de padres, ao homossexualismo e ao controle da natalidade só haviam aumentado a desilusão popular.

No primeiro dia, Kealy a convidou para jantar, e não se passou muito tempo até ela estar em sua cama. Era um prazer se atracar com Kealy, tanto física quanto mentalmente. O relacionamento dele com a outra mulher, que havia causado toda a comoção, terminara há um ano. Ela se cansara da atenção e não queria ser o foco de uma suposta revolução religiosa. Katerina não ocupou seu lugar, preferindo ficar ao fundo, mas tinha gravado horas de entrevistas que, segundo esperava, dariam uma base excelente para um livro. *O argumento contra o celibato dos padres* era o título provisório, e ela visualizava um ataque populista contra um conceito que Kealy dizia ser tão útil para a Igreja "quanto as tetas num javali macho". O ataque final da Igreja – a excomunhão de Kealy – formaria a base do esquema promocional. *Um padre que perde a batina por discordar de Roma estabelece um argumento para o clero moderno.* Sem dúvida, o conceito já havia sido usado, mas Kealy oferecia uma voz nova, ousada, popular. A CNN até mesmo falava em contratá-lo como comentarista para o próximo conclave, alguém de dentro que ofereceria uma imagem contrária às opiniões conservadoras usuais que eram tradicionalmente ouvidas nas épocas de eleição papal. No todo, o relacionamento deles tinha sido mutuamente benéfico. Mas isso foi antes de o secretário de estado do Vaticano procurá-la.

– E o Valendrea? O que acha da oferta dele? – perguntou Katerina.

– É um panaca metido a besta que pode muito bem ser o próximo papa.

Ela ouvira a mesma previsão feita por outros, o que tornava a oferta de Valendrea ainda mais interessante.

– Ele está interessado no que Colin faz.

Kealy rolou e fitou-a.

– Devo admitir que também estou. O que poderia atrair o secretário do papa à Romênia?

– Como se não houvesse nada de interessante lá.

– Está sensível, não é?

Ainda que jamais tivesse se considerado realmente patriota, ela era romena e sentia orgulho disso. Seus pais tinham fugido do país quando ela era adolescente, mas depois voltara para ajudar a derrubar o déspota Ceausescu. Estava em Bucareste quando o ditador fez o último discurso diante do prédio do comitê central. Deveria ser um acontecimento montado, destinado a demonstrar o apoio dos trabalhadores ao governo comunista, mas acabou se transformando num tumulto. Ainda podia ouvir os gritos quando o pandemônio irrompeu e a polícia chegou com armas, enquanto aplausos gravados estrondeavam nos alto-falantes.

– Sei que pode achar difícil acreditar, mas revolta de verdade não é se maquiar para uma câmera, colocar palavras provocadoras na Internet ou mesmo ir para a cama com uma mulher. Revolução significa derramamento de sangue.

– Os tempos mudaram, Katerina.

– Não vai mudar a Igreja tão facilmente.

– Você viu toda a mídia presente lá, hoje? Aquela audiência será divulgada em todo o mundo. As pessoas saberão o que acontecerá comigo.

– E se ninguém se importar?

– Recebemos mais de vinte e mil visitas por dia no *site*. É bastante atenção. As palavras podem ter um efeito poderoso.

– As balas também. Eu estava lá, alguns dias antes do Natal, quando romenos morreram para que um ditador e a vaca de sua esposa pudessem ser mortos a tiro.

– Você teria puxado o gatilho, se pedissem, não teria?

– No mesmo instante. Eles arruinaram minha pátria. A paixão, Tom. É isso que move a revolta. Paixão profunda e incontida.

– E o que planeja fazer com Valendrea?

Ela suspirou.

– Não tenho opção. Preciso ir.

Ele deu um risinho.

– Sempre há opções. Deixe-me adivinhar: essa oportunidade pode lhe proporcionar outra chance com Colin Michener?

Katerina tinha percebido que havia contado demais sobre si mesma a Tom Kealy. Ele lhe garantira que nunca revelaria nada, mas ela se preocupou. Certo, o lapso de Michener ocorrera há muito tempo, mas qualquer revelação, verdadeira ou falsa, lhe custaria a carreira. Ela jamais reconhecera nada publicamente, não importando o quanto odiasse a escolha feita por Michener.

Ficou sentada imóvel por alguns instantes, olhando o teto. Valendrea falara do surgimento de um problema que poderia prejudicar a carreira de Michener. De modo que, se ela pudesse ajudar Michener, ao mesmo tempo que ajudava a si mesma, por que não?

– Eu vou.

– Você está se envolvendo com serpentes – disse Kealy em sua voz bem-humorada. – Mas acho que é qualificada para lutar com esse demônio. E Valendrea é isso, deixe-me dizer. Um sacana ambicioso.

– Algo que você é qualificado para identificar. – Ela não pôde resistir.

A mão de Kealy passou sobre sua perna nua.

– Talvez. Junto com minhas outras habilidades.

Sua arrogância era impressionante. Nada parecia abalá-lo. Nem a audiência da manhã diante de prelados de rostos solenes nem a perspectiva de perder o colarinho clerical. Talvez fosse sua ousadia que inicialmente a atraíra. Mesmo assim, Kealy estava ficando cansativo. Ela se perguntou se ele algum dia se importara com o sacerdócio. Uma coisa ela precisava admitir com relação a Michener: sua devoção religiosa era admirável. A lealdade de Tom Kealy era apenas ao momento. Mas quem era ela para julgar? Tinha se ligado a ele por motivos egoístas, motivos que ele certamente percebia e explorava. Mas agora tudo isso poderia mudar. Acabara de conversar com o secretário de estado da Santa Sé. Um homem que a procurara para uma tarefa que poderia levar a muito mais. E, sim, como Valendrea dissera, poderia ser o suficiente para fazer com que voltasse a trabalhar para todos aqueles editores que a haviam abandonado.

Um estranho arrepio a atravessou.

Os inesperados acontecimentos da noite estavam fazendo o efeito de um afrodisíaco. Deliciosas possibilidades sobre o futuro rodopiavam em sua mente. E essas possibilidades tornavam o sexo que acabara de desfrutar parecer muito mais satisfatório do que seria – e muito mais sedutora a atenção que desejava agora.

DEZ

TURIM, ITÁLIA

QUINTA-FEIRA, 9 DE NOVEMBRO

10H30

Michener espiava pela janela do helicóptero a cidade abaixo. Turim estava envolta num cobertor diáfano enquanto o claro sol da manhã lutava para afastar a névoa do ar. Mais além ficava o Piemonte, a região da Itália aninhada à França e à Suíça, uma abundante planície baixa emparedada pelos cumes alpinos, as geleiras e o mar.

Clemente estava sentado junto dele, com dois seguranças em frente. O papa viera ao norte abençoar o Santo Sudário de Turim antes que a relíquia fosse lacrada outra vez. Essa exposição específica havia começado logo depois da Páscoa, e Clemente deveria ter comparecido para a inauguração. Mas uma visita à Espanha, programada anteriormente, tivera precedência. Por isso decidiu-se que ele iria para o encerramento da mostra, trazendo sua veneração, como os papas haviam feito durante séculos.

O helicóptero virou para a esquerda e começou uma descida lenta. Abaixo, a *Via Roma* estava apinhada com o tráfego matinal e a *Piazza San Carlo* estava igualmente congestionada. Turim era um centro industrial que produzia principalmente carros, uma cidade empresarial na tradição europeia, não diferente de muitas que Michener conhecia da infância no sul da Geórgia, onde a indústria do papel dominava.

O *Duomo San Giovanni*, com os pináculos envoltos em névoa, surgiu de repente. A catedral, dedicada a São João Batista, existia desde o século XV. Mas somente no XVII o Santo Sudário passou a ser guardado lá.

Os patins do helicóptero tocaram gentilmente o chão úmido.

Michener soltou o cinto de segurança enquanto os rotores diminuíam a velocidade. Os dois seguranças só abriram a porta da cabine quando as lâminas estavam perfeitamente imóveis.

– Vamos? – perguntou Clemente.

O papa falara pouco na viagem desde Roma. Clemente ficava assim quando viajava, e Michener respeitava as manias do velho.

Michener saiu na *piazza*, seguido por Clemente. Havia uma multidão cercando o perímetro. O ar estava frio, mas Clemente insistira em não usar casaco. Era uma visão impressionante com sua batina branca e uma cruz pendurada no peito. O fotógrafo papal começou a tirar fotos que estariam à disposição da imprensa antes do fim do dia. O papa acenou e a multidão retribuiu as atenções.

– Não devemos nos demorar – sussurrou Michener a Clemente.

A segurança do Vaticano fora enfática ao dizer que a *piazza* não era segura. Deviam entrar e sair, como as equipes de segurança diziam, já que a catedral e a capela tinham sido os únicos locais onde fora feita varredura em busca de explosivos e estavam com guardas desde a véspera. Como essa visita em particular fora muito divulgada e marcada com grande antecedência, quanto menos tempo em espaço aberto, melhor.

– Já vamos – disse Clemente enquanto continuava a cumprimentar o povo. – Eles vieram ver o pontífice. Deixe que vejam.

Os papas sempre tinham viajado livremente pela península. Era algo que os italianos desfrutavam em troca de seu parentesco de dois mil anos com a Madre Igreja, por isso Clemente parou por um momento para saudar a multidão.

Por fim, foi até a alcova da catedral. Michener o seguiu, intencionalmente mantendo-se recuado para permitir ao clero local a oportunidade de ser fotografado com o Santo Padre.

O cardeal Gustavo Bartolo esperava do lado de dentro. Usava batina de seda escarlate com faixa de cintura combinando, que anunciavam seu *status* superior no Colégio de Cardeais. Era um homem irrequieto, de cabelos brancos opacos e barba densa. Michener frequentemente se perguntava se a aparência de profeta bíblico era intencional, já que a reputação de Bartolo não era de brilho intelectual ou esclarecimento espiritual, mas sim de um leal garoto de recados. Fora nomeado bispo de Turim e elevado ao Sacro Colégio pelo predecessor de Clemente, o que o tornava guardião do Santo Sudário.

Clemente permitira que o cargo fosse mantido mesmo sabendo que Bartolo era dos homens mais próximos de Alberto Valendrea. O voto de Bartolo no próximo conclave era certo, por isso Michener achou divertido quando o papa foi direto ao cardeal e estendeu a mão direita, com a palma para baixo. Bartolo pareceu perceber instantaneamente o que o protocolo determinava e, com os padres e freiras olhando, o cardeal não teve escolha além de aceitar a mão, ajoelhar-se e beijar o anel papal. Clemente havia dispensado quase inteiramente esse gesto. Em geral, em situações como esta, dentro de portas fechadas e restrita a autoridades da igreja, um aperto de mão bastava. A insistência do papa no cumprimento do rígido protocolo era uma mensagem que o cardeal aparentemente compreendeu, enquanto Michener percebia um momentâneo olhar de irritação que o clérigo mais idoso se esforçava para suprimir.

Clemente não pareceu preocupado com o desconforto de Bartolo e de imediato começou a trocar amenidades com os outros presentes.

Depois de alguns minutos de conversa informal, abençoou as duas dúzias de pessoas ao redor e guiou o séquito para dentro da catedral.

Michener ficou para trás e deixou a cerimônia continuar sem ele. Seu serviço era estar por perto, pronto para ajudar, e não fazer parte dos procedimentos. Notou que um dos padres locais também esperava. Sabia que o clérigo baixo e meio careca era assistente de Bartolo.

– O Santo Padre ficará para o almoço? – perguntou o padre em italiano.

Michener não gostou do tom enérgico. Era respeitoso, mas com um leve ar de irritação. Sem dúvida a lealdade desse padre não era ao papa idoso. Tampouco o sujeito sentia necessidade de esconder sua animosidade diante de um monsenhor americano que certamente estaria desempregado assim que o atual Vigário de Cristo morresse. Esse homem tinha visões do que *seu* prelado poderia fazer por ele, assim como acontecera com Michener há duas décadas, quando um bispo alemão se afeiçoara a um seminarista tímido.

– O papa ficará para o almoço, presumindo que a programação seja mantida. Na verdade, estamos um pouco adiantados. Vocês receberam a preferência de cardápio?

Uma leve confirmação de cabeça.

– Foi preparado segundo o pedido.

Clemente não gostava de cozinha italiana, fato que o Vaticano se esforçava tremendamente para não divulgar. A versão oficial era que os hábitos alimentares do papa eram uma questão particular, não relacionada a seus deveres.

– Vamos entrar? – perguntou Michener.

Ultimamente estava menos inclinado a zombar da política da Igreja, já que percebia que sua influência estava se desvanecendo na razão direta da saúde de Clemente.

Entrou na catedral e o padre irritante o seguiu. Aparentemente, esse era seu anjo da guarda do dia.

Clemente estava parado na interseção da nave da catedral, onde havia uma caixa de vidro retangular presa ao teto. Dentro, com iluminação indireta, havia um tecido pálido, marrom claro, com pouco mais de quatro metros de comprimento. Nele havia a imagem tênue de um homem deitado, com a metade de trás e a da frente juntas na cabeça, como se um cadáver tivesse sido posto em cima e coberto. Era um homem barbudo e tinha cabelos desalinhados passando dos ombros, com as mãos recatadamente cruzadas sobre o ventre. Os ferimentos eram evidentes na cabeça e nos pulsos. O peito tinha cortes, as costas cheias de marcas de açoite.

Se a imagem era de Cristo, era apenas questão de fé. Pessoalmente, Michener achava difícil aceitar que um pedaço de tecido em padrão espinha de peixe pudesse ficar intacto por dois mil anos, e achou que a relíquia era parecida com as coisas que vinha lendo com grande atenção nos dois últimos meses, relativas às aparições marianas. Estudara os relatos de cada suposto vidente que falava de uma visita divina. Os investigadores papais achavam que a maioria era engano, alucinação ou manifestação de problemas psicológicos. Alguns eram simplesmente fraudes. Mas havia cerca de duas dúzias de incidentes que, por mais que tentassem, os investigadores não tinham conseguido desacreditar. No fim, não se encontrara qualquer outra explicação além de uma aparição da Mãe de Deus na terra. Essas eram as aparições consideradas *dignas de confirmação.*

Como Fátima.

Mas, semelhante ao sudário pendurado à sua frente, essa *confirmação* acabava sendo uma questão de fé.

Clemente rezou por dez minutos diante do sudário. Michener notou que a programação estava se atrasando, mas ninguém ousou interromper. As pessoas ficaram de pé, em silêncio, até que o papa se levantou, fez o sinal da cruz e seguiu o cardeal Bartolo até uma capela de mármore preto. O cardeal-guardião parecia ansioso para exibir o espaço impressionante.

O passeio demorou quase meia hora, prolongado pelas perguntas de Clemente e por sua insistência em cumprimentar pessoalmente todos os auxiliares da catedral. Agora a programação estava sendo esticada, e Michener ficou aliviado quando, por fim, Clemente guiou o grupo até um prédio adjacente para o almoço.

O papa parou antes de entrar na sala de jantar e virou-se para Bartolo.

– Há um lugar onde eu possa ter um momento com meu secretário?

O cardeal localizou rapidamente uma alcova sem janelas que parecia servir como vestiário. Assim que a porta foi fechada, Clemente enfiou a mão na batina e pegou um envelope azul-claro. Michener reconheceu o papel que o papa usava para comunicações particulares. Ele havia comprado uma caixa numa loja de Roma e presenteado Clemente no Natal passado.

– Esta é a carta que quero que leve à Romênia. Se o padre Tibor não puder ou não quiser fazer o que pedi, destrua isto e volte a Roma.

Ele pegou o envelope.

– Entendo, Santo Padre.

– O bom cardeal Bartolo é bastante solícito, não? – Um sorriso acompanhou a pergunta do papa.

– Duvido que ele tenha conseguido as trezentas indulgências concedidas por beijar o anel do papa.

Há muito tempo, havia uma tradição de que todos que beijassem *devotamente* o anel do papa receberiam um presente de indulgências. Michener costumava se perguntar se os papas medievais que haviam criado a recompensa estavam preocupados em perdoar os pecados ou apenas em garantir que fossem venerados com o zelo adequado.

Clemente deu um risinho.

– Imagino que o cardeal precise de perdão para mais de trezentos pecados. É um dos aliados mais íntimos de Valendrea. Bartolo pode até mesmo substituir Valendrea na Secretaria de Estado assim que o toscano conseguir o papado. Mas essa ideia é apavorante. Bartolo mal é qualificado para ser bispo desta catedral.

Aparentemente, esta seria uma conversa franca, por isso Michener sentiu-se à vontade para dizer:

– O senhor precisará de todos os amigos possíveis no próximo conclave, para garantir que isso não aconteça.

Clemente pareceu entender de imediato.

– Você quer aquele barrete escarlate, não é?

– O senhor sabe que sim.

O papa apontou para o envelope.

– Cuide disso para mim.

Ele imaginou se a viagem à Romênia estaria, de algum modo, ligada a sua nomeação como cardeal, mas dispensou rapidamente o pensamento. Esse não era o estilo de Jakob Volkner. Mesmo assim, o papa havia se mostrado evasivo, e não era a primeira vez.

– O senhor ainda não me disse o que o perturba.

Clemente foi em direção às vestimentas.

– Acredite, Colin, você não quer saber.

– Talvez eu possa ajudar.

– Você não me falou sobre sua conversa com Katerina Lew. Como ela estava, depois de todos esses anos?

Outra mudança de assunto.

– Falamos pouco. E foi uma conversa tensa.

A testa de Clemente se franziu de curiosidade.

– Por que permitiu que isso acontecesse?

– Ela é cabeça-dura. Suas opiniões sobre a Igreja são inflexíveis.

– Mas quem poderia culpá-la, Colin? Ela provavelmente amou você, no entanto não pôde fazer nada a respeito. Perder para outra mulher é uma coisa, mas para Deus... deve ser difícil de aceitar. O amor contido não é uma coisa agradável.

De novo ele se perguntou sobre o interesse de Clemente em sua vida particular.

– Não faz mais nenhuma diferença. Ela tem sua vida e eu tenho a minha.

– Mas isso não significa que não possam ser amigos. Que não possam compartilhar a vida em palavras e sentimentos. Que não possam experimentar a proximidade que pode ser proporcionada por alguém que se importe de verdade. Sem dúvida a Igreja não nos proíbe esse prazer.

A solidão era um risco ocupacional para qualquer padre. Michener tivera sorte: quando se separou de Katerina, encontrou Volkner, que o havia ouvido e lhe dado absolvição. Ironicamente, era a mesma coisa que Tom Kealy havia feito, e pela qual seria excomungado. Quem sabe era isso que atraía Clemente em Kealy?

O papa foi até um dos cabides e passou a mão nas vestimentas coloridas.

– Quando era criança, em Bamberg, fui coroinha. Lembro com prazer daquele tempo. Foi depois da guerra e estávamos em reconstrução. Por sorte, a catedral sobreviveu. Não foi bombardeada. Sempre achei essa uma boa metáfora. Mesmo diante de tudo que os homens podem fazer, a igreja de nossa cidade sobreviveu.

Michener ficou quieto. Sem dúvida havia um sentido em tudo aquilo. Por que outro motivo Clemente faria todo mundo esperar por causa dessa conversa que poderia ter ficado para depois?

– Eu adorava aquela catedral – disse Clemente. – Ela fez parte de minha juventude. Ainda posso ouvir o coro cantando. Muito inspirador. Gostaria de ser enterrado lá. Mas não é possível, não é? Os papas têm de ser sepultados na catedral de São Pedro. Quem terá criado essa regra?

A voz de Clemente estava distante. Michener se perguntou com quem ele estaria realmente falando. Chegou mais perto.

– Jakob, diga-me o que há de errado.

Clemente soltou o tecido e cruzou as mãos trêmulas diante do corpo.

– Você é muito ingênuo, Colin. Simplesmente não entende. E não pode entender. – Ele falava entre os dentes, praticamente sem mexer a boca. A voz permaneceu uniforme, despida de emoções. – Acha que sequer por um instante nós desfrutamos de alguma privacidade? Não entende o tamanho da ambição de Valendrea? O toscano sabe de tudo que fazemos e dizemos. Você quer ser cardeal? Para alcançar isso, deve entender a grandeza dessa responsabilidade. Como espera que eu o promova quando não consegue ver o que é tão claro?

Raramente haviam trocado palavras ásperas, mas o papa estava lhe dando uma bronca. E por quê?

– Somos meramente homens, Colin. Nada mais. Não sou mais infalível do que você. No entanto, nos proclamamos príncipes da Igreja. Clérigos devotos preocupados apenas em agradar a Deus, enquanto simplesmente agradamos a nós mesmos. Aquele idiota do Bartolo, esperando lá fora, é um bom exemplo. Sua única preocupação é com a data da minha morte. Sem dúvida a sorte dele mudará. Bem como a sua.

– Espero que o senhor não fale assim com mais ninguém.

Clemente segurou gentilmente a cruz pendurada no peito. O gesto pareceu acalmar seus temores.

– Eu me preocupo com você, Colin. Parece um golfinho confinado num aquário. Durante toda a vida os tratadores garantiram que a água estivesse limpa, que a comida fosse suficiente. Agora eles estão para devolvê-lo ao oceano. Você conseguirá sobreviver?

Michener ressentiu-se de Clemente estar falando desse jeito.

– Sei mais do que o senhor pode pensar.

– Você não faz ideia da obscuridade de uma pessoa como Alberto Valendrea. Ele não é homem de Deus. Houve muitos papas como ele, cobiçosos e presunçosos, homens tolos que acham que o poder é a resposta para tudo. Eu imaginava que fizessem parte do passado. Mas me enganei. Você acha que pode lutar contra Valendrea? – Clemente balançou a cabeça. – Não, Colin. Você não é páreo para ele. É decente demais. Confiável demais.

– Por que está dizendo isso?

– Porque precisa ser dito. – Clemente chegou mais perto. Agora estavam separados apenas por centímetros, um pé quase encostado no outro. – Alberto Valendrea será a ruína desta Igreja, se eu e meus predecessores já não o fomos. Você me pergunta constantemente o que está errado. Não deveria estar tão preocupado com o que me perturba, e sim com fazer o que peço. Está claro?

Michener ficou pasmo com a rudeza de Clemente. Ele era um monsenhor de 47 anos. Secretário do papa. Servo dedicado. Por que o velho amigo estava questionando sua lealdade e sua capacidade? Mas decidiu não discutir mais.

– Está perfeitamente claro, Santo Padre.

– Maurice Ngovi é a coisa mais parecida comigo que você jamais terá. Lembre-se disso nos próximos dias. – Clemente recuou e seu humor pareceu mudar. – Quando parte para a Romênia?

– De manhã.

Clemente assentiu, depois enfiou a mão de novo na batina e pegou outro envelope azul-claro.

– Excelente. Bom, pode pôr isso no correio para mim, por favor?

Ele pegou o envelope e notou que era endereçado a Irma Rahn. Ela e Clemente eram amigos de infância. Irma ainda morava em Bamberg e os dois mantinham correspondência constante.

– Cuidarei disso.

– Daqui.

– Como?

– Poste a carta aqui. Em Turim. Você pessoalmente, por favor. Sem delegar a outros.

Ele sempre postava as cartas do papa pessoalmente, e jamais precisara ser lembrado disso. Mais uma vez, decidiu não questionar.

– Claro, Santo Padre. Postarei daqui. Pessoalmente.

ONZE

CIDADE DO VATICANO,
13H15

Valendrea seguiu diretamente para o escritório do arquivista da Santa Igreja Romana. O cardeal encarregado do *L'Archivo Segreto Vaticano* não era um de seus aliados, mas esperava que o sujeito fosse suficientemente perspicaz para não ficar no caminho de alguém que logo poderia ser papa. Todas as nomeações terminavam quando o papa morria. A continuação do serviço dependia somente do que o próximo Vigário de Cristo decidisse, e Valendrea sabia muito bem que o arquivista atual queria manter o posto.

Encontrou o homem sentado à mesa, ocupado com o trabalho. Entrou calmamente no amplo escritório e fechou as portas de bronze atrás de si.

O cardeal levantou os olhos, mas não disse nada. Estava se aproximando dos setenta anos e possuía bochechas fartas e testa alta e inclinada. Espanhol de nascimento, trabalhara em Roma durante toda a sua vida clerical.

O Sacro Colégio era dividido em três categorias. Os cardeais-bispos que comandavam as sés de Roma, os cardeais-padres que eram os chefes das dioceses fora de Roma e os cardeais-diáconos que eram funcionários da cúria em tempo integral. O arquivista era o principal cardeal-diácono e, como tal, tinha a honra de anunciar da sacada da catedral de São Pedro o nome do novo papa eleito. Valendrea não estava preocupado com esse privilégio sem valor. Em vez disso, o que tornava importante esse velho era sua influência sobre um punhado de cardeais-diáconos que ainda hesitavam no apoio pré-conclave.

Adiantou-se até a mesa e notou que o anfitrião não se levantou para cumprimentá-lo.

– Não é uma coisa tão ruim – disse, em resposta ao olhar que estava recebendo.

– Não tenho tanta certeza. Presumo que o pontífice ainda esteja em Turim, não é?

– Por que outro motivo eu estaria aqui?

O arquivista soltou um suspiro audível.

– Quero que você abra a *Riserva* e o cofre – disse Valendrea.

O velho finalmente se levantou.

– Recuso-me a isso.

– Seria insensato. – Esperava que o sujeito entendesse o recado.

– Suas ameaças não podem derrubar uma ordem direta do papa. Só o papa pode entrar na *Riserva*. Mais ninguém. Nem mesmo o senhor.

– Ninguém precisa saber. Não vou demorar.

– Meu juramento a este cargo e à Igreja significa mais para mim do que o senhor parece presumir.

– Escute, velho. Estou numa missão de grande importância para a Igreja. Uma missão que exige ação extraordinária. – Era mentira, mas parecia boa.

– Então não se importaria se o Santo Padre desse permissão para o seu acesso. Posso telefonar para Turim.

Hora da verdade.

– Tenho uma declaração de sua sobrinha, sob juramento. Ela ficou muito feliz em dá-la. Jura diante do Todo-poderoso que você perdoou o pecado da filha dela ao abortar um filho. Como isso é possível, Eminência? Isso é heresia.

– Tenho conhecimento dessa declaração. O seu padre Ambrosi foi bastante persuasivo com a família de minha sobrinha. Eu a absolvi porque ela estava morrendo e temia passar a eternidade no inferno. Consolei-a com a graça de Deus, como qualquer padre deveria fazer.

– Meu Deus, o seu Deus, não admite o aborto. Isso é assassinato. Não tinha o direito de perdoá-la. Tenho certeza de que o Santo Padre não teria opção além de concordar comigo.

Valendrea podia ver que o velho estava fortificado diante do dilema, mas também notou um tremor no olho esquerdo – talvez o local exato por onde o medo escapava.

A bravata do cardeal arquivista não impressionou Valendrea. Toda a vida do sujeito fora passada levando papéis de um arquivo para outro, aplicando regras sem significado, colocando bloqueios diante de qualquer um que tivesse ousadia suficiente para desafiar a Santa Sé. Seguia uma longa linha de *scrittori* cujo trabalho de vida era garantir que os arquivos papais ficassem em segurança. Assim que se empoleiravam num trono preto, sua presença física no arquivo servia como alerta de que a permissão para entrar não era licença para mexer. Como acontecia com uma escavação arqueológica, qualquer revelação saída daquelas prateleiras só vinha depois de um meticuloso mergulho em suas profundezas. E isso custava tempo – algo que a Igreja só estivera disposta a ceder nas últimas décadas. A única tarefa de homens como o cardeal arquivista, pensou Valendrea, era proteger a Madre Igreja. Até de seus príncipes.

– Faça como quiser, Alberto. Diga ao mundo o que fiz. Mas não vou permitir que entre na *Riserva*. Para entrar lá, você terá de ser papa. E isso não é garantido.

Talvez tivesse subestimado esse carregador de papéis. Era mais forte do que parecia à primeira vista. Decidiu deixar o assunto de lado. Pelo menos por enquanto. Poderia precisar daquele homem nos próximos meses.

Virou-se e foi em direção à porta dupla.

– Vou esperar até ser papa para falar com você outra vez. – Em seguida, parou e olhou para trás. – Depois veremos se é tão leal a mim quanto aos outros.

DOZE

ROMA,

16H

Katerina estivera esperando em seu quarto de hotel desde pouco depois do almoço. O cardeal Valendrea disse que ligaria às duas da tarde, mas não cumprira a palavra. Talvez achasse que dez mil euros bastavam para garantir que ela esperasse junto ao telefone. Talvez acreditasse que seu antigo relacionamento com Colin Michener era incentivo suficiente para garantir que faria o que ele pedira. Mesmo assim, ela não gostava de perceber que o cardeal parecera achar que sabia ler seus pensamentos.

Certo, ela estava quase sem o dinheiro acumulado com os trabalhos nos Estados Unidos e cansada de sugar Tom Kealy, que parecia gostar de sua dependência. Ele ganhara bastante com os três livros, e logo se daria ainda melhor. Gostava de ser a mais nova personalidade religiosa americana. Era viciado em atenção, o que era compreensível até certo ponto, mas ela conhecia aspectos de Tom Kealy que seus seguidores jamais viam. Emoções não podiam ser postas em *sites* da internet nem colocadas num memorando publicitário. As pessoas realmente hábeis podiam colocá-las em palavras, mas Kealy não era bom escritor. Todos os seus três livros tinham sido escritos por *ghost writers* – uma daquelas *coisas* que só ela e o editor sabiam, e algo que Kealy não quereria que fosse revelado. O sujeito simplesmente não era real. Era apenas uma ilusão que alguns milhões de pessoas – inclusive ele próprio – tinham aceitado.

Tão diferente de Michener!

Odiava ter sido áspera no dia anterior. Antes de chegar a Roma, dissera a si mesma que, se o caminho dos dois se cruzasse, controlaria as palavras. Afinal de contas, muito tempo havia se passado – os dois tinham seguido suas vidas. Mas quando o viu no tribunal, percebeu que ele havia deixado uma marca indelével em suas emoções, uma marca cuja existência temia admitir, que fazia borbulhar o ressentimento com a velocidade de uma reação nuclear.

Na noite anterior, enquanto Kealy dormia ao seu lado, tinha imaginado se o caminho tortuoso dos últimos doze anos não seria apenas um prelúdio para esse momento. Sua carreira estava longe de ser um sucesso, a vida pessoal era desanimadora, no entanto aqui estava, esperando que o segundo homem mais poderoso de Roma telefonasse para lhe dar a chance de enganar alguém de quem ainda gostava um bocado.

Mais cedo, fizera algumas perguntas aos contatos na imprensa italiana e descobrira que Valendrea era um homem complexo. Nascera rico, em uma das famílias nobres mais antigas da Itália. Pelo menos dois papas e cinco cardeais faziam parte de sua linhagem, e tios e irmãos estavam envolvidos na política italiana ou em negócios internacionais. O clã dos Valendrea também era muito envolvido com as artes europeias e possuía grandiosos palácios e propriedades no campo. Tinham sido cuidadosos com Mussolini e ainda mais com os instáveis regimes italianos que vieram depois. Sua indústria e seu dinheiro haviam sido – e ainda eram – cortejados, e eram meticulosos com relação a quem e a quê apoiavam.

O *Annuario Pontifico* do Vaticano observava que Valendrea tinha sessenta anos e diplomas da Universidade de Florença, da Universidade Católica do Sagrado Coração e da Academia de Direito Internacional de Haia. Era autor de 14 tratados. Seu estilo de vida exigia muito mais do que os três mil euros por mês que a Igreja pagava aos seus príncipes. E ainda que o Vaticano não gostasse que os cardeais se envolvessem em atividades seculares, Valendrea era conhecido como acionista de vários conglomerados italianos e participava de várias diretorias de empresas. Sua relativa juventude era considerada um ponto positivo, bem como a habilidade política inata e a personalidade dominadora. Tinha usado com inteligência o posto de secretário de Estado, tornando-se conhecido da mídia ocidental. Era um homem que conhecia as tendências da comunicação moderna e entendia a necessidade de construir uma imagem pública consistente. Além disso, era um teólogo linha-dura que se opunha abertamente ao Vaticano II, fato deixado claro durante o julgamento de Kealy, e era um dos rígidos tradicionalistas que achavam que a Igreja estaria melhor como era antigamente.

Quase todas as pessoas com quem falou concordavam que Valendrea era o principal candidato à sucessão de Clemente. Não necessariamente porque fosse ideal para o cargo, mas porque não havia ninguém com força suficiente para desafiá-lo. Segundo todos os relatos, ele estava pronto para o próximo conclave.

Mas também fora um candidato de ponta há três anos e perdera.

O telefone arrancou-a dos pensamentos.

Seu olhar saltou para o aparelho e ela lutou contra a ânsia de atender, preferindo deixar Valendrea, se realmente fosse ele, suar um pouquinho.

Depois do sexto toque, levantou o fone do gancho.

– Está me fazendo esperar? – perguntou Valendrea.

– Não mais do que eu esperei.

Um risinho veio pelo fone.

– Gosto da senhora. Tem personalidade. Portanto, diga-me: qual é sua decisão?

– Como se precisasse perguntar.

– Pensei em ser cortês.

– O senhor não me parece um homem que se preocupa com esse tipo de detalhe.

– A senhora não demonstra muito respeito por um cardeal da Igreja Católica.

– O senhor se veste todo dia de manhã, como todo mundo.

– Sinto que não é uma mulher religiosa.

Era sua vez de rir.

– Não me diga que o senhor converte almas enquanto faz politicagem.

– Realmente fiz uma boa escolha com a senhora. Vamos nos dar muito bem.

– O que o faz pensar que não estou gravando isto?

– E perder a oportunidade de sua vida? Duvido muito. Sem mencionar a chance de estar com o bom padre Michener. Tudo às minhas custas, nada menos que isso. Que poderia pedir mais?

A atitude irritante dele não era muito diferente da de Tom Kealy. Ela se perguntou o que a fazia atrair personalidades tão metidas a besta.

– Quando devo partir?

– O secretário do papa viaja amanhã de manhã e chega a Bucareste na hora do almoço. Achei que a senhora poderia partir esta noite e chegar antes.

– E aonde devo ir?

– O padre Michener vai se encontrar com um padre chamado Andrej Tibor. Ele é aposentado e trabalha num orfanato, cerca de sessenta quilômetros a norte de Bucareste, no povoado de Zlatna. Conhece?

– Já ouvi falar.

– Então não terá problema para descobrir o que Michener faz e diz enquanto está lá. Além disso, Michener está levando algum tipo de carta do papa. Dar uma espiada no conteúdo aumentaria seu valor aos meus olhos.

– O senhor não quer muito, não é?

– A senhora é uma mulher cheia de recursos. Sugiro usar os mesmos encantos de que Tom Kealy aparentemente desfruta. Nesse caso, sem dúvida, sua missão será um sucesso total.

E a linha ficou muda.

TREZE

CIDADE DO VATICANO,
17H30

Valendrea estava na janela de seu escritório no terceiro andar. Lá fora, os altos cedros, pinheiros e ciprestes dos jardins do Vaticano mantinham-se teimosamente fiéis ao verão. Desde o século XIII os papas haviam passeado pelos caminhos de tijolos ladeados de louro e murta, encontrando consolo nas clássicas esculturas, nos bustos e nos relevos em bronze.

Lembrou-se de um tempo em que desfrutara dos jardins. Recém-saído do seminário, colocado no único lugar do mundo onde queria servir. Na época, os caminhos estavam cheios de padres jovens imaginando como seria o futuro. Ele vinha de uma era em que os italianos dominavam o papado. Mas o Vaticano II mudara tudo isso e Clemente XV estava se afastando ainda mais. Todo dia uma nova lista de ordens transferindo padres, bispos e cardeais vinha do quarto andar. Mais ocidentais, africanos e asiáticos eram convocados a Roma. Havia tentado adiar qualquer implementação, esperando que Clemente morresse, mas por fim não teve opção além de obedecer a cada instrução.

Os italianos já eram minoria no Colégio de Cardeais, e Paulo VI talvez tivesse sido o último deles a ser papa. Valendrea conhecera o cardeal de Milão, felizardo por estar em Roma nos últimos anos do pontificado de Paulo. Em 1983, Valendrea era arcebispo. João Paulo II finalmente lhe concedeu o barrete vermelho, sem dúvida um modo de o polonês conquistar o afeto dos italianos.

Mas talvez fosse algo mais, não?

A tendência conservadora de Valendrea era lendária, bem como sua reputação de trabalhador diligente. João Paulo o nomeou prefeito da Congregação para a Evangelização dos Povos. Ali, coordenara atividades missionárias em todo o mundo, supervisionara a construção de igrejas, delineara fronteiras de dioceses e educara catequistas e clérigos. O cargo o envolvera em cada aspecto da Igreja e lhe permitira montar silenciosamente uma base de poder entre homens que um dia poderiam ser cardeais. Jamais esqueceu o que o pai havia lhe ensinado. *Um favor oferecido é um favor devolvido.*

Que verdade!

Como aconteceria muito em breve.

Virou-se de costas para a janela.

Ambrosi já havia partido para a Romênia. Sentia falta de Paolo quando ele estava fora. Era a única pessoa com quem se sentia totalmente à vontade. Ambrosi parecia entender sua natureza. E seu ímpeto. Havia muita coisa a fazer na hora certa, nas proporções exatas, e as chances de fracasso eram muito maiores que as de sucesso.

Simplesmente não havia muitas oportunidades para se tornar papa. Havia participado de um conclave – e um segundo talvez não estivesse muito distante. Se não conseguisse ser eleito desta vez, o próximo papa reinaria além de seu tempo, a não ser que ocorresse uma morte súbita. Sua possibilidade de fazer parte do processo terminava oficialmente aos oitenta anos, um ponto ao qual ainda desejava que Paulo não tivesse cedido, e nenhuma quantidade de fitas cheias de segredos mudaria essa realidade.

Olhou para um retrato de Clemente XV do outro lado do escritório. O protocolo exigia a presença daquela coisa irritante, mas sua opção teria sido uma foto de Paulo VI. Italiano de nascimento, romano por natureza, latino no caráter. Paulo fora brilhante, dobrando-se apenas em pequenos pontos, cedendo apenas o bastante para satisfazer os pretensos intelectuais. Era assim que ele também comandaria a Igreja. Ceder um pouco, manter mais. Vinha pensando em Paulo desde o dia de ontem. O que Ambrosi tinha dito sobre o padre Tibor? *É a única pessoa viva, além de Clemente, que viu o que há na* Riserva *relativo aos segredos de Fátima.*

Não era verdade.

Sua mente recuou a 1978.

– Venha, Alberto, siga-me.

Paulo VI levantou-se e testou o peso do corpo no joelho direito. O idoso pontífice havia sofrido muito nos últimos anos. Tivera bursite, influenza, *problemas de bexiga, falência renal e a próstata removida. Enormes doses de antibióticos haviam afastado as infecções, mas os remédios enfraqueciam o sistema imunológico, minando suas forças. A artrite era particularmente dolorosa e Valendrea sentia pena do velho. O fim estava chegando, mas com uma lentidão agonizante.*

O papa saiu arrastando os pés do apartamento até o elevador privativo do quarto andar. Era o início de uma noite tempestuosa de maio, e o Palácio Apostólico estava silencioso. Paulo dispensou os seguranças dizendo que ele e seu primeiro secretário-assistente voltariam logo. Os dois secretários papais não precisavam ser chamados.

A irmã Giacomina saiu do quarto dela. Era encarregada dos empregados domésticos e atuava como enfermeira de Paulo. Há muito a Igreja decretara que as mulheres que trabalhavam nos lares clericais deveriam ter idade canônica. Valendrea achava a regra divertida. Em outras palavras: deviam ser velhas e feias.

– Aonde vai, Santo Padre? – perguntou a freira como se ele fosse uma criança saindo do quarto sem permissão.

– Não se preocupe, irmã. Tenho negócios a cuidar.

– O senhor deveria estar descansando. E sabe disso.

– Voltarei logo. Mas estou me sentindo bem e preciso cuidar desse assunto. O padre Valendrea cuidará de mim.

– Não mais do que meia hora. Certo?

Paulo sorriu.

– Prometo. Meia hora e virei correndo.

A freira voltou ao quarto e os dois foram para o elevador. No térreo, Paulo seguiu lentamente por uma série de corredores até a entrada do arquivo.

– Adiei uma coisa durante muitos anos, Alberto. Acho que esta noite é a hora de remediar isso.

Paulo continuou andando com a ajuda da bengala e Valendrea diminuiu o passo para acompanhá-lo. Estava triste pela visão daquele homem que já fora grandioso. Giovanni Battista Montini era filho de um bem-sucedido advogado italiano. Tinha subido na cúria até servir na Secretaria de Estado. Depois tornara-se arcebispo de Milão e governara aquela diocese com mão eficiente, atraindo o olhar do Sacro Colégio, dominado por italianos, como a opção natural para suceder o amado João XXIII. Fora um excelente papa, servindo nos tempos difíceis após o Vaticano II. A Igreja sentiria enorme falta dele, assim como Valendrea. Ultimamente, tivera a felicidade de passar um tempo com Paulo. O velho guerreiro parecia gostar de sua companhia. Falava-se até numa possível elevação a bispo, algo que ele esperava que Paulo tivesse a graça de conceder antes que Deus o convocasse.

Entraram no arquivo e o guardião ajoelhou-se diante de Paulo.

– O que o traz, Santo Padre?

– Por favor, abra a Riserva.

Ele gostava do modo como Paulo respondia a uma pergunta com uma ordem. O guardião correu até um molho de chaves enormes, depois guiou-os até o interior do arquivo escuro. Paulo acompanhou devagar e eles chegaram quando o guardião terminava de abrir uma grade de ferro e acendia uma série de fracas lâmpadas incandescentes. Valendrea sabia da Riserva *e da regra que exigia a autoridade papal para se entrar. Era a reserva sagrada dos Vigários de Cristo. Somente Napoleão tinha violado sua santidade, e acabou pagando por esse insulto.*

Paulo entrou na sala sem janelas e apontou para um cofre preto.

– Abra isso.

O guardião obedeceu, girando os botões e liberando os volteadores. As portas se abriram. Nenhum som escapou das dobradiças de bronze.

O papa sentou-se numa das três cadeiras.

– É só isso – disse Paulo, e o guardião saiu.

– Meu predecessor foi o primeiro a ler o terceiro segredo de Fátima. Disseram-me que, logo em seguida, ele ordenou que fosse lacrado neste cofre. Durante 15 anos, resisti à vontade de vir aqui.

Valendrea estava um tanto confuso.

– O Vaticano não divulgou uma declaração em 1967 dizendo que o segredo permaneceria lacrado? Isso foi feito sem que o senhor o lesse?

– Há muitas coisas que a cúria faz em meu nome e das quais tenho pouco conhecimento. Mas me informaram sobre isso. Depois.

Valendrea imaginou se teria cometido um erro ao fazer a pergunta. Alertou-se a ter cuidado com as palavras.

– O negócio todo me deixa perplexo – disse Paulo. – A mãe de Deus aparece a três crianças camponesas. Não a um padre, um bispo ou ao papa. Escolhe três crianças analfabetas. Sempre parece escolher os humildes. Talvez o céu esteja tentando nos dizer alguma coisa, não é?

Valendrea sabia tudo sobre como a mensagem da Virgem à irmã Lúcia fora de Portugal até o Vaticano.

– Nunca pensei que as palavras da boa irmã fossem algo que exigisse minha atenção – disse Paulo. – Conheci Lúcia quando fui a Fátima em 1967. Fui criticado por ter ido. Os progressistas disseram que eu estava voltando atrás no progresso do Vaticano II. Colocando ênfase demais no sobrenatural. Venerando Maria acima de Cristo e do Senhor. Mas eu sabia o que estava fazendo.

Valendrea notou um brilho ardente nos olhos de Paulo. Talvez ainda houvesse alguma capacidade de luta no velho papa.

– Eu sabia que os jovens amavam Maria. Sentiam uma atração pelos santuários. Minha ida foi importante para eles. Mostrou que o papa se importava. E eu estava correto, Alberto. Hoje, Maria é mais popular do que nunca.

Valendrea sabia que Paulo amava a Madona, e durante todo o pontificado fez questão de venerá-la com títulos e atenções. Talvez demasiadas, segundo alguns.

Paulo apontou para o cofre.

– A quarta gaveta à esquerda, Alberto. Abra e me entregue o que há dentro.

Ele obedeceu, puxando uma pesada gaveta de ferro. Dentro, havia uma pequena caixa de madeira, com um lacre de cera do lado de fora mostrando a insígnia papal de João XXIII. Em cima, havia uma etiqueta dizendo SECRETUM SANCTI OFFICIO. *Segredo do Santo Ofício. Levou a caixa até Paulo, que examinou o exterior com as mãos trêmulas.*

– Dizem que Pio XII pôs a etiqueta em cima e o próprio João ordenou o lacre. Agora é minha vez de olhar dentro. Quebre a cera, por favor, Alberto.

Valendrea olhou em volta procurando uma ferramenta. Não encontrando nada, pressionou um dos cantos da porta do cofre contra a cera e partiu-a. Em seguida, devolveu a caixa a Paulo.

– Inteligente – disse o papa.

Valendrea aceitou o elogio com um movimento de cabeça. Paulo equilibrou a caixa no colo e pegou um par de óculos de leitura dentro da batina. Pôs as hastes sobre as orelhas, levantou a tampa e pegou dois maços de papéis. Pôs um de lado e desdobrou o outro. Valendrea viu uma folha branca, mais nova, envolta por um pedaço de papel obviamente mais velho. Ambos continham escritos.

O pontífice examinou a página mais antiga.

– Esta é anotação original que a irmã Lúcia escreveu em português. Infelizmente, não sei ler essa língua.

– Nem eu, Santo Padre.

Paulo entregou-lhe a folha. Ele viu que o texto tinha cerca de vinte linhas escritas com tinta preta que havia se desbotado até um tom de cinza. Era empolgante pensar que apenas a irmã Lúcia, uma vidente reconhecida da Virgem Maria, e o papa João XXIII haviam tocado aquele papel antes dele.

Paulo apontou para a folha mais nova.

– Esta é a tradução.

– Tradução, Santo Padre?

– João também não lia português. Mandou que a mensagem fosse traduzida para o italiano.

Valendrea não sabia disso. Portanto, devia acrescentar mais um conjunto de impressões digitais – algum funcionário da cúria chamado para traduzir, certamente com juramento de manter segredo, provavelmente já morto.

Paulo desdobrou a segunda folha e começou a ler. Uma expressão curiosa veio ao seu rosto.

– Nunca fui bom com charadas.

O papa dobrou de novo o maço, depois pegou o segundo.

– Parece que a mensagem continuava em outra página. – Paulo desdobrou as folhas. De novo, uma página mais nova e a outra obviamente mais antiga. – Português de novo. – Paulo olhou para a folha mais nova. – Ah, italiano. Outra tradução.

Valendrea ficou olhando enquanto Paulo lia as palavras com uma expressão que mudou de confusão para um ar de preocupação profunda. A respiração do papa ficou ofegante, as sobrancelhas se juntaram e a testa franziu enquanto ele examinava de novo a tradução.

O papa não disse nada. Nem Valendrea. Não ousou pedir para ler as palavras.

O papa leu a mensagem pela terceira vez.

Paulo molhou os lábios rachados com a língua e se remexeu na cadeira. Uma expressão atônita inundou as feições do velho. Por um instante, Valendrea sentiu medo. Ali estava o primeiro papa a viajar pelo mundo. Um homem que havia se imposto a um exército de progressistas e amenizado a revolução deles com moderação. Tinha se erguido diante das Nações Unidas e pronunciado: "Guerra nunca mais." Tinha denunciado o controle da natalidade como pecado e se mantido firme até mesmo diante de uma tempestade de protestos que abalou os alicerces da Igreja. Tinha reafirmado a tradição do celibato dos padres e excomungado dissidentes. Tinha escapado de um assassino nas Filipinas, depois desafiado terroristas e presidido o enterro de seu amigo, o primeiro-ministro da Itália. Era um vigário decidido, que não se abalava facilmente. No entanto, algo nas linhas que acabara de ler o afetara.

Paulo dobrou de novo os papéis, pôs os dois maços na caixa de madeira e fechou a tampa.

– Guarde de volta – murmurou, com os olhos baixos. Farelos de cera vermelha pintalgavam a batina branca. Paulo espanou-se como se fossem uma doença. – Isso foi um erro. Eu não deveria ter vindo. – Em seguida pareceu se revestir de coragem. A compostura retornou. – Quando voltarmos para cima, compile uma ordem. Quero que você lacre pessoalmente de novo essa caixa. E mais ninguém deve entrar, sob pena de ser excomungado. Sem exceção.

Mas essa ordem não se aplicava ao papa, pensou Valendrea. Clemente XV podia entrar e sair da *Riserva* o quanto quisesse.

E o alemão tinha feito exatamente isso.

Há muito tempo Valendrea sabia sobre a tradução para o italiano do texto da irmã Lúcia, mas somente ontem soubera o nome do tradutor.

Padre Andrej Tibor.

Três perguntas torturavam sua mente.

O que atraíra Clemente XV para a *Riserva*? Por que o papa queria se comunicar com Tibor? E, mais importante, o que o tradutor sabia?

Neste momento, não possuía uma única resposta.

Mas talvez nos próximos dias, com Colin Michener, Katerina Lew e Ambrosi, ele descobrisse as respostas a todas essas indagações.

PARTE 2

QUATORZE

BUCARESTE, ROMÊNIA

SEXTA-FEIRA, 10 DE NOVEMBRO

11H15

Michener desceu uma escada metálica até a pista oleosa no aeroporto de Otopeni. O avião da British Airways em que havia chegado de Roma estivera ocupado pela metade, e era uma de apenas quatro aeronaves estacionadas no terminal.

Visitara a Romênia uma vez, antes, quando trabalhava na Secretaria de Estado sob o comando do então cardeal Volkner, designado para a seção de relação com Estados, a parte da diretoria internacional encarregada de atividades diplomáticas.

As igrejas do Vaticano e da Romênia tinham estado em choque durante décadas depois da Segunda Guerra Mundial, por causa de uma transferência de propriedades católicas para a Igreja Ortodoxa, dentre elas monastérios com antiga tradição latina. A liberdade religiosa voltara com a queda dos comunistas, mas o debate sobre a propriedade permanecia, e por várias vezes católicos e ortodoxos tinham disputado com violência. João Paulo II começou um diálogo com o governo romeno depois da derrubada de Ceausescu e até mesmo fez uma visita oficial. O progresso era lento. O próprio Michener havia se envolvido em algumas negociações. Recentemente houvera algum movimento por parte do governo de centro. Cerca de dois milhões de católicos viviam no país – comparados com os 22 milhões de ortodoxos – e sua voz começava a ser ouvida. Clemente deixara claro que queria fazer uma visita, mas as disputas sobre as propriedades atrapalhavam qualquer conversa sobre uma visita papal.

Todo o caso era apenas mais uma parte da complicada política que parecia consumir os dias de Michener. Realmente não era mais um sacerdote. Era ministro de governo, diplomata e confidente pessoal – e tudo isso terminaria com o último suspiro de Clemente. Talvez então pudesse voltar a ser um padre. Na verdade, jamais havia servido a uma congregação. O trabalho missionário poderia ser um desafio. O cardeal Ngovi tinha lhe falado do Quênia. A África poderia ser um excelente refúgio para um ex-secretário do papa, especialmente se Clemente morresse antes de torná-lo cardeal.

Afastou as incertezas da vida enquanto caminhava até a área de desembarque. Dava para ver que estava numa altitude maior. O ar soturno era frio – menos de dez graus, segundo explicara o piloto pouco antes de aterrissarem. O céu estava manchado com um denso redemoinho de nuvens baixas que negavam à luz do sol qualquer oportunidade de encontrar a terra.

Entrou no prédio e foi para o controle de passaportes. Tinha trazido pouca bagagem, apenas uma bolsa a tiracolo, esperando ficar um ou dois dias, e se vestia de modo casual, com jeans, um suéter e paletó, cumprindo o pedido de discrição feito por Clemente.

Seu passaporte do Vaticano lhe permitia entrar no país sem o pagamento da costumeira taxa de visto. Alugou um velho Ford Fiesta no balcão da Eurodollar, logo do lado de fora da alfândega, e perguntou a um atendente como poderia chegar a Zlatna. Sua compreensão da língua era suficiente para entender a maior parte do que o sujeito ruivo lhe disse.

Não estava particularmente empolgado com a perspectiva de viajar de carro sozinho por um dos países mais pobres da Europa. A pesquisa na noite anterior revelara vários avisos oficiais sobre ladrões e alertava para ter cautela, especialmente à noite e no campo. Teria preferido pedir a ajuda do núncio papal em Bucareste. Um funcionário poderia servir de motorista e guia, mas Clemente descartara a ideia. Por isso, entrou no carro alugado e saiu do aeroporto; acabou encontrando a estrada e acelerou para o nordeste, na direção de Zlatna.

Katerina estava no lado oeste da praça da cidade, cujas pedras do calçamento eram grosseiramente desiguais, com muitas faltando e um número ainda maior se partindo até virar cascalho. Pessoas andavam de um lado para o outro, com interesses certamente mais vitais: comida, aquecimento, água. O pavimento dilapidado era a menor das preocupações cotidianas.

Tinha chegado a Zlatna há duas horas e passou uma hora juntando todas as informações possíveis sobre o padre Andrej Tibor. Teve cuidado com as perguntas, já que os romenos eram, no mínimo, muito curiosos. Segundo as informações dadas por Valendrea, o voo de Michener havia pousado pouco depois das onze da manhã. Ele levaria umas boas duas horas para percorrer os 150 quilômetros desde Bucareste. O relógio dela marcava 13h20. Assim, presumindo que o voo estivesse no horário, Michener deveria chegar logo.

Era ao mesmo tempo estranho e reconfortante estar em seu país. Nascera e fora criada em Bucareste, mas passara boa parte da infância além dos montes Cárpatos, no fundo da Transilvânia. Conhecia a região não como um romanceado abrigo de vampiros e lobisomens, e sim como Erdély, um local de ricas florestas, castelos-cidadelas e povo caloroso. A cultura era um misto de húngara e alemã, temperada com cigana. Seu pai era descendente dos colonizadores saxões trazidos no século XII para guardar as passagens das montanhas contra os invasores tártaros. Os descendentes desse grupo europeu haviam suportado um desfile de déspotas húngaros e monarcas romenos, apenas para ser trucidados pelos comunistas depois da Segunda Guerra Mundial.

Os pais de sua mãe eram *Tigani*, ciganos, e os comunistas não foram nem um pouco gentis com eles, orquestrando um ódio coletivo como Hitler fizera contra os judeus. Ao ver Zlatna, com suas casas de madeira, varandas esculpidas e a estação de trem ao estilo mongol, lembrou-se do povoado dos avós. Enquanto Zlatna sobrevivera aos terremotos da região e ao sistema de Ceausescu, o lar de seus avós não tivera a mesma sorte. Como dois terços dos povoados do país, o deles foi ritualisticamente destruído e os moradores colocados em precários prédios de apartamentos comunais. Os pais de sua mãe até mesmo precisaram enfrentar a desgraça vergonhosa de ter de demolir sua própria casa. *Um modo de combinar a experiência camponesa com a eficiência marxista*, era o que dizia o plano. E infelizmente poucos romenos lamentaram o fim dos povoados ciganos. Lembrou-se de ter visitado os avós depois disso, em seu apartamento sem alma, com os feios cômodos cinza desprovidos do espírito caloroso dos ancestrais, a vida essencial arrancada de suas almas. E esse era o objetivo. Mais tarde, isso foi chamado de *limpeza étnica* na Bósnia. Ceausescu gostava de dizer que era um movimento na direção da *vida progressista*. Ela chamava de loucura. E as visões e os sons em Zlatna ressuscitaram todas aquelas lembranças feias.

Com um vendedor, ficou sabendo que havia três orfanatos estatais nas proximidades. Aquele onde o padre Tibor trabalhava era considerado o pior. Ficava a oeste da cidade e abrigava crianças com doenças terminais – outra das insanidades de Ceausescu.

Ousadamente o ditador considerou ilegal o controle da natalidade e proclamou que as mulheres com menos de 45 anos deveriam ter pelo menos cinco filhos. O resultado foi um país com mais crianças do que os pais podiam alimentar. O abandono de bebês na rua tornou-se lugar-comum. Aids, tuberculose, hepatite e sífilis cobravam um preço alto. Por fim, os orfanatos surgiram em toda parte, não passando de locais de desova, e a tarefa de cuidar dos indesejados era deixada na mão de estranhos.

Também ficou sabendo que Tibor era um búlgaro com quase oitenta anos – ou talvez mais, ninguém tinha certeza – e era conhecido como um homem piedoso que abrira mão da aposentadoria para trabalhar com as crianças e que logo se encontraria com seu Deus. Katerina imaginou a coragem necessária para consolar uma criança pequena à beira da morte, ou para dizer a um menino de dez anos que ele logo iria para um lugar muito melhor do que aqui. Não acreditava em nada disso. Era ateia e sempre fora. A religião fora criada pelo homem – assim como o próprio Deus. A política, e não a fé, explicava tudo. Que modo melhor de controlar as massas do que aterrorizá-las com a fúria de um ser onipotente? Melhor confiar em si mesma, acreditar em suas próprias capacidades, criar sua própria sorte no mundo. A oração era para os fracos e preguiçosos. Não era algo de que ela algum dia houvesse necessitado.

Olhou para o relógio. Pouco mais de 13h30.

Atravessou a praça. Ainda não havia determinado o que fazer quando Michener chegasse.

Mas pensaria em algo.

Michener diminuiu a velocidade quando se aproximou do orfanato. Parte da viagem desde Bucareste fora pela autoestrada de quatro pistas surpreendentemente bem-cuidada, mas a rodovia secundária que pegara antes era muitíssimo diferente, com o acostamento arrebentado, a superfície esburacada, cheia de placas confusas que por duas vezes o fizeram se perder. Cruzara o rio Olt há alguns quilômetros, atravessando um desfiladeiro cinematográfico entre duas encostas cobertas de florestas. Enquanto seguia para o norte, a topografia mudara de terras agrícolas para encostas suaves e depois montanhas. Pelo caminho tinha visto negras serpentes de fumaça industrial formando espirais no horizonte.

Tinha se informado sobre o padre Tibor com um açougueiro em Zlatna, que lhe disse onde o padre poderia ser encontrado. O orfanato ocupava um prédio de dois andares com fachada de tijolos vermelhos. Os buracos e cicatrizes no telhado de barro testemunharam o amargo ar sulfúrico que queimava a garganta de Michener. As janelas tinham grades de ferro e muitas tinham tábuas pregadas no lugar dos vidros. Muitos vidros eram pintados de branco, e ele se perguntou se seria para impedir as pessoas de olhar para dentro ou para fora.

Entrou no terreno murado e estacionou.

O chão duro era coberto de capim grosso. Havia um escorrega e um balanço enferrujados numa das laterais. Uma vala com alguma coisa preta e gosmenta acompanhava o muro mais distante e devia ser a fonte do fedor que penetrou em suas narinas quando saiu do carro. Na porta da frente do prédio surgiu uma freira vestida com um hábito marrom que ia até os tornozelos.

– Bom dia, irmã, sou o padre Colin Michener. Vim ver o padre Tibor – falou em inglês, esperando que ela entendesse, e acrescentou um sorriso.

A velha juntou os dedos das duas mãos e baixou a cabeça num gesto de cumprimento.

– Bem-vindo, padre. Não tinha notado que o senhor era um sacerdote.

– Estou de férias e decidi deixar a batina em casa.

– É amigo do padre Tibor? – Seu inglês era excelente e sem sotaque.

– Não exatamente. Diga que sou um colega.

– Ele está lá dentro. Siga-me, por favor. – Ela hesitou. – E, padre, o senhor já visitou um lugar como este antes?

Michener achou a pergunta estranha.

– Não, irmã.

– Por favor, tente ser paciente com as crianças.

Ele assentiu e a acompanhou subindo cinco degraus de pedra desmoronando. O cheiro no interior era uma horrenda combinação de urina, fezes e negligência. Lutou contra uma náusea que subia com uma respiração superficial, e quis tapar o nariz, mas achou que o ato seria insultuoso. Cacos de vidro estalavam sob as solas dos sapatos e ele notou que a tinta se descolava das paredes como pele queimada de sol.

Crianças saíram dos cômodos feito uma torrente. Umas trinta, todas meninos com a idade variando desde as que mal sabiam andar até adolescentes. Apinharam-se ao redor dele, com as cabeças raspadas – *para combater os piolhos*, explicou a freira. Algumas mancavam, outras pareciam não ter controle muscular. Muitas tinham um dos olhos preguiçoso e outras sofriam de dificuldade de fala. Sondavam-no com mãos rachadas, clamando por atenção. As vozes eram roucas e os dialetos variavam, russo e romeno eram os mais comuns. Vários meninos perguntaram quem ele era e por que estava ali. Na cidade, ele ficara sabendo que a maioria sofria de doenças terminais ou tinha deficiências sérias. A cena se tornava surreal devido aos vestidos que os meninos usavam, alguns sobre calças, outros com as pernas nuas. Aparentemente, vestiam qualquer coisa que encontrassem e que coubesse nos corpos magros. Pareciam ser todos feitos de olhos e ossos. Poucos tinham dentes. Feridas abertas marcavam os braços, as pernas e os rostos. Michener tentou ser cuidadoso. Na noite anterior, ficara sabendo como o HIV assolava as crianças abandonadas da Romênia.

Queria dizer a todos que Deus cuidaria deles, que havia um sentido em seu sofrimento. Mas antes que pudesse falar, um homem alto, vestido de terno clerical preto sem o colarinho romano, chegou ao corredor. Um menininho se agarrava ao seu pescoço num abraço desesperado. O cabelo do velho era cortado rente ao couro cabeludo, e tudo em seu rosto, em seus modos e em seu caminhar sugeria um ser gentil. Usava óculos com aro cromado que emoldurava olhos castanhos, redondos como pratos, sob uma pirâmide de fartas sobrancelhas brancas. Era magro como um palito, mas os braços eram duros e musculosos.

– Padre Tibor? – perguntou Michener em inglês.

– Ouvi o senhor dizer que era um colega. – O inglês era carregado de sotaque do leste europeu.

– Sou o padre Colin Michener.

O padre mais velho pôs no chão a criança que estava carregando.

– Dumitru tem de fazer a terapia diária. Diga-me por que eu deveria adiar isso para falar com o senhor.

Ele se perguntou o motivo da hostilidade na voz do velho.

– Seu papa precisa de auxílio.

Tibor inspirou fundo.

– Ele finalmente vai reconhecer a situação que enfrentamos aqui?

Michener queria conversar sozinho e não gostava da plateia ao redor, especialmente a freira. As crianças ainda puxavam suas roupas.

– Precisamos conversar em particular.

O rosto do padre Tibor revelou pouca emoção enquanto avaliava Michener com um olhar firme. Michener ficou maravilhado com a condição física do velho, e esperava ter pelo menos metade daquela forma ao chegar aos oitenta.

– Leve as crianças, irmã. E cuide da terapia de Dumitru.

A freira pegou o menino no colo e guiou os outros pelo corredor. O padre Tibor proferiu instruções em romeno, algumas das quais Michener entendeu, mas perguntou:

– Que tipo de terapia o menino faz?

– Simplesmente massageamos suas pernas e tentamos fazê-lo andar. Provavelmente é inútil, mas é só isso que temos disponível.

– Não há médicos?

– Temos sorte quando conseguimos alimentar essas crianças. Não se sabe de nenhuma ajuda médica.

– Por que fazem isso?

– Pergunta estranha vinda de um padre. Essas crianças precisam de nós.

A enormidade do que acabara de ver se recusava a sair da mente.

– É assim em todo o país?

– Na verdade, este é um dos melhores lugares. Trabalhamos duro para tornar isto aqui suportável. Mas, como pode ver, há um longo caminho pela frente.

– Não têm dinheiro?

Tibor balançou a cabeça.

– Só o que as organizações de ajuda nos mandar. O governo faz pouco, a Igreja quase nada.

– O senhor veio para cá por conta própria?

O velho assentiu.

– Depois da revolução, li sobre os orfanatos e decidi que era onde eu deveria estar. Isso foi há dez anos. Nunca saí.

Ainda havia uma irritação na voz do padre, por isso Michener quis saber:

– Por que o senhor está tão hostil?

– Estou me perguntando o que o secretário do papa deseja com um velho.

– O senhor sabe quem sou?

– Não sou ignorante com relação ao mundo.

Dava para ver que Andrej Tibor não era idiota. Talvez João XXIII tivesse feito uma escolha sábia ao pedir que esse homem traduzisse o bilhete de Lúcia.

– Tenho uma carta do Santo Padre.

Tibor segurou Michener levemente pelo braço.

– Eu temia isso. Vamos à capela.

Seguiram pelo corredor até a frente do prédio. O que servia como capela era uma sala minúscula com piso revestido de papelão sujo. As paredes eram de pedra nua, o teto de madeira desmoronando. A única aparência de devoção era uma solitária janela onde um mosaico colorido formava uma Nossa Senhora de braços abertos, aparentemente pronta para abraçar todos que procuravam consolo.

Tibor apontou para a imagem.

– Encontrei-a não muito longe daqui, numa igreja que seria demolida. Um dos voluntários de verão a instalou para mim. Todas as crianças se sentem atraídas por ela.

– O senhor sabe por que vim, não sabe?

Tibor ficou quieto.

Michener enfiou a mão no bolso, encontrou o envelope azul e entregou-o ao velho sacerdote.

Tibor pegou o envelope e chegou mais perto da janela. Rasgou-o e tirou o bilhete de Clemente. Segurou o papel longe dos olhos enquanto se esforçava para ler à luz fraca.

– Faz muito tempo que não leio em alemão – disse ele. – Mas estou me lembrando. – E terminou de ler. – Quando escrevi pela primeira vez ao papa, esperava que ele simplesmente fizesse o que eu pedi, sem mais nada.

Michener queria saber o que o padre havia pedido, mas em vez disso falou:

– O senhor tem uma resposta para o Santo Padre?

– Tenho muitas respostas. Qual devo dar?

– Só o senhor pode tomar essa decisão.

– Gostaria que fosse simples assim. – Inclinou a cabeça para o vitral. – Ela fez a coisa de modo muito complicado. – Em seguida, ficou imóvel um instante, em silêncio, depois virou-se para fitá-lo. – O senhor vai ficar em Bucareste?

– Quer que eu fique?

Tibor entregou-lhe o envelope.

– Há um restaurante, o Café Krom, perto da *Piata Revolutiei*. É fácil de achar. Apareça lá às oito. Pensarei nisso e terei a resposta.

QUINZE

Michener foi para o sul até Bucareste, lutando com imagens do orfanato.

Como muitas daquelas crianças, jamais conhecera seus pais verdadeiros. Descobrira, já com uma certa idade, que a mãe havia morado em Clogheen, um pequeno povoado irlandês a norte de Dublin. Era solteira e ainda não tinha vinte anos quando engravidou. Seu pai verdadeiro era desconhecido – pelo menos era o que a mãe afirmava categoricamente. Na época, não se ouvia falar de aborto, e a sociedade irlandesa desprezava as mães solteiras ao ponto da brutalidade.

Por isso, a igreja preencheu o vazio.

Centros de natalidade, era como o arcebispo de Dublin os chamava, mas eram pouco mais do que locais de desova, como o que ele tinha acabado de deixar. Eram administrados por freiras – não almas atenciosas como as de Zlatna, e sim mulheres difíceis que tratavam as futuras mães sob seus cuidados como se fossem criminosas.

As mulheres eram obrigadas a fazer serviços aviltantes antes e depois de dar à luz, trabalhando em condições horrendas em troca de pouco ou nenhum pagamento. Algumas eram espancadas, outras passavam fome, a maioria era maltratada. Para a Igreja, eram pecadoras, e o arrependimento forçado era o único caminho para a salvação. Mas, na maioria, eram apenas garotas camponesas que não poderiam criar um filho. Algumas estavam no outro lado de relacionamentos ilícitos que os pais não queriam reconhecer ou desejavam manter em segredo. Outras eram esposas que tinham tido o azar de ficar grávidas contra a vontade dos maridos. O denominador comum era a vergonha. Nenhuma queria atrair atenção para si mesma ou para a família por causa de uma criança indesejada.

Depois do nascimento, os bebês ficavam nos centros durante um ano, às vezes dois, sendo lentamente afastados das mães – passando um pouco menos de tempo com elas a cada dia. A notícia final chegava apenas na véspera. Um casal americano chegaria na manhã seguinte. Só católicos tinham o privilégio de adotar, e tinham de concordar em criar a criança na Igreja e não divulgar de onde ela viera. Uma doação em dinheiro para a Sociedade de Adoção Sagrado Coração, organização criada para administrar o projeto, era apreciada, mas não exigida. As crianças podiam ficar sabendo que eram adotadas, mas pedia-se aos novos pais que dissessem que os pais verdadeiros tinham morrido. A maioria das mães verdadeiras queria que fosse assim – esperando que a vergonha do erro passasse com o tempo. Ninguém precisava saber que haviam dado uma criança para adoção.

Michener recordava nitidamente o dia em que tinha visitado o centro onde nascera. O prédio de calcário cinza ficava num vale cheio de árvores, um local chamado Kinnegad, não distante do mar da Irlanda. Tinha caminhado pelo prédio deserto, imaginando uma mãe angustiada esgueirando-se à noite até o quarto dos bebês, na véspera do dia em que a criança partiria para sempre, tentando criar coragem para se despedir, imaginando por que uma igreja e um Deus permitiriam esse tormento. Seu pecado seria tão grande assim? Nesse caso, por que o do pai não era igual? Por que ela ficava com toda a culpa?

E com toda a dor.

Tinha permanecido diante de uma janela no andar de cima, olhando para uma amoreira. A única quebra no silêncio viera de uma brisa tórrida que ecoava nos cômodos vazios como os gritos dos bebês que haviam definhado ali. Sentira um frio no estômago ao ver uma mãe que tentava ver pela última vez seu bebê sendo levado até um carro. Sua mãe verdadeira havia sido uma daquelas mulheres. Nunca saberia quem ela era. Raramente as crianças recebiam sobrenomes, de modo que não existia como ligar uma criança à mãe. Só ficara sabendo aquele pouco a seu respeito por causa da memória debilitada de uma freira.

Mais de dois mil bebês deixaram a Irlanda assim, e um deles era um menino minúsculo, de cabelo castanho-claro e olhos verdes luminosos, cujo destino era Savannah, Geórgia. Seu pai adotivo era advogado, sua mãe, dedicada ao novo filho. Crescera junto à costa marítima do Atlântico, num bairro da alta classe média. Tinha se saído muitíssimo bem na escola e se tornado padre e advogado, agradando enormemente os pais adotivos. Depois foi para a Europa e encontrou consolo em um bispo solitário que o amava como um filho. Agora era servo desse bispo, um homem que chegara ao posto de papa, parte da mesma Igreja que havia fracassado tão miseravelmente na Irlanda.

Adorava os pais adotivos. Haviam cumprido sua parte do trato, sempre dizendo que seus pais verdadeiros haviam sido mortos. Só no leito de morte a mãe contou a verdade – a confissão de uma mulher santificada ao filho, o padre, esperando que ele e seu Deus a perdoassem.

Eu a vi em minha mente durante anos, Colin. Como ela deve ter sofrido por termos levado você para longe! Tentaram me dizer que era melhor assim. Tentei dizer a mim mesma que era a coisa certa. Mas ainda a vejo em minha mente.

Ele não soubera o que dizer.

Nós queríamos tanto um bebê! E o bispo disse que sua vida seria dura sem nós. Ninguém cuidaria de você. Mas ainda a vejo em minha mente. Quero dizer a ela que lamento muito. Quero dizer que criei você bem. Que o amei como ela amaria. Talvez então ela possa nos perdoar.

Mas não havia o que perdoar. A culpa era da sociedade. A culpa era da Igreja. Não da filha de um fazendeiro do sul da Geórgia que não podia ter filhos. Ela não fizera nada de errado, e ele rezou com fervor para que Deus lhe desse paz.

Hoje em dia, raramente pensava nesse passado, mas o orfanato trouxera tudo de volta. O cheiro do ar fétido ainda permanecia, e ele tentou afastar o fedor com o vento frio da janela abaixada.

Aquelas crianças jamais fariam uma viagem aos Estados Unidos, jamais experimentariam o amor de pais que as desejavam. O mundo delas era limitado a uma parede cinza dentro de um prédio com barras de ferro, sem lâmpadas e com pouco aquecimento. Ali todas morreriam, sozinhas e esquecidas, amadas apenas por algumas freiras e um padre velho.

DEZESSEIS

Michener encontrou um hotel longe da *Piata Revolutiei* e do agitado bairro universitário, escolhendo um estabelecimento modesto perto de um parque de beleza antiquada. Os cômodos eram pequenos e limpos, com móveis *art déco* que pareciam deslocados. O seu tinha uma pia com água surpreendentemente quente, e o chuveiro e toalete eram coletivos, no fim do corredor.

Sentado junto à única janela do quarto, estava terminando de comer um pastel com uma Coca Light, que havia comprado para mantê-lo até o jantar. Um relógio distante bateu às cinco da tarde.

O envelope que Clemente havia lhe dado estava sobre a cama. Sabia o que devia fazer. Agora que o padre Tibor lera a mensagem, deveria destruí-lo, sem ler o conteúdo. Clemente acreditava que ele cumpriria a ordem, e Michener jamais havia falhado diante do mentor, ainda que sempre achasse que seu relacionamento com Katerina fosse uma traição. Violara seus votos, desobedecera à Igreja e ofendera seu Deus. Para isso, não haveria perdão. Mas Clemente dissera o contrário.

– Você acha que é o único padre a sucumbir?

– Isso não torna a coisa certa.

– Colin, o perdão é o ponto central de nossa fé. Você pecou e deve se arrepender. Mas isso não significa jogar a vida fora. E, de qualquer modo, aquilo foi tão errado assim?

Ainda se lembrava do olhar curioso que lançara ao bispo de Colônia. O que ele estava dizendo?

– Aquilo pareceu errado, Colin? Seu coração lhe disse que era errado?

A resposta às duas perguntas – na época e agora – era não. Havia amado Katerina. Era um fato que não podia negar. Ela se aproximara num momento, logo após a morte de sua mãe, em que Michener estava emaranhado no passado. Viajara com ele até aquele centro de natalidade em Kinnegad. Depois tinham andado pelos penhascos rochosos ao longo do mar da Irlanda. Ela havia segurado sua mão e dito que seus pais adotivos o haviam amado e que ele tinha sorte por ter duas pessoas que se importavam tanto. E estava certa. Mas ele não podia afastar da mente os pensamentos sobre sua mãe verdadeira. Como a pressão da sociedade podia ser tão forte a ponto de mulheres sacrificarem voluntariamente seus bebês para ganhar a vida?

Por que isso deveria ser necessário?

Bebeu o resto da Coca e olhou de novo para o envelope. Seu amigo mais antigo e mais querido, um homem que estivera presente durante metade de sua vida, estava com problemas.

Tomou uma decisão. Estava na hora de fazer alguma coisa.

Pegou o envelope e tirou o papel azul. As palavras eram escritas em alemão, com a letra de Clemente.

Padre Tibor:

Tenho conhecimento da tarefa que o senhor realizou para o santo e reverendo João XXIII. Sua primeira mensagem me causou grande preocupação. "Por que a igreja mente?", foi sua pergunta. Realmente eu não fazia ideia do que o senhor queria dizer. Com o segundo contato, agora percebo o dilema que o senhor enfrenta. Olhei a reprodução do terceiro segredo, que o senhor mandou junto com o primeiro bilhete, e li sua tradução muitas vezes. Por que não revelou essa prova? Mesmo depois de o terceiro segredo ser divulgado por João Paulo, só houve silêncio de sua parte. Se o que me mandou é verdadeiro, por que não falou na época? Alguns dirão que o senhor é uma fraude, um homem em quem não se deve acreditar, mas sei que isso é falso. Por quê? Não posso explicar. Mas saiba que acredito no senhor. Mandei meu secretário. É um homem de confiança. Pode dizer ao padre Michener o que desejar. Ele me transmitirá suas palavras. Se não tiver resposta, diga-lhe isso. Posso entender que esteja desgostoso com a Igreja. Também tenho pensamentos semelhantes. Mas há muito a considerar, como o senhor bem sabe. Peço que devolva este bilhete e o envelope ao padre Michener. Agradeço pelo serviço que se digne a oferecer. Deus esteja com o senhor, padre.

Clemente

P.P. Servus Servorum Dei.

A assinatura era a marca oficial do papa. Pastor dos pastores, servo dos servos de Deus. O modo como Clemente assinava todos os documentos oficiais.

Michener sentiu-se mal ao violar a confiança dele. Mas era claro que algo estava acontecendo ali. O padre Tibor aparentemente causara impressão ao papa, o bastante para mandar seu secretário avaliar a situação. *Por que não revelou essa prova?*

Que prova?

Olhei a reprodução do terceiro segredo, que o senhor mandou junto com o primeiro bilhete, e li sua tradução muitas vezes.

Esses dois itens estavam atualmente na *Riserva*? Dentro da caixa de madeira que Clemente voltava sempre para abrir?

Impossível dizer.

Ainda não sabia nada.

Recolocou o papel azul no envelope, foi até o banheiro no fim do corredor, rasgou tudo em pedacinhos, jogou no vaso e deu a descarga.

Katerina ouviu quando Colin Michener atravessou o piso de tábuas no andar acima. Seu olhar acompanhou o som no teto, afastando-se pelo corredor.

Tinha-o seguido de Zlatna a Bucareste, decidindo que era mais importante saber onde ele se hospedaria do que tentar descobrir o que acontecera com o padre Tibor. Não ficou surpresa quando ele passou direto pelo centro da cidade e foi até um dos hotéis inferiores. Além disso, ele evitara o escritório do núncio papal perto do *Centru Civic* – de novo, nenhuma surpresa, já que Valendrea deixara claro que não era uma visita oficial.

Enquanto atravessava a cidade, ficou triste ao ver que uma mesmice orwelliana ainda permeava um quarteirão após o outro de prédios de apartamentos feitos de tijolos amarelos, todos surgidos depois de Ceausescu ter demolido a história da cidade para abrir espaço para seus projetos grandiosos. De algum modo, a simples magnitude deveria revelar magnificência, e não importava que os prédios fossem pouco práticos, caros e indesejados. O estado decretava que o povo deveria ser grato: os que não eram iam para a prisão, os que tinham sorte eram fuzilados.

Havia deixado a Romênia seis meses depois de Ceausescu enfrentar o pelotão de fuzilamento, ficando apenas por tempo suficiente para participar da primeira eleição na história do país. Quando apenas ex-comunistas venceram, ela percebeu que pouca coisa mudaria rapidamente, e há pouco havia notado como essa previsão estivera certa. Uma tristeza ainda ocupava a Romênia. Ela a sentira em Zlatna e nas ruas de Bucareste, como um velório depois de um funeral. E podia entender. O que sua própria vida se tornara? Tinha feito pouco nos últimos 12 anos. Seu pai insistira em que ficasse e trabalhasse para a nova imprensa romena, supostamente livre, mas Katerina estava cansada daquela comoção. A empolgação da revolta contrastava nitidamente com a calmaria que se seguiu. Que outros fizessem um acabamento no concreto áspero – ela preferia remexer o cascalho, a areia e a argamassa. Por isso foi embora e vagueou pela Europa, encontrou e perdeu Colin Michener, depois chegou aos Estados Unidos e a Tom Kealy.

Agora estava de volta.

E um homem que ela havia amado estava andando no andar de cima.

Como descobriria o que ele estava fazendo? O que Valendrea disse? *Sugiro usar os mesmos encantos de que Tom Kealy aparentemente desfruta. Nesse caso, sem dúvida, sua missão será um sucesso total.*

Idiota.

Mas talvez o cardeal tivesse alguma razão. A abordagem direta parecia melhor. Conhecia bem as fraquezas de Michener, e já se odiava por se aproveitar delas.

Mas tinha pouca escolha.

Levantou-se e foi em direção à porta.

DEZESSETE

CIDADE DO VATICANO,
17H30

O último compromisso de Valendrea aconteceu cedo para uma sexta-feira. Depois, um jantar programado na embaixada francesa foi inesperadamente cancelado – uma crise em Paris retivera o embaixador – por isso ele se viu com uma rara noite livre.

Tinha passado uma hora torturante com Clemente logo depois do almoço. Deveria ter sido uma reunião sobre relações internacionais, mas os dois só tinham se espezinhado mutuamente. O relacionamento vinha se deteriorando depressa, e o risco de um confronto público crescia a cada dia. Sua renúncia ainda não fora pedida. Na certa Clemente esperava que ele citasse preocupações espirituais e simplesmente se demitisse.

Mas isso jamais aconteceria.

Parte da agenda da reunião fora o relatório sobre uma visita do secretário de estado americano, programada para dali a duas semanas. Washington estava tentando conseguir a ajuda da Santa Sé para iniciativas políticas no Brasil e na Argentina. A Igreja era uma força política na América do Sul e Valendrea tinha sinalizado a disposição de usar a influência do Vaticano a favor de Washington. Mas Clemente não queria que a Igreja se envolvesse. Nesse aspecto, não era nem um pouco parecido com João Paulo II. O polonês pregava publicamente a mesma filosofia, mas em particular fazia o oposto. Era uma distração, pensava Valendrea com frequência, uma distração que fez Moscou e Varsóvia dormirem e finalmente pôs o comunismo de joelhos. Ele vira em primeira mão o que o líder moral e espiritual de um bilhão de fiéis podia fazer pelos governos. Era uma pena desperdiçar esse potencial, mas Clemente ordenara que não haveria alianças entre os Estados Unidos e a Santa Sé. Os argentinos e brasileiros teriam de resolver seus problemas.

Houve uma batida na porta do apartamento.

Estava sozinho, depois de mandar seu camareiro pegar uma garrafa térmica de café. Atravessou a sala até uma antessala e abriu a porta dupla que dava para o corredor. Dois guardas suíços, de costas para a parede, flanqueavam cada lado da porta. Entre eles estava o cardeal Maurice Ngovi.

– Gostaria de saber, Eminência, se poderíamos falar por um momento. Fui ao seu escritório, mas me disseram que o senhor havia se retirado.

A voz de Ngovi era baixa e calma. E Valendrea notou o rótulo formal, *Eminência*, certamente por causa dos guardas. Com Colin Michener atravessando a Romênia, parecia que Clemente delegara a tarefa de moleque de recados a Ngovi.

Convidou o cardeal a entrar e instruiu os guardas que não queriam ser perturbados. Em seguida, levou Ngovi até a sala e apontou uma poltrona dourada.

– Eu lhe serviria café, mas só agora mandei o camareiro pegar.

Ngovi levantou a mão.

– Não precisa. Vim conversar.

Valendrea sentou-se.

– Então, o que Clemente deseja?

– Sou eu que desejo uma coisa. Qual o propósito de sua visita ao arquivo ontem? Sua intimidação ao cardeal arquivista foi uma coisa impertinente.

– Não me lembro de o arquivo estar sob a jurisdição da Congregação para a Educação Católica.

– Responda à pergunta.

– Então Clemente quer alguma coisa, afinal de contas.

Ngovi ficou quieto, uma estratégia irritante que Valendrea havia notado que o africano empregava com frequência – e que algumas vezes fazia o italiano falar demais.

– O senhor disse ao arquivista que estava numa missão de grande importância para a Igreja. Uma missão que exigia ação extraordinária. A que estava se referindo?

Ele se perguntou o quanto o fraco infeliz do arquivo teria dito. Certamente não havia confessado seu pecado de perdoar o aborto. O velho idiota não era tão imprudente. Ou seria? Decidiu que era melhor partir para a ofensiva.

– Você e eu sabemos que Clemente é obcecado pelo segredo de Fátima. Ele tem ido sempre à *Riserva*.

– O que é prerrogativa do papa. Não é para questionarmos.

Valendrea inclinou-se para a frente na cadeira.

– Por que nosso bom pontífice alemão se angustia tanto com algo que o mundo já conhece?

– Isso não é para o senhor ou eu questionarmos. João Paulo II satisfez minha curiosidade com a revelação que fez do terceiro segredo.

– Você atuou na comissão, não foi? A que analisou o segredo e escreveu a interpretação que acompanhou a divulgação.

– Foi minha honra. Há muito tempo vinha pensando em qual seria a mensagem final da Virgem.

– Mas foi um grande anticlímax. Na verdade, não disse muito sobre nada, além do pedido usual de penitência e fé.

– Ela previa o assassinato do papa.

– O que explica por que a Igreja a escondeu durante todos esses anos. Não havia sentido em dar a algum lunático um motivo divino para atirar no papa.

– Acreditamos que esse foi o pensamento de João XXIII quando leu a mensagem e ordenou que ela fosse lacrada.

– E o que a Virgem previu aconteceu. Alguém tentou atirar em Paulo VI, depois o turco atirou em João Paulo II. Mas o que desejo saber é por que Clemente tem necessidade de ler e reler o texto original.

– De novo, não é para você nem eu questionarmos.

– A não ser quando um de nós for papa. – Ele esperou para ver se o adversário morderia a isca.

– Mas você e eu não somos papa. O que você tentou é uma violação da lei canônica. – A voz de Ngovi permaneceu fria e Valendrea se perguntou se aquele homem plácido jamais perdia a calma.

– Planeja me acusar?

Ngovi não se abalou.

– Se houvesse um modo de ter sucesso, faria isso.

– Então talvez eu tivesse de me demitir e você pudesse ser secretário de Estado? Gostaria disso, não, Maurice?

– Eu apenas o mandaria de volta a Florença, que é o seu lugar e de seus ancestrais Médici.

Valendrea acautelou-se. O africano era um mestre da provocação. Este seria um bom teste para o conclave, onde certamente Ngovi tentaria todos os modos possíveis de incitar uma reação.

– Eu não sou Médici. Sou Valendrea. Nós nos opúnhamos aos Médici.

– Certamente apenas depois de ver o declínio daquela família. Imagino que seus ancestrais também eram oportunistas.

Ele percebeu o confronto real: os dois principais competidores pelo papado, cara a cara. Sabia muito bem que Ngovi seria seu concorrente mais difícil. Já ouvira conversas gravadas entre cardeais quando se achavam seguros em salas trancadas do Vaticano. Ngovi era seu desafiante mais perigoso, tornado ainda mais formidável pelo fato de que o arcebispo de Nairóbi não buscava ativamente o papado. Se lhe perguntassem, o sacana esperto sempre interrompia qualquer especulação com um gesto e uma menção ao respeito que tinha por Clemente XV. Nada disso enganava Valendrea. Um africano não ocupava o trono de São Pedro desde o primeiro século. Que triunfo seria! Ngovi, no mínimo, era um nacionalista ardoroso, explícito em sua crença de que a África merecia mais do que recebia atualmente – e que melhor plataforma para pressionar a reforma social do que a de chefe da Santa Sé?

– Desista, Maurice – disse ele. – Por que não se junta à equipe vitoriosa? Você não sairá do próximo conclave como papa. Isso eu garanto.

– O que me incomoda mais é *você* se tornar papa.

– Sei que você tem o bloco africano na mão. Mas são apenas oito votos. Não é o bastante para me impedir.

– Mas o bastante para se tornar crítico numa eleição apertada.

A primeira menção que Ngovi fazia ao conclave. Seria um recado?

– Onde está o padre Ambrosi? – perguntou Ngovi.

Agora ele percebia o motivo da visita. Clemente precisava de informações.

– Onde está o padre Michener?

– Disseram-me que está de férias.

– Paolo também. Talvez tenham viajado juntos. – Deixou um risinho acompanhar o sarcasmo.

– Espero que Colin tenha melhor gosto com relação a amigos.

– Espero o mesmo com relação a Paolo.

Perguntou-se por que o papa estava tão preocupado com Ambrosi. O que importava? Talvez tivesse subestimado o alemão.

– Sabe, Maurice, eu estava sendo jocoso, mas você daria um excelente secretário de Estado. Seu apoio no conclave poderia garantir isso.

Ngovi estava sentado com as mãos cruzadas por sobre a batina.

– E para quantos você balançou esse cubo de açúcar?

– Só para os que estavam em posição de bancar a proposta.

O visitante levantou-se da poltrona.

– Devo lembrá-lo da Constituição Apostólica, que proíbe fazer campanha pelo papado. Ambos temos de obedecer a esse decreto.

Ngovi foi em direção à antessala.

Valendrea não se afastou da cadeira, mas gritou para o cardeal que se afastava:

– Eu não me ligaria ao protocolo por muito tempo, Maurice. Logo estaremos na Sistina, e sua sorte pode mudar drasticamente. Mas o modo como mudará depende apenas de você.

DEZOITO

BUCARESTE,

17H50

A batida à porta espantou Michener. Ninguém sabia que ele estava na Romênia, a não ser Clemente e o padre Tibor. E absolutamente ninguém sabia que estava hospedado neste hotel.

Levantou-se, atravessou o quarto, abriu a porta e viu Katerina Lew.

– Como foi que me encontrou?

Ela sorriu.

– Você é que disse que os únicos segredos no Vaticano são aqueles que ninguém conhece.

Michener não gostou do que estava ouvindo. A última coisa que Clemente desejaria era uma repórter sabendo o que ele fazia. E quem havia divulgado a informação de que ele deixara Roma?

– Eu me senti mal com relação ao outro dia na praça – disse ela. – Não deveria ter dito o que disse.

– E veio à Romênia para pedir desculpa?

– Precisamos conversar, Colin.

– Não é uma boa hora.

– Disseram-me que você estava de férias. Achei que seria a melhor hora.

Ele a convidou a entrar e fechou a porta, lembrando-se de que o planeta havia encolhido desde a última vez em que estivera sozinho com Katerina Lew. Então lhe ocorreu um pensamento perturbador. Se ela sabia isso tudo a seu respeito, imagine o quanto Valendrea sabia. Precisava ligar para Clemente e alertá-lo sobre um vazamento no palácio papal. Mas lembrou-se do que Clemente dissera sobre Valendrea no dia anterior em Turim – *ele sabe de tudo que fazemos, de tudo que dizemos* – e percebeu que o papa já sabia.

– Colin, não há motivo para sermos tão hostis. Entendo muito melhor o que aconteceu há tantos anos. Até estou disposta a admitir que lidei mal com os fatos.

– Isso é novidade.

Ela não reagiu à censura.

– Senti saudade de você. Na verdade, foi por isso que fui a Roma. Para vê-lo.

– E Tom Kealy?

– Eu me envolvi com o Tom. – Ela hesitou. – Mas ele não é você. – Chegou mais perto. – Não tenho vergonha do tempo que passei com ele. A situação de Tom é estimulante para uma jornalista. Há muitas oportunidades lá. – Seus olhos se grudaram aos de Michener de um modo que só eles eram capazes. – Mas preciso saber. Por que foi ao tribunal? Tom me disse que os secretários dos papas não costumam se incomodar com essas coisas.

– Eu sabia que você estaria lá.

– E ficou feliz em me ver?

Ele pensou na resposta e se decidiu por:

– Você não pareceu feliz em me ver.

– Só estava tentando avaliar sua reação.

– Pelo que me lembro, não houve reação de sua parte.

Ela se afastou para a janela.

– O que houve entre nós foi especial, Colin. Não há sentido em negar.

– Nem em retomar.

– É a última coisa que desejo. Estamos mais velhos. Espero que mais inteligentes. Não podemos ser amigos?

Ele viera à Romênia numa tarefa para o papa. Agora estava envolvido numa discussão emocional com uma mulher que um dia amara. Será que o Senhor estava testando-o de novo? Não podia negar o que sentia só por estar perto dela. Como Katerina havia dito, um dia os dois tinham compartilhado tudo. Ela fora maravilhosa enquanto ele lutava para descobrir seu passado, imaginando o que teria acontecido com sua mãe verdadeira, curioso em saber por que o pai biológico o abandonara. Com sua ajuda, ele havia aplacado muitos daqueles demônios. Mas novos estavam surgindo. Talvez fosse necessária uma trégua com sua consciência. Que mal poderia fazer?

– Eu gostaria disso.

Ela usava uma calça preta grudada às pernas magras. Um paletó combinando e um colete de couro preto completavam o visual da revolucionária que ele sabia que ela era. Não havia luzes sonhadoras em seus olhos. Estava firmemente enraizada. Talvez demais. Mas lá no fundo havia uma emoção verdadeira, e ele sentia falta disso.

Um tremor estranho o varreu.

Lembrou-se de anos atrás, quando se retirara para os Alpes querendo um tempo para pensar e, como hoje, ela aparecera à sua porta, confundindo-o ainda mais.

– O que estava fazendo em Zlatna? – perguntou ela. – Disseram que aquele orfanato é um local difícil, administrado por um padre velho.

– Você esteve lá?

Ela assentiu.

– Eu segui você.

Outra realidade perturbadora, mas ele deixou passar.

– Fui conversar com aquele padre.

– Pode me falar sobre isso?

Ela parecia interessada e ele precisava conversar a respeito. Talvez Katerina pudesse ajudar. Mas havia outra questão a ser considerada.

– Isto não pode ser publicado.

O sorriso dela lhe trouxe conforto.

– Claro, Colin. Não será publicado.

DEZENOVE

20H

Michener levou Katerina ao Café Krom. Tinham conversado no quarto dele durante duas horas. Ele lhe contou uma versão resumida do que acontecera com Clemente XV nos últimos meses e o motivo para ter vindo à Romênia, omitindo apenas que lera o bilhete de Clemente para Tibor. Não havia mais ninguém, fora o cardeal Ngovi, a quem ele sequer consideraria falar sobre suas preocupações. E mesmo com Ngovi ele sabia que a discrição era a melhor abordagem. As alianças no Vaticano mudavam como a maré. Um amigo de hoje poderia muito bem ser o inimigo de amanhã. Katerina não era aliada de ninguém dentro da Igreja e não ignorava o terceiro segredo de Fátima. Ela lhe contou sobre um artigo que escrevera para uma revista dinamarquesa em 2000, quando João Paulo II divulgou o texto. A matéria falava de um grupo que acreditava que o terceiro segredo era uma visão apocalíptica, que as metáforas complexas usadas pela Virgem eram uma declaração explícita de que o fim estava próximo. Ela achava que eram todos lunáticos e sua matéria abordava a loucura que esses cultos exaltavam. Mas depois de ver a reação de Clemente na *Riserva*, Michener não tinha mais tanta certeza sobre a loucura. Esperava que o padre Andrej Tibor pudesse acabar com a confusão.

O padre esperava numa mesa perto de uma janela de vidro laminado. Do lado de fora, um brilho âmbar iluminava as pessoas e o tráfego. Uma névoa cobria o ar noturno. O bistrô ficava no coração da cidade, perto da *Piata Revolutiei*, e estava movimentado com uma multidão de sexta-feira à noite. Tibor havia trocado de roupa, substituindo a vestimenta clerical negra por jeans e um suéter de gola rulê. Levantou-se quando Michener o apresentou a Katerina.

– A Sra. Lew é do meu escritório. Eu a trouxe para anotar qualquer coisa que o senhor queira falar. – Mais cedo, Michener decidira que queria que ela ouvisse o que Tibor teria a dizer. E achou que uma mentira seria melhor do que a verdade.

– Se é o que o secretário do papa deseja – disse Tibor –, quem sou eu para questionar?

O tom do padre era tranquilo, e Michener esperava que a amargura de antes houvesse se dissipado. Tibor chamou a garçonete e pediu mais duas cervejas. Então o velho padre pôs um envelope sobre a mesa.

– Esta é a minha resposta à pergunta de Clemente. Michener não pegou o envelope.

– Pensei nisso durante toda a tarde – disse Tibor. – Queria ser exato, por isso anotei.

A garçonete colocou duas canecas de cerveja escura sobre a mesa. Michener tomou um pequeno gole da bebida espumante. Katerina fez o mesmo. Tibor já estava na segunda caneca, deixando a primeira vazia sobre a mesa.

– Eu não pensava em Fátima há muito tempo – disse Tibor em voz baixa.

Katerina interveio:

– O senhor trabalhou no Vaticano por muito tempo?

– Oito anos, com João XXIII e Paulo VI. Depois, voltei ao serviço missionário.

– O senhor estava presente quando João XXIII leu o terceiro segredo? – perguntou Michener, sondando gentilmente, tentando não revelar o que sabia sobre o bilhete do papa.

Tibor olhou pela janela por um longo momento.

– Eu estava lá.

Michener sabia o que Clemente pedira a Tibor, por isso pressionou:

– Padre, o papa está muito preocupado com alguma coisa. O senhor pode me ajudar a entender?

– Compreendo a angústia dele.

Michener tentou parecer indiferente.

– Tem alguma ideia do motivo?

O velho balançou a cabeça.

– Depois de quatro décadas, eu mesmo não entendo. – Ele desviou o olhar enquanto falava, como se não tivesse certeza do que dizia. – A irmã Lúcia era uma mulher santa. A Igreja a tratou mal.

– Como assim? – perguntou Katerina.

– Roma garantiu que ela vivesse no claustro. Lembre-se de que, em 1959, apenas João XXIII e ela conheciam o terceiro segredo. O Vaticano ordenou que apenas os familiares mais próximos poderiam visitá-la, e ela não deveria discutir com ninguém a aparição.

– Mas ela participou da revelação quando João Paulo II tornou o segredo público em 2000 – disse Michener. – Estava sentada no tablado quando o texto foi lido ao mundo, em Fátima.

– Tinha mais de noventa anos. Disseram-me que sua visão e sua audição estavam falhando. E não se esqueça de que a irmã Lúcia estava proibida de falar sobre o assunto. Não houve comentários da parte dela. Absolutamente nenhum.

Michener tomou mais um gole de cerveja.

– Qual foi o problema com relação ao que o Vaticano fez com a irmã Lúcia? Não estavam simplesmente protegendo-a de cada maluco no mundo que a quisesse incomodar com perguntas?

Tibor cruzou os braços diante do peito.

– Eu não esperaria que você entendesse. Você é produto da cúria.

Michener ressentiu-se da acusação, já que era qualquer coisa, menos isso.

– Meu pontífice não é o amigo da cúria.

– O Vaticano exige obediência total. Caso contrário, o Penitenciário Apostólico manda uma de suas cartas exigindo que a gente vá a Roma prestar contas pessoalmente. Devemos fazer o que é mandado. Irmã Lúcia era uma serva leal. Fez o que foi mandado. Acredite, a última coisa que Roma desejaria era que ela estivesse disponível para a imprensa mundial. João ordenou seu silêncio porque não tinha opção, e cada papa depois dele continuou com a ordem porque não tinha opção.

– Pelo que me lembro, Paulo VI e João Paulo II visitaram-na. João Paulo chegou a consultá-la antes de revelar o terceiro segredo. Eu falei com cardeais e bispos que fizeram parte da divulgação. Ela autenticou o texto como sendo seu.

– Que texto? – perguntou Tibor.

Pergunta estranha.

– Está dizendo que a Igreja mentiu sobre a mensagem? – perguntou Katerina. Tibor estendeu a mão para a bebida.

– Nunca saberemos. A boa freira, João XXIII e João Paulo II não estão mais conosco. Todos se foram, menos eu.

Michener decidiu mudar de assunto.

– Então diga-nos o que sabe. O que aconteceu quando João XXIII leu o segredo?

Tibor recostou-se na velha cadeira de carvalho e pareceu pensar na pergunta com interesse. Por fim disse:

– Certo. Vou contar exatamente o que aconteceu.

– Você entende o português? – perguntou o monsenhor Capovilla.

Tibor ergueu a cabeça. Dez meses trabalhando no Vaticano e esta era a primeira vez que alguém do quarto andar do palácio apostólico falava com ele, ainda mais o secretário pessoal de João XXIII.

– Sim, padre.

– O Santo Padre precisa de sua ajuda. Poderia trazer papel e caneta e vir comigo?

Ele acompanhou o padre até o elevador e subiu em silêncio até o quarto andar, onde foi levado ao apartamento do papa. João XXIII estava sentado atrás de uma escrivaninha. Em cima dela havia uma pequena caixa de madeira com lacre de cera quebrado. O papa segurava dois pedaços de papel.

– Padre Tibor, consegue ler isto? – perguntou João.

Tibor pegou as duas folhas e examinou as palavras, sem registrar realmente seu significado, apenas o fato de que entendia.

– Sim, Santo Padre.

Um sorriso veio ao rosto rechonchudo do papa. Era um sorriso que tinha reanimado católicos de todo o mundo. A imprensa gostava de chamá-lo de papa João, rótulo que o papa aceitara. Durante muito tempo, enquanto Pio XII agonizava, as janelas do palácio papal estiveram envoltas em escuridão, com as cortinas baixadas num luto simbólico. Agora as janelas estavam escancaradas, com o sol italiano entrando, sinalizando para todos que entravam na praça de São Pedro que esse cardeal veneziano estava comprometido com um renascimento.

– Por favor, sente-se perto da janela e redija uma tradução para o italiano – disse João. – Uma página separada para cada folha, segundo os originais.

Tibor passou quase uma hora certificando-se de que as traduções estavam precisas. O texto original era numa letra claramente feminina, e o português era em estilo antigo, mais usado na virada do último século. As línguas, como os povos e as culturas, tendiam a mudar com o tempo, mas sua formação era extensa e a tarefa relativamente simples.

João prestou pouca atenção enquanto ele trabalhava, conversando em voz baixa com seu secretário. Quando terminou, Tibor entregou as folhas ao papa. Esperou por uma reação enquanto João lia a primeira folha. Nada. Então o papa leu a segunda folha. Passou-se um momento de silêncio.

– Isto não se refere ao meu papado – disse João em voz baixa. Dadas as palavras na página, ele achou o comentário estranho, mas não disse nada.

João dobrou cada tradução junto com o original, formando dois maços separados. Ficou em silêncio durante alguns momentos e Tibor não se mexeu. Esse papa, que ocupava o trono de São Pedro havia apenas nove meses, já tinha mudado profundamente o mundo católico. Um dos motivos para Tibor ter vindo a Roma era fazer parte do que estava acontecendo. O mundo estava pronto para algo diferente, e parecia que Deus havia proporcionado isso.

João juntou os dedos gorduchos diante da boca e balançou-se silenciosamente na cadeira.

– Padre Tibor, quero que dê sua palavra ao papa e a seu Deus de que o que acaba de ler jamais será revelado. Tibor entendeu a importância do pedido.

– O senhor tem minha palavra, Santo Padre.

João fitou-o com os olhos úmidos e um olhar que rasgou sua alma. Um tremor frio passou por sua coluna. Tibor sentiu uma ânsia de se mexer.

O papa pareceu ler sua mente.

– Tenha certeza – disse João praticamente num sussurro – de que farei tudo que puder para honrar os desejos da Virgem.

– Nunca mais falei com João XXIII – disse Tibor.

– E nenhum outro papa o contatou? – perguntou Katerina.

Tibor balançou a cabeça.

– Até hoje. Dei minha palavra a João e a mantive. Até três meses atrás.

– O que o fez contatar o papa?

– Você não sabe?

– Não os detalhes.

– Talvez Clemente não queira que saiba.

– Ele não teria me mandado, se não quisesse.

Tibor apontou para Katerina.

– Ele desejaria que ela também soubesse?

– Eu quero – disse Michener.

Tibor avaliou-o com expressão séria.

– Acho que não, padre. O que enviei fica entre Clemente e eu.

– O senhor disse que João XXIII nunca mais o contatou. O senhor tentou entrar em contato com ele? – perguntou Michener.

Tibor balançou a cabeça.

– Apenas alguns dias depois, João convocou o concílio Vaticano II. Lembro-me bem do anúncio. Achei que essa era a resposta dele.

– Poderia explicar?

O velho balançou a cabeça.

– Na verdade, não.

Michener terminou de tomar a cerveja e quis outra, mas se conteve. Examinou alguns dos rostos que os rodeavam e se perguntou se algum poderia estar interessado no que ele estava fazendo, mas rapidamente rejeitou o pensamento.

– E quando João Paulo II divulgou o terceiro segredo?

O rosto de Tibor ficou tenso.

– O que é que tem?

O jeito ríspido do velho estava irritando-o.

– Agora o mundo conhece as palavras da Virgem.

– Sabe-se que a Igreja costuma alterar a verdade.

– Está sugerindo que o Santo Padre enganou o mundo? – perguntou Michener.

Tibor não respondeu imediatamente.

– Não sei o que estou sugerindo. A Virgem apareceu muitas vezes nesta terra. É de pensar que finalmente receberíamos a mensagem.

– Que mensagem? Passei os últimos meses estudando cada aparição até duzentos anos atrás. Cada uma parece uma experiência única.

– Então não estudou com atenção. Eu também passei anos lendo sobre elas. Em cada uma há uma declaração divina para se fazer o que o

Senhor manda. A Virgem é uma mensageira divina. Oferece orientação e sabedoria, e nós A ignoramos, como tolos. Nos tempos modernos, esse erro começou em La Salette.

Michener conhecia cada detalhe da aparição em La Salette, um povoado no alto dos Alpes franceses. Em 1846, duas crianças pastoras – um menino, Maxim, e uma menina, Mélanie – supostamente tiveram uma visão. O acontecimento foi, em muitos sentidos, semelhante ao de Fátima – uma cena pastoral, uma luz que vinha do céu, a imagem de uma mulher que falava com elas.

– Pelo que me lembro – disse Michener –, as duas crianças ouviram segredos que acabaram sendo anotados e os textos foram apresentados a Pio IX. Mais tarde, os videntes divulgaram suas próprias versões. Foram feitas acusações de alterações. Toda a aparição foi manchada pelo escândalo.

– Está dizendo que há uma conexão entre La Salette e Fátima? – perguntou Katerina.

Um ar de irritação surgiu no rosto de Tibor.

– Não estou dizendo nada. O padre Michener tem acesso ao arquivo. Ele encontrou alguma conexão?

– Estudei as visões de La Salette – disse Michener. – Pio IX não fez qualquer comentário depois de ler cada um dos segredos, no entanto nunca permitiu que fossem revelados publicamente. E ainda que os textos originais estejam listados entre os papéis de Pio IX, os segredos não estão mais nos arquivos.

– Em 1960, procurei os segredos de La Salette e também não encontrei nada. Mas há pistas do conteúdo.

Michener sabia exatamente o que Tibor queria dizer.

– Li os relatos de testemunhas que viram Mélanie escrever as mensagens. Ela perguntou como se escrevia *infalivelmente, manchado* e *anticristo,* se é que me lembro corretamente.

Tibor assentiu.

– O próprio Pio IX deu algumas pistas. Depois de ler a mensagem de Maxim, ele disse: "Aqui estão a honestidade e a simplicidade de uma criança." Mas depois de ler a de Mélanie, ele chorou e disse: "Tenho menos a temer da impiedade explícita do que da indiferença. Não é sem motivo que a Igreja é chamada de militante, e aqui vocês veem seu capitão."

– Você tem boa memória – disse Tibor. – Mélanie não foi gentil quando lhe falaram da reação do papa. "Esse segredo deveria dar prazer ao papa", disse ela. "Um papa deveria gostar de sofrer."

Michener lembrou-se de decretos emitidos pela Igreja na época, exigindo que os fiéis não discutissem La Salette de modo algum, sob ameaça de sanções.

– Padre Tibor, La Salette jamais teve o crédito de Fátima.

– Porque os textos originais das mensagens dos videntes desapareceram. Tudo que temos são especulações. Não houve discussão sobre o assunto porque a Igreja proibiu. Logo depois da aparição, Maxim disse que o anúncio da Virgem seria auspicioso para alguns, mas nem tanto para outros. Lúcia disse essas mesmas palavras setenta anos depois, em Fátima. "Bom para uns. Ruim para outros." – O padre esvaziou a caneca de cerveja. Parecia gostar de álcool. – Maxim e Lúcia estavam certos. Bom para alguns, ruim para outros. Está na hora de deixarmos de ignorar as palavras de Nossa Senhora.

– O que quer dizer? – perguntou Michener, frustrado.

– Em Fátima, os desejos divinos foram perfeitamente claros. Eu não li o segredo de La Salette, mas posso muito bem imaginar o que era.

Michener estava cansado de charadas, mas decidiu deixar o velho padre agir como quisesse.

– Sei o que a Virgem disse em Fátima no segundo segredo, sobre a consagração da Rússia e o que aconteceria se isso não fosse feito. Concordo que é uma instrução específica...

– No entanto, nenhum papa jamais fez a consagração até João Paulo II – disse Tibor. – Nenhum bispo do mundo, em conjunção com Roma, jamais consagrou a Rússia até 1984. E veja o que aconteceu entre 1917 e 1984. O comunismo floresceu. Milhões de pessoas morreram. A Romênia foi violada e pilhada por monstros. O que a Virgem disse? *Os bons serão martirizados, o Santo Padre sofrerá muito, várias nações serão aniquiladas.* Tudo porque os papas optaram por seu próprio caminho, e não pelo divino. – A raiva era clara, sem qualquer tentativa de escondê-la. – No entanto, seis anos depois da consagração, o comunismo caiu. – Tibor massageou a testa. – Nenhuma vez Roma jamais reconheceu formalmente uma aparição mariana. O máximo que ela fará é considerar o acontecimento *digno de confirmação.* A Igreja se recusa a aceitar que os visionários tenham algo importante a dizer.

– Mas isso é prudente – disse Michener.

– Como assim? A Igreja reconhece que a Virgem apareceu, encoraja os fiéis a acreditarem no acontecimento e depois desacredita o que os videntes disseram? Você não vê uma contradição?

Michener não respondeu.

– Raciocine – disse Tibor. – Desde 1870 e do concílio Vaticano I, o papa é considerado infalível quando fala de doutrina. O que você acha que acontecerá com esse conceito se as palavras de uma simples criança camponesa forem consideradas mais importantes?

Michener jamais pensara no assunto desse modo.

– A autoridade doutrinária da Igreja terminará – disse Tibor. – Os fiéis procurarão orientação com outras pessoas. Roma deixará de ser o centro. E isso jamais pode acontecer. A cúria sobrevive apesar de tudo. Sempre foi assim.

– Mas, padre Tibor – observou Katerina –, os segredos de Fátima são precisos com relação a locais, datas e épocas. Citam o nome da Rússia e de papas. Falam de assassinatos de papas. A Igreja não estaria sendo apenas cautelosa? Esses supostos segredos são tão diferentes dos evangelhos que cada um deles poderia ser considerado suspeito.

– Bem pensado. Nós, humanos, temos a tendência de ignorar aquilo com que não concordamos. Mas talvez o céu achasse que eram necessárias instruções mais específicas. Esses *detalhes* dos quais você fala.

Michener podia ver a agitação surgindo no rosto de Tibor e o nervosismo nas mãos que envolviam a caneca de cerveja vazia. Passaram-se alguns instantes de silêncio tenso, e então o velho inclinou o corpo para a frente e indicou o envelope.

– Diga ao Santo Padre para fazer o que Nossa Senhora mandou. Para não argumentar ou ignorar, somente fazer. – A voz era uniforme e sem emoção. – Se não, diga que ele e eu logo estaremos no céu, e espero que ele assuma toda a culpa.

VINTE

22H

Michener e Katerina saíram do trem do metrô e seguiram pela estação até desembocarem numa noite gélida. O ex-palácio real da Romênia, com a velha fachada de pedra coberta por um brilho de vapor de sódio, erguia-se à frente. A *Piata Revolutiei* espalhava-se em todas as direções, com as pedras úmidas salpicadas de pessoas envoltas em pesados casacos de lã. O tráfego arrastava-se nas ruas mais além. O ar frio marcava a garganta com um gosto de carvão.

Observou Katerina examinando a praça. Os olhos dela pousaram no velho quartel-general dos comunistas, um monólito stalinista, e ele a viu fixar os olhos na sacada do prédio.

– Foi dali que Ceausescu fez o discurso naquela noite. – Ela apontou para o norte. – Eu estava ali. Foi incrível. Aquele panaca metido a besta ficou sob as luzes e se proclamou amado por todos. – O prédio estava escuro, aparentemente não era mais importante para ser iluminado. – As câmeras de televisão transmitiram o discurso para todo o país. Ele sentia um orgulho enorme até que todos nós começamos a gritar: "Timisoara, Timisoara."

Ele sabia sobre Timisoara, uma cidade no oeste da Romênia onde um padre solitário havia finalmente falado contra Ceausescu. Quando a Igreja Ortodoxa Reformada, controlada pelo governo, o afastou, tumultos irromperam em todo o país. Seis dias depois, a praça à sua frente explodiu em violência.

– Você deveria ter visto a cara do Ceausescu, Colin. Foi a indecisão dele, naquele momento de choque, que consideramos um chamado à ação. Atravessamos as barreiras policiais e... não houve retorno. – A voz dela baixou. – Os tanques acabaram chegando, depois as mangueiras d'água, depois as balas. Perdi muitos amigos naquela noite.

Ele ficou parado com as mãos nos bolsos do casaco e viu a respiração se evaporar diante dos olhos, deixando-a lembrar, sabendo que ela sentia orgulho do que fizera. Ele também sentia.

– É bom ter você de volta – falou.

Katerina virou-se em sua direção. Alguns outros casais caminhavam pela praça, de braços dados.

– Senti saudades de você, Colin.

Certa vez, ele havia lido que na vida de todo mundo existia alguém que tocava num ponto tão fundo, tão precioso, que, em tempos de necessidade, a mente sempre recuava para aquele local guardado com carinho, procurando conforto em lembranças que jamais pareciam desapontar. Katerina era isso para ele. E era perturbador pensar por que a Igreja, ou seu Deus, não lhe davam a mesma satisfação.

Ela chegou mais perto.

– Aquilo que o padre Tibor falou sobre fazer o que Nossa Senhora mandou. O que ele quis dizer?

– Gostaria de saber.

– Você pode descobrir.

Michener sabia o que ela queria dizer e tirou do bolso o envelope contendo a resposta do padre Tibor.

– Não posso abrir. Você sabe.

– Por que não? Podemos arranjar outro envelope. Clemente jamais saberia.

Ele já sucumbira a desonestidades demais para um dia ao ler o bilhete de Clemente.

– Eu saberia. – Michener sabia como essa negativa parecia cínica, mas recolocou o envelope no bolso.

– Clemente criou um servo leal – disse Katerina. – Isso tenho de admitir.

– É o meu papa. Eu lhe devo respeito.

Os lábios e as bochechas dela se retorceram numa expressão que ele já vira.

– Sua vida é estar a serviço de papas? E o que será de você, Colin Michener?

Ele havia pensado a mesma coisa muitas vezes nos últimos anos. E ele? Será que um barrete de cardeal seria a extensão de sua vida? Fazer pouco mais do que se refestelar no prestígio de um manto escarlate? Homens como o padre Tibor estavam realizando o que os padres deveriam fazer. Sentiu de novo o carinho das crianças – e o fedor do desespero delas.

Uma onda de culpa o envolveu.

– Quero que você saiba, Colin: não vou mencionar uma palavra disso a ninguém.

– Nem a Tom Kealy? – Ele se arrependeu, agora que a pergunta havia saído.

– Está com ciúmes?

– Deveria estar?

– Parece que tenho uma queda por padres.

– Cuidado com Tom Kealy. Tenho a impressão de que ele é do tipo que correu desta praça quando o tiroteio começou. – Michener pôde ver o queixo dela ficar tenso. – Não como você.

Ela sorriu.

– Eu fiquei na frente de um tanque, com centenas de outras pessoas.

– É um pensamento perturbador. Não gostaria de vê-la machucada.

Ela lhe lançou um olhar curioso.

– Mais do que já estou?

Katerina deixou Michener no quarto dele e desceu a escada que rangia. Disse-lhe que conversariam de manhã, no desjejum, antes de ele voltar a Roma. Michener não ficou surpreso ao saber que ela estava no andar de baixo, e ela não mencionou que também estaria voltando a Roma, num voo mais tarde. Em vez disso, disse-lhe que seu próximo destino estava em aberto.

Estava começando a se arrepender do envolvimento com o cardeal Alberto Valendrea. O que começara como um passo na carreira havia se transformado em enganar o homem que ainda amava. Mentir para Michener era perturbador. Se seu pai soubesse o que ela estava fazendo, sentiria vergonha. E esse pensamento também era incômodo, já que desapontara os pais o bastante nos últimos anos.

No quarto, abriu a porta e entrou.

A primeira coisa que viu foi o rosto sorridente do padre Paolo Ambrosi. A visão assustou-a momentaneamente, mas controlou depressa as emoções, sentindo que demonstrar medo para aquele homem seria um erro. Na verdade, estava esperando uma visita, já que Valendrea dissera que Ambrosi a encontraria. Fechou a porta, tirou o casaco e foi em direção ao abajur perto da cama.

– Por que não deixamos a luz apagada? – perguntou Ambrosi.

Notou que Ambrosi vestia calça preta e uma blusa de gola rulê escura. Usava um sobretudo escuro aberto. Nada na vestimenta era religioso. Katerina deu de ombros e jogou o casaco na cama.

– O que descobriu?

Ela se demorou um momento e contou um relato abreviado do orfanato e do que Michener lhe contara sobre Clemente, mas omitiu alguns fatos fundamentais. Terminou contando sobre o padre Tibor, de novo uma versão resumida, e falou do alerta do velho padre sobre Nossa Senhora.

– Você precisa descobrir o que há na resposta de Tibor – disse Ambrosi.

– Colin não quer abrir.

– Descubra um modo.

– Como espera que eu faça isso?

– Vá lá em cima. Seduza-o. Leia enquanto ele dorme depois.

– Por que você não faz isso? Tenho certeza de que os padres lhe interessam muito mais do que a mim.

Ambrosi saltou, envolveu o pescoço dela com os dedos compridos e finos e derrubou-a na cama. O aperto era frio e pegajoso. Ele levou o joelho ao peito dela e a apertou com firmeza contra o colchão. Era mais forte do que ela imaginava.

– Diferentemente do cardeal Valendrea, tenho pouca paciência para sua boca metida a esperta. Devo lembrá-la de que estamos na Romênia, e não em Roma, e aqui as pessoas desaparecem o tempo todo. Quero saber o que o padre Tibor escreveu. Descubra, ou talvez eu não me contenha na próxima vez em que nos encontrarmos. – O joelho de Ambrosi apertou ainda mais seu peito. – Vou encontrá-la amanhã, da mesma maneira como encontrei hoje.

Katerina quis cuspir no rosto dele, mas os dedos que continuavam apertando seu pescoço a alertaram para não fazer isso.

Ambrosi soltou-a e foi até a porta.

Ela segurou o pescoço e respirou algumas vezes, depois saltou da cama.

Ambrosi virou-se para encará-la, segurando um revólver.

Ela parou.

– Seu... mafioso... desgraçado.

Ele deu de ombros.

– A história nos ensina que há uma linha imperceptível entre o bem e o mal. Durma bem.

Em seguida, abriu a porta e saiu.

VINTE E UM

CIDADE DO VATICANO,
23H40

Valendrea esmagou o cigarro num cinzeiro quando houve uma batida na porta do quarto. Estava distraído lendo um romance havia quase uma hora. Gostava demais dos livros de suspense americanos. Eram uma agradável fuga da vida de palavras cuidadosas e protocolo rígido. Sua retirada a cada noite para um mundo de mistérios e intrigas era algo pelo qual ansiava, e Ambrosi garantia que ele sempre tivesse uma nova aventura para ler.

– Entre – gritou.

O rosto de seu camareiro apareceu.

– Recebi um telefonema há alguns instantes, Eminência. O Santo Padre está na *Riserva*. O senhor pediu que lhe informasse caso isso acontecesse.

Tirou os óculos de leitura e fechou o livro.

– Está bem.

O camareiro se retirou.

Rapidamente vestiu uma camisa de tricô e uma calça, calçou um par de tênis e saiu do apartamento, indo para o elevador privativo.

No térreo, atravessou os corredores vazios do Palácio Apostólico. O silêncio só era perturbado pelo zumbido fraco das câmeras de circuito fechado girando em seus altos poleiros e pelo guincho das solas de borracha no piso. Não existia o perigo de alguém vê-lo – o palácio estava fechado.

Entrou no arquivo e ignorou o guardião da noite, passando pelo labirinto de estantes e indo direto ao portão de ferro da *Riserva*. Clemente XV estava de pé no espaço iluminado, de costas para ele, vestido com uma batina de linho branco.

A porta do cofre antigo estava aberta. Não fez qualquer esforço para mascarar a aproximação. Estava na hora de um confronto.

– Entre, Alberto – disse o papa, ainda de costas para ele.

– Como sabia que era eu?

Clemente virou-se.

– Quem mais seria?

Valendrea ingressou na área iluminada, a primeira vez em que entrava na *Riserva* desde 1978. Na época, apenas algumas lâmpadas incandescentes iluminavam a alcova sem janelas. Agora, luzes fluorescentes proporcionavam um brilho perolado. A mesma caixa de madeira estava na mesma gaveta, com a tampa aberta. Restos do lacre de cera que ele havia quebrado e substituído adornavam o exterior.

– Fiquei sabendo de sua visita aqui com Paulo – disse Clemente. O papa apontou para a caixa. – Você estava presente quando ele abriu. Diga, Alberto, ele ficou chocado? O velho idiota estremeceu ao ler as palavras da Virgem?

Ele não daria a Clemente a satisfação de saber a verdade.

– Paulo era mais papa do que você jamais poderia ser.

– Era um homem obstinado e inflexível. Teve a chance de fazer alguma coisa, mas deixou que o orgulho e a arrogância o controlassem.

– Clemente ergueu um pedaço de papel desdobrado que estava junto à caixa. – Leu isso, no entanto se colocou à frente de Deus.

– Ele morreu apenas três meses depois. O que poderia ter feito?

– Poderia ter feito tudo que a Virgem pedia.

– Fazer o quê, Jakob? O que é tão importante? O terceiro segredo de Fátima não ordena nada além de fé e penitência. O que Paulo deveria ter feito?

Clemente manteve a postura rígida.

– Você mente bem demais.

Uma fúria cega cresceu dentro de Valendrea, que a reprimiu depressa.

– Está louco?

O papa deu um passo na sua direção.

– Sei sobre sua *segunda* visita a esta sala.

Ele ficou quieto.

– Os arquivistas mantêm registros muito detalhados. Durante séculos anotaram cada pessoa que entrou nesta câmara. Na noite de 19 de maio de 1978, você fez uma visita com Paulo. Uma hora depois retornou. Sozinho.

– Estava numa missão para o Santo Padre. Ele exigiu que eu voltasse.

– Tenho certeza que sim, considerando o que havia na caixa naquela ocasião.

– Fui mandado para lacrar a caixa e a gaveta de novo.

– Mas antes de lacrar a caixa, leu o que havia dentro. E quem poderia culpá-lo? Você era um padre jovem que trabalhava na casa do papa. Seu papa, que você adorava, acabara de ler as palavras de uma vidente mariana e elas certamente o perturbaram.

– O senhor não sabe disso.

– Se não foi assim, ele era mais idiota do que penso. – O olhar de Clemente ficou mais afiado. – Você leu as palavras, depois retirou parte delas. Veja bem, antes havia quatro folhas nesta caixa. Duas escritas pela irmã Lúcia quando redigiu o terceiro segredo, em 1944. Duas redigidas pelo padre Tibor quando fez a tradução, em 1960. Mas depois de Paulo ter aberto a caixa e você a ter lacrado, ninguém a abriu de novo até 1981, quando João Paulo II leu o terceiro segredo pela primeira vez. Isso foi feito na presença de vários cardeais. O testemunho deles confirma que o lacre de Paulo estava intacto. Todos que estavam presentes naquele dia também atestam que havia apenas duas folhas de papel na caixa, um escrito pela irmã Lúcia e o outro a tradução do padre Tibor. Dezenove anos depois, em 2000, quando João Paulo finalmente divulgou ao mundo o texto do terceiro segredo, restavam apenas as mesmas duas folhas na caixa. Como explica isso, Alberto? Onde estão as outras duas páginas que estavam lá em 1978?

– Você não sabe nada.

– Infelizmente para você e eu, sei. Há algo que você nunca soube. O tradutor de João XXIII, padre Andrej Tibor, copiou todo o terceiro segredo, que tinha duas páginas, num caderno, depois fez uma tradução também em duas páginas. Entregou ao papa seu trabalho original, mas depois notou que no caderno restava a impressão do que ele havia escrito. Ele, como eu, tinha o hábito irritante de escrever apertando a caneta com muita força. Pegou um lápis e riscou levemente o papel, fazendo as palavras aparecerem, depois copiou-as em duas outras folhas. Uma continha as palavras originais da irmã Lúcia. O outro, sua tradução. – Clemente levantou o papel. – Uma dessas cópias é esta, que o padre Tibor me enviou recentemente.

Valendrea manteve o rosto gélido.

– Posso ver?

Clemente sorriu.

– Se quiser.

Ele pegou a folha. Ondas de apreensão apertavam seu estômago. As palavras eram no mesmo estilo feminino de que se recordava, cerca de dez linhas, em português, língua que ainda não entendia.

– O português era a língua nativa da irmã Lúcia – disse Clemente. – Eu comparei o estilo, o formato e as letras da cópia do padre Tibor com a primeira parte do terceiro segredo que você, tão generosamente, deixou na caixa. São idênticos em todos os sentidos.

– Há uma tradução? – perguntou ele, mascarando qualquer emoção.

– Há, e o bom padre mandou junto sua cópia. – Clemente sinalizou. – Mas está na caixa. Que é o lugar dela.

– Fotos do texto original da irmã Lúcia foram divulgadas ao mundo em 2000. Esse tal de padre Tibor pode simplesmente ter copiado o estilo dela. – Ele sinalizou com a folha. – Isto poderia ser uma fraude.

– Por que será que eu sabia que você ia dizer isso? Poderia ser, mas não é. E nós dois sabemos.

– É por isso que tem vindo aqui?

– O que você desejaria que eu fizesse?

– Que ignorasse essas palavras.

Clemente balançou a cabeça.

– É a única coisa que não posso fazer. Junto com a reprodução, o padre Tibor enviou-me uma pergunta simples: *Por que a Igreja mente?* Você sabe a resposta. Ninguém mentiu. Porque, quando João Paulo II divulgou o texto do terceiro segredo ao mundo, ninguém sabia, além do padre Tibor e de você, que havia mais coisas na mensagem.

Valendrea recuou, enfiou a mão no bolso e pegou um isqueiro que notara que estava ali enquanto descia. Pôs fogo no papel e jogou-o no chão.

Clemente não fez nada para impedi-lo.

Valendrea pisoteou as cinzas negras como se tivesse acabado de travar uma batalha com o demônio. Depois seu olhar se fixou em Clemente.

– Dê-me a tradução daquele padre desgraçado.

– Não, Alberto. Ela fica na caixa.

O instinto dele foi de empurrar o velho para o lado e fazer o que tinha de ser feito. Mas o guardião da noite apareceu à porta da *Riserva*.

– Tranque esse cofre – disse Clemente ao funcionário, e ele se adiantou rapidamente para cumprir a ordem.

O papa segurou Valendrea pelo braço e o guiou para fora da *Riserva*. O italiano quis se soltar, mas a presença do guardião exigia uma demonstração de respeito. Do lado de fora, entre as estantes, longe do guardião, ele se soltou.

– Queria que soubesse o que o espera – disse o papa.

Mas algo estava incomodando o cardeal.

– Por que não me impediu de queimar o papel?

– Foi perfeito, não foi, Alberto? Retirar aquelas duas páginas da *Riserva*. Ninguém saberia. Paulo estava em seus últimos dias, e logo iria para a cripta. A irmã Lúcia estava proibida de falar com qualquer um e acabou morrendo. Ninguém mais sabia qual era o conteúdo daquela caixa, a não ser talvez um obscuro tradutor búlgaro. Mas, em 1978, tantos anos haviam se passado que o tradutor não era uma preocupação em sua mente. Só você saberia que aquelas duas páginas tinham existido. E mesmo que alguém notasse, as coisas têm uma tendência a desaparecer de nossos arquivos. Se o tradutor aparecesse sem as páginas, não haveria prova. Só falas. Boatos.

Valendrea não ia responder a nada do que acabara de ouvir. Em vez disso, perguntou de novo:

– Por que não me impediu de queimar aquele papel?

O papa hesitou por um momento antes de dizer:

– Você verá, Alberto.

Então Clemente afastou-se arrastando os pés enquanto o guardião trancava ruidosamente o portão da *Riserva*.

VINTE E DOIS

BUCARESTE

SÁBADO, 11 DE NOVEMBRO

6H

Katerina tinha dormido mal. O pescoço doía por causa do ataque de Ambrosi, e estava furiosa com Valendrea. Seu primeiro pensamento foi mandar o secretário de Estado se danar e depois contar a verdade a Michener. Mas sabia que as pazes que fizeram na noite anterior seriam despedaçadas. Michener jamais acreditaria que seu motivo principal para se aliar a Valendrea era a chance de ficar perto dele outra vez. Só enxergaria a traição.

Tom Kealy estivera certo com relação a Valendrea. *Ele é um sacana ambicioso.* Mais do que Kealy jamais imaginara, pensou ela, olhando de novo para o teto do quarto escuro e massageando os músculos doloridos. Kealy também estava certo com relação a outra coisa. Certa vez lhe dissera que havia dois tipos de cardeais – os que querem ser papa e os que *realmente* querem ser papa. Agora ela acrescentava um terceiro tipo – os que fariam tudo para ser papa.

Como Alberto Valendrea.

Teve raiva de si mesma. Havia em Michener uma inocência que ela violara. Ele não podia deixar de ser quem era e abandonar aquilo em que acreditava. Talvez fosse isso que a atraíra. Uma pena que a Igreja não permitisse a felicidade aos clérigos. Uma pena o modo como as coisas sempre tinham sido controladas e sempre seriam. Maldita Igreja Católica Romana. E maldito Alberto Valendrea.

Tinha dormido vestida, e nas últimas duas horas havia esperado pacientemente. Agora rangidos nas tábuas acima a alertaram. Seus olhos acompanharam o som dos passos de Colin Michener andando pelo quarto. Ouviu água correndo na pia e esperou o inevitável. Alguns instantes depois, passos soaram em direção ao corredor e ela ouviu a porta acima abrir e fechar.

Levantou-se, saiu do quarto e chegou na escada no momento em que a porta do banheiro no corredor acima se fechou. Esgueirou-se escada acima e hesitou no topo, esperando até ouvir a água correndo no chuveiro. Seguiu rapidamente por uma passadeira puída, sobre as tábuas desiguais do piso, até o quarto de Michener, esperando que ele ainda tivesse o hábito de não trancar nada.

A porta se abriu.

Entrou e seus olhos encontraram a bolsa de viagem. As roupas que ele havia usado na noite anterior também estavam ali. Revirou os bolsos e achou o envelope do padre Tibor. Lembrou-se do hábito de Michener de tomar banhos rápidos e rasgou o envelope.

Santo Padre:

Mantive o juramento que João XXIII me impôs por causa de meu amor por nosso Senhor. Mas há vários meses um incidente me fez repensar o dever. Uma das crianças do orfanato morreu. Nos últimos instantes de vida, enquanto gritava de dor, ele me perguntou sobre o céu e quis saber se Deus ia perdoá-lo. Não pude imaginar por que aquele inocente precisaria de perdão, mas lhe disse que o Senhor perdoa tudo. Ele quis que eu explicasse, mas a morte foi impaciente e ele faleceu antes que eu pudesse fazer isso. Foi então que percebi que eu também preciso pedir perdão. Santo Padre, o juramento ao meu papa significou algo para mim. Mantive-o por mais de quarenta anos, mas o céu não deve ser questionado. Certamente não sou eu que devo dizer ao senhor, o Vigário de Cristo, o que precisa ser feito. Isso só pode vir de sua abençoada consciência e da orientação de nosso Senhor e Salvador. Mas devo perguntar: quanta intolerância o céu permitirá? Não pretendo ser desrespeitoso, mas foi o senhor que pediu minha opinião. Por isso a ofereço humildemente.

Katerina leu a mensagem de novo. O padre Tibor era tão cifrado no papel quanto fora pessoalmente na noite anterior, fornecendo apenas mais charadas.

Dobrou o bilhete de novo e enfiou o papel num envelope branco que havia encontrado entre suas coisas. Era um pouco maior do que o original, mas esperava que não fosse diferente o bastante para levantar suspeitas.

Enfiou o envelope de volta no paletó e saiu do quarto.

Quando passou pela porta do banheiro, a água do chuveiro parou. Imaginou Michener enxugando-se, sem saber de sua última traição. Hesitou um momento, depois desceu a escada, sem jamais olhar para trás e sentindo-se ainda pior consigo mesma.

VINTE E TRÊS

CIDADE DO VATICANO,

7H15

Valendrea empurrou de lado seu café da manhã. Não tinha apetite. Havia dormido pouco, e o sonho era tão real que ainda não conseguia afastá-lo da mente.

Viu-se em sua própria coroação, sendo carregado para a basílica de São Pedro na régia *sedia gestatoria*. Oito monsenhores erguiam um dossel de seda que abrigava a antiga cadeira dourada. A corte papal o rodeava, todos vestidos com enorme majestade. Leques de plumas de avestruz o flanqueavam de três lados e acentuavam sua posição exaltada como divino representante de Cristo na terra. Um coro cantava enquanto um milhão de pessoas aplaudia e muitos outros milhões assistiam pela televisão.

A parte estranha era que ele estava nu.

Sem mantos. Sem coroa. Totalmente nu e ninguém parecia notar, ainda que ele tivesse uma dolorosa consciência disso. Um estranho desconforto o dominava enquanto acenava para a multidão. Por que ninguém via? Queria se cobrir, mas o medo o mantinha preso à cadeira. Caso se levantasse, as pessoas poderiam realmente notar. Será que iam rir? Ridicularizá-lo? Então, um rosto entre os milhões que o rodeavam se destacou.

O de Jakob Volkner.

O alemão estava vestido com todos os aparatos papais. Usava os mantos, a mitra, o pálio – tudo que Valendrea deveria estar usando. Acima dos aplausos, da música e do coro, escutava cada palavra de Volkner, claras como se os dois estivessem lado a lado.

Fico feliz por ser você, Alberto.

O que quer dizer?

Você verá.

Acordou com um suor pegajoso e acabou dormindo outra vez, mas o sonho se repetiu. Por fim, aliviou a tensão com uma chuveirada escaldante. Cortou-se duas vezes enquanto fazia a barba e quase escorregou no chão do banheiro. A irritação era inquietante. Não estava acostumado à ansiedade.

Queria que soubesse o que o espera, Alberto.

Na noite anterior, aquele alemão desgraçado tinha sido presunçoso demais.

E agora entendia.

Jakob Volkner sabia exatamente o que acontecera em 1978.

Valendrea entrou de novo na Riserva. *Paulo tinha mandado que voltasse, por isso o arquivista fora especificamente instruído para abrir o cofre e lhe dar privacidade.*

Estendeu a mão para a gaveta e pegou a caixa de madeira. Tinha trazido cera, um isqueiro e o lacre de Paulo VI. Assim como o lacre de João XXIII fora estampado do lado de fora, agora o de Paulo significaria que a caixa não deveria ser aberta, a não ser por uma ordem papal.

Levantou a tampa e certificou-se de que dois maços – quatro folhas dobradas – ainda estavam dentro. Ainda podia ver o rosto de Paulo VI ao ler o maço de cima. Houvera choque, uma emoção raramente vista no rosto do papa. Mas também houvera outra coisa, por um breve momento, e Valendrea a vira claramente.

Medo.

Olhou para a caixa. Os dois maços contendo o terceiro segredo de Fátima ainda estavam ali. Sabia que não deveria, mas ninguém saberia. Pegou o maço de cima, o que havia provocado tal reação.

Desdobrou e pôs de lado o original em português, depois examinou a tradução em italiano.

O entendimento demorou apenas um instante. Sabia o que precisava ser feito. Talvez por isso Paulo o havia mandado. Talvez o velho soubesse que ele leria as palavras e faria o que um papa não poderia fazer.

Enfiou a tradução na batina, e logo em seguida o texto original da irmã Lúcia. Depois desdobrou o outro maço e leu.

Nada de importância.

Dobrou de novo essas duas páginas, colocou-as dentro outra vez e lacrou a caixa.

Valendrea levantou-se da mesa e trancou as portas de seu apartamento. Foi até o quarto e retirou um pequeno baú de bronze de dentro de um armário. Fora um presente de seu pai pelo aniversário de 17 anos. Desde então vinha mantendo todas as suas coisas preciosas ali dentro, dentre elas fotos dos pais, escrituras de propriedades, certificados de ações, seu primeiro missal e um rosário de João Paulo II.

Enfiou a mão sob as vestimentas e pegou a chave pendurada no pescoço. Abriu o baú e remexeu no conteúdo até o fundo. As duas folhas dobradas, tiradas da *Riserva* naquela noite de 1978, ainda estavam ali. Uma escrita em português, a outra em Italiano. Metade de todo o terceiro segredo de Fátima.

Tirou as duas páginas do baú.

Não conseguiu se obrigar a ler as palavras de novo. Uma vez era mais do que suficiente. Entrou no banheiro, rasgou as duas folhas em pedacinhos e deixou que caíssem no vaso sanitário.

Depois deu a descarga.

Pronto.

Finalmente.

Precisava voltar à *Riserva* e destruir a última cópia de Tibor. Mas qualquer outra visita teria de acontecer depois da morte de Clemente. Também precisava falar com o padre Ambrosi. Tinha tentado pelo telefone havia uma hora, sem sucesso. Pegou o fone na bancada do banheiro e digitou o número outra vez.

Ambrosi atendeu.

– O que aconteceu? – perguntou ao auxiliar.

– Falei com nosso anjo ontem à noite. Pouco foi descoberto. É bom que ela se saia melhor hoje.

– Esqueça isso. O que planejamos originalmente não tem importância. Preciso de outra coisa.

Precisava ser cuidadoso com as palavras, já que não havia muita segurança em uma simples ligação.

– Escute – disse Valendrea.

VINTE E QUATRO

BUCARESTE,
6H45

Michener terminou de se vestir e em seguida jogou o material de toalete e as roupas sujas na bolsa de viagem. Parte dele queria voltar a Zlatna e passar mais tempo com aquelas crianças. O inverno não estava distante e o padre Tibor lhe dissera na noite anterior como era uma batalha simplesmente manter os aquecedores funcionando. No ano anterior, tinham passado dois meses com os canos congelados, usando fogões improvisados para queimar qualquer madeira que conseguissem pegar na floresta. Neste inverno, Tibor acreditava que ficariam bem, graças a trabalhadores voluntários que haviam passado todo o verão consertando um aquecedor velhíssimo.

Tibor dissera que seu maior desejo era que se passassem mais três meses sem perder nenhuma criança. Três haviam morrido no ano anterior e estavam enterradas num cemitério do lado de fora do muro. Michener imaginou qual seria o objetivo de tanto sofrimento. Tivera sorte. O objetivo dos centros de natalidade irlandeses era encontrar lares para as crianças. Mas o reverso da moeda era que as mães se separavam para sempre dos filhos. Muitas vezes imaginara o burocrata do Vaticano que aprovara um plano tão absurdo, sem jamais considerar a dor. A

Igreja Católica Romana era uma máquina política enlouquecedora. Suas engrenagens se agitavam sem medo há dois mil anos, sem se abalar com a Reforma Protestante, os infiéis, um cisma que a despedaçou ou os saques de Napoleão. Por que, imaginou, a Igreja temeria o que uma menina camponesa de Fátima teria a dizer? O que isso importaria?

Mas aparentemente importava.

Pôs a bolsa de viagem no ombro e desceu até o quarto de Katerina. Tinham combinado tomar o café da manhã juntos antes de ele partir para o aeroporto. Havia um bilhete enfiado no portal. Pegou-o.

Colin:

Achei melhor não nos vermos hoje. Queria que nos separássemos com o sentimento que compartilhamos ontem à noite. Dois velhos amigos que gostaram da companhia mútua. Desejo tudo de bom para você em Roma. Você merece o sucesso.

Kate

Parte dele ficou aliviada. Realmente não saberia o que dizer a ela. Não havia como continuarem uma amizade em Roma. A mais ínfima aparência de algo impróprio bastaria para arruinar sua carreira. Mas ficou feliz por estarem se separando amigavelmente. Talvez finalmente tivessem feito as pazes. Pelo menos assim esperava.

Picou o papel e desceu até o saguão, onde jogou todos os pedacinhos pela descarga do banheiro. Era estranho isso ser necessário. Mas não poderia restar qualquer pedacinho da mensagem. Não podia existir nada que pudesse ligá-lo a ela. Tudo precisava ser esterilizado.

Por quê?

Estava claro. Protocolo e imagem.

O que não estava tão claro era seu ressentimento cada vez maior contra os dois motivos.

*

Abriu a porta de seu apartamento no quarto andar do Palácio Apostólico. Seus aposentos ficavam perto dos do papa, onde os secretários tinham vivido durante muito tempo. Quando se mudou para cá, há três anos, ingenuamente achou que os espíritos dos antigos moradores poderiam guiá-lo de algum modo. Mas desde então ficara sabendo que nenhuma daquelas almas seria encontrada, e qualquer orientação de que pudesse necessitar teria de ser descoberta dentro de si mesmo.

Pegara um táxi do aeroporto de Roma, em vez de ligar para o escritório pedindo um carro, ainda seguindo as ordens de Clemente para que a viagem passasse despercebida. Entrara no Vaticano pela praça de São Pedro, vestido de modo casual, como um dos muitos milhares de turistas.

Sábado não era um dia movimentado na cúria. A maioria dos empregados saía e todos os escritórios estavam fechados, a não ser alguns na Secretaria de Estado. Havia passado por seu escritório descoberto sabendo que Clemente tinha ido para Castel Gandolfo e só voltaria na segunda-feira. A residência de verão ficava a cerca de trinta quilômetros ao sul de Roma e servia como retiro dos papas havia quatrocentos anos. Os pontífices modernos usavam sua atmosfera descontraída como um local para evitar os verões opressivos de Roma e como fuga de fim de semana, com helicópteros fazendo o transporte de ida e vinda.

Michener sabia que Clemente adorava a propriedade, mas o que o preocupava é que a viagem não estava programada. Um de seus auxiliares deu apenas a explicação de que o papa tinha dito que gostaria de uns dois dias no campo, de modo que tudo foi reprogramado. No departamento de imprensa, houve algumas indagações sobre a saúde do pontífice, o que não era incomum quando a programação era alterada, mas a declaração padronizada – *o Santo Padre tem constituição robusta e nós lhe desejamos vida longa* – foi imediatamente usada.

No entanto, Michener ficou preocupado, por isso ligou para o auxiliar que havia acompanhado Clemente.

– O que ele está fazendo aí?

– Só queria ver o lago e andar nos jardins.

– Ele perguntou a meu respeito?

– Nenhuma palavra.

– Avise que voltei.

Uma hora depois, o telefone no apartamento de Michener tocou.

– O Santo Padre quer vê-lo. Falou que uma viagem de carro para o sul, pelo campo, seria ótima. Você entende o que ele quis dizer?

Michener sorriu e olhou o relógio: 15h20.

– Diga-lhe que estarei aí ao anoitecer.

Aparentemente, o papa não queria que ele usasse o helicóptero, embora os guardas suíços preferissem o transporte aéreo. Ligou para a garagem e pediu que um carro sem identificação fosse preparado.

A ida para o sudeste, através de pomares de oliveiras, rodeava os montes Albanos. O complexo papal em Castel Gandolfo consistia na Villa Barberini, na Villa Cybo e num jardim exótico, tudo acomodado perto do lago Albano. O santuário não tinha o zumbido constante de Roma – era um ponto de isolamento da agitação interminável dos negócios da Igreja.

Achou Clemente no solário. Michener voltara a ter a aparência de secretário do papa, usando colarinho romano e batina preta com faixa roxa. O papa estava sentado numa cadeira, envolvido na horticultura. Os altíssimos painéis de vidro das paredes externas davam para o sol da tarde, e o ar quente cheirava a néctar.

– Colin, pegue uma daquelas cadeiras ali. – Um sorriso acompanhou o cumprimento.

Ele obedeceu.

– O senhor parece bem.

Clemente riu.

– Não sabia que estava parecendo mal.

– O senhor sabe o que quero dizer.

– Na verdade, me sinto bem. E você ficará orgulhoso em saber que comi o desjejum e almocei hoje. Agora, fale-me da Romênia. Cada detalhe.

Explicou o que havia acontecido, omitindo apenas o tempo passado com Katerina. Entregou o envelope a Clemente e o papa leu a resposta do padre Tibor.

– O que, exatamente, lhe disse o padre Tibor? – perguntou Clemente.

Michener contou, depois disse:

– Ele falava em charadas. Jamais dizia muita coisa, apesar de não ter sido elogioso para com a Igreja.

– Isso eu entendo – murmurou Clemente.

– Estava contrariado pelo modo como a Santa Sé cuidou do terceiro segredo. Deu a entender que a mensagem da Virgem estava sendo intencionalmente ignorada. Falava repetidamente para o senhor fazer o que ela mandou. Sem argumentos, sem adiamentos, apenas fazer.

O olhar do velho se demorou nele.

– Ele lhe contou sobre João XXIII, não?

Michener assentiu.

– Conte-me.

Ele contou, e Clemente pareceu fascinado.

– O padre Tibor é a única pessoa viva que estava lá naquele dia – disse o papa quando terminou. – O que achou dele?

Pensamentos sobre o orfanato inundaram sua mente.

– Ele parece sincero. Mas também foi obstinado. – Não disse o que estava pensando: *como o senhor, Santo Padre*. – Jakob, não pode me dizer do que isso se trata?

– Há outra viagem que preciso que você faça.

– Outra?

Clemente assentiu.

– Desta vez, a Medjugorje.

– Na Bósnia? – perguntou Michener, incrédulo.

– Você precisa falar com um dos videntes.

Ele conhecia história de Medjugorje. Em 24 de junho de 1981, duas crianças teriam visto uma mulher linda segurando um bebê em cima de uma montanha no sudoeste da Iugoslávia. Na noite seguinte, as crianças voltaram com quatro amigos e todos os seis tiveram uma visão semelhante. Depois disso, as aparições continuaram todos os dias para as seis crianças, cada uma recebendo mensagens. As autoridades comunistas do local afirmaram que era algum tipo de plano revolucionário e tentaram acabar com o espetáculo, mas as pessoas foram em bandos para a área. Dentro de meses, havia relatos de curas milagrosas e rosários que se transformaram em ouro. Mesmo durante a guerra civil da Bósnia, as visões continuaram, bem como as peregrinações. Agora as crianças estavam crescidas, a região tivera o nome mudado para Bósnia-Herzegovina e todas, menos uma das seis, tinham parado de ter visões. Como acontecera em Fátima, havia segredos. Cinco videntes tinham recebido dez mensagens da Virgem. A sexta conhecia apenas nove. Dos nove segredos, todos tinham sido divulgados, mas o décimo continuava sendo um mistério.

– Santo Padre, essa viagem é necessária?

Não desejava viajar pela Bósnia devastada pela guerra. As forças de paz americanas e da Otan ainda estavam lá para manter a ordem.

– Preciso saber qual é o décimo segredo de Medjugorje – disse Clemente, e seu tom de voz sinalizou que a questão não estava aberta a debates. – Esboce uma instrução papal para os videntes. Um deles deve lhe contar qual é a mensagem. A mais ninguém. Apenas a você.

Michener quis argumentar, mas estava cansado demais do voo e da programação intensa da véspera para iniciar algo que sabia ser inútil. Perguntou simplesmente:

– Quando, Santo Padre?

O velho amigo pareceu perceber sua fadiga.

– Dentro de alguns dias. Assim atrairá menos atenção. E, de novo, mantenha isso apenas entre nós.

VINTE E CINCO

BUCARESTE, ROMÊNIA
21H40

Valendrea soltou o cinto de segurança enquanto o Gulfstream descia do nublado céu noturno e pousava no Aeroporto de Otopeni. O jato pertencia a um conglomerado italiano profundamente ligado aos Valendrea da Toscana, e o próprio Valendrea usava regularmente a aeronave em viagens rápidas para fora de Roma.

O padre Ambrosi esperava na pista, vestido com roupas civis, um sobretudo cinza chumbo cobrindo o corpo magro.

– Bem-vindo, Eminência – disse Ambrosi.

A noite romena era gélida e Valendrea ficou feliz por estar usando um grosso casaco de lã. Como Ambrosi, vestia roupas comuns. Esta não era uma visita oficial, e a última coisa que ele precisava era ser reconhecido. Estava assumindo um risco ao vir, mas precisava avaliar a ameaça pessoalmente.

– E a alfândega?

– Tudo certo. Aqui os passaportes do Vaticano têm peso.

Subiram num sedã cujo motor estava ligado. Ambrosi dirigia enquanto Valendrea se sentava sozinho no banco de trás. Foram para o norte em direção às montanhas, saindo de Bucareste por uma série de estradas esburacadas. Era a primeira visita de Valendrea à Romênia. Sabia que Clemente desejava fazer uma peregrinação oficial, mas qualquer missão do papa a este local conturbado teria de esperar até ele estar no comando.

– Ele vai lá todas as noites de sábado para rezar – dizia Ambrosi no banco da frente. – Esteja frio ou calor. Não importa. Faz isso há anos.

Valendrea assentiu. Ambrosi fora meticuloso, como sempre.

Seguiram em silêncio por quase uma hora. O terreno subia progressivamente até serpentear pela lateral de uma encosta íngreme coberta de árvores. Ambrosi diminuiu a velocidade perto do topo, foi para o acostamento irregular e desligou o motor.

– É ali, naquele caminho – disse, apontando através das janelas embaçadas para uma trilha escura entre as árvores.

À luz dos faróis, Valendrea notou outro carro estacionado adiante.

– Por que ele vem?

– Pelo que me disseram, considera que o local é sagrado. Nos tempos medievais, a antiga igreja era usada pela nobreza daqui. Quando os turcos conquistaram a região, queimaram vivos todos os aldeões lá dentro. Parece que ele se fortalece com o martírio deles.

– Há algo que você deve saber – disse Valendrea. Seu auxiliar continuou sentado no banco da frente, ainda olhando pelo para-brisa, sem se mexer. – Estamos para atravessar um limite, mas é imperativo que o façamos. Há muita coisa em risco. Não pediria isso se não fosse de vital importância para a Igreja.

– Não precisa explicar – respondeu Ambrosi baixinho. – Basta dizer que é assim.

– Sua fé é impressionante. Mas você é um soldado de Deus, e um guerreiro deve saber por que está lutando. Por isso, deixe-me dizer o que sei.

Saíram do carro. Ambrosi foi na frente, sob um céu aveludado, alvejado por uma lua quase cheia. Cinquenta metros depois de entrarem na floresta, surgiu a sombra escura de uma igreja. À medida que se aproximavam, Valendrea notou as antigas rosáceas e o campanário, as pedras não eram mais individuais, e sim fundidas, aparentemente sem juntas. Não havia qualquer luz no interior.

– Padre Tibor – gritou Valendrea em inglês.

Uma forma negra apareceu à porta.

– Quem está aí?

– Sou o cardeal Alberto Valendrea. Vim de Roma para falar com o senhor.

Tibor saiu da igreja.

– Primeiro o secretário do papa. Agora o secretário de Estado. Que portentos para um padre humilde!

Valendrea não pôde decidir se o tom tendia mais para o sarcasmo ou o respeito. Estendeu a mão com a palma para baixo. Tibor ajoelhou-se diante dele e beijou o anel usado desde o dia em que João Paulo II o investiu no posto de cardeal. Gostou da submissão do padre.

– Por favor, padre, levante-se. Precisamos conversar.

Tibor ficou de pé.

– Minha mensagem já chegou a Clemente?

– Sim, e o papa agradece. Mas fui mandado para saber mais.

– Eminência, acho que não posso dizer mais do que já disse. Já é suficientemente ruim ter violado o juramento de silêncio que fiz a João XXIII.

Valendrea gostou do que estava escutando.

– Então o senhor não falou disso com ninguém antes? Nem mesmo a um confessor?

– Correto, Eminência. Não contei a ninguém o que sei, além de Clemente.

– O secretário do papa não veio aqui ontem?

– Veio. Mas eu apenas sugeri a verdade. Ele não sabe de nada. Presumo que o senhor tenha visto minha resposta escrita, não?

– Sim – mentiu ele.

– Então sabe que falei pouca coisa ali, também.

– O que o motivou a fazer uma reprodução da mensagem de irmã Lúcia?

– É difícil explicar. Quando voltei de meu serviço para João, naquele dia, notei as marcas no caderno. Rezei e algo me disse para rabiscar a página e revelar as palavras.

– Por que as guardou por tantos anos?

– Fiz a mesma pergunta a mim mesmo. Não sei por quê, só sei que fiz.

– E por que acabou decidindo fazer contato com Clemente?

– O que aconteceu com relação ao terceiro segredo não está certo. A Igreja não tem sido honesta com seu povo. Algo dentro de mim me obrigou a falar, uma ordem que não podia ser ignorada.

Valendrea captou momentaneamente o olhar de Ambrosi e notou um ligeiro movimento da cabeça para a direita. *Ali*.

– Vamos caminhar, padre – disse ele, segurando Tibor gentilmente pelo braço. – Diga-me: por que costuma vir até aqui?

– Na verdade, estava me perguntando como o senhor me encontrou, Eminência.

– Sua devoção à oração é bem conhecida. Meu assistente apenas fez algumas perguntas e ficou sabendo do seu ritual semanal.

– Este é um local sagrado. Católicos rezaram aqui durante quinhentos anos. Acho-o reconfortante. – Tibor fez uma pausa. – E também venho por causa da Virgem.

Estavam andando por uma trilha estreita, com Ambrosi à frente.

– Explique, padre.

– Nossa Senhora disse às crianças em Fátima que deveria haver uma comunhão reparadora no primeiro sábado de cada mês. Venho aqui todas as semanas para oferecer minha reparação pessoal.

– Pelo que o senhor reza?

– Para que o mundo desfrute da paz prevista por Nossa Senhora.

– Também rezo pela mesma coisa. Assim como o Santo Padre.

O caminho terminava na borda de um precipício. Diante deles abria-se um panorama de montanhas e uma floresta densa, tudo envolto num pálido brilho azul-cinzento. Poucas luzes pintalgavam a paisagem, mas algumas fogueiras ardiam a distância. Um halo subia do horizonte ao sul, marcando o brilho de Bucareste a sessenta quilômetros de distância.

– Que magnífico! – disse Valendrea. – Uma vista notável.

– Venho aqui muitas vezes, depois de rezar – disse Tibor.

Valendrea manteve a voz baixa.

– O que deve ajudar a enfrentar o sofrimento do orfanato.

Tibor assentiu.

– Recebi muita paz aqui.

– Merecida.

Ele sinalizou para Ambrosi, que pegou uma faca comprida. O braço de Ambrosi veio por trás e fez um corte na garganta de Tibor. Os olhos do padre se arregalaram enquanto ele engasgava com o primeiro jorro de sangue. Ambrosi largou a faca, segurou Tibor por trás e o jogou pelo precipício.

O corpo do clérigo se dissolveu na escuridão.

Um segundo depois, houve um impacto, depois outro, e em seguida silêncio.

Valendrea ficou imóvel, com Ambrosi ao lado. Seu olhar permaneceu no precipício.

– Há pedras lá embaixo? – perguntou calmamente.

– Muitas, e um riacho caudaloso. Deve demorar alguns dias para encontrarem o corpo.

– Foi difícil matá-lo? – Ele realmente queria saber.

– Era necessário.

Valendrea olhou para o querido amigo através da escuridão, depois estendeu a mão e fez uma cruz na testa, nos lábios e no coração.

– Eu o perdoo em nome do Pai, do Filho e do Espírito Santo.

Ambrosi baixou a cabeça, agradecendo.

– Todo movimento religioso precisa de mártires. E acabamos de testemunhar o mais recente mártir da Igreja. – Ele se ajoelhou no chão.
– Venha, junte-se a mim enquanto rezo pela alma do padre Tibor.

VINTE E SEIS

CASTEL GANDOLFO

DOMINGO, 12 DE NOVEMBRO

12H

Michener estava de pé atrás de Clemente, no papamóvel, enquanto o veículo saía em direção à cidade. O carro projetado especialmente era um furgão Mercedes-Benz modificado que permitia que duas pessoas ficassem de pé, envoltas num casulo transparente de vidro à prova de bala. O veículo sempre era usado quando o papa passava por grandes multidões.

Clemente havia concordado com uma visita dominical. Apenas cerca de três mil pessoas viviam no povoado junto à residência de verão do papa, mas eram extraordinariamente devotas ao pontífice, e essas visitas eram o modo de o papa agradecer.

Depois da discussão da tarde anterior, Michener só vira o papa nesta manhã. Ainda que por dentro amasse pessoas e gostasse de uma boa conversa, Clemente XV ainda era Jakob Volkner, um homem solitário que adorava sua privacidade. Por isso não foi surpresa ter passado o início da noite sozinho, rezando e lendo, e se recolhido cedo.

Há uma hora, Michener havia esboçado uma carta papal instruindo um dos videntes de Medjugorje a redigir o suposto décimo segredo, e Clemente assinara o documento. Michener não estava ansioso por viajar à Bósnia, e só podia esperar que a viagem fosse curta.

Demoraram apenas alguns minutos para chegar à cidade. A praça estava apinhada e a multidão aplaudiu enquanto o carro do papa se aproximava devagar. Clemente pareceu renascer diante daquela demonstração e acenou de volta, apontando para os rostos que reconhecia, murmurando cumprimentos especiais.

– É bom que eles amem o papa – disse em voz baixa, em alemão, ainda atento à multidão, com os dedos apertando com força a barra de aço inoxidável.

– O senhor não lhes dá motivos para não amar – observou Michener.

– Esse deveria ser o objetivo de todos que usam este manto.

O carro seguiu pela praça.

– Peça ao motorista para parar – disse o papa.

Michener bateu duas vezes na janela. O furgão parou e Clemente abriu a porta de vidro. Desceu às pedras do calçamento e os quatro seguranças que cercavam o carro ficaram imediatamente em alerta.

– O senhor acha isso sensato? – perguntou Michener.

Clemente ergueu os olhos.

– Extremamente sensato.

Os procedimentos pediam que o papa jamais deixasse o veículo. Ainda que a visita tivesse sido programada apenas na véspera, com pouca divulgação antecipada, havia se passado tempo suficiente para gerar motivos de preocupação.

Clemente aproximou-se da multidão com os braços abertos. Crianças seguravam suas mãos enrugadas e ele as trazia para perto, para um abraço. Michener sabia que uma das grandes frustrações da vida de Clemente era não ter sido pai. As crianças eram preciosas para ele.

A equipe de segurança cercou o papa, mas as pessoas da cidade ajudaram, permanecendo reverentes enquanto Clemente andava diante delas. Muitas gritavam o tradicional *Viva, Viva* que os papas tinham ouvido durante séculos.

Michener simplesmente observava. Clemente XV estava fazendo o que os papas tinham feito durante dois milênios. *Tu és Pedro, e sobre esta pedra edificarei minha Igreja. E os portões do inferno não se sustentarão diante dela. Dar-te-ei as Chaves do Reino do Céu: tudo que atares na terra será atado no céu; tudo que perderes na terra será perdido no céu.* Duzentos e sessenta e sete homens tinham sido escolhidos como elos de uma corrente ininterrupta, começando com Pedro e terminando com Clemente XV. Diante dele estava um exemplo perfeito do pastor em meio ao rebanho.

Parte do terceiro segredo de Fátima veio à sua mente.

O Santo Padre passou por uma grande cidade, meio em ruínas, e meio trêmulo, com andar vacilante, aflito de dor e tristeza. Ele rezava pelas almas dos cadáveres que encontrava pelo caminho. Ao chegar ao cimo do monte, ajoelhado aos pés da grande cruz, foi morto por um grupo de soldados que dispararam tiros e flechas contra ele.

Talvez essa declaração de perigo explicasse por que João XXIII e seus sucessores optaram por abafar a mensagem. Mas um assassino patrocinado pelos russos acabou tentando matar João Paulo II em 1981. Pouco depois, enquanto se recuperava, João Paulo leu pela primeira vez o terceiro segredo de Fátima. Então por que esperou 19 anos até finalmente revelar as palavras da Virgem ao mundo? Boa pergunta. Para ser acrescentada a uma lista cada vez maior de indagações sem resposta. Michener decidiu não pensar em nada disso. Concentrou-se em Clemente enquanto o papa se deleitava com a multidão, e todos os seus temores desapareceram.

De algum modo, tinha certeza de que ninguém, neste dia, causaria mal ao seu querido amigo.

Eram duas da tarde quando retornaram à residência de verão. Um almoço leve estava esperando no solário e Clemente pediu que Michener o acompanhasse. Comeram em silêncio, desfrutando das flores e de uma espetacular tarde de novembro. A piscina da propriedade, logo do outro lado das paredes de vidro, estava vazia. Era um dos poucos luxos em que João Paulo II havia insistido, dizendo à cúria, quando ela reclamou do custo, que era muito mais barato do que arranjar um novo papa.

O almoço foi uma suculenta sopa de carne com legumes, um dos pratos prediletos de Clemente, acompanhada de pão preto. Michener gostava do pão. Fazia-o lembrar de Katerina. Frequentemente os dois comiam pão preto no café e no jantar. Imaginou onde ela estaria agora e por que sentira necessidade de sair de Bucareste sem se despedir. Esperava vê-la de novo um dia, talvez quando terminasse seu tempo no Vaticano, num lugar onde homens como Alberto Valendrea não existissem, onde ninguém se importasse com quem ele era ou com o que fazia. Onde talvez pudesse seguir seu coração.

– Fale-me dela – disse Clemente.

– Como soube que eu estava pensando nela?

– Não foi difícil.

Michener queria falar.

– Ela é diferente. Familiar, mas difícil de definir.

Clemente tomou um gole de vinho.

– Não consigo deixar de pensar – continuou Michener – que eu seria um sacerdote melhor, um homem melhor, se não tivesse de suprimir meus sentimentos.

O papa colocou a taça na mesa.

– Sua confusão é compreensível. O celibato é errado.

Michener parou de comer.

– Espero que o senhor não tenha verbalizado essa conclusão a mais ninguém.

– Se eu não puder ser honesto com você, com quem serei?

– Quando chegou a essa conclusão?

– O Concílio de Trento foi há muito tempo. No entanto, aqui estamos, no século XXI, presos a uma doutrina do século XVI.

– É a natureza do catolicismo.

– O Concílio de Trento foi convocado para enfrentar a Reforma Protestante. Nós perdemos a batalha, Colin. Os protestantes estão aí para ficar.

Ele entendeu o que Clemente estava dizendo. O Concílio de Trento tinha afirmado o celibato como necessário para o evangelho, mas admitiu que não era de origem divina. O que significava que poderia ser mudado, se a Igreja desejasse. Os únicos outros concílios desde Trento, o Vaticano I e o II, tinham se recusado a fazer qualquer coisa. Agora, o supremo pontífice, o único homem que poderia tomar uma atitude, estava questionando a sabedoria dessa indiferença.

– O que está dizendo, Jakob?

– Não estou dizendo nada. Só estou conversando com um velho amigo. Por que os padres não podem casar? Por que têm de permanecer castos? Se isso é aceitável para os outros, por que não para o clero?

– Pessoalmente, concordo com o senhor. Mas acho que a cúria terá outro ponto de vista.

Clemente inclinou-se para a frente enquanto empurrava o prato vazio para o lado.

– Esse é o problema. A cúria sempre vai ser contra qualquer coisa que ameace sua sobrevivência. Sabe o que um deles me disse há algumas semanas?

Michener balançou a cabeça.

– Que o celibato deve ser mantido porque o custo do pagamento aos padres subiria demais. Teríamos de canalizar dezenas de milhões para aumento de salários porque os padres teriam esposas e filhos para sustentar. Consegue imaginar isso? Essa é a lógica que a Igreja usa.

Ele concordou, mas sentiu-se obrigado a dizer:

– Se o senhor sequer sugerisse a mudança, daria a Valendrea um argumento pronto para usar com os cardeais. Poderia surgir uma revolta aberta.

– Mas esse é o benefício de ser papa. Sou infalível em questões de doutrina. Minha palavra é a palavra final. Não preciso de permissão e não posso ser deposto do cargo por meio do voto.

– A infalibilidade também foi criada pela Igreja – lembrou Michener. – Pode ser mudada pelo próximo papa, junto com qualquer coisa que o senhor faça.

O papa estava beliscando a parte carnuda da mão, um tique nervoso que Michener já vira.

– Eu tive uma visão, Colin.

As palavras, um mero sussurro, demoraram um momento para assentar.

– O quê?

– A Virgem falou comigo.

– Quando?

– Há várias semanas, logo depois do primeiro bilhete do padre Tibor. Por isso fui à *Riserva*. Ela me mandou ir.

Primeiro o papa falou sobre jogar no lixo dogmas que existiam há cinco séculos. Agora proclamava aparições de marianas. Michener percebeu que essa conversa deveria permanecer ali, ouvida apenas pelas plantas, mas lembrou-se do que Clemente dissera em Turim. *Você acha que sequer por um instante temos algum nível de privacidade quando estamos no Vaticano?*

– É sensato falar sobre isso? – Ele esperava que seu tom de voz transmitisse um alerta. Mas Clemente pareceu não ouvir.

– Ontem Ela apareceu na minha capela. Ergui os olhos e Ela estava flutuando à minha frente, cercada por uma luz azul e dourada, um halo ao redor de Sua radiância. – O papa fez uma pausa. – Disse-me que Seu coração estava cercado de espinhos com os quais os homens A ferem com suas blasfêmias e ingratidão.

– O senhor tem certeza dessas declarações?

Clemente assentiu.

– Ela disse com clareza. – O papa cruzou os dedos com força. – Não estou senil, Colin. Foi uma visão, tenho certeza. – Fez uma pausa. – João Paulo II teve a mesma coisa.

Ele sabia, mas não disse nada.

– Somos homens tolos – disse Clemente.

Ele estava ficando irritado com charadas.

– A Virgem me mandou ir a Medjugorje.

– É por isso que estou sendo enviado?

Clemente assentiu.

– Ela disse que então tudo ficaria claro.

Alguns instantes de silêncio se passaram. Michener não sabia o que dizer. Era difícil discutir com o céu.

– Deixei Valendrea ler o que há na caixa de Fátima – sussurrou Clemente.

Michener ficou confuso.

– O que há lá?

– Parte do que o padre Tibor me mandou.

– Vai me dizer o que é?

– Não posso.

– Por que deixou Valendrea ler?

– Para ver a reação dele. Tentou chantagear o arquivista, para dar uma olhada. Agora ele sabe exatamente o que eu sei.

Michener ia perguntar de novo o que era, quando uma batida leve na porta do solário interrompeu a conversa. Um dos camareiros entrou com um papel dobrado.

– Isto veio pelo fax, de Roma, há alguns instantes, monsenhor Michener. A folha de rosto dizia para lhe entregar imediatamente.

Ele pegou o papel e agradeceu ao camareiro, que saiu no mesmo instante. Desdobrou a mensagem e leu. Olhou para Clemente e disse:

– Receberam um telefonema há pouco do núncio de Bucareste. O Padre Tibor está morto. Seu corpo foi encontrado hoje de manhã, num rio que vem do norte da cidade. Teve a garganta cortada e aparentemente foi lançado de um penhasco. O carro foi encontrado perto de uma velha igreja que ele frequentava. A polícia suspeita de ladrões. Há muitos na área. Fui notificado porque uma das freiras do orfanato falou ao núncio sobre minha visita. Ele está imaginando por que fui sem me anunciar.

A cor sumiu do rosto de Clemente. O papa fez o sinal da cruz e cruzou as mãos em oração. Michener ficou olhando enquanto as pálpebras de Clemente se apertavam com força e o velho murmurava sozinho.

Lágrimas escorreram pelo rosto do alemão.

VINTE E SETE

16H

Michener havia pensado no padre Tibor durante toda a tarde. Caminhou pelos jardins da residência de verão e tentou afastar da mente a imagem do corpo ensanguentado do velho búlgaro sendo pescado num rio. Por fim, foi até a capela onde há séculos papas e cardeais tinham ficado diante do altar. Fazia mais de uma década que não rezava uma missa. Estivera ocupado demais servindo à necessidade secular dos outros, mas agora sentiu a ânsia de celebrar uma missa fúnebre em homenagem ao velho padre.

Em silêncio, pôs as vestimentas. Escolheu uma estola preta, pôs no pescoço e foi até o altar. Normalmente, o falecido seria posto diante do altar e os bancos estariam cheios de amigos e parentes. O objetivo era enfatizar a união com Cristo, a comunhão com os santos desfrutada pela pessoa que partira. Por fim, no Dia do Juízo Final, todos se reuniriam e morariam para sempre na casa do Senhor.

Pelo menos era o que a Igreja proclamava.

Mas enquanto dizia as orações necessárias, não pôde evitar pensar se tudo aquilo era inútil. Haveria realmente algum ser supremo esperando para oferecer a salvação eterna? E essa recompensa poderia ser obtida simplesmente fazendo-se o que a Igreja dizia? Será que uma vida inteira de iniquidades poderia ser perdoada por alguns instantes de arrependimento? Será que Deus não desejava mais? Será que não desejaria uma vida inteira de sacrifício? Ninguém era perfeito, sempre haveria lapsos, mas a medida da salvação certamente deveria ser maior do que alguns atos de arrependimento.

Não tinha certeza de quando começara a duvidar. Talvez há muitos anos, com Katerina. Talvez estar rodeado por prelados ambiciosos, que proclamavam abertamente o amor por Deus, mas em particular eram consumidos pela cobiça e a ambição, o afetara. Qual era o sentido de cair de joelhos e beijar o anel do papa? Cristo jamais havia sancionado esse tipo de demonstração. Por que Seus filhos permitiam tal privilégio?

Será que suas dúvidas poderiam ser apenas sinal dos tempos?

O mundo era diferente de há cem anos. Todo mundo parecia conectado. As comunicações eram instantâneas. As informações tinham chegado a um estágio de glutonaria. Deus simplesmente parecia não se encaixar. Talvez simplesmente nascêssemos e depois morrêssemos, o corpo se decompunha de volta à terra. *Do pó ao pó*, como proclamava a Bíblia. Nada mais. Porém, se isso fosse verdade, o que fazíamos da vida poderia muito bem ser toda a recompensa que receberíamos – e a memória de nossa existência seria a nossa salvação.

Tinha estudado a Igreja Católica Romana o suficiente para entender que a maioria de seus ensinamentos estavam diretamente relacionados a seus próprios interesses, e não aos de seus membros. Sem dúvida o tempo havia turvado todos os limites entre as coisas práticas e as divinas. O que um dia foi criação do homem tinha evoluído e se transformado em lei divina. Os padres eram celibatários porque Deus ordenara. Os padres eram homens porque Cristo era homem. Adão e Eva eram um homem e uma mulher, portanto o amor só podia existir entre os sexos opostos. De onde teriam vindo esses dogmas? Por que persistiam?

Por que ele os estava questionando?

Tentou desligar o cérebro e se concentrar, mas era impossível. Talvez o fato de ter estado com Katerina o tivesse levado a duvidar de novo. Talvez a morte sem sentido de um velho na Romênia tivesse colocado em foco que ele estava com 47 anos e fizera pouco na vida além de andar na aba do casaco de um bispo alemão no Palácio Apostólico.

Precisava fazer mais. Algo produtivo. Que ajudasse alguém, além de si próprio.

Um movimento na porta atraiu sua atenção. Ergueu os olhos e viu Clemente entrar na capela e se ajoelhar num dos bancos.

– Por favor, termine, eu também preciso – disse o papa enquanto baixava a cabeça, rezando. Michener voltou à missa e preparou o sacramento. Tinha trazido apenas uma hóstia, por isso partiu-a ao meio.

Foi até Clemente.

O velho ergueu os olhos vermelhos de chorar, as feições marcadas por uma pátina de tristeza. Perguntou-se que tristeza havia dominado Jakob Volkner. A morte do padre Tibor o afetara profundamente. Ofereceu a hóstia e o papa abriu a boca.

– O corpo de Cristo – sussurrou Michener, e pôs a comunhão na língua de Clemente.

O papa fez o sinal da cruz, depois baixou a cabeça. Michener recuou para o altar e continuou a missa.

Mas era difícil terminar.

Os soluços de Clemente ecoavam na capela e partiam seu coração.

VINTE E OITO

ROMA,

20H30

Katerina odiou-se por ter voltado a Tom Kealy, mas desde a chegada a Roma, na véspera, o cardeal Valendrea ainda não fizera contato. Ela recebera ordens de não telefonar, o que era ótimo, já que tinha poucas informações além do que Ambrosi já sabia.

Tinha lido que o papa viajara a Castel Gandolfo para passar o fim de semana e presumiu que Michener também estivesse lá. Ontem, Kealy sentira um prazer perverso em provocá-la por causa da ida à Romênia, sugerindo que talvez houvesse acontecido mais do que ela estava disposta a admitir. Katerina propositadamente não contara tudo que o padre Tibor havia dito. Michener estava certo com relação a Kealy. Não era de confiança. Por isso deu-lhe uma versão resumida, o bastante para ficar sabendo, através dele, com o quê Michener poderia estar envolvido.

Estavam sentados numa aconchegante *osteria*. Kealy vestia um terno claro com gravata, talvez se acostumando a não usar o colarinho em público.

– Não entendo por que tanto bochicho – disse ela. – Os católicos transformaram os segredos de Maria numa instituição. O que torna o terceiro segredo de Fátima tão importante?

Kealy estava servindo vinho de uma garrafa cara.

– Foi fascinante, mesmo para a Igreja. Ali estava uma mensagem supostamente direta do céu, no entanto uma sucessão de papas a suprimiu até que João Paulo II finalmente contou ao mundo em 2000.

Ela remexeu a sopa e esperou que ele explicasse.

– A Igreja sancionou oficialmente as aparições de Fátima como dignas de confirmação nos anos 1930. Isso significava que os católicos podiam acreditar no que aconteceu, se quisessem. – Ele deu um sorriso. – Típica postura hipócrita. Roma diz uma coisa e faz outra. Não se importavam que bandos de pessoas fossem a Fátima e oferecessem milhões em doações, mas não queriam dizer que o evento acontecera de fato, e certamente não queriam que os fiéis soubessem o que a Virgem podia ter dito.

– Mas por que esconder?

Ele tomou um gole do borgonha, depois ficou brincando com a haste da taça.

– Desde quando o Vaticano foi sensato? Esses caras acham que ainda estão no século XV, quando tudo que diziam era aceito sem questionamento. Se alguém questionasse na época, o papa o excomungava. Mas este é um novo tempo e isso não funciona mais. – Kealy chamou o garçom e pediu mais pão. – Lembre-se de que o papa é infalível quando se trata de questões de fé e moral. O Vaticano I decretou essa pequena joia em 1870. E se, por um delicioso momento, o que a Virgem disse fosse contrário ao dogma? Não seria incrível? – Kealy parecia imensamente satisfeito com a ideia. – Talvez seja esse o livro que devemos escrever. Sobre o terceiro segredo de Fátima. Podemos expor a hipocrisia, olhar de perto os papas e alguns dos cardeais. Talvez até o próprio Valendrea.

– E a sua situação? Deixou de ser importante?

– Você não acha honestamente que eu tenho qualquer chance naquele tribunal.

– Eles poderiam se contentar com um alerta. Desse modo, mantêm você do lado de dentro, sob controle, e pode manter o colarinho.

Ele riu.

– Você parece preocupada demais com meu colarinho. Coisa estranha, vinda de uma ateia.

– Dane-se, Tom. – Ela definitivamente dissera muito sobre si mesma a esse homem.

– Tão cheia de brios! Gosto disso em você, Katerina. – Ele tomou outro gole de vinho. – A CNN ligou ontem. Querem me contratar para o próximo conclave.

– Fico feliz por você. Isso é ótimo. – Ela se perguntou onde isso a colocava.

– Não se preocupe, ainda quero fazer o livro. Meu agente está conversando com editores sobre ele e um romance. Você e eu formaremos uma equipe fantástica.

A conclusão formou-se na mente dela com uma velocidade que a surpreendeu. Uma daquelas decisões instantaneamente claras. Não seriam uma equipe. O que havia começado como promissor tinha se tornado de mau gosto. Por sorte, ainda restavam vários milhares dos euros de Valendrea, o bastante para voltar à França ou à Alemanha, onde poderia assinar contrato com um jornal ou revista. E desta vez se comportaria: jogaria segundo as regras.

– Katerina, você está aí? – perguntou Kealy.

A atenção dela retornou.

– Você parecia a quilômetros de distância.

– E estava. Acho que não haverá livro, Tom. Saio de Roma amanhã. Terá de arranjar outro *ghost writer*.

O garçom pôs um cesto de pão fumegante na mesa.

– Não vai ser difícil – Kealy deixou claro.

– Não pensei que seria.

Ele pegou um pedaço de pão.

– Se fosse você, eu deixaria seu cavalo atrelado a mim. Esta carroça vai chegar a bons lugares.

Ela se levantou.

– Posso dizer um lugar aonde ela não vai.

– Ainda tem uma queda por ele, não é?

– Não tenho queda por ninguém. Só estou cheia de você. Certa vez, meu pai me disse que quanto mais alto um macaco de circo subia num mastro, mais seu traseiro aparecia. Eu me lembraria disso.

E afastou-se. Há semanas não se sentia tão bem.

VINTE E NOVE

CASTEL GANDOLFO

SEGUNDA-FEIRA, 13 DE NOVEMBRO

6H

Michener acordou. Nunca precisara de despertador, seu corpo parecia abençoado com um cronômetro interno que sempre o acordava no momento exato que ele escolhia antes de adormecer. Jakob Volkner, quando era arcebispo e mais tarde cardeal, viajara pelo mundo e atuara numa comissão depois de outra, sempre confiando na capacidade de Michener para nunca se atrasar, já que a pontualidade não era um dos traços notáveis de Clemente XV.

Como em Roma, Michener ocupava um quarto no mesmo andar de Clemente, no mesmo corredor, com uma linha telefônica direta ligando os aposentos. Estavam programados para retornar ao Vaticano dentro de duas horas, de helicóptero. Isso daria tempo ao papa para as orações matinais, o café da manhã e uma rápida análise de qualquer assunto que precisasse de atenção, já que tinha passado dois dias sem trabalhar. Vários memorandos tinham sido enviados por fax na noite anterior, e Michener os tinha prontos para uma discussão depois do café. Sabia que o resto do dia seria igualmente agitado, já que havia um fluxo contínuo de audiências programadas para a tarde, e o início da noite. Até o cardeal Valendrea pedira uma hora inteira para uma reunião sobre assuntos internacionais no fim da manhã.

Ainda estava incomodado com a missa fúnebre. Clemente havia chorado durante meia hora, antes de sair da capela. Os dois não tinham conversado. O que quer que perturbasse o velho amigo não estava aberto a discussão. Talvez mais tarde houvesse tempo. Esperava que o retorno ao Vaticano e os rigores do trabalho afastassem a mente do papa do problema. Mas fora desconcertante ver um acesso tão grande de emoção.

Demorou-se no banho, depois vestiu uma batina preta limpa e saiu do quarto. Seguiu pelo corredor até os aposentos do papa. Havia um camareiro diante da porta, junto com uma das freiras que trabalhava na casa. Michener olhou para o relógio: 6h45. Apontou para a porta.

– Ainda não acordou?

O camareiro balançou a cabeça.

– Não houve movimento.

Sabia que os empregados esperavam do lado de fora a cada manhã até ouvirem Clemente se mexendo, em geral entre seis e seis e meia. O som do papa acordando era acompanhado por uma batida suave à porta e o início de uma rotina matinal que incluía tomar banho no chuveiro, fazer a barba e vestir-se. Clemente não gostava que ninguém o ajudasse no banho. Isso acontecia em particular, enquanto o camareiro fazia a cama e organizava suas roupas. A tarefa da freira era arrumar o quarto e trazer o café da manhã.

– Talvez ele só esteja dormindo um pouco mais – disse Michener. – Até os papas podem ter preguiça de vez em quando.

Os dois funcionários sorriram.

– Voltarei ao meu quarto. Venham me chamar quando o ouvirem.

Trinta minutos depois escutou a batida em sua porta. O camareiro estava do lado de fora.

– Ainda não há nenhum som, monsenhor – disse o sujeito. A preocupação nublava seu rosto.

Michener sabia que ninguém, além de si mesmo, entraria no quarto do papa sem a permissão de Clemente. A área era considerada o único lugar onde os papas tinham privacidade garantida. Mas eram quase sete e meia e ele sabia o que o camareiro queria.

– Certo. Vou entrar para ver.

Acompanhou o homem de volta aonde a freira montava guarda. Ela indicou que continuava silencioso lá dentro. Michener bateu de leve na porta e esperou. Bateu de novo, um pouco mais alto. Nada ainda. Segurou a maçaneta e girou. A porta se abriu. Ele a empurrou e entrou, fechando-a em seguida.

O quarto era espaçoso, com altas portas duplas numa das extremidades, dando para uma sacada sobre os jardins. Os móveis eram antigos. Diferentemente dos apartamentos do Palácio Apostólico, decorados por cada papa num estilo que o agradasse, estes cômodos permaneciam constantes, exalando uma sensação de Velho Mundo, lembrança de um tempo em que os papas eram reis-guerreiros.

Não havia qualquer luz acesa, mas o sol da manhã atravessava as cortinas fechadas e banhava o quarto com uma névoa opaca.

Clemente estava de lado sob os lençóis. Michener aproximou-se e disse, em voz baixa:

– Santo Padre.

Clemente não respondeu.

– Jakob.

Nada ainda.

A cabeça do papa estava virada para o outro lado, os lençóis e o cobertor puxados até a metade do corpo frágil. Michener sacudiu levemente o papa. Notou imediatamente uma frieza. Rodeou até o outro lado da cama e olhou o rosto de Clemente. A pele estava macilenta e acinzentada, a boca aberta. Havia uma mancha de saliva seca no lençol.

Rolou o papa, deixando-o de barriga para cima, e puxou as cobertas para baixo. Os dois braços permaneceram sem vida ao lado do corpo, o peito estava imóvel.

Michener verificou o pulso.

Nada.

Pensou em pedir ajuda ou administrar ressuscitação cardiopulmonar. Tinha sido treinado, como todos os funcionários do palácio, mas sabia que seria inútil.

Clemente XV estava morto.

Fechou os olhos dele e fez uma oração, com uma onda de tristeza inundando-o. Era como perder a mãe e o pai de novo. Rezou pela alma do amigo querido, depois controlou as emoções. Havia coisas a fazer. Protocolos que tinham de ser seguidos. Procedimentos antigos, e era seu dever garantir que fossem mantidos rigidamente.

Mas algo atraiu sua atenção.

Sobre a mesinha de cabeceira havia um pequeno frasco cor de caramelo. Há vários meses o médico do papa havia prescrito medicamentos para auxiliar no descanso de Clemente. O próprio Michener garantira que a receita fosse aviada, e pessoalmente havia posto o frasco no quarto do papa. Eram trinta comprimidos e, na última contagem que fizera, há apenas alguns dias, os trinta permaneciam. Clemente detestava remédios. Era uma batalha simplesmente fazer com que tomasse uma aspirina, de modo que o frasco ali, ao lado da cama, era surpreendente.

Olhou dentro do vidro.

Vazio.

Um copo d'água ao lado do frasco continha apenas algumas gotas.

As implicações eram tão profundas que ele sentiu a necessidade de fazer o sinal da cruz.

Olhou para Jakob Volkner e se perguntou sobre a alma do amigo. Se houvesse um lugar chamado céu, esperava com todas as suas fibras que o velho alemão tivesse encontrado o caminho para lá. O sacerdote dentro dele queria perdoar o que aparentemente acontecera, mas agora somente Deus, se existisse, podia fazer isso.

Papas já haviam sido mortos a porretadas, estrangulados, envenenados, sufocados, de fome e assassinados por maridos ultrajados.

Mas jamais um tirara a própria vida.

Até agora.

PARTE 3

TRINTA

9H

Michener ficou olhando pela janela do quarto enquanto o helicóptero do Vaticano pousava. Não tinha saído de perto de Clemente desde a descoberta, usando o telefone ao lado da cama para falar com o cardeal Ngovi em Roma.

O africano era o camerlengo da Santa Igreja Católica, a primeira pessoa a ser informada da morte de um papa. Pela lei canônica, Ngovi era encarregado de administrar a Igreja durante a *sede vacante*, a Sé Vacante, que agora era o nome oficial do governo do Vaticano. Não havia sumo pontífice. Em vez disso, Ngovi, junto com o Sacro Colégio de Cardeais, administraria um governo por comitê, que duraria as próximas duas semanas, tempo em que seriam feitos os preparativos para o funeral e seria organizado o próximo conclave. Como camerlengo, Ngovi não seria um papa interino, apenas um zelador, mas mesmo assim sua autoridade era inquestionável. O que, para Michener, estava ótimo. Alguém teria de controlar Alberto Valendrea.

A hélice do helicóptero diminuiu a rotação e a porta da cabine se abriu. Ngovi saiu primeiro, seguido por Valendrea, ambos usando as vestes escarlates. Como secretário de Estado, a presença de Valendrea era necessária. Mais dois bispos seguiram Valendrea, junto com o médico do papa, que Michener havia requisitado. Não tinha contado a Ngovi nenhum detalhe da morte. Nem aos funcionários da residência de verão, meramente informando à freira e ao camareiro que ninguém deveria entrar no quarto.

Três minutos se passaram antes que a porta do quarto se abrisse e os dois cardeais e o médico entrassem. Ngovi fechou a porta e trancou. O médico foi até a cama e examinou Clemente. Michener tinha deixado tudo exatamente como encontrara, inclusive o *laptop* de Clemente, ainda ligado, conectado a uma linha telefônica, com o monitor mostrando um programa de proteção de tela feito especialmente para o papa – uma mitra atravessada por duas chaves.

– Diga-me o que aconteceu – pediu Ngovi, colocando uma pequena pasta preta na cama.

Michener explicou o que havia encontrado, depois apontou para a mesa. Nenhum dos dois cardeais havia notado o frasco.

– Está vazio.

– Está dizendo que o sumo pontífice da Igreja Católica se matou? – perguntou Valendrea.

Ele não estava no clima para isso.

– Não estou dizendo nada. Só que havia trinta comprimidos naquele frasco.

Valendrea virou-se para o médico.

– Qual é a sua avaliação, doutor?

– Ele está morto há algum tempo. Cinco ou seis horas, talvez mais. Não há evidências de trauma, nada que indique externamente um ataque cardíaco. Nem perda de sangue ou hematomas. Numa primeira impressão, parece que ele morreu dormindo.

– Poderia ter sido por causa das pílulas? – perguntou Ngovi.

– Não há como dizer, a não ser com uma autópsia.

– Isso está fora de questão – disse Valendrea imediatamente.

Michener encarou o secretário de estado.

– Precisamos saber.

– Não precisamos saber nada. – A voz de Valendrea se elevou. – De fato, é melhor não sabermos nada. Destruam esse frasco. Vocês podem imaginar o impacto sobre a Igreja se souberem que o papa tirou a própria vida? A mera sugestão poderia causar um dano irreversível.

Michener já havia pensado a mesma coisa, mas estava decidido a cuidar da situação melhor do que quando João Paulo I morreu subitamente em 1978, apenas 33 dias depois de ser eleito pontífice. Os boatos subsequentes e as informações confusas – destinadas simplesmente a esconder o fato de que uma freira descobrira o corpo, e não um padre – apenas alimentaram os teóricos da conspiração com imagens de um assassinato do papa.

– Concordo – admitiu Michener. – Um suicídio não pode ser conhecido do público. Mas *nós* temos de saber a verdade.

– Para podermos mentir? – perguntou Valendrea. – Deste modo não sabemos nada.

Era interessante Valendrea estar preocupado com mentiras, mas Michener ficou em silêncio.

Ngovi fitou o médico.

– Uma amostra de sangue bastaria?

O médico assentiu.

– Tire-a.

– Você não tem autoridade – ressoou Valendrea. – Isso exigiria uma consulta ao Sacro Colégio. Você não é papa.

As feições de Ngovi permaneceram inexpressivas.

– Eu, pelo menos, quero saber como este homem morreu. Sua alma imortal me interessa. – Ngovi fitou o médico. – Faça o exame o senhor mesmo, depois destrua a amostra. Informe o resultado apenas a mim. Está claro?

O médico assentiu.

– Você está passando dos limites, Ngovi – disse Valendrea.

– Reclame ao Sacro Colégio.

O dilema de Valendrea era curioso. Não podia passar por cima de Ngovi nem, por motivos óbvios, podia levar o assunto aos cardeais. Por isso, o toscano ficou de boca fechada. Talvez, temeu Michener, ele estivesse apenas dando corda para Ngovi se enforcar.

Ngovi abriu a pasta preta que havia trazido, tirou de dentro um martelo de prata e foi até a cabeceira. Michener sabia que o camerlengo tinha de realizar aquele ritual, não importando o quanto fosse inútil.

Ngovi bateu de leve com o martelo na testa de Clemente e fez a pergunta que era dirigida aos cadáveres dos papas havia séculos:

– Jakob Volkner. Você está morto?

Um minuto inteiro de silêncio se passou, depois Ngovi fez a pergunta de novo. Depois de mais um minuto de silêncio, perguntou pela terceira vez.

Fez a declaração necessária:

– O papa está morto.

Ngovi levantou a mão direita de Clemente. O Anel do Pescador envolvia o dedo anular.

– Estranho – disse Ngovi. – Clemente não costumava usar isso.

Michener sabia que era verdade. O desajeitado anel de ouro era mais um sinete do que uma joia. Mostrava São Pedro, o pescador, cercado pelo nome de Clemente e pela data de sua investidura. Fora posto no dedo de Clemente pelo então camerlengo depois do último conclave e era usado para lacrar documentos papais. Raramente era usado, e Clemente, em particular, o evitava.

– Talvez ele soubesse que iríamos procurar o anel – disse Valendrea.

Estava certo, pensou Michener. Aparentemente, houvera algum planejamento. O que era bem do estilo de Jakob Volkner.

Ngovi tirou o anel e jogou-o numa bolsa de veludo preto. Mais tarde, diante dos cardeais reunidos, usaria o martelo para despedaçar o anel e o lacre papal. Desse modo, ninguém poderia selar um documento até a escolha de um novo papa.

– Está feito – disse Ngovi.

Michener percebeu que agora a transferência de poder estava completa. O reinado de 34 meses de Clemente XV, o 267º sucessor de São Pedro, primeiro alemão a ocupar o trono em novecentos anos, estava acabado. A partir deste momento, ele não era mais secretário papal. Era meramente um monsenhor a serviço temporário do camerlengo da Santa Igreja Romana.

Katerina atravessou rapidamente o Aeroporto Leonardo da Vinci em direção ao balcão de passagens da Lufthansa. Tinha reservado lugar num voo das 13h para Frankfurt. De lá, não sabia bem qual seria o próximo destino, mas se preocuparia com isso no dia seguinte ou no próximo. O principal era que Tom Kealy e Colin Michener faziam parte do passado e era hora de fazer algo de sua vida. Sentia-se péssima por ter enganado Michener, mas como não fizera contato com Valendrea e dissera pouquíssima coisa a Ambrosi, talvez a violação pudesse ser esquecida.

Ficou feliz em ter acabado com Tom Kealy, mas duvidava que ele sequer pensasse nela outra vez. O sujeito estava em ascensão e não precisava de uma parasita, e era exatamente assim que se sentia. Certo, Kealy precisaria de alguém para fazer o trabalho pelo qual receberia crédito, mas Katerina tinha certeza de que outra mulher ocuparia seu lugar.

O terminal estava movimentado, mas ela começou a notar grupos de pessoas em volta dos aparelhos de TV espalhados no saguão. Também viu mulheres chorando. Finalmente seu olhar pousou numa das telas de vídeo no alto. A praça de São Pedro se estendia numa vista aérea. Chegando mais perto do monitor, ouviu: "Há uma profunda tristeza aqui. A morte de Clemente XV está sendo sentida por todos que amavam o pontífice. Sentiremos sua falta."

– O papa morreu? – perguntou em voz alta.

Um homem com um sobretudo de lã disse:

– Morreu dormindo, ontem à noite, em Castel Gandolfo. Que Deus o tenha.

Katerina ficou pasma. Um homem que ela odiara durante anos havia morrido. Na verdade, nunca o conhecera pessoalmente – Michener tentara apresentá-los, mas ela recusara. Na época, Jakob Volkner era arcebispo de Colônia, em quem ela via tudo que desprezava na religião organizada – sem contar que era o outro lado de um cabo de guerra que ocorria na consciência de Colin Michener. Ela perdera a batalha e desde então se ressentia de Volkner. Não pelo que ele fizera ou não, mas pelo que simbolizava.

Agora ele morrera. Colin devia estar arrasado.

Parte dela dizia para ir ao balcão e viajar para a Alemanha. Michener sobreviveria. Ele sempre sobrevivia. Mas logo haveria um novo papa. Novos compromissos. Uma nova onda de padres, bispos e cardeais inundaria Roma. Ela sabia o bastante sobre a política do Vaticano para perceber que os aliados de Clemente estavam acabados. Suas carreiras estavam terminadas.

Nada disso era seu problema. No entanto, parte dela dizia que era. Talvez velhos hábitos fossem realmente difíceis de quebrar.

Virou-se com a bagagem na mão e saiu do terminal.

TRINTA E UM

CASTEL GANDOLFO,
14H30

Valendrea olhou os cardeais reunidos. O clima era tenso, muitos caminhavam de um lado para o outro na sala com uma demonstração pouco característica de ansiedade. Havia 14 deles no salão da propriedade, principalmente cardeais designados para a cúria ou alocados perto de Roma, que tinham atendido ao chamado feito há três horas a todos os 160 membros do Sacro Colégio: CLEMENTE XV MORREU. VENHAM A ROMA IMEDIATAMENTE. Aos que estavam num raio de 150 quilômetros do Vaticano, uma mensagem adicional insistia em que se encontrassem em Castel Gandolfo às 14h.

O Interregno havia começado, o período de tempo entre a morte de um papa e a eleição de outro, um lapso de incerteza em que as rédeas do poder papal ficavam frouxas. Nos séculos passados era nesse período que os cardeais buscavam o controle, comprando votos no conclave com promessas ou violência. Valendrea sentia falta desse tempo. O vitorioso deveria ser o mais forte. Os fracos não tinham lugar no cume. Mas as eleições modernas dos papas eram muito mais afáveis. Agora as batalhas eram travadas com câmeras de televisão e pesquisas de opinião pública. Era muito mais importante escolher um papa popular do que um competente. O que, pensava Valendrea com frequência, explicava mais do que qualquer coisa a ascensão de Jakob Volkner.

Estava satisfeito com o comparecimento. Quase todos os que tinham vindo estavam do seu lado. Pela última contagem, ele ainda não tinha os dois terços mais um necessários para uma vitória na primeira votação, mas com Ambrosi e os gravadores, nas duas próximas semanas garantiria o apoio necessário.

Não tinha certeza do que Ngovi ia dizer. Não tinham se falado desde cedo, no quarto de Clemente. Só podia esperar que o africano usasse o bom senso. Ngovi estava de pé, na extremidade do salão comprido, em frente a uma elegante lareira de mármore branco. Todos os outros príncipes também estavam de pé.

– Eminências – disse Ngovi –, ainda hoje terei tarefas para vocês, como ajuda para planejar o funeral e o conclave. Acho importante que Clemente tenha a melhor despedida possível. O povo o amava, e deve ter a oportunidade de se despedir adequadamente. Nesse sentido, todos acompanharemos o corpo de volta a Roma no fim desta tarde. Haverá uma missa na catedral de São Pedro.

Muitos cardeais assentiram.

– Está claro como o Santo Padre morreu? – perguntou um dos cardeais. Ngovi encarou-o.

– Isso está sendo verificado agora.

– Há algum problema? – perguntou outro.

Ngovi ficou rígido.

– Parece que ele morreu pacificamente durante o sono. Mas não sou médico. O clínico dele confirmará a causa da morte. Todos nós sabíamos que a saúde do Santo Padre vinha declinando, de modo que isso não era totalmente inesperado.

Valendrea ficou satisfeito com os comentários de Ngovi. Mas outra parte dele estava preocupada. Ngovi encontrava-se em posição dominante e parecia gostar do *status*. Nas últimas horas, o africano já havia ordenado ao mestre de cerimônias papal e à Câmara Apostólica para iniciar a administração da Santa Sé. Tradicionalmente esses dois departamentos dirigiam a cúria durante o Interregno. Além disso, havia tomado posse de Castel Gandolfo, instruindo os guardas a não deixar que ninguém entrasse, inclusive cardeais, sem sua aprovação expressa e determinado que os aposentos do papa no Palácio Apostólico fossem lacrados.

Também tinha se comunicado com o departamento de imprensa do Vaticano, combinado a divulgação de uma declaração preparada sobre a morte de Clemente e delegado a três cardeais a tarefa de se comunicar pessoalmente com a mídia. Todos os demais receberam ordem de recusar entrevistas. O corpo diplomático em todo o mundo recebeu alerta semelhante contra contatos com a imprensa, mas foi encorajado a se comunicar com seus respectivos chefes de estado. Já haviam chegado condolências dos Estados Unidos, Inglaterra, França e Espanha.

Nenhum dos atos até agora estava fora dos deveres de camerlengo, por isso Valendrea não podia dizer nada. Mas a última coisa que precisava era que os cardeais ganhassem força com a firmeza de Ngovi. Apenas dois camerlengos, nos tempos modernos, tinham sido eleitos papa, por isso o cargo não era uma escada para o papado. Mas, infelizmente, o cargo de secretário de Estado também não era.

– O conclave começará no tempo certo? – perguntou o cardeal de Veneza.

– Dentro de 15 dias – disse Ngovi. – Estaremos prontos.

Valendrea sabia que, pelas regras promulgadas pela Constituição Apostólica de João Paulo II, isso era o mais cedo que qualquer conclave poderia começar. O tempo de preparação fora facilitado pela construção da Domus Sanctæ Marthæ, uma espécie de hotel espaçoso normalmente usado por seminaristas. Hoje em dia, não era mais necessário que cada cômodo disponível fosse convertido em alojamento improvisado, e

Valendrea ficou feliz pelas mudanças. A nova casa era pelo menos confortável. Fora usada pela primeira vez durante o conclave de Clemente, e Ngovi já ordenara que o prédio fosse preparado para os 113 cardeais com menos de oitenta anos, que ficariam hospedados lá durante a eleição.

– Cardeal Ngovi – disse Valendrea, atraindo a atenção do africano. – Quando será divulgado o atestado de óbito? – Esperava que apenas Ngovi entendesse o verdadeiro recado.

– Pedi que o mestre de celebrações litúrgicas papais, os prelados clérigos, o secretário e o chanceler da Câmara Apostólica estivessem no Vaticano esta noite. Disseram-me que a causa da morte será determinada por eles.

– Está sendo feita uma autópsia? – perguntou um dos cardeais.

Valendrea sabia que esse era um tema delicado. Apenas um papa passara por autópsia, e apenas para identificar se Napoleão o havia envenenado. Falara-se em fazer uma em João Paulo I quando ele morreu tão inesperadamente, mas os cardeais reprimiram os esforços. Mas esta situação era diferente. Um dos pontífices tivera morte suspeita, e o outro tivera morte súbita. A morte de Clemente não era inesperada. Fora escolhido aos 74 anos e, afinal de contas, a maioria dos cardeais o elegera somente porque não viveria muito.

– Nenhuma autópsia será feita – disse Ngovi peremptoriamente.

Seu tom de voz dava a entender que o assunto não estava aberto a discussão. Normalmente, Valendrea teria se ressentido desse excesso de autoridade, mas não desta vez. Soltou um suspiro de alívio. Aparentemente, seu adversário tinha decidido participar do jogo, e felizmente nenhum dos cardeais questionou a decisão. Alguns olharam para ele, como se esperassem uma resposta. Mas seu silêncio serviu como sinal de que o secretário de Estado estava satisfeito com a decisão do camerlengo.

Além das implicações teológicas do suicídio de um papa, Valendrea não poderia se dar ao luxo de uma onda de simpatia voltada para Clemente. Não era segredo que ele e o papa não se davam bem. Uma imprensa inquisitiva poderia levantar questões, e ele não queria ser rotulado como o homem que poderia ter levado um papa à morte. Cardeais com medo por suas próprias carreiras poderiam eleger outro, como Ngovi, que certamente tiraria todo o poder de Valendrea – com ou sem gravações. No último conclave, ele aprendera a jamais subestimar o poder de uma coalizão. Felizmente, Ngovi parecia ter decidido que o bem da Igreja estava acima dessa oportunidade de ouro para desequilibrar seu principal rival, e Valendrea ficou feliz com as fraquezas do sujeito. Ele não teria mostrado a mesma deferência se os papéis estivessem invertidos.

– Mas tenho uma palavra de alerta – disse Ngovi.

Valendrea de novo não podia dizer nada. E notou que o bispo de Nairóbi parecia estar gostando de sua contenção autoimposta.

– Lembro a cada um dos senhores para não discutir o próximo conclave antes de estarmos trancados na Sistina. Não deve haver campanhas, entrevistas à imprensa nem opiniões expressas. As possíveis escolhas não devem ser discutidas de modo algum.

– Eu não preciso de um sermão – deixou claro um cardeal.

– Talvez você não precise. Mas há alguns que sim. E com isso, Ngovi saiu do salão.

TRINTA E DOIS

15H

Michener estava sentado atrás da escrivaninha e observava duas freiras lavarem o corpo de Clemente. O médico havia terminado o exame há horas e voltado a Roma com a amostra de sangue. O cardeal Ngovi já ordenara que não haveria autópsia, e como Castel Gandolfo fazia parte do estado do Vaticano, território soberano de uma nação independente, ninguém questionaria essa decisão. Com pouquíssimas exceções, a lei canônica – e não a italiana – governava ali.

Era estranho olhar o corpo nu do homem que ele conhecia há mais de um quarto de século. Lembrou-se de todos os tempos que haviam compartilhado. Clemente foi quem o ajudou a perceber que seu pai verdadeiro simplesmente havia pensado mais nele mesmo do que no filho, explicando a sociedade irlandesa e as pressões que a mãe verdadeira certamente enfrentaria como mãe solteira. *Como você pode culpá-la?*, perguntara Volkner. E ele havia concordado. Não podia. O ressentimento apenas turvaria os sacrifícios que os pais adotivos tinham feito. Por isso finalmente abandonou a raiva e perdoou a mãe e o pai que jamais conhecera.

Agora estava olhando o corpo sem vida do homem que ajudara a tornar possível esse perdão. Estava ali porque o protocolo exigia a presença de um padre. Normalmente, o mestre de cerimônias do papa realizava a tarefa, mas ele não estava disponível. Ngovi dissera para Michener substituí-lo.

Levantou-se da cadeira e ficou andando diante da porta dupla enquanto as freiras terminavam o banho e os técnicos funerários entravam. Faziam parte da maior funerária de Roma e vinham embalsamando papas desde Paulo VI. Traziam cinco garrafas de uma solução cor-de-rosa e as colocaram cuidadosamente no chão.

Um dos técnicos se aproximou.

– Talvez o senhor prefira esperar lá fora, padre. Esta não é uma visão agradável para quem não está acostumado.

Ele foi para o corredor, onde encontrou o cardeal Ngovi a caminho do quarto.

– Eles estão aí? – perguntou Ngovi.

– A lei italiana exige um período de 24 horas antes do embalsamamento, o senhor sabe. Isto aqui pode ser território do Vaticano, mas já discutimos isso antes. Os italianos exigiriam que esperássemos.

Ngovi assentiu.

– Entendo, mas o médico ligou de Roma. O sangue de Jakob estava saturado de medicamentos. Ele se matou, Colin. Sem dúvida. Não posso permitir que reste alguma prova disso. O médico destruiu a amostra de sangue. Ele não pode nem vai revelar nada.

– E os cardeais?

– Serão informados de que ele morreu de ataque cardíaco. É o que será escrito na certidão de óbito.

Dava para ver a tensão no rosto de Ngovi. Para aquele homem, não era fácil mentir.

– Não tenho escolha, Colin. Ele precisa ser embalsamado. Não posso me preocupar com a lei italiana agora.

Michener passou a mão pelos cabelos. Fora um dia longo, e ainda não estava acabado.

– Sei que ele estava incomodado com alguma coisa, mas não havia nada que apontasse para uma perturbação tão grande. Como ele estava quando eu viajei?

– Voltou à *Riserva*. Disseram-me que Valendrea esteve lá com ele.

– Sei disso. – Michener contou o que o papa lhe havia dito. – Clemente mostrou a ele o que o padre Tibor havia enviado. Não quis dizer o que era. – Então contou a Ngovi mais sobre Tibor e como o papa reagira ao saber da morte do búlgaro.

Ngovi balançou a cabeça.

– Não era assim que eu imaginava o fim deste papado.

– Devemos garantir que a memória dele seja preservada.

– E será. Até Valendrea será nosso aliado nisso. – Ngovi apontou para a porta. – Não acho que alguém questionará o fato de o termos embalsamado tão cedo. Apenas quatro pessoas sabem da verdade, e em breve não restará prova, caso um de nós decida falar. Mas há pouca chance de isso acontecer. O médico tem de obedecer às leis de sigilo, você e eu amávamos o homem, e Valendrea tem interesses próprios. O segredo está em segurança.

A porta do quarto se abriu e um dos técnicos apareceu.

– Estamos quase acabando.

– Vocês queimarão os fluidos do pontífice? – perguntou Ngovi.

– Essa sempre foi nossa prática. Nossa companhia tem orgulho de estar a serviço da Santa Sé. Os senhores podem confiar em nós.

Ngovi agradeceu ao homem, que voltou ao quarto.

– E agora? – perguntou Michener.

– As vestimentas pontificais foram trazidas de Roma. Você e eu vamos vesti-lo para o enterro.

Ele viu o significado do gesto e disse:

– Acho que ele teria gostado disso.

A carreata serpenteava lentamente pela chuva em direção ao Vaticano. Levara quase uma hora para percorrer os trinta quilômetros desde Castel Gandolfo, e o caminho estava ladeado por milhares de pessoas enlutadas. Michener ia no terceiro veículo, com Ngovi, e os outros cardeais em vários carros mandados às pressas do Vaticano. Um carro fúnebre liderava a procissão, com o corpo de Clemente na parte de trás, vestido com os mantos e a mitra, iluminado para que os fiéis pudessem vê-lo. Agora, dentro da cidade, quase às 18h, parecia que Roma inteira enchia as calçadas, com a polícia mantendo o caminho livre para que os carros pudessem prosseguir.

A praça de São Pedro estava apinhada, mas fora aberto um caminho com cordão de isolamento em meio a um mar de guarda-chuvas, passando pela colunata e indo até a basílica. Gemidos e choro acompanhavam os carros. Muitos dos espectadores jogavam flores sobre os capôs, tantas que estava ficando difícil enxergar pelo para-brisa. Um dos seguranças finalmente empurrou a pilha para longe, mas outra foi iniciada em seguida.

Os carros passaram pelo Arco dos Sinos e deixaram a multidão para trás. Ao entrar na praça dos Protomártires, a procissão rodeou a sacristia da basílica e foi para uma entrada dos fundos. Ali, em segurança e entre paredes, com o espaço aéreo restrito, o corpo de Clemente podia ser preparado para três dias de visitação pública.

Uma chuva fraca envolvia os jardins numa névoa densa. Luzes nas aleias lançavam imagens turvas como o sol atravessando nuvens densas.

Michener tentou imaginar o que estaria acontecendo nos prédios ao redor. Nas oficinas dos *sampietrini*, um caixão triplo estava sendo construído – o de dentro feito de bronze, o segundo de cedro e o externo de cipreste. Um catafalco já fora montado e posicionado dentro da catedral, com uma vela solitária acesa ao lado, esperando o cadáver que sustentaria nos dias seguintes.

Enquanto seguiam devagar pela praça, Michener havia notado equipes de televisão instalando câmeras nas balaustradas, e os melhores locais entre as 162 estátuas certamente estavam sendo ocupados rapidamente. O departamento de imprensa do Vaticano estava sob cerco. Ele havia ajudado no funeral do último papa e podia imaginar os milhares de telefonemas que seriam recebidos nos próximos dias. Estadistas de todo o mundo logo chegariam, e legados teriam de ser designados para ajudá-los. A Santa Sé orgulhava-se de cumprir rigidamente o protocolo, mesmo diante de um sofrimento indescritível, e a tarefa de garantir o sucesso era do cardeal de fala mansa, sentado ao seu lado.

Os carros pararam e os cardeais começaram a se reunir perto do carro fúnebre. Padres abrigavam com guarda-chuvas cada um dos príncipes. Os cardeais usavam as batinas pretas adornadas com uma faixa vermelha na cintura, como era exigido. Uma guarda suíça de honra, com roupas cerimoniais, estava na entrada da basílica. Clemente não ficaria sem eles nos próximos dias. Quatro guardas carregavam um esquife nos ombros e desfilaram com ele até o carro fúnebre. O mestre de cerimônias do papa estava por perto. Era um padre holandês de rosto barbudo e corpo rotundo. Ele se adiantou e disse:

– O catafalco está pronto.

Ngovi assentiu.

O mestre de cerimônias foi até o carro fúnebre e ajudou os técnicos a remover o corpo de Clemente. Assim que o cadáver estava centralizado no esquife e a mitra posicionada, o holandês sinalizou para os técnicos se afastarem. Arrumou cuidadosamente as vestes, ajeitando cuidadosamente cada dobra. Dois padres seguravam guarda-chuvas sobre o corpo. Outro jovem padre se adiantou, segurando o pálio. A estreita faixa de lã branca marcada com seis cruzes púrpuras significava a plenitude do cargo pontifical. O mestre de cerimônias pôs a faixa de cinco centímetros ao redor do pescoço de Clemente, arrumou as cruzes acima do peito, dos ombros e do abdome. Fez alguns ajustes nos ombros e finalmente ajeitou a cabeça. Depois se ajoelhou, sinalizando que havia terminado.

Um ligeiro movimento de cabeça de Ngovi fez a guarda suíça erguer o esquife. Os padres com guarda-chuvas recuaram. Os cardeais se enfileiraram atrás.

Michener não participou da procissão. Não era um príncipe da Igreja, e o que viria em seguida era apenas para eles. Deveria esvaziar seu apartamento no palácio até o dia seguinte. Esses aposentos também seriam lacrados até o conclave. Seu escritório também deveria ser liberado. Seu patronato acabava com o último suspiro de Clemente. Os ex-favorecidos partiam para abrir caminho aos futuros favorecidos.

Ngovi esperou até o fim para entrar na fila. Antes de se afastar, o cardeal virou-se e sussurrou:

– Quero que você faça um inventário no apartamento do papa e retire os pertences dele. Clemente não desejaria que outra pessoa cuidasse de suas posses. Avisei aos guardas que você pode entrar. Faça isso agora.

O guarda abriu o apartamento do papa para Michener. A porta se fechou e ele ficou sozinho, com uma sensação estranha. Se antes gostava de passar tempo ali, agora se sentia um intruso.

Os cômodos estavam exatamente como Clemente deixara na manhã de sábado. A cama feita, as cortinas abertas, os óculos de leitura, de reserva, ainda na mesinha de cabeceira. A Bíblia encadernada em couro que geralmente ficava ali estava em Castel Gandolfo, na mesa ao lado do laptop de Clemente, e ambos seriam enviados a Roma em breve.

Havia alguns papéis na mesa, ao lado do computador silencioso. Michener achou melhor começar por ali e ligou a máquina para verificar as pastas de arquivos. Sabia que Clemente trocava *e-mails* regulares com alguns parentes distantes e alguns cardeais, mas aparentemente não havia salvado nenhuma dessas mensagens – não havia arquivos gravados. O caderno de endereços continha cerca de duas dúzias de nomes. Examinou todas as pastas do disco rígido. A maioria era de relatórios de departamentos da cúria, com as palavras escritas substituídas por uns e zeros na tela de vídeo. Deletou todas as pastas, usando um programa especial que removia todos os traços dos arquivos do disco rígido, e desligou a máquina. O terminal ficaria e seria usado pelo próximo papa.

Olhou em volta. Teria de encontrar caixas para pôr as posses de Clemente, mas por enquanto empilhou tudo no meio do quarto. Não havia muita coisa. Clemente levava uma vida simples. Alguns móveis, alguns livros, e uns poucos itens de família era tudo que possuía.

O barulho de uma chave na fechadura atraiu sua atenção.

A porta se abriu e Paolo Ambrosi entrou.

– Espere lá fora – disse Ambrosi ao guarda enquanto entrava e fechava a porta. Michener encarou-o.

– O que está fazendo aqui?

O padre magro se adiantou.

– O mesmo que você: limpando o apartamento.

– O cardeal Ngovi delegou a tarefa a mim.

– O cardeal Valendrea disse que você poderia precisar de ajuda.

Aparentemente, o secretário de Estado achava que uma babá era necessária, mas Michener não estava no clima.

– Saia daqui.

O padre não se moveu. Michener era uma cabeça mais alto e vinte quilos mais pesado, mas Ambrosi pareceu não se intimidar.

– Seu tempo passou, Michener.

– Talvez. Mas no lugar de onde vim há um ditado: *a galinha não canta antes de botar ovo.*

Ambrosi deu um risinho.

– Sentirei falta de seu humor americano.

Michener notou os olhos reptilianos de Ambrosi observando o ambiente.

– Mandei você sair. Posso não ser nada, mas Ngovi é camerlengo. Valendrea não pode passar por cima dele.

– Ainda não.

– Saia, caso contrário interromperei a missa para pedir novas instruções a Ngovi.

Ele sabia que a última coisa que Valendrea desejaria era uma cena embaraçosa diante dos cardeais. Os que o apoiavam poderiam se perguntar por que ordenara um auxiliar a entrar nos aposentos do papa quando esse dever era claramente do secretário.

Mas Ambrosi não se mexeu.

Michener rodeou o visitante e foi para a porta.

– Como você diz, Ambrosi, meu tempo passou. Não tenho nada a perder.

E segurou as maçanetas.

– Pare – disse Ambrosi. – Deixarei que você cumpra sua tarefa. – A voz era apenas um sussurro, e a expressão de Ambrosi totalmente isenta de sentimentos. Michener se perguntou como um homem daqueles podia ter se tornado padre.

Michener abriu a porta. Os guardas estavam do outro lado e ele sabia que o visitante não diria nada para instigar o interesse deles. Deixou um sorriso se formar e disse:

– Tenha uma boa tarde, padre.

Ambrosi passou rapidamente e Michener bateu a porta, mas somente depois de ordenar aos guardas para não admitir absolutamente mais ninguém.

Voltou à mesa. Precisava acabar o que havia começado. Sua tristeza em deixar o Vaticano era amenizada por um alívio ao saber que não teria mais de lidar com gente como Paolo Ambrosi.

Examinou as gavetas. A maioria continha papel de carta, canetas, alguns livros e alguns disquetes de computador. Nada importante, até chegar à gaveta inferior direita, onde achou o testamento de Clemente. Em geral, o próprio papa redigia o testamento, expressando com sua letra os últimos pedidos e esperanças para o futuro. Michener desdobrou a folha única e notou imediatamente a data: 10 de outubro, há pouco mais de trinta dias:

Eu, Jakob Volkner, atualmente de posse de todas as minhas faculdades e desejoso de expressar meus últimos desejos em meu testamento, deixo a Colin Michener tudo que eu possa possuir no momento de minha morte. Meus pais morreram há muito e meus irmãos os seguiram. Colin serviu-me bem, durante muito tempo. É o mais próximo de uma família que tenho neste mundo. Peço que ele faça com meus pertences o que achar adequado, usando a sabedoria e o julgamento em que passei a confiar durante a vida. Pediria que meu funeral fosse simples e, se possível, que eu fosse enterrado em Bamberg, na catedral de minha juventude, mas entendo caso a Igreja decida outra coisa. Quando aceitei o manto de São Pedro, também aceitei as responsabilidades, inclusive o dever de descansar sob a basílica, com meus irmãos. Peço perdão a todos que eu possa ter ofendido em palavras ou atos, e peço perdão especialmente a nosso Senhor e Salvador pelos defeitos que demonstrei. Que Ele tenha piedade de minha alma.

Lágrimas surgiram nos olhos de Michener. Também esperava que Deus tivesse piedade da alma do amigo. Os ensinamentos católicos eram claros. Os seres humanos eram obrigados a preservar o dom da vida como guardiões – e não como donos – do que o Todo-poderoso lhes entregara. O suicídio era contrário ao amor a si mesmo, e ao amor de um Deus vivo. Rompia os laços de solidariedade com a família e a nação. Resumindo: era pecado. Mas a salvação eterna dos que tiravam a própria vida não estava perdida por completo. A Igreja ensinava que, por meios conhecidos apenas de Deus, lhes seria dada uma oportunidade de arrependimento.

E ele esperava que fosse verdade.

Se o céu existisse mesmo, Jakob Volkner merecia entrar. O que quer que o tivesse levado a fazer o indizível não deveria condenar sua alma à danação eterna.

Pôs o testamento na mesa e tentou não pensar na eternidade.

Ultimamente, vinha contemplando sua própria mortalidade. Estava chegando aos cinquenta, não era tão velho assim, mas a vida não parecia mais infinita. Podia visualizar um tempo em que seu corpo ou mente poderia não lhe dar a oportunidade de desfrutar do que esperava. Quanto tempo ainda viveria? Vinte anos? Trinta? Quarenta? Clemente estava vibrante ao se aproximar dos oitenta, trabalhando 16 horas por dia com regularidade. Só podia ter esperanças de manter metade desse vigor. Mesmo assim, sua vida acabaria chegando ao fim. E ele se perguntava se as privações e os sacrifícios exigidos por sua Igreja e seu Deus valiam isso. Haveria uma recompensa na outra vida? Ou simplesmente nada?

Do pó ao pó.

Sua mente voltou ao dever.

O testamento teria de ser entregue ao departamento de imprensa do Vaticano. Era tradicional divulgar o texto, mas primeiro o camerlengo teria de aprovar, por isso enfiou a página na batina.

Decidiu doar anonimamente os móveis a uma instituição de caridade local. Guardaria os livros e alguns pertences pessoais como lembrança de um homem a quem havia amado. Encostado à parede mais distante estava o baú de madeira que acompanhava Clemente havia anos. Michener sabia que fora esculpido em Oberammergau, uma cidade bávara na base dos Alpes, famosa por seu artesanato em madeira. Tinha a aparência de um Riemenschneider, o exterior sem manchas e adornado com ousados retratos dos apóstolos, de santos e da Virgem.

Em todos os anos que estiveram juntos, ele jamais soube o que Clemente mantinha ali dentro. Agora o baú era seu. Aproximou-se e tentou levantar a tampa. Trancado. Havia uma fechadura de latão. Ele não vira nenhuma chave no apartamento, e certamente não queria infligir qualquer dano arrombando a caixa. Decidiu guardar o baú e mais tarde se preocupar com o que havia dentro.

Voltou à mesa e terminou de limpar as outras gavetas. Na última, achou uma folha de papel timbrado dobrada. Havia um bilhete escrito à mão.

Eu, Clemente XV, neste dia elevei ao status de Cardeal Eminência o reverendo padre Colin Michener.

Mal podia acreditar no que tinha lido. Clemente exercera o direito de nomear um cardeal *in petto* – em segredo. Em geral, os cardeais eram informados de sua elevação por meio de um certificado do pontífice regente, divulgado às abertas, e depois eram investidos pelo papa num elaborado consistório. Mas as nomeações secretas haviam se tornado comuns para cardeais de países comunistas, ou de lugares onde regimes opressores poderiam ameaçar os indicados. As regras para as nomeações *in petto* deixaram claro que o cargo datava do momento da nomeação, e não de quando a escolha era tornada pública, mas havia outra regra que fez seu coração se encolher. Se o papa morresse antes que uma escolha *in petto* fosse tornada pública, a nomeação também morria.

Segurou o pedaço de papel. Era datado de sessenta dias atrás.

Tinha chegado tão perto de um barrete escarlate!

Alberto Valendrea poderia muito bem ser o próximo ocupante dos aposentos ao seu redor. Havia pouca chance de uma nomeação *in petto* de Clemente XV ser confirmada. Mas parte dele não se importava. Com tudo que acontecera nas últimas 18 horas, nem havia pensado no padre Tibor, mas agora se lembrou do velho sacerdote. Talvez retornasse a Zlatna e ao orfanato, para terminar o que o búlgaro começara. Algo lhe dizia que era a coisa certa a fazer. Se a Igreja não aprovasse, ele mandaria todos para o inferno, a começar por Alberto Valendrea.

Quer ser cardeal? Para alcançar isso, você deve avaliar a medida dessa responsabilidade. Como espera que eu o promova quando não consegue ver o que é tão claro?

As palavras de Clemente em Turim na quinta-feira passada. Pensou na aspereza delas. Agora, sabendo que o mentor já o havia escolhido, pensou ainda mais. *Como espera que eu o promova quando não consegue ver o que é tão claro?*

Ver o quê?

Enfiou o papel no bolso, junto com o testamento.

Ninguém jamais saberia o que Clemente fizera. Não importava mais. Tudo que importava é que o amigo o havia considerado digno, e isso bastava.

TRINTA E TRÊS

20H30

Michener terminou de arrumar tudo nas cinco caixas trazidas pelos guardas suíços. O armário, a penteadeira e as mesinhas de cabeceira estavam vazias. Os móveis estavam sendo levados por trabalhadores para serem guardados num depósito no porão, até que ele pudesse fazer os acordos para a doação.

Ficou parado no corredor enquanto as portas eram fechadas pela última vez e um lacre de chumbo era posto. Era muito provável que jamais entrasse de novo no apartamento papal. Poucos chegavam tão longe na Igreja, e um número ainda menor fazia uma viagem de volta. Ambrosi estava certo. Seu tempo tinha acabado. Os cômodos só seriam abertos quando um novo papa chegasse diante da porta e os lacres fossem quebrados. Estremeceu ao pensar que Alberto Valendrea podia ser esse novo ocupante.

Os cardeais ainda estavam reunidos na basílica de São Pedro e uma missa de réquiem era rezada diante do corpo de Clemente XV, uma das muitas que aconteceriam nos próximos nove dias. Enquanto isso, restava uma tarefa para ele realizar antes que seus serviços oficiais terminassem.

Desceu ao terceiro andar.

Como acontecera com o apartamento de Clemente, havia pouca coisa no escritório de Michener que não ficaria. Todos os móveis eram do Vaticano. As pinturas na parede, inclusive um retrato de Clemente, pertenciam à Santa Sé. Tudo que ele possuía caberia numa caixa: poucos acessórios de mesa, um relógio bávaro e três fotos dos pais. Todos os seus cargos com Clemente haviam fornecido as coisas tangíveis de que pudesse necessitar. Além de algumas roupas e um laptop, não possuía nada. Durante os anos, conseguira economizar boa parte do salário e, depois de aproveitar algumas boas dicas de investimentos, possuía algumas centenas de milhares de dólares depositados em Genebra – sua aposentadoria – já que a Igreja pagava miseravelmente aos padres aposentados. Uma reforma nos fundos de pensão tinha sido amplamente discutida, e Clemente era favorável a fazer alguma coisa, mas isso teria de esperar o próximo pontificado.

Sentou-se à mesa e ligou o computador pela última vez. Precisava verificar os *e-mails* e preparar instruções para o sucessor. Na semana anterior, seus auxiliares tinham cuidado de tudo, e ele viu que a maioria das mensagens podia esperar até depois do conclave. Dependendo de quem fosse eleito papa, Michener poderia ser requisitado por uma semana, mais ou menos, para facilitar a transição. Mas se Valendrea garantisse o trono, Paolo Ambrosi certamente seria o próximo secretário papal, as credenciais de Michener seriam imediatamente revogadas e seus serviços não seriam mais necessários. O que, para ele, seria ótimo. Não faria nada para ajudar Ambrosi.

Continuou a repassar a lista de *e-mails*, verificando cada um e apagando-os. Salvou alguns, anexando um pequeno recado para os funcionários. Três eram condolências de bispos amigos, e ele enviou uma resposta curta. Quem sabe um deles precisasse de um ajudante? Mas descartou o pensamento. Não faria isso de novo. O que Katerina tinha dito em Bucareste? *Sua vida é estar a serviço de outros?* Talvez, caso se dedicasse a algo parecido com a causa que o padre Tibor considerava importante, a alma de Clemente XV pudesse ser salva. Seu sacrifício poderia ser a penitência para a falha do amigo.

E esse pensamento o fez se sentir melhor.

A programação do papa para o próximo Natal apareceu na tela. O itinerário fora transmitido a Castel Gandolfo para análise e tinha as iniciais de Clemente, o que significava aprovação. Pedia que o papa celebrasse a tradicional missa do galo na basílica de São Pedro e depois desse a mensagem de Ano-novo no dia seguinte, da sacada. Michener notou a hora do *e-mail* de resposta de Castel Gandolfo: 10h15 de sábado. Mais ou menos quando ele havia chegado a Roma, vindo de Bucareste, muito antes de conversar com Clemente pela primeira vez. E um tempo ainda maior antes de Clemente saber do assassinato do padre Tibor. Estranho que um pontífice suicida tivesse parado para analisar uma programação que não tinha intenção de cumprir.

Percorreu a tela até a última mensagem de *e-mail* e notou que não havia qualquer identificação. Ocasionalmente recebia mensagens anônimas de pessoas que conseguiam descobrir seu endereço eletrônico. Na maioria, eram preces inofensivas de pessoas que queriam que o papa soubesse que eles se importavam.

Deu um clique duplo e viu que a transmissão vinha de Castel Gandolfo com data da noite anterior. Hora de recebimento: 23h55.

Agora, Colin, você já deve saber o que fiz. Não espero que entenda. Saiba apenas que a Virgem retornou e disse que minha hora havia chegado. O padre Tibor estava com Ela. Esperei que Ela me levasse, mas Ela me disse que eu deveria acabar com minha própria vida. O padre Tibor disse que era meu dever, a penitência pela desobediência, e que tudo se esclareceria depois. Pensei na minha alma, mas foi-me dito que o Senhor estava esperando. Ignorei o céu por muito tempo. Não farei isso desta vez. Você me perguntou repetidamente o que há de errado. Contarei. Em 1978, Valendrea tirou da Riserva *parte da terceira mensagem dada pela Virgem em Fátima. Apenas outras cinco pessoas sabiam o que havia originalmente na caixa. Quatro delas – a irmã Lúcia, João XXIII, Paulo VI e o padre Tibor – se foram. Resta apenas Valendrea. Claro, ele negará tudo e as palavras que você está lendo serão consideradas divagações de um homem que tirou a própria vida. Mas saiba que, quando João Paulo leu o terceiro segredo e o divulgou ao mundo, não tinha conhecimento de toda a mensagem.Cabe a você consertar isso. Vá a Medjugorje. É vital. Não somente para mim, mas para a Igreja. Considere que é o último pedido de um amigo.*

Tenho certeza de que a Igreja está preparando meu funeral. Ngovi fará bem o serviço. Por favor, façam o que quiserem com meu corpo. Pompa e cerimônia não fazem o devoto. Mas eu preferiria a santidade de Bamberg, aquela linda cidade junto ao rio, e a catedral que tanto amei. Meu único arrependimento é não ter visto sua beleza pela última vez. Mas talvez meu legado ainda possa estar lá. Porém, devo deixar a conclusão para outros. Que Deus fique com você, Colin, e saiba que eu o amei muito, como um pai ama o filho.

Um bilhete de suicídio, pura e simplesmente, escrito por um homem perturbado, que aparentemente sofria de alucinações. O supremo pontífice da Igreja Católica Romana estava dizendo que a Virgem Maria ordenou que ele se matasse. Mas a parte sobre Valendrea e o terceiro segredo era interessante. Será que poderia dar credibilidade à informação? Pensou se Ngovi deveria ser informado, mas concluiu que, quanto menos pessoas soubessem da mensagem, melhor. O corpo de Clemente estava embalsamado, seus fluidos entregues às chamas, e a causa da morte jamais seria conhecida. As palavras na tela eram apenas a confirmação de que talvez o falecido pontífice tivesse uma doença mental.

Para não mencionar uma obsessão.

De novo Clemente insistira para ele ir à Bósnia. Michener não planejava cumprir esse pedido. De que adiantaria? Ainda tinha a carta de Clemente endereçada ao vidente, mas a autoridade sancionando aquela ordem agora emanava do camerlengo e do Sacro Colégio. De jeito nenhum Alberto Valendrea lhe permitiria saracotear pela Bósnia procurando segredos marianos. Seria uma concessão a um papa que ele desprezava às claras. Sem mencionar que a permissão oficial para uma viagem exigiria que os cardeais fossem coletivamente informados sobre o padre Tibor, as aparições para o papa e a obsessão de Clemente com o terceiro segredo de Fátima. O número de questões geradas por essas revelações seria espantoso. A reputação de Clemente era preciosa demais para ser arriscada. Já era demais que quatro homens soubessem do suicídio. Certamente não seria ele a impugnar a memória de um grande homem. No entanto, Ngovi deveria ler as últimas palavras do papa. Lembrou-se do que Clemente dissera em Turim. *Maurice Ngovi é a coisa mais parecida comigo que você jamais terá. Lembre-se disso nos próximos dias.*

Imprimiu uma cópia.

Em seguida, apagou o arquivo e desligou a máquina.

TRINTA E QUATRO

SEGUNDA-FEIRA, 27 DE NOVEMBRO
11H

Michener entrou no Vaticano pela praça de São Pedro, seguindo uma multidão de visitantes que tinham acabado de descer de vários ônibus. Tinha deixado seu apartamento no Palácio Apostólico há dez dias, pouco antes do funeral de Clemente XV. Ainda possuía um passe de segurança, mas, depois de cuidar da última questão administrativa, seus deveres com a Santa Sé estariam oficialmente encerrados.

O cardeal Ngovi tinha pedido para ele ficar em Roma até o início do conclave. Até mesmo sugerira que fosse trabalhar com ele na Congregação para a Educação Católica, mas não podia prometer um cargo depois do conclave. O posto de Ngovi no Vaticano também terminava com a morte de Clemente, e o camerlengo já dissera que, se Valendrea chegasse ao papado, ele voltaria à África.

O funeral de Clemente fora simples, ao ar livre, diante das fachadas reformadas da basílica de São Pedro. Um milhão de pessoas tinha se apinhado na praça, com a chama de uma única vela ao lado do caixão sendo agitada por uma brisa constante. Michener não ficou junto aos príncipes da Igreja, onde poderia estar se tudo tivesse acontecido de modo diferente. Em vez disso, ocupou seu lugar entre os funcionários que tinham servido fielmente ao papa durante 34 meses. Mais de cem chefes de estado haviam comparecido, e toda a cerimônia foi transmitida ao vivo pela televisão e pelo rádio para todo o mundo.

Ngovi não a presidiu. Em vez disso, delegou os discursos a outros cardeais. Um gesto perspicaz, na verdade, que certamente faria os escolhidos se ligarem ao camerlengo. Talvez não o bastante para garantir um voto no conclave, mas certamente o bastante para cultivar um ouvinte atento.

De modo pouco surpreendente, nenhum dos discursos foi repassado a Valendrea, e era fácil justificar essa omissão. O secretário de Estado se concentrava nas relações internacionais da Santa Sé durante o Interregno. Toda a sua atenção estava em questões externas, e a tarefa de elogiar Clemente e se despedir do pontífice era tradicionalmente deixada para outros. Valendrea cumprira o dever integralmente e fora uma presença constante na imprensa durante as duas últimas semanas, entrevistado por todas as grandes agências de notícias do mundo, e as palavras do toscano foram esparsas e cuidadosamente escolhidas.

Quando a cerimônia terminou, 12 carregadores levaram o caixão pela Porta da Morte e desceram à gruta. O sarcófago, aprontado rapidamente pelos canteiros, tinha a imagem de Clemente II, o papa alemão do século XI que Jakob Volker tanto admirara, junto com o emblema papal de Clemente XV. O local da sepultura era próximo do de João XXIII, outra coisa da qual Clemente teria gostado. Ali ele foi sepultado ao lado de 148 irmãos.

– Colin.

Seu nome sendo chamado atraiu sua atenção, e ele parou. Katerina estava atravessando a praça. Michener não a vira desde Bucareste, há quase três semanas.

– Voltou a Roma? – perguntou ele.

Estava vestida num estilo diferente. Calça de algodão, blusa de lã marrom-chocolate e um casaco *pied-de-poule*. Um pouco mais chique do que ele recordava, mas atraente.

– Eu não saí.

– Veio de Bucareste para cá?

Katerina assentiu. Seu cabelo preto se agitava ao vento, e ela tirou os fios que estavam no rosto.

– Eu ia embora quando soube de Clemente. Por isso fiquei.

– O que tem feito?

– Peguei alguns serviços *freelance* para cobrir o funeral.

– Vi Kealy na CNN. – O padre tinha sido um frequentador do noticiário na semana anterior, fornecendo comentários tortuosos sobre o próximo conclave.

– Eu também. Mas não vejo Tom desde o dia seguinte à morte de Clemente. Você tinha razão. Posso ter coisa melhor.

– Fez a coisa certa. Andei ouvindo aquele idiota na TV. Ele tem opinião sobre tudo, e a maioria delas está errada.

– Talvez a CNN devesse ter contratado você.

Ele deu um risinho.

– Exatamente o que eu preciso.

– O que vai fazer, Colin?

– Estou aqui para dizer ao cardeal Ngovi que vou voltar à Romênia.

– Para rever o padre Tibor?

– Você não soube?

Um olhar perplexo surgiu no rosto dela. Michener contou-lhe sobre o assassinato de Tibor.

– Coitado. Ele não merecia isso. E as crianças. Era tudo o que elas tinham.

– Exatamente por isso estou indo. Você estava certa. É hora de eu fazer alguma coisa.

– Você parece feliz com a decisão.

Ele olhou a praça em volta, para um lugar por onde tinha andado com a impunidade de secretário do papa. Agora se sentia um estranho.

– É hora de ir em frente.

– Chega de torres de marfim?

– Pelo menos no meu futuro. Aquele orfanato em Zlatna será minha casa por um tempo.

Ela se remexeu.

– Nós chegamos longe. Sem discussões. Sem raiva. Finalmente amigos.

– Não devemos cometer o mesmo erro duas vezes. É só isso que qualquer um de nós pode esperar. – Michener viu que ela concordava. Ficou feliz por terem se encontrado de novo. Mas Ngovi estava esperando. – Cuide-se, Kate.

– Você também, Colin.

E ele se afastou, lutando contra a ânsia de olhar para trás pela última vez.

Encontrou Ngovi em seu escritório na Congregação para a Educação Católica. O amontoado de salas externas estava repleto de atividade. Como o conclave começava no dia seguinte, parecia haver uma pressão para terminar tudo.

– Na verdade, acho que estamos prontos – disse Ngovi.

A porta estava fechada e os funcionários tinham sido instruídos a não perturbá-los. Michener esperava outro convite para trabalho, já que Ngovi marcara a reunião.

– Esperei até agora para falar com você, Colin. Amanhã estarei trancado na Sistina. – Ngovi empertigou-se na cadeira. – Quero que vá à Bósnia.

O pedido o surpreendeu.

– Para quê? Você e eu concordamos que a coisa toda era ridícula.

– O assunto me perturba. Clemente estava fixado em alguma coisa, e quero realizar os desejos dele. É a função de qualquer camerlengo. Ele queria saber qual era o décimo segredo. Eu também.

Michener não havia mencionado a Ngovi o último *e-mail* de Clemente. Enfiou a mão no bolso e pegou a cópia.

– O senhor precisa ler isto.

O cardeal pôs os óculos e examinou a mensagem.

– Ele mandou isso pouco antes da meia-noite naquele domingo. Maurice, ele estava delirando. Se eu sair andando pela Bósnia, só vamos atrair atenção. Por que não deixamos isso para lá?

Ngovi tirou os óculos.

– Agora, mais do que nunca, quero que você vá.

– Você está parecendo o Jakob. Que houve com você?

– Não sei. Só que isso era importante para ele e devemos terminar o que ele queria. Essa nova informação sobre Valendrea ter retirado parte do terceiro segredo torna vital que investiguemos.

Michener ainda não estava convencido.

– Até agora, Maurice, ninguém levantou qualquer dúvida sobre a morte de Clemente. Quer correr esse risco?

– Já pensei nisso. Mas duvido que a imprensa esteja interessada no que você faz. O conclave vai consumir toda a atenção. Por isso quero que vá. Ainda tem a carta para o vidente?

Ele assentiu.

– Eu lhe darei uma com minha assinatura. Isso deve bastar.

Disse a Ngovi o que pretendia fazer na Romênia e perguntou:

– Não há outra pessoa que possa cuidar disso?

Ngovi balançou a cabeça.

– Você sabe a resposta.

Dava para dizer que Ngovi estava mais apreensivo do que o normal.

– Há algo mais que você precisa saber, Colin. – Ngovi apontou para o *e-mail*. – Tem a ver com isto. Você me disse que Valendrea entrou na *Riserva* com o papa. Eu verifiquei. Os registros confirmam a visita dos dois na noite de sexta-feira antes da morte de Clemente. O que você não sabe é que Valendrea deixou o Vaticano na noite de sábado. A viagem não estava programada. Na verdade, ele cancelou todos os compromissos. Ficou fora até a manhã de domingo.

Michener ficou impressionado com a rede de informações de Ngovi.

– Não sabia que você o observava com tanta atenção.

– O toscano não é o único que tem espiões.

– Alguma ideia de aonde ele foi?

– Só que deixou o aeroporto de Roma num jato particular antes de escurecer e voltou na mesma aeronave no início da manhã seguinte.

Michener lembrou-se da sensação desconfortável no café enquanto ele e Katerina conversavam com Tibor. Será que Valendrea sabia sobre o padre Tibor? Será que fora seguido?

– Tibor morreu na noite de sábado. O que está dizendo, Maurice?

Ngovi levantou as mãos num gesto hesitante.

– Só estou relatando fatos. Na *Riserva,* na sexta-feira, Clemente mostrou a Valendrea o que o padre Tibor lhe havia enviado. O padre foi morto na noite seguinte. Não sei se a súbita viagem de Valendrea no sábado teve ligação com o assassinato do padre Tibor. Mas o sacerdote deixou este mundo num momento bem estranho, não acha?

– E você acha que há uma resposta para tudo isso na Bósnia?

– Clemente acreditava que sim.

Agora ele entendia os verdadeiros motivos de Ngovi. Mas queria saber:

– E os cardeais? Não teriam de ser informados do que estou fazendo?

– Você não está em missão oficial. Isso é entre nós dois. Um gesto para o nosso amigo que partiu. Além disso, de manhã estaremos no conclave. Trancados. Ninguém poderia ser informado.

Agora entendia por que Ngovi tinha esperado para falar com ele. Mas também se lembrou do alerta de Clemente sobre Alberto Valendrea e a falta de privacidade. Olhou ao redor, para as paredes que tinham sido erguidas quando a Revolução americana estava sendo travada. Será que alguém poderia estar ouvindo? Decidiu que não importava.

– Certo, Maurice. Farei isso. Mas só porque você pediu e Jakob queria. Depois estou fora.

E esperava que Valendrea estivesse escutando.

TRINTA E CINCO

16H30

Valendrea estava espantado com o volume de informação que os equipamentos de escuta descobriam. Ambrosi trabalhara todas as noites nas últimas duas semanas, examinando as fitas, separando as trivialidades, preservando as pepitas. As versões abreviadas, repassadas a ele em microcassete, tinham revelado muito sobre as atitudes dos cardeais, e ficou satisfeito ao descobrir que estava se tornando bastante *papabile* aos olhos de muitos, mesmo de alguns que ainda não tinham confirmado totalmente o apoio a ele.

Sua abordagem contida estava funcionando. Desta vez, diferentemente do conclave que elegera Clemente XV, ele havia mostrado a reverência esperada de um príncipe da Igreja Católica. E os comentaristas já começavam a incluir seu nome numa curta lista de possíveis candidatos, junto com o de Maurice Ngovi e quatro outros cardeais.

Uma contagem de cabeças informal, na noite passada, mostrara que havia 48 votos confirmados a seu favor. Precisava de 76 para ganhar numa primeira votação, presumindo que todos os 113 cardeais eleitores chegassem a Roma, o que, a não ser por alguma doença séria, deveria acontecer. Felizmente, as reformas de João Paulo II tinham permitido uma mudança nos procedimentos depois de três dias de votação. Se até então nenhum papa tivesse sido escolhido, uma série de votações sucessivas seriam feitas, seguidas por um dia de orações e discussões. Depois de doze dias de conclave, se ainda não houvesse papa, a eleição aconteceria por maioria simples de cardeais. O que significava que o tempo estava a seu lado, já que ele claramente possuía uma maioria, junto com votos mais do que suficientes para bloquear a eleição precoce de qualquer outro. Por isso poderia obstruir, caso necessário. Desde, claro, que pudesse manter seu bloco de eleitores intacto durante doze dias.

Alguns cardeais estavam se tornando problemáticos. Aparentemente, tinham lhe dito uma coisa, e depois – quando achavam que portas trancadas lhes garantiam privacidade – proclamavam outra. Verificou e descobriu que Ambrosi tinha armazenado informações interessantes sobre vários traidores – mais do que suficiente para convencê-los do erro – e planejava despachar o ajudante para falar com cada um deles antes do amanhecer.

Depois do dia seguinte, seria difícil pressionar por votos. Poderia reforçar atitudes, mas, dentro do conclave, o espaço era simplesmente confinado demais, a privacidade demasiadamente escassa, e algo na Sistina afetava os cardeais. Alguns diziam que era influência do Espírito Santo. Outros diziam que era a ambição. Portanto, ele sabia que os votos precisavam ser garantidos agora, e a assembleia seria apenas uma confirmação de que cada um estava disposto a manter sua parte da barganha.

Obviamente, a chantagem poderia arrebanhar apenas uma certa quantidade de votos. A maioria de seus apoiadores era leal simplesmente por causa de sua posição na Igreja e por seu passado, que o colocava como o mais *papabile* dos favoritos. Sentia orgulho de si mesmo por não ter feito nada nos últimos dias para afastar esses aliados naturais.

Ainda estava pasmo com o suicídio de Clemente. Nunca havia pensado que o alemão faria qualquer coisa que colocasse a sua alma em perigo. Mas algo que Clemente lhe dissera no apartamento papal, há quase três semanas, lhe varreu o pensamento. *Na verdade, espero que você herde este cargo. Vai achá-lo muito diferente do que pode imaginar. Talvez deva ser você.* E o que o papa tinha dito na noite de sexta-feira, depois de terem saído da *Riserva*. *Queria que soubesse o que o espera.* E por que Clemente não o havia impedido de queimar a tradução? *Você verá.*

– Jakob, seu desgraçado – murmurou.

Houve uma batida à porta. Ambrosi entrou e foi até a mesa. Segurava um gravador de bolso.

– Escute isto. Acabei de copiar do gravador de rolo. Michener e Ngovi, há umas quatro horas, no escritório de Ngovi.

A conversa durou cerca de dez minutos. Valendrea desligou a máquina.

– Primeiro a Romênia. Agora a Bósnia. Eles não vão parar.

– Parece que Clemente deixou um *e-mail* para Michener, explicando o suicídio.

Ambrosi sabia do suicídio de Clemente. Valendrea havia lhe contado isso e muito mais, inclusive o que acontecera com Clemente na *Riserva*.

– Preciso ler esse *e-mail*.

Ambrosi permaneceu de pé junto à mesa.

– Não sei como seria possível.

– Poderíamos reconvocar a namorada de Michener.

– Esse pensamento me ocorreu. Mas o que importa? O conclave começa amanhã. Você será papa ao pôr do sol. No mínimo, no dia seguinte.

Era possível, mas ele também poderia ficar travado numa eleição apertada.

– O que me perturba é que nosso amigo africano parece ter sua própria rede de informações. Eu não sabia que era uma prioridade tão grande para ele. – Também lhe incomodava que Ngovi tivesse ligado tão facilmente sua viagem à Romênia ao assassinato de Tibor. Isso poderia vir a ser um problema. – Quero que encontre Katerina Lew.

Intencionalmente, não tinha falado com ela depois da Romênia. Não era necessário. Graças a Clemente, sabia tudo que era preciso saber. Mas estava irritado porque Ngovi despachava enviados em missões particulares. Especialmente missões que o envolviam. Mesmo assim, havia pouco a fazer, já que não poderia se arriscar a envolver o Sacro Colégio. Haveria muitas perguntas e ele teria muito poucas respostas. Isso também poderia dar a Ngovi um modo de forçar um inquérito sobre sua viagem à Romênia, e ele não daria essa oportunidade de presente ao africano.

Valandrea era a única pessoa viva que sabia o que a Virgem dissera. Três papas tinham morrido. Ele já destruíra parte da maldita reprodução de Tibor, eliminado o próprio sacerdote e jogado o texto original da irmã Lúcia no esgoto. Tudo que restava era a cópia da tradução esperando na *Riserva*. Ninguém teria permissão de ver aquelas palavras. Mas, para obter acesso à caixa, ele precisaria ser papa.

Olhou para Ambrosi.

– Infelizmente, Paolo, você deve ficar aqui nos próximos dias. Precisarei de você por perto. Mas temos de saber o que Michener faz na Bósnia, e ela é nossa melhor opção. Portanto, encontre Katerina Lew e convoque de novo sua ajuda.

– Como sabe que ela está em Roma?

– Onde mais estaria?

TRINTA E SEIS

18H15

Katerina foi atraída para a cabine da CNN, perto da colunata sul na praça de São Pedro. Tinha visto Tom Kealy do outro lado da vastidão de paralelepípedos, sob luzes fortes e diante de três câmeras. A praça estava repleta de estúdios de televisão improvisados. As milhares de cadeiras e barreiras de isolamento do funeral de Clemente haviam sido substituídas por vendedores de suvenires, manifestantes, peregrinos e os jornalistas que tinham vindo em bandos a Roma, prontos para o conclave que teria início na manhã seguinte, com as lentes das câmeras apontadas para a melhor visão da chaminé de metal acima da capela Sistina, onde a fumaça branca sinalizaria o sucesso.

Chegou perto de um círculo de curiosos amontoados em volta do tablado da CNN onde Kealy falava às câmeras. Usava batina de lã preta e colarinho romano, parecendo um padre perfeito. Para alguém que considerava tão pouco sua profissão, parecia totalmente confortável com os adereços.

– ...isso mesmo. Nos velhos tempos, as cédulas eram simplesmente queimadas depois de cada votação, com palha seca molhada ou para produzir fumaça preta ou branca. Agora, um produto químico é acrescentado para produzir a cor. Houve muita confusão nos conclaves recentes com relação à fumaça. Parece que às vezes até mesmo a Igreja Católica pode deixar a ciência facilitar as coisas.

– O que o senhor tem ouvido sobre o dia de amanhã? – perguntou a correspondente sentada ao lado de Kealy.

Ele voltou a atenção para a câmera.

– Acho que há dois favoritos. Os cardeais Ngovi e Valendrea. Ngovi seria o primeiro papa africano desde o primeiro século e poderia fazer muita coisa por seu continente natal. Veja o que João Paulo II fez pela Polônia e pelo leste europeu. Um defensor da África seria igualmente bom.

– Mas os católicos estão preparados para um papa negro?

Kealy deu de ombros.

– O que isso importa atualmente? A maioria dos católicos é da América Latina e da Ásia. Os cardeais europeus não predominam mais. Todos os papas desde João XXIII fizeram questão de fazer isso ao expandir o Sacro Colégio e enchê-lo de não italianos. Na minha opinião, a Igreja estaria melhor com Ngovi do que com Valendrea.

Ela sorriu. Aparentemente, Kealy estava se vingando do hipócrita Alberto Valendrea. Era interessante ver como a maré tinha virado. Há 19 dias, Kealy estava do lado perdedor numa guerra com Valendrea, a caminho da excomunhão. Mas durante o Interregno o tribunal foi suspenso, junto com todo o resto. Agora, aqui estava o acusado, numa rede de televisão mundial, denegrindo seu principal acusador, um homem que ia entrar na disputa séria pelo papado.

– Por que o senhor diz que a Igreja ficaria melhor com Ngovi? – perguntou a correspondente.

– Valendrea é italiano. A Igreja tem se afastado constantemente da dominação italiana. Escolhê-lo seria um retrocesso. Além disso, ele é conservador demais para os católicos do século XXI.

– Alguns dizem que um retorno às raízes tradicionais seria benéfico.

Kealy balançou a cabeça.

– Passamos quarenta anos, desde o concílio Vaticano II, tentando nos modernizar, fazer um bom serviço para tornar a Igreja uma instituição mundial, e depois jogamos tudo isso fora? O papa não é mais meramente o bispo de Roma. É o chefe de um bilhão de fiéis, cuja vasta maioria não é italiana, nem europeia, nem mesmo branca. Seria suicídio eleger Valendrea. Principalmente quando há alguém como Ngovi, igualmente *papabile*, e muito mais atraente para o mundo.

Uma mão no ombro de Katerina provocou-lhe um susto. Ela se virou e viu os olhos pretos do padre Paolo Ambrosi. O homem irritante estava a apenas alguns centímetros de seu rosto. Um clarão de raiva atravessou-a, mas ela manteve a calma.

– Parece que ele não gosta do cardeal Valendrea – murmurou o padre.

– Tire a mão do meu ombro.

Um sorriso torceu os cantos da boca de Ambrosi e ele retirou a mão.

– Achei que você estaria aqui. – Ele apontou para Kealy. – Com seu amante.

Sentiu um aperto no estômago, mas obrigou-se a não demonstrar medo.

– O que você quer?

– Certamente não quer conversar aqui, não é? Se seu colega virasse a cabeça, se perguntaria por que você está conversando com alguém tão próximo do cardeal que ele despreza. Kealy poderia até sentir ciúme e ter um ataque de fúria.

– Não creio que ele deva se preocupar com relação a você. Eu mijo sentada, por isso duvido que faça o seu tipo.

Ambrosi ficou quieto, mas talvez estivesse certo. Tudo que tinha a dizer deveria ser dito em particular. Katerina foi com ele pela colunata, passando por fileiras de quiosques vendendo selos e moedas.

– É nojento – disse Ambrosi, apontando para os capitalistas. – Acham que isso é um carnaval. Apenas uma oportunidade de ganhar dinheiro.

– Tenho certeza de que as caixas de coleta na basílica de São Pedro foram fechadas desde a morte de Clemente.

– Você é bem espertinha.

– O que há de errado? A verdade dói?

Estavam fora do Vaticano, em ruas romanas, caminhando por uma *via* ladeada por prédios de apartamentos chiques. Os nervos de Katerina latejavam, mantendo-a tensa. Parou.

– O que você quer?

– Colin Michener vai à Bósnia. Sua Eminência quer que você vá junto e informe o que ele faz.

– Vocês nem se incomodaram com a Romênia. Até agora não tive nenhuma notícia de vocês.

– Aquilo perdeu a importância. Isto é mais premente.

– Não estou interessada. Além disso, Colin vai para a Romênia.

– Agora, não. Vai à Bósnia. Ao santuário de Medjugorje.

Ela ficou confusa. Por que Michener sentia necessidade dessa peregrinação, especialmente depois dos comentários que fizera?

– Sua Eminência insistiu que eu deixasse claro que um amigo dentro do Vaticano ainda está disponível para você. Sem mencionar os dez mil euros já pagos.

– Ele disse que o dinheiro era meu. Sem perguntas.

– Interessante. Aparentemente, você não é uma prostituta.

Ela lhe deu um tapa no rosto.

Ambrosi não demonstrou surpresa. Simplesmente a encarou com olhos penetrantes.

– Nunca mais bata em mim. – Havia um tom amargo em sua voz, do qual ela não gostou.

– Perdi o interesse em ser a espiã de vocês.

– Você é uma vaca impertinente. Minha única esperança é que Sua Eminência se canse logo de você. Então, talvez, eu lhe faça uma visita de retribuição.

Ela recuou.

– Por que Colin vai à Bósnia?

– Para encontrar um dos videntes de Medjugorje.

– Que negócio é esse com os videntes e a Virgem Maria?

– Presumo que esteja familiarizada com as aparições na Bósnia.

– São bobagens. Vocês não acreditam de verdade que a Virgem Maria apareceu para aquelas crianças todos os dias durante tantos anos, e que ainda está aparecendo para uma delas.

– A Igreja ainda não validou nenhuma das visões.

– E esse selo de aprovação vai torná-las reais?

– Seu sarcasmo é cansativo.

– Você também.

Mas uma vibração de interesse estava se formando dentro dela. Não queria fazer mais nada para Ambrosi ou Valendrea, e só ficara em Roma por causa de Michener. Descobrira que ele tinha se mudado do Vaticano – Kealy havia informado isso como parte de uma análise do que acontecia depois da morte do papa –, mas não fez qualquer esforço para achá-lo. Na verdade, depois do encontro mais cedo, pensara em segui-lo até a Romênia. Mas agora outra possibilidade se abrira. Bósnia.

– Quando ele parte? – perguntou, odiando-se por parecer interessada.

Os olhos de Ambrosi brilharam de satisfação.

– Não sei. – Enfiou a mão dentro da batina e pegou um pedaço de papel. – Este é o endereço dele. Não é longe daqui. Você poderia... consolá-lo. O mentor dele se foi, a vida dele está um caos. Um inimigo logo será papa...

– Valendrea está bastante seguro de si.

– E qual é o problema?

Ela ignorou a pergunta.

– Você acha que Colin está vulnerável? Que vai se abrir comigo, ou deixar que eu vá com ele?

– Essa é a ideia.

– Ele não é tão fraco assim.

Ambrosi sorriu.

– Aposto que é.

TRINTA E SETE

ROMA,
19H

Michener caminhava pela *Via Giotto* em direção ao apartamento. O bairro ao redor tinha se transformado num ponto de encontro para o pessoal de teatro, as ruas eram cheias de cafés animados que há muito tempo abrigavam intelectuais e radicais políticos. Sabia que a subida de Mussolini ao poder fora organizada ali perto, e felizmente a maioria dos prédios sobrevivera à limpeza arquitetônica feita pelo *Duce* e continuava a exalar um ar de século XIX.

Tinha passado a estudar Mussolini, e leu algumas biografias depois de se mudar para o Palácio Apostólico. Mussolini era um homem ambicioso que sonhara com os italianos vestindo uniformes e com a substituição de todos os antigos prédios de Roma, com telhados de barro, por brilhantes fachadas de mármore e obeliscos lembrando suas grandes vitórias militares. Mas o *Duce* terminou com uma bala na cabeça, depois foi pendurado pelos tornozelos para que todos o vissem. Nada restou de seu plano grandioso. E Michener se preocupava com a possibilidade de a Igreja sofrer um destino semelhante caso Valendrea se tornasse papa.

A megalomania era uma doença mental da qual a arrogância fazia parte. Valendrea certamente sofria disso. A oposição do secretário de Estado ao Vaticano II e a todas as reformas posteriores da Igreja não era segredo. Uma eleição rápida de Valendrea poderia se transformar num mandato para a reversão radical. A pior parte era que o toscano poderia governar facilmente por vinte anos ou mais. O que significava que modificaria totalmente o Sacro Colégio de Cardeais, como João Paulo II tinha conseguido fazer durante seu longo reinado. Mas João Paulo II fora um governante benigno, um homem de visão. Valendrea era um demônio, e que Deus ajudasse seus inimigos. O que parecia mais um motivo para Michener desaparecer nos montes Cárpatos. Com ou sem Deus, com ou sem céu, aquelas crianças precisavam dele.

Chegou ao prédio e subiu a escada até o terceiro andar. Um dos bispos ligados à administração do papa tinha oferecido de graça o apartamento mobiliado, de dois quartos, durante duas semanas, e ele agradecera o gesto. Tinha dado destino aos móveis de Clemente há alguns dias. As cinco caixas de pertences pessoais e o baú de madeira estavam guardados no apartamento. Originalmente, planejara deixar Roma no fim da semana. Agora, viajaria à Bósnia na manhã seguinte, com uma passagem dada por Ngovi. Na semana seguinte, estaria na Romênia, começando vida nova.

Parte dele se ressentia com Clemente pelo que tinha feito. A história era repleta de papas escolhidos simplesmente porque morreriam logo, e muitos tinham enganado todo mundo durando uma década ou mais. Jakob Volkner poderia ter sido um desses pontífices. Estava realmente fazendo diferença. No entanto, acabara com toda a esperança por meio de um sono autoinduzido.

Michener também se sentia adormecido. As últimas duas semanas, a começar por aquela medonha manhã de segunda-feira, tinham parecido um sonho. Sua vida, que antes ressoava ordem, agora girava descontrolada.

Precisava de ordem.

Mas, ao parar no terceiro andar, soube que havia apenas mais caos adiante. Sentada no chão, diante da porta do apartamento, estava Katerina Lew.

– Por que será que não estou surpreso por você ter me encontrado de novo? – perguntou. – Como conseguiu desta vez?

– Mais segredos que todo mundo sabe.

Katerina levantou-se e limpou a poeira da calça. Estava vestida como de manhã e ainda parecia linda.

Ele abriu a porta do apartamento.

– Ainda vai à Romênia? – perguntou ela.

Michener jogou a chave numa mesa.

– Planeja me seguir?

– Talvez.

– Ainda não marquei o voo.

Contou a ela sobre Medjugorje e o que Ngovi tinha lhe pedido para fazer, mas omitiu os detalhes do *e-mail* de Clemente. Não estava ansioso pela viagem, e lhe disse isso.

– A guerra acabou, Colin. Aquilo lá está calmo há anos.

– Graças a tropas americanas e da Otan. Não é o que eu chamaria de um destino de férias.

– Então por que vai?

– Devo isso a Clemente e Ngovi.

– Não acha que suas dívidas estão pagas?

– Sei o que vai dizer. Mas estou pensando em abandonar o sacerdócio. Ele não importa mais.

O rosto dela demonstrou um choque.

– Por quê?

– Já estou cheio. Ser padre não tem a ver com Deus nem com uma vida boa, ou com a felicidade eterna. Tem a ver com política, ambição, cobiça. Toda vez que penso no lugar onde nasci, fico enjoado. Como alguém poderia pensar que estava fazendo alguma coisa boa lá? Havia modos melhores de ajudar aquelas mães, mas ninguém sequer tentou. Simplesmente nos mandavam para longe. – Ele se remexeu e se pegou olhando para o chão. – E aquelas crianças na Romênia? Acho que até o céu se esqueceu delas.

– Nunca vi você assim.

Ele foi até a janela.

– É provável que Valendrea seja papa em breve. Haverá muitas mudanças. Talvez Tom Kealy estivesse certo, afinal de contas.

– Não dê crédito por nada àquele babaca.

Michener sentiu algo no tom de voz dela.

– Só falamos de mim. O que andou fazendo desde Bucareste?

– Como disse, escrevi algumas matérias sobre o funeral para uma revista polonesa. Também andei fazendo pesquisas sobre o conclave. A revista me contratou para uma matéria.

– Então como pode ir à Romênia?

A expressão dela se suavizou.

– Não posso. Era só vontade. Mas pelo menos sei onde achá-lo.

O pensamento era reconfortante. Sabia que, se nunca mais visse aquela mulher, ficaria triste. Lembrou-se da última vez em que tinham estado sozinhos juntos, há tantos anos. Foi em Munique, pouco antes de ele se formar na faculdade de direito e voltar ao serviço de Jakob Volkner. Ela era igual, o cabelo um pouco mais comprido, o rosto um pouco mais fresco, o sorriso igualmente fascinante. Passara dois anos amando-a, sabendo que chegaria o momento em que teria de escolher. Agora percebia o erro cometido. Algo que tinha dito antes, na praça, lhe veio à mente. *Não devemos cometer o mesmo erro duas vezes. É só isso que qualquer um de nós pode esperar.*

Tremendamente certo.

Atravessou a sala e tomou-a nos braços.

Ela não resistiu.

Michener abriu os olhos e focalizou o relógio perto da cama: 22h43. Katerina estava deitada ao lado. Tinham dormido quase duas horas. Não sentia culpa pelo que acontecera. Ele a amava, e se Deus não gostava disso, tanto fazia. Realmente não se importava mais.

– O que está fazendo acordado? – perguntou Katerina no escuro.

Pensava que ela estava dormindo.

– Não estou acostumado a acordar com alguém na cama.

Ela aninhou a cabeça em seu peito.

– Pode se acostumar com isso?

– Estava me fazendo a mesma pergunta.

– Desta vez, não quero ir embora, Colin.

Ele beijou o topo de sua cabeça.

– Quem disse que tem de ir?

– Quero ir com você à Bósnia.

– E a matéria da revista?

– Eu menti. Não existe. Estou aqui, em Roma, por sua causa.

A resposta dele não demonstrou qualquer dúvida.

– Então talvez umas férias na Bósnia nos façam bem.

Michener passara do mundo público do Palácio Apostólico para um reino onde apenas ele existia. Clemente XV estava abrigado num caixão triplo embaixo da basílica de São Pedro e ele estava nu na cama com a mulher amada.

Não sabia onde tudo aquilo daria.

Só sabia que, por fim, estava contente.

TRINTA E OITO

MEDJUGORJE, BÓSNIA-HERZEGOVINA

TERÇA-FEIRA, 28 DE NOVEMBRO

13H

Michener olhou pela janela do ônibus. O litoral rochoso passava depressa e o Mar Adriático estava agitado graças a um vento uivante. Ele e Katerina tinham viajado até Split num voo curto vindo de Roma. Ônibus de turismo se alinhavam junto às saídas do aeroporto, com os motoristas clamando por passageiros para Medjugorje. Um dos homens explicou que era baixa temporada. No verão, os peregrinos chegavam num ritmo de três a cinco mil por dia, mas esse número caía para algumas centenas entre novembro e março.

Nas últimas duas horas, uma guia explicara aos cerca de cinquenta passageiros que Medjugorje ficava na parte sul da Herzegovina, perto do litoral, e que uma parede de montanhas ao norte isolava a região tanto climática quanto politicamente. A guia explicou que o nome *Medjugorje* significa "terra entre montanhas". Os croatas dominavam a população e o catolicismo florescia. No início dos anos noventa, quando o comunismo caiu, os croatas imediatamente buscaram a independência, mas os sérvios – os verdadeiros poderosos na ex-Iugoslávia – invadiram, tentando criar uma Grande Sérvia. Uma sangrenta guerra civil assolou a região durante anos. Duzentas mil pessoas perderam a vida até que finalmente a comunidade internacional acabou com o genocídio. Então explodiu outra guerra entre croatas e muçulmanos, mas esta foi rapidamente encerrada com a chegada das tropas de paz da ONU.

Medjugorje propriamente dita escapara do terror. A maioria das lutas foi travada a norte e a oeste. Apenas cerca de quinhentas famílias moravam na área, mas a gigantesca igreja da cidade podia abrigar duas mil pessoas, e a guia explicou que uma infraestrutura de hotéis, pensões, vendedores de comida e lojas de suvenires estava transformando o local numa meca religiosa. Vinte milhões de pessoas de todo o mundo já tinham vindo. Na última contagem, houvera cerca de duas mil aparições, algo sem precedentes nas visões marianas.

– Você acredita em alguma coisa disso? – perguntou Katerina. – É meio improvável que Nossa Senhora venha à terra todo dia para falar com uma mulher num povoado na Bósnia.

– A vidente acredita, e Clemente também acreditava. Mantenha a mente aberta, está bem?

– Estou tentando. Mas que vidente vamos procurar?

Ele estivera pensando na mesma coisa. Perguntou mais à guia sobre os videntes e ficou sabendo que uma das mulheres, agora com 35 anos, era casada, tinha um filho e morava na Itália. Outra, com 36 anos, era casada, tinha três filhos e ainda morava em Medjugorje, mas era muito reservada e recebia poucos peregrinos. Um dos homens, de trinta e poucos anos, tinha tentado por duas vezes ser ordenado padre e fracassara, mas continuava esperando um dia receber as Santas Ordens. Ele viajava muito, levando a mensagem de Medjugorje ao mundo, e seria difícil encontrá-lo. O último homem, o mais jovem dos seis videntes, era casado, com dois filhos, e falava pouco com os visitantes. Outra mulher, de quase quarenta anos, era casada e não morava mais na Bósnia. A última mulher era a que continuava a ver as aparições. Seu nome era Jasna, tinha 32 anos e morava sozinha em Medjugorje. As visitas diárias da Virgem costumavam ser testemunhadas por milhares de pessoas na igreja de São Tiago. A guia explicou que Jasna era uma mulher introvertida, de poucas palavras, mas costumava conversar com os visitantes.

Michener olhou para Katerina e disse:

– Parece que nossas opções são limitadas. Começaremos com ela.

– Mas Jasna não conhece todos os dez segredos que Nossa Senhora passou aos outros – dizia a guia na frente do ônibus, e a atenção de Michener voltou ao que ela estava dizendo.

– Todos os outros cinco conhecem os dez segredos. Dizem que, quando todos os seis souberem, as visões terminarão e um sinal visível da presença da Virgem será deixado para os ateus. *Mas os fiéis não devem esperar esse sinal antes de se converter. Agora é o tempo da graça. Tempo de aprofundar a fé. Tempo de conversão. Porque, quando o sinal chegar, será tarde demais para muitos.* Essas são as palavras da Virgem. Uma previsão do nosso futuro.

– O que faremos agora? – sussurrou Katerina no ouvido dele.

– Acho que ainda temos de falar com ela. No mínimo, estou curioso. Ela certamente pode responder às centenas de perguntas que tenho.

Lá fora, a guia apontou para o Morro da Aparição.

– Foi aqui que aconteceram as primeiras visões aos dois videntes originais em junho de 1981: uma bola de luz brilhante sobre a qual estava uma linda mulher segurando um bebê. Na noite seguinte, as duas crianças voltaram com quatro amigos e a mulher apareceu de novo, dessa vez usando uma coroa de doze estrelas e um vestido cinza com tons perolados. Segundo eles, parecia vestida com o sol.

A guia apontou para um caminho íngreme que ia do povoado de Podbrdo até um lugar onde havia uma cruz. Agora mesmo havia peregrinos subindo entre nuvens densas que vinham do mar.

O Morro da Cruz apareceu alguns instantes depois, erguendo-se a menos de um quilômetro e meio de Medjugorje, com o pico redondo a mais de quinhentos metros de altitude.

– A cruz no topo foi erguida nos anos trinta pelo pároco local, e não tem qualquer significado para as aparições, mas muitos peregrinos informaram ter visto sinais luminosos na cruz e ao redor dela. Por causa disso, este local se tornou parte da experiência. Tentem fazer um passeio até o topo.

O ônibus diminuiu a velocidade e entrou em Medjugorje. O povoado era diferente das muitas outras comunidades subdesenvolvidas pelas quais tinham passado vindo de Split. Construções baixas, de pedra, em vários tons de rosa, verde e ocre davam lugar a prédios mais altos – hotéis, segundo explicou a guia, inaugurados recentemente para receber o fluxo de peregrinos, junto com lojas isentas de impostos, locadoras de veículos e agências de viagem. Brilhantes táxis Mercedes se esgueiravam por entre caminhões de carga.

O ônibus parou junto à igreja de São Tiago, com suas duas torres. Um cartaz na frente anunciava que a missa era rezada durante todo o dia, em várias línguas. Uma praça de concreto se estendia à frente, e a guia explicou que o espaço aberto era um ponto de encontro para os fiéis à noite. Michener perguntou como seria nesta noite, já que os trovões ribombavam a distância.

Soldados patrulhavam a praça.

– Eles fazem parte das forças de paz espanholas designadas para a região, e podem ser úteis – explicou a guia.

Os dois pegaram suas bolsas a tiracolo e saíram do ônibus. Michener aproximou-se da guia.

– Por favor, onde podemos encontrar Jasna?

A mulher apontou para uma das ruas.

– Ela mora numa casa a uns quatro quarteirões, naquela direção. Mas vem à igreja todo dia às três horas, e às vezes à noite, para rezar. Daqui a pouco estará aqui.

– E as aparições, onde acontecem?

– Na maioria das vezes, dentro da igreja. É por isso que ela vem. Devo dizer: é pouco provável que ela os receba sem serem anunciados.

Ele entendeu o recado. Provavelmente todo peregrino queria um encontro com um dos videntes. A guia apontou para um centro de visitantes do outro lado da rua.

– Eles podem marcar um encontro, geralmente no fim da tarde. Falem sobre Jasna. Vocês terão uma resposta melhor. Eles são sensíveis às suas necessidades.

Michener agradeceu, depois se afastou com Katerina.

– Temos de começar em algum ponto, e essa tal de Jasna é a mais próxima. Não quero falar na presença de um grupo, e não tenho nenhuma necessidade que precise de sensibilidade. Vamos nós mesmos procurar a mulher.

TRINTA E NOVE

CIDADE DO VATICANO,
14H

A procissão de cardeais saiu da capela Paulina cantando refrões de *Veni Creator Spiritus*. As mãos estavam juntas em oração, as cabeças baixas. Valendrea seguia atrás de Maurice Ngovi enquanto o camerlengo liderava o grupo para a capela Sistina.

Tudo estava pronto. O próprio Valendrea havia supervisionado uma das últimas tarefas uma hora antes, quando a Casa de Gammarelli chegou com cinco caixas contendo batinas de linho branco, sapatos de seda vermelha, roquetes, mozetas, meias de algodão e solidéus de tamanhos variados, todos com as costas e as bainhas não costuradas e mangas inacabadas. Qualquer ajuste seria feito pelo próprio Gammarelli, pouco antes de o cardeal escolhido como papa surgir na sacada da basílica de São Pedro.

Fingindo que estava inspecionando tudo, Valendrea havia se certificado de que houvesse um jogo de vestimentas – 106 a 110 no peito, 96 na cintura, sapatos nº 42 – que exigisse pouca modificação. Depois mandaria Gammarelli fazer uma variedade de roupas tradicionais de linho branco, junto com alguns novos modelos em que vinha pensando nos últimos anos. Pretendia ser um dos papas mais bem vestidos da história.

Cento e treze cardeais tinham feito a viagem a Roma. Cada qual vestindo batina escarlate com uma mozeta sobre os ombros. Usavam barretes vermelhos e cruzes de ouro e prata no peito. Enquanto se dirigiam lentamente em fila na direção de uma porta enorme, câmeras de televisão capturavam a cena para bilhões de pessoas em todo o mundo. Valendrea notou os rostos sérios. Talvez os cardeais estivessem pensando no sermão de Ngovi durante a missa do meio-dia, quando o camerlengo insistiu que cada um deles deixasse as considerações mundanas do lado de fora da Sistina e, com a ajuda do Espírito Santo, escolhesse um *pastor capaz para a madre Igreja.*

Esta palavra – *pastor* – era um problema. Raramente um papa do século XX fora *pastoral.* A maioria era de intelectuais de carreira ou diplomatas do Vaticano. Nos últimos dias, a imprensa falava sobre a experiência pastoral como algo que o Sacro Colégio deveria procurar. Certamente, um cardeal pastoral, que tivesse passado a carreira trabalhando com os fiéis, tinha um apelo mais forte que um burocrata profissional. Ele até mesmo ouvira, nas fitas, quantos cardeais pensavam que seria bom ter um papa que soubesse comandar uma diocese. Infelizmente ele era produto da cúria, um administrador nato, sem qualquer experiência pastoral – diferentemente de Ngovi, que ascendeu de padre missionário a arcebispo e cardeal. Ressentiu-se da referência do camerlengo e recebeu o comentário como uma facada em sua candidatura – uma cutucada sutil, mas outra evidência de que Ngovi poderia se tornar um opositor formidável nas próximas horas.

A procissão parou diante da capela Sistina.

Um coro ecoou no interior.

Ngovi hesitou junto à porta, depois se adiantou.

As fotografias mostravam a Sistina como um espaço enorme, mas, na verdade, era um local difícil de acomodar 113 cardeais. Fora construída há quinhentos anos para ser a capela particular do papa, as paredes emolduradas em elegantes pilastras e cobertas com afrescos narrativos. À esquerda ficava a vida de Moisés, à direita a de Cristo. Um libertava Israel, o outro toda a raça humana. *A Criação*, no teto, expressava o destino do homem, depois previa uma queda inevitável. *O Juízo Final*, acima do altar, era uma visão aterrorizante da ira divina, uma visão que Valendrea admirava há muito.

Duas fileiras de plataformas elevadas flanqueavam o corredor central. Cartões com nomes determinavam o lugar de cada um, e os assentos eram definidos de acordo com a antiguidade no cargo. As cadeiras tinham encosto reto e Valendrea não gostava da perspectiva de ficar sentado numa por muito tempo. Diante de cada cadeira, numa mesa minúscula, havia um lápis, um bloco e uma única cédula.

Os homens foram para os lugares designados. Ninguém falara uma palavra até agora. O coro continuava a cantar.

O olhar de Valendrea foi até a estufa. Ficava num canto distante, elevado do piso de mosaico por uma plataforma de metal. Uma chaminé subia, depois se estreitava num tubo que saía por uma das janelas, onde a célebre fumaça sinalizaria o sucesso ou o fracasso. Esperava que não fossem acesos muitos fogos ali dentro. Quanto mais votações, menos chance de vitória.

Ngovi ficou de pé na parte frontal da capela, as mãos cruzadas à frente do corpo, sob a batina. Valendrea notou a expressão séria do africano e esperava que o camerlengo desfrutasse daquele momento.

– *Extra omnes* – disse Ngovi em voz alta. Saiam todos.

O coro, os serviçais e as equipes de televisão começaram a sair. Só os cardeais e 32 padres, freiras e técnicos podiam permanecer.

A capela caiu num silêncio inquieto enquanto dois técnicos de vigilância faziam uma varredura pelo corredor central. Eram responsáveis por garantir que a capela estivesse livre de equipamentos de escuta. Diante da porta de ferro, os dois pararam e sinalizaram que tudo estava limpo.

Valendrea assentiu e eles se retiraram. Esse ritual seria repetido antes e depois de cada dia de votação.

Ngovi deixou o altar e seguiu pelo corredor entre os cardeais reunidos. Passou por um anteparo de mármore e parou junto às portas de bronze que os auxiliares estavam fechando. Um silêncio total envolveu a capela. Onde antes houvera música e o arrastar de pés nos tapetes que protegiam o chão de mosaico, agora não havia nada. Do outro lado das portas, ecoou o som de uma chave entrando na fechadura e da tranca se fechando.

Ngovi testou as maçanetas.

Trancada.

– *Extra omnes* – gritou.

Ninguém respondeu. Ninguém deveria responder. O silêncio era indicação de que o conclave havia começado. Valendrea sabia que lacres de chumbo estavam sendo postos do lado de fora, para garantir simbolicamente a privacidade. Havia outro modo de entrar e sair da Sistina – o caminho a ser usado diariamente entre a capela e a *Domus Sanctæ Marthæ* –, mas o lacre da porta era o método tradicional de iniciar o processo eleitoral.

Ngovi retornou ao altar, fitou os cardeais e disse o que Valendrea ouvira um camerlengo falar naquele mesmo local, há 34 meses.

– Que o Senhor abençoe todos vocês. Comecemos.

QUARENTA

MEDJUGORJE, BÓSNIA-HERZEGOVINA

14H30

Michener analisou a casa térrea, construída em pedra, manchada da cor de musgo. Videiras adormecidas serpenteavam numa pérgula, e a única sugestão de alegria vinha do trabalho de madeira, cheio de volutas, sobre as janelas. Uma horta ocupava o quintal ao lado e parecia ansiosa pela chuva que estava se aproximando. Montanhas erguiam-se a distância.

Tinham encontrado a casa somente depois de pedir informação a duas pessoas. Ambas relutaram em ajudar até que Michener revelou que era padre e precisava falar com Jasna.

Levou Katerina até a porta e bateu.

Uma mulher alta, de pele morena e cabelos escuros, atendeu. Era magra como um graveto, tinha um rosto agradável e calorosos olhos castanhos. Examinou-o com um jeito avaliador que ele achou desconfortável. Tinha cerca de trinta anos e usava um rosário pendurado no pescoço.

– Preciso ir à igreja e não tenho tempo para falar – disse ela. – Ficarei feliz em conversar com vocês depois da missa. – As palavras foram ditas em inglês.

– Não estamos aqui pelo motivo que a senhora pensa – disse ele. Em seguida, falou quem era e por que tinha vindo.

Ela não reagiu, como se um enviado do Vaticano a contatasse diariamente. Por fim, convidou-os a entrar.

A casa tinha poucos móveis, com decoração descombinada. A luz do sol entrava pelas janelas entreabertas, muitos dos vidros rachados em toda a extensão. Havia um retrato de Maria sobre a lareira, rodeado por velas acesas. Uma estátua da Virgem ficava num canto. Usava vestido cinza com acabamento azul-claro. Um véu branco cobria a cabeça e destacava os cachos castanhos. Os olhos azuis eram impressionantes e calorosos. Nossa Senhora de Fátima, se ele se lembrava bem.

– Por que Fátima? – perguntou, sinalizando para a estátua.

– Foi presente de um peregrino. Gosto dela. Parece viva.

Michener notou um ligeiro tremor no olho direito de Jasna, e sua expressão vazia e a voz chapada estavam preocupando-o. Imaginou se ela estaria tomando alguma coisa.

– O senhor não acredita mais, não é? – perguntou ela em voz baixa.

O comentário pegou-o desprevenido.

– Por que isso é importante?

Ela virou o olhar na direção de Katerina.

– Ela confunde o senhor.

– Por que diz isso?

– Raramente os padres vêm aqui na companhia de mulheres. Especialmente um padre sem colarinho.

Ele não tinha intenção de responder às indagações da mulher. Ainda estavam de pé, a anfitriã não os convidara para sentarem-se, e as coisas estavam começando mal.

Jasna virou-se para Katerina.

– Você não acredita nem um pouco. Há muitos anos. Como sua alma deve ser atormentada!

– Essas coisas são para nos impressionar? – Se o comentário de Jasna havia incomodado Katerina, ela não daria a entender.

– Para você – disse Jasna –, somente o que pode ser tocado é real. Mas há muito mais do que isso. Tanto que nem pode imaginar. E embora não possa ser tocado, ainda é real.

– Estamos aqui numa missão para o papa – disse Michener.

– Clemente está com a Virgem.

– É minha esperança.

– Mas o senhor lhe presta um desserviço ao não acreditar.

– Jasna, fui mandado para saber o décimo segredo. Clemente e o camerlengo enviaram uma instrução por escrito para que ele seja revelado.

Ela se virou.

– Eu não sei qual é. E não quero saber. A Virgem vai parar de vir quando isso acontecer. Suas mensagens são importantes. O mundo depende delas.

Ele sabia das mensagens diárias de Medjugorje, enviadas por fax e *e-mail* para todo o mundo. Na maioria, eram pedidos simples pela fé e pela paz mundial, por jejuns e orações como meio de alcançá-los. Ontem mesmo tinha lido algumas das mais recentes na biblioteca do Vaticano. *Sites* da internet costumavam cobrar para divulgar as ordens divinas, o que o fazia questionar as motivações de Jasna. Mas, considerando a simplicidade de sua casa e do vestido, ela não estava tendo nenhum lucro.

– Sabemos que a senhora não conhece o segredo, mas poderia nos dizer com qual dos outros videntes poderíamos falar para descobri-lo?

– Todos receberam ordem de manter a informação confidencial, até que a Virgem libere suas línguas.

– A autoridade do Santo Padre não seria suficiente?

– O Santo Padre está morto.

Estava ficando cansado da atitude da mulher.

– Por que a senhora precisa dificultar tanto as coisas?

– O céu perguntou a mesma coisa.

Aquilo se parecia um bocado com as lamentações de Clemente nas semanas antes da morte.

– Eu rezei pelo papa – disse ela. – A alma dele precisa de nossas orações.

Michener já ia perguntar o que ela queria dizer, mas antes que pudesse falar uma palavra, ela se esgueirou para perto da estátua no canto. De repente, seu olhar pareceu distante e fixo. Ela se ajoelhou num genuflexório, sem falar nada.

– O que ela está fazendo? – murmurou Katerina.

Ele deu de ombros.

Um sino tocou três vezes ao longe, e ele se lembrou que a Virgem supostamente aparecia a Jasna às três da tarde de todos os dias. Uma das mãos dela encontrou o rosário pendurado no pescoço. Jasna segurou as contas e começou a murmurar palavras que ele não conseguia entender. Michener curvou-se mais para perto e seguiu o olhar dela para o alto, até a escultura, mas não viu nada além do estoico rosto de madeira da Virgem Maria.

Lembrou-se, de suas pesquisas, que as testemunhas de Fátima relatavam um zumbido e um sentimento de calor durante as aparições, mas achou que isso simplesmente fazia parte de uma histeria de massa que englobava as almas iletradas num desejo desesperado de acreditar. Imaginou se estava realmente testemunhando uma aparição de Maria ou apenas a alucinação de uma mulher.

Chegou mais perto.

O olhar de Jasna parecia fixo em algo além das paredes. Ela não percebeu sua presença e continuou a murmurar. Por um instante, Michener pensou ter captado um brilho de luz nas pupilas de Jasna – dois rápidos clarões de uma imagem refletida – um redemoinho de azul e dourado. Sua cabeça girou para a esquerda, procurando a fonte, mas não havia nada. Só o canto iluminado pelo sol e a estátua em silêncio. O que quer que estivesse acontecendo parecia ser apenas para Jasna.

Por fim, a cabeça da mulher baixou e ela disse:

– Nossa Senhora se foi.

Em seguida, levantou-se, foi até uma mesa e rabiscou num caderno. Quando terminou, entregou a folha a Michener.

Meus filhos, grande é o amor de Deus. Não fechem os olhos, não fechem os ouvidos. Grande é Seu amor. Aceitem meu chamado e o pedido que lhes confio. Consagrem seus corações e façam deles um lar para o Senhor. Que Ele more ali para sempre. Meus olhos e meu coração estarão aqui, mesmo quando eu não aparecer mais. Comportem-se em tudo como estou pedindo e guiando-os ao Senhor. Não rejeitem o nome de Deus, para não serem rejeitados. Aceitem minhas mensagens para que sejam aceitos. É hora da decisão, meus filhos. Tenham o coração justo e inocente para que eu possa guiá-los ao Pai. Porque isto, eu estar aqui, é Seu grande amor.

– Foi o que a Virgem me falou – disse Jasna.

Ele leu a mensagem de novo.

– Isso é dirigido a mim?

– Só o senhor pode decidir.

Ele entregou a folha a Katerina.

– A senhora ainda não respondeu à minha pergunta. Quem pode nos contar qual é o décimo segredo?

– Ninguém.

– Os outros cinco videntes sabem da informação. Um deles pode nos contar.

– Só se a Virgem consentir, e eu sou a única que recebe as visitas dela diariamente. Os outros teriam de esperar para receber a permissão.

– Mas a senhora não sabe o segredo – disse Katerina. – De modo que não importa que seja a única que não o conhece. Não precisamos da Virgem; precisamos do décimo segredo.

– Uma coisa está ligada à outra – respondeu Jasna.

Michener não conseguia decidir se estava lidando com uma fanática religiosa ou alguém realmente abençoada pelo céu. A atitude impertinente de Jasna não ajudava. De fato, só o enchia de suspeitas. Decidiu que ficariam na cidade e tentariam, sozinhos, falar com os outros videntes que moravam por perto. Se nada fosse descoberto, ele poderia voltar à Itália e rastrear a vidente que morava lá.

Agradeceu a Jasna e foi para a porta, seguido por Katerina.

A dona da casa permaneceu enraizada na cadeira, com a expressão tão vazia como quando haviam chegado.

– Não se esqueça de Bamberg – disse Jasna.

Dedos gelados dançaram na coluna de Michener. Ele parou e se virou. Tinha ouvido direito?

– Por que disse isso?

– Porque recebi a ordem.

– O que sabe sobre Bamberg?

– Nada. Nem sei o que é.

– Então por que falou?

– Eu não questiono. Só faço o que é mandado. Talvez por isso a Virgem fale comigo. É importante haver uma serva leal.

QUARENTA E UM

CIDADE DO VATICANO,
17H

Valendrea estava ficando impaciente. Sua preocupação com as cadeiras de espaldar reto ia se mostrando justificada, já que havia passado quase duas horas agonizantes sentado ereto na sonolenta capela Sistina. Durante esse tempo, cada um dos cardeais tinha ido até o altar e jurado diante de Ngovi e de Deus que não aceitaria qualquer interferência de autoridades seculares na eleição e que, se eleito, seria *munus Petrinum* – pastor da igreja universal – e defenderia os direitos espirituais e temporais da Santa Sé. Ele também havia ficado diante de Ngovi, e os olhos do africano se mostraram intensos enquanto as palavras eram ditas e repetidas.

Mais meia hora foi necessária para administrar o juramento de segredo aos auxiliares que tinham permissão de ficar no conclave. Então Ngovi ordenou que todos, menos os cardeais, saíssem da Sistina e que as outras portas fossem fechadas. Em seguida, fitou a assembleia e perguntou:

– Querem votar agora?

A Constituição Apostólica de João Paulo II permitia uma primeira votação imediatamente, caso o conclave assim desejasse. Um dos cardeais franceses se levantou e declarou que votaria. Valendrea ficou satisfeito. O francês era um dos seus.

– Se houver alguma oposição, fale agora – disse Ngovi.

A capela permaneceu em silêncio. Houve um tempo em que, neste momento, poderia haver uma eleição por aclamação, supostamente por intervenção direta do Espírito Santo. Um nome seria espontaneamente proclamado e todos concordariam em que ele seria papa. Mas João Paulo II eliminara esse meio de eleição.

– Muito bem – continuou Ngovi. – Comecemos.

O cardeal-diácono mais jovem, um brasileiro gordo e moreno, bamboleou para a frente e sorteou três nomes num cálice de prata. Os escolhidos agiriam como escrutinadores, com a tarefa de contar cada cédula e registrar os votos. Se nenhum papa fosse eleito, eles queimariam as cédulas na estufa. Mais três nomes, os revisores, foram sorteados no cálice. O serviço deles seria supervisionar os escrutinadores. Por fim, três *infirmarii* foram escolhidos para recolher as cédulas de qualquer cardeal que ficasse doente. Das nove autoridades, apenas quatro poderiam ser consideradas solidamente fiéis a Valendrea. Particularmente incômoda era a escolha do cardeal-arquivista como escrutinador. O velho sacana poderia ter sua vingança, afinal de contas.

Diante de cada cardeal, ao lado do bloco e da caneta, havia um cartão retangular, de aproximadamente cinco centímetros. No topo estava impresso em letras pretas: ELIGO IN SUMMUM PONTIFICEM. Elejo como sumo pontífice. O espaço embaixo estava em branco, pronto para um nome. Valendrea sentia uma ligação especial com a cédula, já que fora projetada por seu amado Paulo VI.

No altar, sob a agonia do *Juízo Final* de Michelangelo, Ngovi esvaziou o resto dos nomes que estavam no cálice de prata. Eles seriam queimados junto aos resultados da primeira votação. Em seguida, o africano dirigiu-se aos cardeais, falando em latim, reiterando os procedimentos da eleição. Quando terminou, deixou o altar e ocupou um lugar entre os cardeais. Sua tarefa como camerlengo estava chegando ao fim. E cada vez seria exigido menos dele nas próximas horas. Agora o processo seria controlado pelos escrutinadores até que outra votação fosse necessária.

Um dos escrutinadores, um cardeal da Argentina, falou:

– Por favor, escrevam um nome no cartão. Mais de um nome anulará a cédula e a votação. Assim que fizerem isso, dobrem a cédula e aproximem-se do altar.

Valendrea olhou para a esquerda e para a direita. Os 113 cardeais estavam grudados, cotovelo com cotovelo. Queria ganhar logo e acabar com aquela agonia, mas sabia que raramente um papa vencera num primeiro escrutínio. Em geral, os eleitores davam o primeiro voto para alguém especial – um cardeal predileto, um amigo íntimo, uma pessoa de seu país, até eles próprios, embora nenhum admitisse isso. Era um modo de os eleitores esconderem suas verdadeiras intenções e aumentarem o valor de seu apoio subsequente, já que nada tornava os favoritos mais generosos do que um futuro imprevisível.

Valendrea escreveu o próprio nome na cédula, com cuidado para disfarçar qualquer coisa que pudesse identificar a letra como sua, dobrou o papel duas vezes e esperou sua vez de ir ao altar.

A entrega das cédulas era por critério de antiguidade. Cardeais-bispos antes dos cardeais-padres, com os cardeais-diáconos no final, cada grupo organizado por data de investidura. Ficou olhando quando o primeiro cardeal-bispo, um italiano de cabelos grisalhos vindo de Veneza, subiu os quatro degraus de mármore até o altar, segurando a cédula no alto para que todos o vissem.

Na sua vez, Valendrea foi até o altar. Sabia que os outros cardeais estariam olhando, por isso se ajoelhou num momento de oração, mas não disse nada a Deus. Em vez disso, esperou um tempo adequado antes de se levantar. Depois repetiu em voz alta o que todos os outros cardeais tinham de dizer:

– Invoco como testemunha Cristo, o Senhor, que será meu juiz, de que meu voto é dado a quem acho que, diante de Deus, deve ser eleito.

Em seguida, colocou a cédula na patena, levantou o prato brilhante e deixou que o cartão deslizasse para dentro do cálice. O método pouco ortodoxo era um modo de garantir que apenas um voto de cada cardeal fosse posto. Recolocou a patena suavemente, cruzou as mãos em oração e voltou ao seu lugar.

A votação demorou quase uma hora para terminar. Depois de o último voto ser posto no cálice, este foi levado a outra mesa. Ali, o conteúdo foi sacudido e cada voto foi contado pelos três escrutinadores. Os revisores observavam tudo, sem jamais afastar os olhos da mesa. No momento em que cada cédula era desdobrada, o nome escrito era anunciado. Todos mantinham sua própria contagem. O número total de votos teria de somar 113, caso contrário as cédulas seriam destruídas e a votação seria declarada inválida.

Quando o último nome foi lido, Valendrea analisou os resultados. Tinha recebido 33 votos. Nada mau para um primeiro escrutínio. Mas Ngovi conseguira 24. Os outros 57 estavam distribuídos entre duas dúzias de candidatos.

Olhou para a assembleia.

Claramente todos estavam pensando o mesmo que ele.

Seria uma corrida de dois cavalos.

QUARENTA E DOIS

MEDJUGORJE, BÓSNIA-HERZEGOVINA

18H30

Michener conseguiu dois quartos num dos hotéis mais novos. A chuva tinha começado no momento em que saíram da casa de Jasna, e eles mal haviam conseguido chegar ao hotel antes que o céu explodisse numa demonstração pirotécnica. Era a estação chuvosa, informou um recepcionista. Os dilúvios chegavam rápido, alimentados pelo ar quente do Adriático misturado às gélidas brisas do norte.

Jantaram num café ali perto, apinhado de peregrinos. As conversas, principalmente em inglês, francês e alemão, se concentravam no santuário. Alguém observou que dois dos videntes tinham estado mais cedo na Igreja de São Tiago. Jasna deveria ter aparecido, mas isso não aconteceu, e um dos peregrinos observou que era incomum ela ficar sozinha durante a aparição diária.

– Vamos achar esses dois videntes amanhã – disse Michener a Katerina, enquanto comiam. – Espero que sejam mais fáceis de lidar.

– Ela é veemente, não é?

– Ou é uma fraude rematada ou é genuína.

– Por que a menção a Bamberg o incomodou? Não é segredo que o papa gostava da cidade dele. Não acredito que não soubesse o significado da palavra.

Michener contou a ela o que Clemente dissera sobre Bamberg em seu último *e-mail. Façam o que quiserem com meu corpo. Pompa e cerimônia não fazem o devoto. Mas eu preferiria a santidade de Bamberg, aquela linda cidade junto ao rio, e a catedral que tanto amei. Meu único arrependimento é não ter visto sua beleza pela última vez. Mas talvez meu legado ainda possa estar lá.* Mas omitiu que a mensagem era a última declaração de um papa que havia tirado a própria vida. O que lhe trouxe à mente outra coisa dita por Jasna. *Eu rezei pelo papa. Sua alma precisa de orações.* Era loucura pensar que ela soubesse a verdade sobre a morte de Clemente.

– Você não acredita mesmo que testemunhamos uma aparição esta tarde, não é? – perguntou Katerina. – Aquela mulher estava fora de si.

– Acho que as visões de Jasna são apenas dela.

– É o seu modo de dizer que Nossa Senhora não esteve lá hoje?

– Não mais do que esteve em Fátima, Lourdes ou La Salette.

– Ela me faz lembrar de Lúcia – disse Katerina. – Quando estivemos com o padre Tibor, em Bucareste, não falei nada. Mas pelo artigo que escrevi há alguns anos, lembro que Lúcia era uma garota perturbada, cujo pai era alcoólatra. Foi criada pelas irmãs mais velhas. Havia sete crianças na casa e ela era a mais nova. Pouco antes do início das aparições, seu pai perdeu parte das terras da família, duas irmãs se casaram e as que ficaram arranjaram emprego fora. Ela ficou sozinha com o irmão, a mãe e o pai bêbado.

– Parte disso estava no relatório da Igreja – disse ele. – O bispo encarregado do inquérito descartou a maior parte como sendo comum na época. O que me incomodou mais foram as semelhanças entre Fátima e Lourdes. O pároco de Fátima chegou a testemunhar que algumas das palavras da Virgem eram quase idênticas ao que foi dito em Lourdes. As visões de Lourdes eram conhecidas em Fátima, e Lúcia sabia delas. – Ele tomou um gole de cerveja. – Li todos os relatos de quatrocentos anos de aparições. Há um bocado de detalhes que combinam. Sempre crianças pastoras, particularmente meninas com pouca ou nenhuma instrução. Visões na floresta. Lindas damas. Segredos divinos. Muitas coincidências.

– Sem mencionar que todos os relatos foram escritos anos depois das aparições – disse Katerina. – Seria fácil acrescentar detalhes para dar maior autenticidade. Não é estranho que nenhum dos visionários tenha revelado as mensagens logo depois do aparecimento? Sempre se passam décadas, e então alguns pequenos trechos vêm à luz.

Ele concordou. A irmã Lúcia só fez um relato detalhado de Fátima em 1925, e de novo em 1944. Muitos afirmavam que ela havia incrementado as mensagens com fatos posteriores, como mencionar o papa Pio XI, a Segunda Guerra Mundial e a ascensão da Rússia, coisas que aconteceram muito depois de 1917. E com Francisco e Jacinta mortos, não havia ninguém para contradizer seu testemunho.

E um outro fato ficava circulando em sua mente de advogado.

Como parte do segundo segredo, em julho de 1917, a Virgem de Fátima falou da consagração da Rússia ao seu Imaculado Coração. Mas, naquela época, a Rússia era uma nação cristã devota. Os comunistas só chegaram ao poder meses depois. De modo que qual era o sentido de uma consagração?

– Os videntes de La Salette eram um caos total – dizia Katerina. – Maxim, o menino, teve a mãe morta quando era bebê e a madrasta o espancava. Quando foi entrevistado pela primeira vez depois da visão, interpretou o que tinha visto como sendo uma mãe reclamando de ser espancada pelo filho, e não a Virgem Maria.

Ele assentiu.

– As versões publicadas dos segredos de La Salette estão nos arquivos do Vaticano. Maxim mencionou uma Virgem vingativa, que falava de fome e comparava os pecadores aos cães.

– O tipo de coisa que uma criança perturbada poderia dizer sobre pais que abusavam dela. A madrasta costumava fazê-lo passar fome, como castigo.

– Acabou morrendo jovem, falido e amargo – disse Michener. – Uma das primeiras videntes aqui da Bósnia era parecida. Perdeu a mãe alguns meses antes da primeira visão. E os outros também tiveram problemas.

– É tudo alucinação, Colin. Crianças perturbadas que se tornaram adultos perturbados, convencidos do que imaginaram. A Igreja não quer que ninguém saiba nada sobre a vida dos videntes. Isso explodiria a bolha. Causaria dúvida.

A chuva martelava o teto do café.

– Por que Clemente o mandou vir aqui?

– Gostaria de saber. Ele era obcecado pelo terceiro segredo, e este lugar tinha alguma coisa a ver com isso.

Decidiu contar sobre a visão de Clemente, mas omitiu toda a referência ao fato de a Virgem ter pedido ao papa para acabar com a própria vida. Manteve a voz como um sussurro.

– Você está aqui porque a Virgem Maria pediu que Clemente o mandasse?

Ele chamou a garçonete e levantou dois dedos, pedindo mais cervejas.

– Parece que Clemente estava pirando.

– Exatamente por isso o mundo jamais saberá o que aconteceu.

– Talvez devesse saber.

Ele não gostou do comentário.

– Eu falei com você em confiança.

– Sei disso. Só estou dizendo que talvez o mundo devesse saber disso.

Michener sabia que de jeito nenhum isso poderia acontecer, dado o modo como Clemente morrera. Olhou para a rua coberta de chuva. Havia algo que queria saber.

– E nós, Kate?

– Sei aonde planejo ir.

– O que você faria na Romênia?

– Ajudar aquelas crianças. Poderia divulgar o esforço. Escrever sobre isso para o mundo. Atrair atenção.

– É uma vida dura.

– É o meu país. Você não está dizendo nada que eu já não saiba.

– Os ex-padres não ganham muito.

– Não é preciso de muito para viver lá.

Ele assentiu e quis segurar a mão dela. Mas não seria sensato. Não ali.

Katerina pareceu sentir seu desejo e sorriu.

– Espere até voltarmos ao hotel.

QUARENTA E TRÊS

CIDADE DO VATICANO,

19H

– Convoco uma terceira votação – disse o cardeal holandês. Era arcebispo de Utrecht e um dos mais firmes defensores de Valendrea. Os dois tinham combinado, na véspera, que, se Valendrea não tivesse sucesso nas duas primeiras votações, ele deveria pedir imediatamente uma terceira.

Valendrea não estava satisfeito. Os 24 votos para Ngovi no primeiro escrutínio tinham sido uma surpresa. Esperava que ele conseguisse uma dúzia, mais ou menos. Os seus 33 estavam bem, mas muito distantes dos 76 necessários para a eleição.

Mas o segundo escrutínio o chocou, e fora necessária toda a sua reserva diplomática para controlar o humor. O apoio a Ngovi havia aumentado para trinta, ao passo que o seu tinha crescido para débeis 41. Os 42 votos restantes estavam distribuídos entre três outros candidatos. A tradição dos conclaves proclamava que um concorrente que estivesse em primeiro lugar ganharia uma quantidade respeitável de apoio a cada votação. Um fracasso em conseguir isso era percebido como fraqueza, e os cardeais eram notórios por abandonar os candidatos fracos. Muitas vezes haviam surgido zebras depois do segundo escrutínio, reivindicando o papado. João Paulo I e João Paulo II foram eleitos assim, bem como Clemente XV. Valendrea não queria uma repetição.

Imaginou os comentaristas metidos a donos da verdade, na praça, contemplando as duas ocasiões em que saíra a fumaça negra. Idiotas irritantes como Tom Kealy deviam estar dizendo ao mundo que os cardeais certamente deviam estar divididos, que nenhum candidato surgia com vantagem clara. Haveria mais ataques a Valendrea. Kealy certamente sentira um prazer perverso em denegri-lo nas últimas duas semanas, e com inteligência, precisava admitir. Jamais Kealy fizera qualquer comentário pessoal. Nenhuma referência à excomunhão pendente. Em vez disso, o herege tinha dado o argumento dos *italianos contra o mundo* que parecia se encaixar bem. Deveria ter pressionado o tribunal para tirar a batina de Kealy há semanas. Pelo menos, ele seria um ex-padre com credibilidade suspeita. Como estava, o idiota era visto como um dissidente questionando a ala estabelecida, um Davi contra um Golias, e ninguém jamais torcia pelo gigante.

Observou enquanto o cardeal-arquivista entregava mais cédulas. O velho seguiu pela fileira em silêncio e lançou um rápido olhar de desafio a Valendrea enquanto entregava o cartão em branco. Outro problema que devia ter sido enfrentado havia muito.

Mais uma vez, os lápis rabiscaram o papel e foi repetido o ritual de colocar os votos no cálice de prata. Os escrutinadores embaralharam os cartões e começaram a contagem. Ouviu seu nome ser contado 59 vezes. O de Ngovi foi repetido 43. Os onze votos restantes permaneceram espalhados.

Esses seriam críticos.

Precisava de mais dezessete para ser eleito. Mesmo que conseguisse cada um dos onze desgarrados, ainda precisaria de seis dos que apoiavam Ngovi, e o africano estava ganhando força num ritmo assustador. A perspectiva mais aterrorizante era que cada um dos onze votos desgarrados que ele não conseguira atrair tivessem de vir do total de Ngovi, e isso poderia começar a parecer impossível. Depois da terceira votação, os cardeais tendiam a manter suas escolhas.

Já estava cheio. Levantou-se.

– Creio, Eminências, que nos desafiamos o suficiente por hoje. Sugiro que jantemos, descansemos e retomemos de manhã.

Não era um pedido. Qualquer participante tinha o direito de interromper a votação. Seu olhar percorreu a capela, assentando-se de vez em quando em homens que ele suspeitava serem traidores.

Esperava que a mensagem estivesse clara.

A fumaça negra que logo sairia da Sistina combinava com seu humor.

QUARENTA E QUATRO

MEDJUGORJE, BÓSNIA-HERZEGOVINA
23H30

Michener acordou de um sono profundo. Katerina estava deitada ao seu lado. Uma inquietação fluía por dentro, aparentemente sem relação com o fato de terem feito amor. Não sentia culpa por estar violando outra vez o voto das Santas Ordens, mas sentia medo diante da hipótese de seu trabalho de toda a vida significar tão pouco. Talvez fosse simplesmente porque a mulher deitada ao lado significasse mais. Tinha passado duas décadas servindo à Igreja e a Jakob Volkner. Mas seu querido amigo estava morto e um novo tempo estava sendo forjado na Capela Sistina, e ele não faria parte. O 268º sucessor de São Pedro logo seria eleito. E apesar de ter chegado perto do barrete vermelho, isso não era para ser. Seu destino aparentemente estava em outro lugar.

Outra sensação estranha o dominou – uma combinação incômoda de ansiedade e tensão. Um pouco antes, no sonho, ele ficara ouvindo Jasna. *Não se esqueça de Bamberg... Eu rezei pelo papa. Sua alma precisa de nossas orações*. Será que ela estava tentando lhe dizer alguma coisa? Ou simplesmente convencê-lo?

Levantou-se da cama.

Katerina não se mexeu. Tinha tomado várias cervejas no jantar e o álcool sempre a deixava sonolenta. Lá fora, a tempestade continuava feroz, a chuva batendo no vidro, raios iluminando o quarto como um estroboscópio.

Esgueirou-se até a janela e olhou para fora. A água cobria os telhados de barro nas construções do outro lado da rua e escorria em riachos das calhas. Carros estacionados se enfileiravam dos dois lados da rua silenciosa.

Havia uma figura solitária no centro do pavimento encharcado.

Jasna.

Estava com a cabeça levantada, olhando para sua janela. A visão o espantou e o fez querer cobrir a nudez, mas percebeu rapidamente que ela não conseguia vê-lo. As cortinas estavam parcialmente fechadas, com várias camadas de renda entre ele e a veneziana, e os vidros do lado de fora manchados de chuva. Mas, na claridade das luzes da rua, quatro andares abaixo, podia ver Jasna olhando.

Algo insistia para que ele revelasse sua presença.

Abriu a cortina.

O braço direito dela sinalizou para ele vir. Não sabia o que fazer. Ela sinalizou de novo com um único aceno. Usava as mesmas roupas e o tênis de antes, o vestido grudado no corpo magro. O cabelo comprido estava encharcado, mas ela parecia não se abalar com a tempestade.

Jasna chamou-o de novo.

Ele olhou para Katerina. Deveria acordá-la? Depois olhou outra vez pela janela. Jasna estava balançando a cabeça, indicando que não, e sinalizando de novo.

Droga. Será que ela sabia o que ele estava pensando?

Decidiu que não havia escolha, e vestiu-se rapidamente.

Saiu pela portaria do hotel.

Jasna ainda estava parada na rua.

Um raio estalou no alto e um novo jorro de água se derramou do céu enegrecido. Ele não estava com guarda-chuva.

– O que está fazendo aqui? – perguntou.

– Se quiser saber o décimo segredo, venha comigo.

– Aonde?

– Precisa questionar tudo? Nada é aceito a partir da fé?

– Estamos parados no meio de um aguaceiro.

– É uma limpeza para o corpo e a alma.

A mulher o amedrontava. Por quê? Não tinha certeza. Talvez fosse a compulsão para fazer o que ela pedia.

– Meu carro está ali – disse Jasna.

Havia um velho Ford Fiesta estacionado na rua. Ele a acompanhou até lá e ela dirigiu o veículo para fora da cidade, parando na base de uma colina escura, num estacionamento sem veículos. A placa revelada pelos faróis dizia MORRO DA CRUZ.

– Por que aqui? – perguntou.

– Não faço ideia.

Queria perguntar a Jasna quem fazia, mas deixou para lá. Esse era obviamente o *show* dela, e a mulher pretendia fazê-lo ao seu modo.

Saíram na chuva e ele a acompanhou até uma trilha. O chão estava esponjoso, as pedras escorregadias.

– Vamos até o topo?

Ela se virou para trás.

– Aonde mais?

Michener tentou se lembrar dos detalhes do Morro da Cruz que a guia falara na viagem de ônibus. Cerca de quinhentos metros de altura, tinha no topo uma cruz que fora erguida por volta de 1930 pelo pároco local. Ainda que não fosse relacionado às aparições, uma subida ao topo fazia parte da "experiência de Medjugorje". Mas ninguém estava compartilhando a experiência esta noite. E ele não se sentia particularmente empolgado para ficar a quinhentos metros de altitude no meio de uma tempestade elétrica. No entanto, Jasna parecia não se afetar e, estranhamente, ele ganhava forças com a coragem dela.

Seria fé?

A subida ficava mais difícil devido às pequenas torrentes que passavam. As roupas estavam encharcadas, os sapatos cheios de lama, e apenas os raios iluminavam o caminho. Ele abriu a boca e deixou a chuva encharcar a língua. Trovões estalavam no alto. Era como se o centro da tempestade houvesse se acomodado diretamente acima deles.

O cimo apareceu depois de vinte minutos de subida intensa. Suas coxas doíam e as batatas das pernas latejavam.

À frente dele se erguia a silhueta escura de uma enorme cruz branca, talvez com doze metros de altura. Na base de concreto, buquês de flores eram chicoteados pela tempestade. Alguns arranjos estavam espalhados pelo vento.

– Eles vêm de todo o mundo – disse ela, apontando para os buquês. – Sobem, fazem oferendas e rezam à Virgem. No entanto, ela nunca apareceu aqui. E mesmo assim eles vêm. Sua fé é admirável.

– E a minha não?

– Você não tem fé. Sua alma está correndo risco.

O tom de voz dela era casual, como uma mulher dizendo ao marido para levar o lixo para fora. Trovões ribombavam como um tambor em ritmo acelerado. Ele esperou o clarão inevitável e o raio rasgou o céu em riscas fraturadas de luz branco-azulada. Decidiu confrontar a vidente.

– Em que devemos ter fé? A senhora não sabe nada sobre a religião.

– Só sei sobre Deus. A religião é criação do homem. Pode ser mudada, alterada ou totalmente descartada. Nosso Senhor é outra coisa.

– Mas os homens invocam o poder de Deus para justificar suas religiões.

– Isso não significa nada. Homens como você devem mudar isso.

– Como?

– Acreditando, tendo fé, amando nosso Senhor e fazendo o que Ele pede. Seu papa tentou mudar isso. Continue os esforços dele.

– Não estou mais em posição de fazer nada.

– Você está na mesma posição em que Cristo esteve, e Ele mudou tudo.

– Por que viemos aqui?

– Esta noite acontecerá a última visão de Nossa Senhora. Ela disse para eu vir, a esta hora, e trazê-lo. Ela deixará um sinal visível de Sua presença. Prometeu isso quando veio pela primeira vez, e agora manterá a promessa. Tenha fé agora, e não mais tarde, quando tudo estará claro.

– Eu sou padre, Jasna. Não preciso ser convertido.

– Você duvida, mas não faz nada para aliviar a dúvida. Você, mais do que qualquer um, precisa se converter. Esta é a hora da graça. Hora de aprofundar a fé. Hora de conversão. Foi o que a Virgem me disse hoje.

– O que você quis dizer com Bamberg?

– Você sabe.

– Isso não é resposta. Fale o que quis dizer.

A chuva aumentou e uma nova rajada de vento chicoteou as gotas como alfinetes em seu rosto. Ele fechou os olhos. Quando abriu, Jasna estava ajoelhada, com as mãos postas em oração, o mesmo olhar distante que tivera à tarde, voltada para o céu negro.

Ele se ajoelhou ao lado.

Ela parecia muito vulnerável, não mais a vidente desafiadora aparentemente melhor do que todo mundo. Michener olhou para o céu e viu apenas a silhueta da cruz. Um raio deu vida momentaneamente à imagem. Em seguida, a escuridão envolveu a cruz de novo.

– Eu consigo lembrar. Sei que consigo – disse ela para a noite.

Um trovão soou de novo no céu.

Precisavam ir embora, mas ele hesitava em interromper. Aquilo podia não ser real para ele, mas era para ela.

– Querida Senhora, não faço ideia – disse Jasna ao vento.

Um relâmpago forte encontrou a terra e a cruz explodiu num jato de calor que os atingiu.

O corpo dele voou do chão e foi arremessado para trás.

Um arrepio estranho atravessou seus braços. A cabeça bateu em alguma coisa rígida. Uma onda de tontura o varreu, e depois uma náusea apertou seu estômago. A visão fez um redemoinho. Tentou se concentrar, obrigar-se a ficar acordado, mas não conseguiu.

Por fim, tudo ficou em silêncio.

QUARENTA E CINCO

CIDADE DO VATICANO

QUARTA-FEIRA, 29 DE NOVEMBRO

0H30

Valendrea abotoou a batina e saiu de seu quarto na *Domus Sanctæ Marthæ*. Como secretário de Estado, recebera um dos cômodos maiores, normalmente usado pelo prelado que administrava o dormitório dos seminaristas. Um privilégio semelhante fora dado ao camerlengo e ao chefe do Sacro Colégio. As acomodações não eram como aquelas a que estava acostumado, mas era uma grande melhoria comparada à época em que um conclave significava dormir num catre e urinar num balde.

O caminho do dormitório à Sistina era feito por uma série de passagens seguras. Isso era uma mudança com relação ao último conclave, quando os cardeais foram levados de ônibus e escoltados entre o dormitório e a capela. Muitos tinham se ressentido contra a escolta, por isso fora criado um caminho isolado através dos corredores do Vaticano, disponível apenas aos participantes do conclave.

Durante o jantar, deixara claro discretamente que queria se encontrar com três dos cardeais mais tarde, e agora os três esperavam dentro da Sistina, na extremidade oposta ao altar, perto do portão de mármore. Do outro lado, além da entrada lacrada, no corredor externo, ele sabia que os guardas suíços estavam prontos para abrir as portas de bronze assim que a fumaça branca subisse para o céu. Ninguém realmente esperava que isso acontecesse depois da meia-noite, portanto a capela seria um local seguro para uma conversa discreta.

Aproximou-se dos três cardeais e não lhes deu chance de falar.

– Só tenho algumas coisas a dizer. – Manteve a voz baixa. – Sei o que os três disseram há alguns dias. Vocês me garantiram apoio e me traíram em particular. O motivo só vocês sabem. O que quero é que a quarta votação seja a última. Caso contrário, nenhum de vocês será membro deste colégio daqui a um ano.

Um dos cardeais começou a falar e ele ergueu a mão direita para silenciá-lo.

– Não quero ouvir você dizer que votou em mim. Os três apoiaram Ngovi. Mas isso mudará de manhã. Além disso, antes da primeira sessão, quero que outros sejam convencidos. Espero uma vitória na quarta votação e é tarefa de vocês três fazer com que isso aconteça.

– Isso não é realista – disse um dos cardeais.

– O que não é realista é o modo como você escapou da justiça espanhola por ter desfalcado verbas da Igreja. Eles claramente acreditavam que você era ladrão, só não tinham prova. Eu tenho essa prova, dada de boa vontade por uma jovem senhorita de quem você é bastante íntimo. E vocês dois não devem ser tão presunçosos. Tenho dossiês semelhantes sobre cada um, e nenhuma informação é agradável. Vocês sabem o que quero. Comecem um movimento. Invoquem o Espírito Santo. Não me importa como será feito, só façam acontecer. O sucesso garantirá que permaneçam em Roma.

– E se não quisermos ficar em Roma? – perguntou um dos três.

– Preferem a prisão?

Os observadores do Vaticano adoravam especular sobre o que acontecia num conclave. Os arquivos eram repletos de diários mostrando homens devotos lutando com sua consciência. Ele havia observado, no último conclave, os cardeais argumentando que sua juventude era uma desvantagem, já que a Igreja não gostava de um papado prolongado. De cinco a dez anos era bom. Qualquer coisa a mais criava problemas. E havia verdade nessa conclusão. A autocracia e a infalibilidade podiam formar uma mistura volátil. Mas também podiam ser ingredientes da mudança. O trono de São Pedro era o púlpito definitivo, e um papa forte não podia ser ignorado. Ele pretendia ser esse tipo de papa, e não deixaria que três idiotas mesquinhos arruinassem esse plano.

– Quero ouvir meu nome ser lido 76 vezes de manhã. Se tiver de esperar, haverá consequências. Minha paciência foi testada hoje. Não recomendo uma repetição. Se meu rosto sorridente não aparecer na sacada da basílica amanhã à tarde, sua reputação terá sido destruída antes de vocês voltarem aos seus quartos na *Domus Sanctæ Marthæ* para pegar suas coisas.

Virou-se e saiu, sem lhes dar chance de pronunciar uma palavra.

QUARENTA E SEIS

MEDJUGORJE, BÓSNIA-HERZEGOVINA

Michener ficou olhando enquanto o mundo girava numa névoa turva. A cabeça latejava e o estômago dava cambalhotas. Tentou se levantar e não conseguiu. A bile se acumulava na garganta e a visão ia e vinha.

Ainda estava ao ar livre, agora apenas com uma chuva fraca molhando as roupas já encharcadas. Os trovões confirmavam que a tempestade noturna continuava feroz. Pôs o relógio diante dos olhos, mas múltiplas imagens giravam em redemoinho e ele não conseguia ler o mostrador luminoso. Massageou a testa e sentiu um calombo na nuca.

Pensou em Jasna e já ia chamar o nome dela quando uma luz forte apareceu no céu. A princípio, achou que pudesse ser outro raio, como o que certamente havia acontecido antes, mas essa bola era menor, mais controlada. Pensou que era um helicóptero, mas nenhum som precedia a mancha branco-azulada que se aproximava.

A imagem flutuou diante dele, pouco mais de um metro acima do chão. A cabeça e o estômago ainda não lhe permitiam ficar de pé, por isso continuou deitado na terra pedregosa, olhando para cima.

O brilho se intensificou.

Irradiava calor, confortando-o. Levantou o braço para abrigar os olhos e através de fendas entre os dedos viu uma imagem se formar.

Uma mulher.

Usava um vestido cinza com acabamento azul-claro. Um véu branco cobria a cabeça e realçava os compridos cachos castanho-avermelhados. Os olhos eram expressivos e as tonalidades da forma fluíam do branco ao azul e ao amarelo claríssimo.

Reconheceu o rosto e a vestimenta. A estátua que tinha visto antes na casa de Jasna. Nossa Senhora de Fátima.

A intensidade do brilho diminuiu, e embora não conseguisse focalizar nada que estivesse além de alguns centímetros, podia ver a mulher com clareza.

– Levante-se, padre Michener – disse ela em voz suave.

– Eu... tentei... não consigo – gaguejou ele.

– Levante-se.

Ele se obrigou a ficar de pé. A cabeça não girava mais. O estômago estava calmo. Encarou a luz.

– Quem é a senhora?

– Não sabe?

– A Virgem Maria?

– Você fala as palavras como se fossem mentira.

– Não pretendo que sejam.

– Sua rebeldia é forte. Vejo por que foi escolhido.

– Escolhido para quê?

– Eu disse às crianças há muito tempo que deixaria um sinal para todos os que não acreditam.

– Então agora Jasna conhece o décimo segredo? – Ele estava com raiva de si mesmo por estar fazendo a pergunta. Já era bastante desagradável estar alucinando, agora estava conversando com sua própria imaginação.

– Ela é uma mulher abençoada. Fez o que o céu pediu. Outros homens, que afirmam ser devotos, não podem dizer o mesmo.

– Clemente XV?

– Sim, Colin. Eu sou um deles.

A voz havia se aprofundado e a imagem se metamorfoseado em Jakob Volkner. Estava com todo o aparato papal – amicto, cinta, estola, mitra e pálio – como no enterro, com um cajado de pastor na mão direita. A visão espantou Michener. O que estava acontecendo ali?

– Jakob?

– Não ignore mais o céu. Faça o que lhe pedi. Lembre-se: é importante haver um servo leal.

Exatamente o que Jasna tinha dito mais cedo. Mas era óbvio que sua própria alucinação incluiria algo que ele já soubesse.

– Qual é o meu destino, Jakob?

A visão se transformou no padre Tibor. O sacerdote aparecia exatamente como quando haviam se conhecido, no orfanato.

– Ser um sinal ao mundo. Um farol para o arrependimento. O mensageiro que anunciará que Deus está muito vivo.

Antes que ele pudesse dizer qualquer coisa, a imagem da Virgem retornou.

– Faça o que seu coração manda. Não há nada errado nisso. Mas não abandone sua fé, porque no fim restará apenas isso.

A visão começou a subir, tornando-se uma brilhante bola de luz que se dissolveu na noite. Quanto mais ela recuava, mais a cabeça de Michener doía. Quando a luz finalmente desapareceu, o mundo ao redor começou a girar e seu estômago entrou em erupção.

QUARENTA E SETE

CIDADE DO VATICANO,
7H

O café da manhã foi sombrio na sala de jantar da *Domus Sanctæ Marthæ*. Quase metade dos cardeais estava em silêncio comendo ovos, presunto, frutas e pão. Muitos optaram apenas por café ou suco, mas Valendrea encheu um prato na fila do bufê. Queria mostrar aos homens reunidos que não estava afetado pelo que acontecera na véspera, com seu apetite lendário ainda no lugar.

Sentou-se com um grupo de cardeais a uma mesa perto de uma janela. Era um grupo diversificado, da Austrália, Venezuela, Eslováquia, Líbano e México. Dois eram fortes apoiadores, mas ele acreditava que os outros três estavam entre os onze que ainda não haviam decidido. Seu olhar captou Ngovi entrando na sala de jantar. O africano estava numa conversa animada com dois cardeais. Talvez ele também estivesse tentando não projetar a mínima preocupação.

– Alberto – dizia um dos cardeais à mesa.

Ele olhou para o australiano.

– Mantenha a fé hoje. Eu rezei a noite inteira e sinto que algo ocorrerá esta manhã.

Ele continuou com expressão estoica.

– A vontade de Deus é o que nos impulsiona. Minha única esperança é que o Espírito Santo esteja conosco hoje.

– Você é a escolha lógica – disse o cardeal libanês, com a voz mais alta do que o necessário.

– É sim – disse um cardeal numa outra mesa.

Ele ergueu os olhos do prato com ovos e viu que era o espanhol da noite anterior. O homenzinho atarracado estava fora da cadeira.

– A Igreja afrouxou – disse o espanhol. – É hora de fazer alguma coisa. Lembro de quando o papa impunha respeito. Quando governos de todo o mundo, até de Moscou, se importavam com o que o papa fazia. Agora não somos nada. Nossos sacerdotes estão proibidos de ter envolvimento político. Nossos bispos são desencorajados de assumir posição. Os papas complacentes estão nos destruindo.

Outro cardeal se levantou. Era um homem barbudo, de Camarões. Valendrea mal o conhecia e presumiu que fosse do grupo de Ngovi.

– Eu não considerava Clemente XV complacente. Ele era amado em todo o mundo e fez muito em seu curto tempo.

O espanhol levantou as mãos.

– Não pretendo ser desrespeitoso. Isto não é pessoal. Trata-se do que é melhor para a Igreja. Por sorte, temos um homem respeitado no mundo. O cardeal Valendrea seria um pontífice exemplar. Por que aceitar menos?

Valendrea deixou o olhar pousar em Ngovi. Se o camerlengo ficou ofendido pela observação, não demonstrou.

Era um daqueles momentos que mais tarde os comentaristas descreveriam. Como o Espírito Santo baixava e atuava no conclave. Embora a Constituição Apostólica proibisse a campanha antes do início do conclave, essa proibição não existia depois de terem sido trancados na Sistina. De fato, a discussão franca era o propósito da reunião secreta. Ele ficou impressionado com a tática do espanhol. Não achava que o idiota fosse capaz de tamanha demonstração explícita.

– Não considero que optar pelo cardeal Ngovi seja aceitar menos – disse finalmente o cardeal de Camarões. – Ele é um homem de Deus. Um homem da Igreja. Acima de qualquer censura. Seria um pontífice excelente.

– E Valendrea não seria? – disse bruscamente o cardeal francês, levantando-se. Valendrea maravilhou-se com aquela visão: príncipes da Igreja, adornados com mantos, debatendo abertamente. Em qualquer outro momento, eles fariam de tudo para evitar o confronto.

– Valendrea é jovem. É disso que a Igreja precisa. A cerimônia e a retórica não fazem o líder. É o caráter do homem que guia os fiéis. Ele provou seu caráter. Serviu a muitos papas...

– É exatamente isso que quero argumentar – disse o cardeal de Camarões. – Ele jamais serviu numa diocese. Quantas confissões ele ouviu? A quantos funerais presidiu? A quantos paroquianos aconselhou? Essas experiências pastorais são necessárias no trono de São Pedro.

A ousadia do camaronense era impressionante. Valendrea não sabia que uma determinação tão forte ainda podia ser vestida de escarlate. Intuitivamente, esse homem havia invocado a temível qualificação *pastoral*. Tomou nota: esse cardeal deveria ser vigiado nos próximos anos.

– O que isso importa? – perguntou o francês. – O papa não é pastor. Essa é uma descrição que os eruditos gostam de usar. Uma desculpa que usamos para votar num homem e não em outro. Não significa nada. O papa é um administrador. Precisa comandar a Igreja e, para fazer isso, deve entender a cúria, deve saber como ela funciona. Valendrea sabe isso melhor que qualquer um de nós. Já tivemos papas pastorais. Precisamos é de um líder.

– Talvez ele conheça nossas engrenagens bem demais – disse o cardeal-arquivista.

Valendrea quase se encolheu. Ali estava o membro mais antigo do colégio eleitoral. Sua opinião teria muito peso sobre os onze desgarrados.

– Explique-se – exigiu o espanhol.

O arquivista continuou sentado.

– A cúria já controla demais. Todos reclamamos da burocracia, no entanto não fazemos nada a respeito. Por quê? Porque ela satisfaz às nossas necessidades. Proporciona uma parede entre nós e o que não queremos que aconteça. É muito fácil culpar a cúria de tudo. Por que um papa que está entranhado naquela instituição faria alguma coisa para ameaçá-la? Sim, haveria mudanças, todos os papas mexem em alguma coisa, mas nenhum demoliu e reconstruiu. – Os olhos do velho se cravaram em Valendrea. – Especialmente um que seja produto desse sistema. Devemos nos perguntar: será que Valendrea seria tão ousado assim? – Ele fez uma pausa. – Acho que não.

Valendrea tomou um gole de café. Por fim, pôs a xícara na mesa e disse calmamente ao arquivista:

– Aparentemente, Eminência, seu voto é claro.

– Quero que meu último voto conte.

Valendrea inclinou a cabeça num gesto casual.

– É um direito seu, Eminência. E eu não pretendia interferir.

Ngovi foi para o centro do salão.

– Talvez já tenha havido debate suficiente. Por que não terminamos a refeição e nos retiramos para a capela? Lá poderemos abordar isso com mais detalhes.

Ninguém discordou.

Valendrea estava empolgado com tudo aquilo.

Uma pequena demonstração só podia ser boa coisa.

QUARENTA E OITO

MEDJUGORJE, BÓSNIA-HERZEGOVINA

9H

Katerina estava começando a se preocupar. Uma hora havia se passado desde que acordara e vira que Michener havia sumido. A tempestade tinha acabado, mas a manhã estava quente e nublada. Primeiro pensou que ele teria descido para tomar café, mas não estava na sala de jantar quando verificara, há alguns minutos. Perguntou à recepcionista, mas ela não sabia de nada. Pensando que ele poderia ter ido à Igreja de São Tiago, foi até lá. Mas não estava em lugar nenhum. Não era do feitio de Colin sair sem dizer aonde ia, e a bolsa de viagem, a carteira e o passaporte continuavam no quarto.

Agora ela estava na praça diante da igreja, decidindo se deveria falar com um dos soldados e pedir ajuda. Os ônibus já estavam chegando, trazendo um novo lote de peregrinos. As ruas começavam a se engarrafar enquanto os vendedores arrumavam as vitrines das lojas.

A noite fora deliciosa, a conversa no restaurante servira como estímulo, e o que veio depois ainda mais. Tinha decidido não dizer nada a Alberto Valendrea. Viera à Bósnia para ficar com Michener, e não para bancar a espiã. Que Ambrosi e Valendrea pensassem o que quisessem. Estava simplesmente feliz por estar aqui. Não queria mais se importar com uma carreira jornalística. Iria à Romênia trabalhar com as crianças. Daria orgulho aos pais. Daria orgulho a si mesma. Pela primeira vez, faria algo de bom.

Havia se ressentido com Michener durante todos aqueles anos, mas percebeu que a culpa também era sua. Só que os defeitos dela eram piores. Michener amava seu Deus e sua Igreja. Ela só amava a si mesma. Mas isso ia mudar. Faria com que mudasse. Durante o jantar, Michener tinha reclamado por nunca ter salvado uma alma. Talvez estivesse errado. Talvez ela fosse a primeira.

Atravessou a rua e verificou no escritório de informações. Ninguém vira um homem com a descrição de Michener. Andou pela calçada espiando nas lojas, com a esperança remota de que ele estivesse fazendo alguma investigação, tentando descobrir onde moravam os outros videntes. Num impulso, foi na direção que seguiram na véspera, passando pela mesma fileira de casas de estuque branco com telhas de barro vermelhas, voltando à residência de Jasna.

Achou a casa e bateu à porta.

Ninguém atendeu.

Voltou para a rua. As janelas estavam fechadas. Esperou alguns instantes por um sinal de dentro, mas não houve nada. Notou que o carro de Jasna não estava mais parado na lateral.

Começou a voltar para o hotel.

Uma mulher saiu correndo da casa do outro lado da rua, gritando em croata:

– É medonho. É medonho. Que Jesus nos ajude.

Sua angústia era alarmante.

– O que houve? – perguntou Katerina no melhor croata que conseguiu.

A mulher parou. O pânico enchia seus olhos.

– Jasna. Foi achada na montanha. A cruz e ela foram atingidas por um raio.

– Ela está bem?

– Não sei. Foram para lá agora.

A mulher estava perturbada, à beira da histeria. Lágrimas escorriam dos olhos. Ficava se persignando e segurando um rosário, murmurando uma Ave Maria entre os soluços.

– Mãe de Jesus, salve-a. Não deixe que ela morra. Ela é abençoada.

– A coisa é tão ruim assim?

– Ela mal estava respirando quando foi encontrada.

Um pensamento lhe ocorreu.

– Ela estava sozinha?

A mulher pareceu não ouvir a pergunta e continuou murmurando orações, implorando a Deus para salvar Jasna.

– Ela estava sozinha? – perguntou de novo.

A mulher voltou a si e pareceu registrar a pergunta.

– Não. Havia um homem. Está mal. Como ela.

QUARENTA E NOVE

CIDADE DO VATICANO,
9H30

Valendrea subiu a escada em direção à capela Sistina acreditando que o papado estava ao seu alcance. Tudo que havia no caminho era um cardeal do Quênia que estava tentando se agarrar à política fracassada de um papa que tinha se matado. Se fosse tarefa dele – e isso poderia acontecer antes do fim do dia –, o corpo de Clemente seria retirado da basílica de São Pedro e mandado de volta à Alemanha. Talvez fizesse realmente isso, já que o próprio testamento de Clemente – cujo texto fora divulgado há uma semana – tinha proclamado o desejo sincero de ser enterrado em Bamberg. O gesto poderia ser interpretado como um tributo amoroso da Igreja para com o pontífice morto, um gesto que certamente geraria uma reação positiva, e que livraria o solo santo de uma alma fraca.

Ainda estava desfrutando do que acontecera no café da manhã. Todos os esforços de Ambrosi nos últimos dois anos estavam começando a dar retorno. Os equipamentos de escuta tinham sido ideia de Paolo. A princípio, Valendrea ficara nervoso com a possibilidade de serem descobertos, mas Ambrosi estava certo. Teria de recompensar Paolo. Lamentava não poder trazê-lo ao conclave, mas Ambrosi ficara de fora com ordem expressa de retirar os gravadores e equipamentos de escuta enquanto a eleição acontecia. Seria um momento perfeito para realizar a tarefa, já que o Vaticano estava em hibernação, com todos os olhos e ouvidos voltados para a Sistina.

Chegou ao topo de uma estreita escada de mármore. Ngovi estava em cima, aparentemente esperando.

– É o dia do juízo, Maurice – disse ele ao chegar ao último degrau.

– É um modo de ver a situação.

O cardeal mais próximo estava a 15 metros de distância e mais ninguém vinha subindo a escada atrás dele. A maioria já estava lá dentro. Ele havia esperado até o último momento para entrar.

– Não vou sentir falta de suas charadas. Nem das suas nem das de Clemente.

– São as respostas a essas charadas que me interessam.

– Desejo tudo de bom para você no Quênia. Aproveite o calor.

E começou a se afastar.

– Você não vai vencer – disse Ngovi.

Valendrea virou-se. Não gostava da expressão presunçosa do africano, mas não pôde evitar a pergunta.

– Por quê?

Ngovi não respondeu. Simplesmente passou por ele e entrou na capela.

Os cardeais ocuparam seus lugares. Ngovi estava de pé diante do altar, parecendo quase insignificante diante da colorida visão que era o *Juízo Final* de Michelângelo.

– Antes que as votações comecem, tenho algo a dizer.

Os 113 cardeais se viraram para Ngovi. Valendrea respirou fundo. Não podia fazer nada. O camerlengo ainda estava no comando.

– Alguns de vocês parecem achar que sou eu que devo suceder ao nosso amado Santo Padre que partiu. Ainda que sua confiança seja lisonjeira, devo recusar. Se for escolhido, não aceitarei. Saibam disso e votem de acordo.

Ngovi desceu do altar e ocupou seu lugar entre os cardeais.

Valendrea percebeu que, agora, nenhum dos 43 homens que apoiavam Ngovi ficariam com ele. Todos queriam fazer parte de um time vitorioso. Como seu cavalo tinha saído da pista, suas alianças mudariam. Com pouca chance de um terceiro candidato emergir a esta altura, Valendrea fez rapidamente a matemática. Só precisava manter seus 55 cardeais e acrescentar uma fração do bloco sem cabeça de Ngovi.

E isso poderia ser feito com facilidade.

Queria perguntar a Ngovi por quê. O gesto não fazia sentido. Mesmo negando que queria o papado, alguém orquestrara os 43 votos para o africano, e ele certamente não acreditava que o Espírito Santo tivesse algo a ver com isso. Era uma batalha entre homens, organizada por homens e executada por homens. Um ou mais dentre os que o rodeavam era claramente inimigo, ainda que encoberto. Um bom candidato para líder da trama era o cardeal-arquivista, que tinha estatura e conhecimento para isso. Esperava que a força de Ngovi não viesse de uma rejeição a ele. Precisaria de lealdade e entusiasmo nos próximos anos, dando uma lição aos dissidentes. Esta seria a primeira tarefa de Ambrosi. Todos deveriam entender que havia um preço a pagar pela escolha errada. Mas ele tinha de dar crédito ao africano sentado à sua frente. *Você não vai vencer.* Não. Ngovi estava simplesmente lhe entregando o papado. Mas quem se importava?

Uma vitória é uma vitória.

A votação levou uma hora. Depois do anúncio surpreendente de Ngovi, todos pareciam ansiosos para terminar o conclave.

Valendrea não anotou a contagem, só foi somando mentalmente cada repetição de seu nome. Quando isso ocorreu pela 76ª vez, parou de ouvir. Só se concentrou no altar quando os escrutinadores pronunciaram sua eleição com 102 votos.

Muitas vezes tinha imaginado como seria este momento. Agora ditava sozinho em quê um bilhão de católicos acreditariam ou não. Nenhum cardeal poderia mais recusar sua ordem. Seria chamado de *Santo Padre*, com todas as necessidades atendidas até o dia da sua morte. Cardeais já haviam chorado e se acovardado nesse momento. Alguns tinham até mesmo corrido para fora da capela, gritando sua recusa. Percebeu que todos os olhares se concentrariam nele. Não era mais o cardeal Alberto Valendrea, bispo de Florença, secretário de Estado da Santa Sé.

Era papa.

Ngovi aproximou-se do altar. Valendrea sabia que o africano realizaria seu último ato como camerlengo. Depois de um momento de oração, Ngovi andou em silêncio pelo corredor central e parou diante dele.

– Reverendíssimo cardeal, aceita sua eleição como sumo pontífice, realizada canonicamente?

Eram as palavras que vinham sendo ditas aos vitoriosos durante séculos.

Encarou os olhos penetrantes de Ngovi e tentou sentir o que o outro estava pensando. Por que se recusara a ser candidato, sabendo que um homem que ele desprezava certamente seria escolhido pontífice? Segundo tudo que sabia, esse africano era um católico devoto. Um homem que faria todo o necessário para proteger a Igreja. Não era um covarde. Tinha se afastado de uma luta que poderia ter ganhado.

Afastou da mente esses pensamentos confusos e disse, em voz clara:

– Aceito.

Era a primeira vez, em décadas, que a língua italiana era usada para responder a essa pergunta.

Os cardeais se levantaram e irromperam em aplausos.

A tristeza por um papa morto foi substituída pela empolgação por um novo pontífice. Do lado de fora da capela, Valendrea imaginou a cena enquanto observadores ouviam a comoção, o primeiro sinal de que alguma coisa podia ter sido decidida. Observou enquanto um dos escrutinadores levava as cédulas para a estufa. Dentro de alguns instantes, a fumaça branca encheria o céu da manhã e a praça irromperia em comemoração.

A ovação foi diminuindo. Mais uma pergunta era necessária.

– Por qual nome será conhecido? – perguntou Ngovi em latim.

A capela ficou em silêncio.

A escolha de um nome sinalizava boa parte do que viria. João Paulo I havia proclamado seu legado ao escolher os nomes de seus dois predecessores imediatos, mensagem de que esperava imitar a bondade de João e a seriedade de Paulo. João Paulo II dera uma mensagem semelhante ao escolher o nome do predecessor. Durante muitos anos, Valendrea havia pensado no nome que escolheria, debatendo entre as opções mais populares – Inocente, Bento, Gregório, Júlio, Sisto. Jakob Volkner escolhera Clemente por causa de sua ascendência alemã. Mas Valendrea queria que seu nome enviasse uma mensagem sem ambiguidades de que o papado imperial havia retornado.

– Pedro II.

Os cardeais engoliram em seco. A expressão de Ngovi não se alterou. Dos 267 pontífices, houvera 23 chamados João, 6 Paulos, 13 Leões, 12 Pios, 8 Alexandres e uma variedade de outros nomes.

Mas somente um Pedro.

O primeiro papa.

Tu és Pedro e sobre esta pedra edificarei minha Igreja.

Os ossos dele estavam a apenas alguns metros de distância, sob a maior casa de culto da cristandade. Era o primeiro santo da Igreja

Católica e o mais reverenciado. Em dois milênios, nenhum homem escolhera seu nome.

Levantou-se da cadeira.

A hora do fingimento havia terminado. Todos os rituais tinham sido devidamente cumpridos. Sua eleição estava certificada, ele aceitara formalmente e anunciara seu nome. Agora era Bispo de Roma, Vigário de Jesus Cristo, Príncipe dos Apóstolos, *Pontifex Maximus* encarregado da primazia da jurisdição sobre a Igreja Universal, Arcebispo e Metropolitano da Província Romana, Primaz da Itália, Patriarca do Ocidente.

Servo dos Servos de Deus.

Encarou os cardeais e se certificou de que ninguém entendesse mal.

– Escolho ser conhecido como Pedro II – repetiu em italiano.

Ninguém disse uma palavra.

Um dos cardeais da noite anterior começou a aplaudir. Alguns outros se juntaram lentamente. Logo a capela reverberava com aplausos trovejantes. Valendrea saboreou o absoluto júbilo da vitória que ninguém poderia lhe tirar. No entanto, o êxtase era minimizado por duas coisas:

Um sorriso que se esgueirava lentamente nos lábios de Maurice Ngovi e o fato de o camerlengo ter se juntado aos aplausos.

CINQUENTA

MEDJUGORJE, BÓSNIA-HERZEGOVINA

11H

Katerina estava sentada ao lado da cama, mantendo vigília junto a Michener. A visão dele sendo carregado para o hospital inconsciente ainda estava fresca em sua memória, e agora ela sabia o que a perda desse homem significaria.

Odiava-se ainda mais por tê-lo enganado. Contaria a verdade. Tinha esperança de que ele a perdoasse. Odiava-se por ter concordado com os pedidos de Valendrea. Mas talvez precisasse de um empurrão, já que o orgulho e a vergonha poderiam tê-la impedido de reencontrar Michener. O primeiro encontro dos dois na praça, há três semanas, fora um desastre. As propostas de Valendrea claramente tornaram as coisas mais fáceis, mas isso não as tornava certas.

Os olhos de Michener se abriram.

– Colin.

– Kate? – Ele estava tentando focalizar.

– Estou aqui.

– Eu ouço, mas não consigo ver. Parece que estou olhando por baixo d'água. O que aconteceu?

– Um raio. Acertou a cruz na montanha. Você e Jasna estavam perto demais.

Ele coçou a testa. Os dedos sondaram com cuidado os arranhões e cortes.

– Ela está bem?

– Parece que sim. Ficou desmaiada, como você. O que estavam fazendo lá?

– Mais tarde.

– Claro. Aqui, tome um pouco d'água. O médico disse que você precisa beber. – Ela levou um copo aos seus lábios e ele tomou alguns goles.

– Onde estou?

– Numa enfermaria que o governo mantém para os peregrinos.

– Disseram o que há de errado comigo?

– Não houve concussão. Você só ficou perto demais de muitos volts. Nada se quebrou, mas está com um galo feio e um corte na nuca.

A porta se abriu e um homem barbudo, de meia-idade, entrou.

– Como vai o paciente? – perguntou em inglês. – Sou o médico que tratou do senhor, padre. Como se sente?

– Como se uma avalanche tivesse passado sobre mim.

– Compreensível. Mas vai ficar bom. Sofreu um pequeno corte, mas não fraturou o crânio. Eu recomendaria um exame completo quando voltar para casa. Na verdade, considerando o que aconteceu, o senhor teve muita sorte.

Depois de um rápido exame e mais conselhos, o médico saiu.

– Como ele sabia que eu era padre?

– Tive de identificá-lo. Você me matou de medo.

– E o conclave? Soube de alguma coisa?

– Por que não estou surpresa por ser a primeira coisa que você pergunta?

– Não está interessada?

Na verdade, ela estava curiosa.

– Não houve notícia até uma hora atrás.

Katerina segurou a mão de Michener. Ele virou a cabeça e disse:

– Gostaria de poder vê-la.

– Eu amo você, Colin. – Sentiu-se melhor por ter dito isso.

– E eu amo você, Kate. Deveria ter dito isso há anos.

– É, deveria.

– Eu deveria ter feito muitas coisas de outro modo. Só sei que quero que meu futuro inclua você.

– E Roma?

– Fiz tudo que disse que faria. Já basta. Quero ir para a Romênia com você.

Os olhos dela se encheram d'água. Ficou feliz porque ele não podia vê-la chorando. Enxugou as lágrimas.

– Vamos fazer o bem, lá – disse, tentando impedir a voz de embargar.

Ele apertou sua mão com mais força.

E ela adorou a sensação.

CINQUENTA E UM

CIDADE DO VATICANO,

11H45

Valendrea aceitou os parabéns dos cardeais e depois saiu da Sistina para um lugar com paredes brancas, conhecido como Sala das Lágrimas. Ali, as vestimentas da Casa de Gammarelli estavam penduradas em fileiras. Gammarelli estava a postos.

– Onde está o padre Ambrosi? – perguntou a um dos sacerdotes de serviço.

– Aqui, Santo Padre – disse Ambrosi, entrando na sala. Valendrea gostou do som daquelas palavras saindo dos lábios de seu acólito.

O segredo do conclave tinha acabado quando ele deixou a capela. As portas principais foram abertas enquanto a fumaça branca saía pelo telhado. Neste momento, *Pedro II* era repetido por todo o palácio. Pessoas deviam estar maravilhadas com sua escolha, e os comentaristas, espantados com sua audácia. Talvez, pela primeira vez, ficassem sem fala.

– Agora você é meu secretário – disse, enquanto levantava o manto escarlate por sobre a cabeça. – Minha primeira nomeação. – Um sorriso veio aos seus lábios ao cumprir a promessa particular entre os dois.

Ambrosi baixou a cabeça, aceitando.

Valendrea apontou para as vestimentas que tinha examinado na véspera.

– Aquele conjunto deve ficar bem.

O alfaiate pegou as vestimentas escolhidas e as entregou, dizendo:

– Santíssimo Padre.

Ele aceitou o cumprimento reservado aos papas e observou suas vestes de cardeal serem dobradas. Sabia que seriam limpas e guardadas, já que o costume exigia que, na ocasião de sua morte, fossem entregues ao membro mais velho do clã Valendrea.

Vestiu e abotoou uma batina de linho branco. Gammarelli ajoelhou-se e começou a fechar a costura. Os pontos não seriam perfeitos, mas adequados para as próximas duas horas. Até lá, um conjunto de vestimentas feitas sob medida estaria pronto.

Testou o caimento.

– Um pouco apertada. Conserte.

Gammarelli rasgou a costura e recomeçou.

– Certifique-se de que a linha esteja firme. – A última coisa que desejava é que a roupa se descosturasse.

Quando o alfaiate terminou, ele se sentou numa cadeira. Um dos padres se ajoelhou à frente e começou a retirar os sapatos e as meias. O novo papa já gostava do fato de que pouca coisa seria feita por ele mesmo dali para a frente. Um par de meias brancas e sapatos de couro vermelho foram trazidos. Verificou o tamanho. Perfeito. Indicou que deveriam ser colocados nos seus pés.

Levantou-se.

Um *zucchetto* branco lhe foi entregue. Na época em que os prelados raspavam o couro cabeludo, os solidéus protegiam a pele nua durante o inverno. Agora era uma parte essencial da vestimenta de qualquer clérigo de alto posto. Desde o século XVIII, o do papa era formado por oito pedaços triangulares de seda branca. Segurou as bordas e, como um imperador aceitando a coroa, pôs o solidéu na cabeça.

Ambrosi sorriu, aprovando.

Hora de o mundo conhecê-lo.

Mas primeiro, um último dever.

Saiu da sala de vestir e voltou à Capela Sistina. Os cardeais estavam de pé em seus lugares. Um trono fora posto diante do altar. Desfilou direto até lá e se sentou, esperando dez segundos antes de dizer:

– Sentem-se.

O ritual que ocorreria era um elemento necessário do processo de eleição canônica. Cada cardeal deveria ir até o novo papa, ajoelhar-se e abraçá-lo.

Sinalizou para o principal cardeal-bispo, um apoiador, que se levantou e deu início ao processo. João Paulo II tinha quebrado a antiga prática de os papas se sentarem diante dos príncipes ao se dirigir de pé ao colégio, mas este era um novo tempo e era melhor que todos começassem a se ajustar. Na verdade, eles deveriam ficar felizes – nos séculos passados, beijar o sapato do papa fazia parte do ritual.

Ficou sentado e ofereceu o anel para o beijo devido.

Ngovi aproximou-se mais ou menos na metade da procissão. O africano se ajoelhou e estendeu a mão para o anel oferecido. Valendrea notou que os lábios não tocaram o ouro. Ngovi levantou-se e começou a se afastar.

– Sem parabéns? – perguntou Valendrea.

Ngovi parou e virou-se.

– Que seu reinado seja tudo que você merece.

Valendrea quis dar uma lição ao desgraçado presunçoso, mas não era a hora nem o lugar. Talvez essa fosse a intenção de Ngovi, uma provocação para disparar uma demonstração precoce de arrogância. Acalmou as emoções e simplesmente disse:

– Espero que isso signifique desejos bons.

– Nada além.

Quando o último cardeal se afastou do altar, ele ficou de pé.

– Agradeço a todos. Farei o máximo pela Madre Igreja. Agora, acho que é hora de encarar o mundo.

Seguiu pelo corredor central, passou pelo portão de mármore e saiu pela entrada principal da capela. Entrou na basílica e atravessou os salões Régio e Ducal. Gostava da rota escolhida, as enormes pinturas nas paredes deixando clara a superioridade do papado sobre o poder temporal.

Entrou na *loggia* central.

Cerca de uma hora havia se passado desde a eleição e, neste momento, os boatos estavam num estágio epidêmico. Uma quantidade suficiente de informações conflitantes certamente havia escapado da Sistina de modo que, por enquanto, ninguém podia ter certeza de nada. E era assim que ele manteria a coisa. A confusão podia ser uma arma eficaz, desde que a fonte da confusão fosse ele. Sua escolha de nome em si já deveria gerar uma grande especulação. Nem mesmo os grandes papas guerreiros, ou os santificados diplomatas que tinham conseguido se eleger nos últimos cem anos, tinham ousado um passo desses.

Chegou à alcova que dava na sacada. Mas não ia sair ainda. Em vez disso, o cardeal-arquivista, como o mais antigo cardeal-diácono, apareceria, depois o papa, seguido pelo presidente do Sacro Colégio e o camerlengo.

Parou perto do cardeal-arquivista, junto à passagem, e sussurrou:

– Eu lhe disse, Eminência, que seria paciente. Agora, cumpra seu último dever.

Os olhos do velho não demonstraram nada. Certamente já sabia seu destino.

Sem dizer uma palavra, o arquivista saiu para a sacada.

Quinhentas mil pessoas rugiram.

Havia um microfone diante da balaustrada. O arquivista chegou junto dele e disse:

– *Annuntio vobis gauduium magnum.*

O latim era exigido para esse anúncio, mas Valendrea conhecia bem a tradução.

Temos um papa.

A multidão explodiu numa alegria estridente. Ele não podia ver o povo, mas sua presença podia ser sentida. O cardeal-arquivista falou de novo ao microfone:

– *Cardinalem Sanctæ Romanæ Ecclesiæ...* Valendrea.

Os aplausos foram ensurdecedores. Um italiano havia recuperado o trono de São Pedro. Os gritos de "Viva, Viva" cresciam em intensidade.

O arquivista parou e olhou para trás. Valendrea captou a expressão gélida. O velho claramente não aprovava o que estava para dizer. O cardeal-arquivista virou-se de novo para o microfone.

– *Qui Sibi Imposuit Nomen...*

As palavras retornaram num eco. O nome escolhido foi...

– *Petrus II.*

O eco ricocheteou na enorme praça, como se as estátuas sobre as colunatas estivessem falando umas com as outras, cada uma perguntando à outra se tinha ouvido direito. O povo, por um instante, pensou no nome, depois entendeu.

Os aplausos se amplificaram.

Valendrea foi até a porta, mas notou que apenas um cardeal o seguira. Virou-se. Ngovi não tinha se movido.

– Você não vem?

– Não.

– É o seu dever, como camerlengo.

– É minha vergonha.

Valendrea deu um passo de volta para a alcova.

– Deixei passar sua insolência na capela. Não me teste de novo.

– O que você faria? Mandaria me prender? Confiscaria minhas posses? Tiraria meus títulos? Não estamos na Idade Média.

O outro cardeal parado ao lado ficou nitidamente sem graça. O sujeito era um apoiador sólido, de modo que era necessária uma demonstração de poder.

– Cuidarei de você mais tarde, Ngovi.

– E o Senhor cuidará de você.

O africano virou-se e foi embora.

Valendrea não deixaria que esse momento fosse arruinado. Fitou o cardeal que restava.

– Vamos, Eminência?

E saiu ao sol, os braços abertos num abraço caloroso para a multidão que gritava sua aceitação.

CINQUENTA E DOIS

MEDJUGORJE, BÓSNIA-HERZEGOVINA

12H30

Michener estava se sentindo melhor. A visão havia clareado e a cabeça e o estômago finalmente haviam se acalmado. Agora podia ver que o quarto era um cubículo, com as paredes de concreto pintadas de amarelo-claro. Uma janela com cortina de renda deixava entrar luz, mas nenhuma paisagem, já que os vidros estavam cobertos por uma grossa camada de tinta.

Katerina tinha ido ver o estado de Jasna. O médico não dera qualquer informação e ele esperava que ela estivesse bem.

A porta se abriu.

– Ela está bem – disse Katerina. – Parece que vocês dois estavam a uma distância mínima. Só levou algumas pancadas na cabeça. – Ficou de pé junto à cama. – E há mais novidades.

Ele a fitou, feliz por ver de novo seu rosto lindo.

– Valendrea é papa. Vi pela televisão. Acabou de falar com a multidão na praça de São Pedro. Pediu a volta às raízes do cristianismo. E veja só: escolheu o nome de *Pedro II*.

– A Romênia parece cada vez melhor.

Ela deu um meio sorriso.

– Então me diga: valeu a pena subir ao topo do morro?

– O que quer dizer?

– O que quer que você e ela tenham ido fazer naquela montanha ontem à noite.

– Está com ciúme?

– Mais curiosa.

Ele percebeu que lhe devia uma explicação.

– Ela ia me contar o décimo segredo.

– No meio de uma tempestade?

– Não me peça para racionalizar. Acordei e ela estava na rua, me esperando. Foi esquisito. Mas senti necessidade de ir.

Decidiu não contar nada sobre a alucinação, mas sua memória da visão permanecia clara, como um sonho que não fosse embora. O médico tinha dito que ele ficou inconsciente durante várias horas. Portanto, qualquer coisa que tivesse visto ou ouvido era apenas uma manifestação de tudo que ficara sabendo nos últimos meses, e os mensageiros eram dois homens que tinham um grande peso em sua mente. Mas e Nossa Senhora? Provavelmente nada mais do que a imagem que tinha visto na casa de Jasna no dia anterior.

Será?

– Olha, não sei o que Jasna tinha em mente. Disse que, para saber do segredo, eu teria de ir com ela. E eu fui.

– Não achou a situação meio estranha?

– A coisa toda é estranha.

– Ela vem aqui.

– O quê?

– Jasna disse que vem ver você. Estavam preparando-a quando saí.

A porta se abriu e uma cadeira de rodas empurrada por uma mulher mais velha entrou no quarto apertado. Jasna parecia cansada, com a testa e o braço direito cobertos por bandagens.

– Queria ver se você estava bem – disse ela em voz fraca.

– Eu estava pensando o mesmo sobre você.

– Só o levei até lá porque Nossa Senhora mandou. Não quis lhe fazer mal.

Pela primeira vez, ela parecia humana.

– Não a culpo por nada. Fui porque quis.

– Disseram que a cruz ficou permanentemente marcada. Um rasgo preto de cima a baixo.

– É esse o seu sinal para os ateus? – perguntou Katerina, com um toque de escárnio.

– Não faço ideia – respondeu Jasna.

– Talvez a mensagem de hoje aos fiéis possa clarear tudo. – Aparentemente Katerina não ia lhe dar nenhuma folga.

– Nossa Senhora veio pela última vez.

Ele examinou as feições da mulher à sua frente. O rosto estava triste, os olhos apertados, a expressão diferente da de ontem. Durante mais de vinte anos, Jasna supostamente havia falado com a mãe de Deus. Verdade ou não, a experiência era significativa para ela. Agora tudo isso havia acabado, e a dor da perda era evidente. Ele imaginou que era parecido com a morte de um ser amado – uma voz que nunca mais seria ouvida, conselhos e apoio que se iam para sempre. Como acontecera com seus pais. E Jakob Volkner.

A tristeza dela subitamente se tornou sua.

– A Virgem me revelou ontem à noite, no topo da montanha, o décimo segredo.

Ele se lembrou do pouco que a ouvira falar durante a tempestade. *Eu consigo me lembrar. Sei que consigo. Querida Senhora, eu não fazia ideia.*

– Anotei o que ela disse. – E lhe entregou uma folha de papel dobrada. – Nossa Senhora mandou entregar a você.

– Ela disse mais alguma coisa?

– Foi nesse momento que ela desapareceu. – Jasna sinalizou para a mulher mais velha atrás de sua cadeira. – Vou voltar ao meu quarto. Fique bem, padre Michener. Rezarei por você.

– E eu por você, Jasna – disse ele, sério.

Ela saiu.

– Colin, essa mulher é uma fraude. Não vê? – A voz de Katerina estava aumentando de volume.

– Não sei o que ela é, Kate. Se for uma fraude, é das boas. Ela acredita no que diz. E, mesmo que seja falsidade, a tramoia acabou. As visões acabaram.

Ela apontou para o papel.

– Você vai ler? Desta vez, não há ordem papal proibindo.

Era verdade. Michener desdobrou a folha, mas focalizar o papel fazia sua cabeça doer. Entregou o texto a ela.

– Não consigo. Leia para mim.

CINQUENTA E TRÊS

CIDADE DO VATICANO,

13H

Valendrea parou na câmara de audiências e aceitou os parabéns dos funcionários da secretaria de estado. Ambrosi já indicara o desejo de transferir muitos dos padres e a maioria dos secretários para o escritório papal. Ele não questionou. Se esperava que Ambrosi cuidasse de todas as suas necessidades, o mínimo que poderia fazer era permitir que ele escolhesse os próprios subordinados.

Ambrosi tinha saído de seu lado o mínimo possível desde a manhã, ficando obedientemente atrás da sacada enquanto ele se dirigia à multidão na praça de São Pedro. Em seguida, Ambrosi havia monitorado os noticiários de rádio e televisão que, segundo disse, eram, em sua maioria, positivos, especialmente quanto à escolha do nome. Os comentaristas concordavam que este poderia ser um *pontificado significativo*. Valendrea imaginou até mesmo Tom Kealy gaguejando um ou dois segundos depois que as palavras *Pedro II* saíram de sua boca. Não haveria mais padres publicando best sellers durante seu reinado. Os clérigos fariam o que fosse mandado. Caso contrário, seriam demitidos – a começar por Kealy. Já dissera a Ambrosi para tirar a batina do idiota até o fim da semana.

E haveria mais mudanças.

A tiara papal seria ressuscitada, uma coroação seria programada. Trombetas anunciariam sua entrada. Leques e sabres desembainhados de novo o acompanhariam durante a liturgia. E a cadeira gestatória seria restaurada. Paulo VI tinha mudado a maior parte dessas coisas – alguns lapsos momentâneos no bom senso, ou talvez uma reação ao seu próprio tempo –, mas Valendrea retificaria tudo isso.

Os últimos a cumprimentá-lo passaram e ele sinalizou para Ambrosi, que se aproximou.

– Há algo que preciso fazer – sussurrou. – Acabe com isso.

Ambrosi virou-se para a multidão.

– Ouçam todos, o Santo Padre está com fome. Não comeu desde o café da manhã. E todos sabemos como nosso pontífice gosta de suas refeições.

Risos ecoaram no salão.

– Para aqueles com quem ele não falou, arranjarei um horário mais tarde, ainda hoje.

– Que o Senhor abençoe todos vocês – disse Valendrea.

Em seguida, acompanhou Ambrosi até seu escritório na Secretaria de Estado. Os apartamentos papais tinham sido liberados há meia hora, e muitos de seus pertences nos aposentos do terceiro andar estavam sendo levados para o quarto andar. Nos próximos dias, visitaria os museus e os depósitos nos porões. Já havia dado a Ambrosi uma lista de itens que queria que fizessem parte da decoração do apartamento. Sentia orgulho de seu planejamento. A maioria das decisões tomadas nas últimas horas tinham sido pensadas há muito, e o efeito era o de um papa no comando, fazendo as coisas apropriadas do modo apropriado.

Em seu escritório, com a porta fechada, virou-se para Ambrosi.

– Encontre o cardeal-arquivista. Diga para estar diante da *Riserva* em 15 minutos.

Ambrosi fez uma reverência e se retirou.

Valendrea entrou no banheiro do escritório. Ainda estava irritado com a arrogância de Ngovi. O africano estava certo. Havia pouco que ele poderia fazer além de transferi-lo para um posto longe de Roma. Mas não seria sensato. O futuro ex-camerlengo havia conseguido uma surpreendente demonstração de apoio. Seria tolice atacá-lo tão cedo. Precisava de paciência. Mas isso não significava que tinha se esquecido de Maurice Ngovi.

Jogou água no rosto e enxugou com uma toalha.

A porta do escritório se abriu e Ambrosi retornou.

– O arquivista está esperando.

Jogou a toalha na bancada de mármore.

– Ótimo. Vamos.

Saiu da sala e desceu ao térreo. Os olhares espantados dos guardas suíços por quem passava mostravam que não estavam acostumados a ver um papa surgir sem aviso.

Entrou no arquivo.

As salas de leitura e das coleções estavam vazias. Ninguém tivera permissão de usar o lugar desde a morte de Clemente. Entrou no salão principal e atravessou o piso de mosaico até a grade de ferro. O cardeal-arquivista estava do lado de fora. Ninguém mais se encontrava ali, além de Ambrosi.

Ele se aproximou do velho.

– Desnecessário dizer que seus serviços não serão mais necessários. Eu me aposentaria, se fosse você. Esteja fora daqui até o fim de semana.

– Minha mesa já está limpa.

– Não esqueci seus comentários no café da manhã.

– Por favor, não esqueça. Quando ambos estivermos diante do Senhor, quero que você os repita.

Ele quis dar um tapa naquele italiano falador. Em vez disso, simplesmente perguntou:

– O cofre está aberto?

O velho assentiu.

Valendrea virou-se para Ambrosi.

– Espere aqui.

Durante muito tempo, outros haviam comandado a *Riserva*. Paulo VI, João Paulo II, Clemente XV. Até o irritante arquivista. Chega.

Entrou rapidamente e abriu a gaveta. A caixa de madeira surgiu. Pegou-a e levou-a à mesma mesa que Paulo VI ocupara há tantas décadas.

Levantou a tampa e viu duas folhas de papel dobradas. Uma, claramente mais velha, era a primeira parte do terceiro segredo de Fátima – na letra da irmã Lúcia –, com o verso ainda mostrando uma marca do Vaticano, de quando a mensagem fora divulgada em 2000. A outra, mais nova, era a tradução italiana do padre Tibor, de 1960. Também com a marca.

Mas deveria haver outra folha.

A recente cópia do padre Tibor, que o próprio Clemente pusera na caixa. Onde estaria? Ele viera terminar o serviço. Proteger a Igreja e preservar sua sanidade.

Mas o papel havia sumido.

Saiu correndo da *Riserva* e partiu direto para o arquivista. Agarrou o velho pela batina. Uma grande onda de fúria o tomou. O rosto do cardeal demonstrava seu choque.

– Onde está? – cuspiu.

– O... que... você quer dizer? – gaguejou o velho.

– Não estou com clima para isso. Onde está?

– Não toquei em nada. Juro diante de meu Deus.

Dava para ver que o velho estava sendo sincero. Ele não era a fonte do problema. Soltou-o e o cardeal recuou, claramente amedrontado com o ataque.

– Saia daqui – disse ao arquivista.

O velho afastou-se depressa.

Um pensamento o inundou. Clemente. Naquela noite de sexta-feira, quando o papa lhe permitira destruir metade do que Tibor havia mandado.

Queria que soubesse o que o espera, Alberto.

Por que não me impediu de queimar o papel?

Você verá.

E quando ele exigiu a parte que restava – a tradução de Tibor:

Não, Alberto. Ela fica na caixa.

Ele deveria ter empurrado o sacana de lado e feito o que tinha de ser feito, independentemente da presença do guardião da noite.

Agora via tudo com clareza.

A tradução nunca estivera na caixa. Será que ao menos existia? Sim, existia. Sem dúvida. E Clemente queria que ele soubesse.

Agora precisava ser encontrada.

Virou-se para Ambrosi.

– Vá à Bósnia. Traga Colin Michener de volta. Sem desculpas, sem exceções. Quero ele aqui amanhã. Diga-lhe que, se não vier, emitirei um mandado de prisão contra ele.

– Sob que acusação, Santo Padre? – perguntou Ambrosi, em tom quase casual. – Quero dizer, se ele perguntar.

Valendrea pensou um momento e disse:

– Cumplicidade no assassinato do padre Andrej Tibor.

PARTE 4

CINQUENTA E QUATRO

MEDJUGORJE, BÓSNIA-HERZEGOVINA
18H

O estômago de Katerina deu um nó quando viu o padre Ambrosi entrar no hospital. Notou imediatamente o acréscimo à batina de lã preta: acabamento escarlate e uma faixa vermelha, significando a elevação a monsenhor. Aparentemente, Pedro II não perdera tempo na distribuição dos espólios.

Michener estava descansando no quarto. Todos os exames tinham dado negativo, e o médico previu que no dia seguinte ele estaria bem. Planejavam partir para Bucareste na hora do almoço. Mas a presença de Ambrosi aqui na Bósnia significava encrenca.

Ambrosi a viu e se aproximou.

– Soube que o padre Michener quase teve um encontro com a morte.

Katerina ressentiu-se da preocupação fingida, claramente para consumo público.

– Vá para o inferno, Ambrosi. – Ela manteve a voz baixa. – Esta fonte está seca.

Ele balançou a cabeça, num gesto de nojo e escárnio.

– O amor realmente vence tudo. Não faz mal. Não queremos mais nada de você.

Mas ela queria algo dele.

– Não quero que Colin saiba de nada sobre você e eu.

– Tenho certeza que não.

– Eu mesma contarei a ele. Entendido?

Ambrosi não respondeu.

O décimo segredo, escrito por Jasna, estava no bolso dela. Quase pegou o pedaço de papel e jogou as palavras em cima de Ambrosi, mas o que o céu poderia querer certamente não era do interesse daquele escroto arrogante. Se a mensagem vinha da mãe de Deus ou das lamentações de uma mulher que se achava divinamente escolhida, ninguém jamais saberia. Mas Katerina se perguntou como a Igreja e Alberto Valendrea explicariam o décimo segredo, principalmente depois de aceitar os nove anteriores de Medjugorje.

– Onde está Michener? – perguntou Ambrosi, com a voz inexpressiva.

– O que quer com ele?

– Nada, mas o papa quer.

– Deixe-o em paz.

– Minha nossa! A leoa mostra as garras.

– Saia daqui, Ambrosi.

– Acho que você não pode me dar ordens. Imagino que a palavra do secretário do papa tenha muito peso aqui. Sem dúvida mais do que a de uma jornalista desempregada.

Ele a rodeou.

Katerina rapidamente se colocou na frente dele.

– Estou falando sério, Ambrosi. Volte. Diga a Valendrea que Colin não quer mais saber de Roma.

– Ele ainda é padre da Igreja Católica Romana, sujeito à autoridade do papa. Fará o que é ordenado ou terá de enfrentar as consequências.

– O que Valendrea quer?

– Por que não vamos ver o Michener? Eu explico. Garanto que vale a pena ouvir.

*

Ela entrou no quarto seguida por Ambrosi. Michener estava sentado na cama e seu rosto se franziu ao ver o visitante.

– Trago os cumprimentos de Pedro II – disse Ambrosi. – Ficamos sabendo do que aconteceu...

– E viajou até aqui para demonstrar sua profunda preocupação.

Ambrosi manteve o rosto pétreo. Katerina imaginou se ele havia nascido com essa capacidade ou se havia dominado a técnica com anos de mentiras.

– Sabemos por que você veio à Bósnia – disse Ambrosi. – Fui mandado para verificar se descobriu alguma coisa com os videntes.

– Absolutamente nada.

Ela ficou impressionada com a capacidade de Michener mentir, também.

– Devo sair e descobrir se está sendo sincero?

– Faça o que quiser.

– A informação que circula na cidade é que o décimo segredo foi revelado à vidente, Jasna, ontem à noite, e que agora as visões terminaram. Os padres daqui estão muito preocupados com essa perspectiva.

– Não haverá mais turistas? O fluxo de dinheiro acabou? – Ela não pôde resistir.

Ambrosi encarou-a.

– Talvez você devesse esperar lá fora. Isto é assunto da Igreja.

– Ela não vai a lugar nenhum – disse Michener. – Com tudo que você e Valendrea certamente estiveram fazendo nos últimos dois dias, estão preocupados com o que acontece aqui na Bósnia? Por quê?

Ambrosi cruzou as mãos às costas.

– Sou eu quem faz as perguntas.

– Então faça-as logo.

– O Santo Padre exige que você retorne a Roma.

– Você sabe o que pode dizer ao Santo Padre.

– Que desrespeito! Pelo menos nós não desprezávamos Clemente XV abertamente.

O rosto de Michener endureceu.

– Isso é para me impressionar? Vocês fizeram tudo que era possível para atrapalhar o que ele estava tentando realizar.

– Imaginei que você fosse dificultar as coisas.

O tom de Ambrosi preocupou Katerina. Ele parecia imensamente satisfeito.

– Vim informar que, se não vier voluntariamente, será emitido um mandado de prisão por meio do governo italiano.

– Que bobagem é essa? – perguntou Michener.

– O núncio papal em Bucareste informou a Sua Santidade sobre seu encontro com o padre Tibor. Ficou preocupado por não saber o que Clemente e você estavam fazendo. As autoridades romenas estão interessadas em falar com você. Como nós, estão curiosas quanto ao que o falecido papa queria com aquele padre idoso.

A garganta de Katerina se apertou. Aquilo estava levando a águas perigosas. Mas Michener pareceu não se abalar.

– Quem disse que Clemente estava interessado no padre Tibor?

Ambrosi deu de ombros.

– Você? Clemente? Quem se importa? Só importa que você foi vê-lo e a polícia romena quer falar com você. A Santa Sé pode bloquear esse esforço ou fortalecê-lo. O que prefere?

– Não ligo.

Ambrosi virou-se e encarou Katerina.

– E você? Liga?

Ela percebeu que o desgraçado estava jogando seu trunfo. Leve Michener de volta a Roma ou ele saberá, agora mesmo, como ela o encontrou tão facilmente em Bucareste e Roma.

– O que ela tem a ver com isso? – perguntou Michener rapidamente. Ambrosi hesitou, numa pausa agonizante. Katerina quis lhe dar um tapa, como em Roma, mas não fez nada.

Ambrosi virou-se de novo para Michener.

– Eu só estava imaginando qual era a opinião dela. Sei que a Srta. Lew é romena, familiarizada com a polícia do país. Imagino que as técnicas de interrogatório deles sejam algo que todos gostariam de evitar.

– Poderia me dizer como sabe tanto sobre ela?

– O padre Tibor conversou com o núncio de Bucareste. Disse que a Srta. Lew estava presente quando vocês conversaram. Simplesmente me informei sobre o passado dela.

Katerina ficou impressionada com a explicação de Ambrosi. Se não soubesse da verdade, ela mesma teria acreditado.

– Deixe-a fora disso – disse Michener.

– Você voltará a Roma?

– Sim.

A resposta a surpreendeu.

Ambrosi assentiu em aprovação.

– Tenho um avião disponível em Split. Quando deixará este hospital?

– De manhã.

– Esteja pronto às sete horas. – Ambrosi foi para a porta. – E esta noite vou rezar... – fez uma pausa – ... por sua rápida recuperação.

E saiu.

– Se ele vai rezar por mim, estou mesmo encrencado – disse Michener enquanto a porta se fechava.

– Por que concordou em voltar? Ele estava blefando sobre a Romênia.

Michener remexeu-se na cama e ela o ajudou a se ajeitar.

– Tenho de conversar com Ngovi. Ele precisa saber o que Jasna disse.

– Por quê? Você não pode acreditar no que ela escreveu. Aquele segredo é ridículo.

– Talvez. Mas é o décimo segredo de Medjugorje, quer acreditemos ou não. Preciso entregá-lo a Ngovi.

Ela ajeitou o travesseiro.

– Já ouviu falar de fax?

– Não quero discutir sobre isso, Kate. Além do mais, estou curioso em saber por que isso é importante a ponto de Valendrea mandar seu moleque de recados. Parece que há alguma coisa grande envolvida, e acho que sei o que é.

– O terceiro segredo de Fátima?

Ele assentiu.

– Mas ainda não faz sentido. O segredo é conhecido do mundo.

Ela se lembrou do que o padre Tibor dissera na mensagem a Clemente. *Faça o que Nossa Senhora disse... Quanta intolerância o céu permitirá?*

– Essa coisa toda escapa à lógica – disse Michener.

Ela quis saber:

– Você e Ambrosi sempre foram inimigos?

Michener assentiu.

– Imagino como um homem daquele se tornou padre. Se não fosse Valendrea, ele jamais teria chegado a Roma. Os dois são perfeitos um para o outro. – Ele hesitou, como se pensasse. – Imagino que vá haver um bocado de mudanças.

– Isso não é problema seu – disse Katerina, esperando que ele não estivesse mudando de ideia sobre o futuro.

– Não se preocupe. Não estou com dúvidas. Mas me pergunto se as autoridades romenas estão mesmo interessadas em mim.

– O que quer dizer?

– Pode ser uma cortina de fumaça.

Ela ficou perplexa.

– Clemente enviou-me um *e-mail* na noite em que morreu. Nele, dizia que Valendrea pode ter retirado parte do terceiro segredo original há muito tempo, quando trabalhava para Paulo VI.

Ela ouviu com interesse.

– Clemente e Valendrea foram juntos à *Riserva* na véspera da morte de Clemente. No dia seguinte, Valendrea também fez uma viagem não programada para fora de Roma.

Ela percebeu instantaneamente o significado.

– No sábado em que o padre Tibor foi assassinado?

– Ligue os pontos e a figura começa a aparecer.

A imagem de Ambrosi com o joelho apertando seu peito, as mãos enroladas em sua garganta, surgiu na mente dela. Será que Valendrea e Ambrosi estariam envolvidos no assassinato de Tibor? Quis dizer a Michener o que sabia, mas percebeu que sua explicação geraria muito mais perguntas do que estava disposta a responder naquele momento. Em vez disso, perguntou:

– Valendrea pode estar envolvido na morte do padre Tibor?

– Difícil dizer. Mas ele certamente é capaz. Assim como Ambrosi. Mas ainda acho que Ambrosi está blefando. A última coisa que o Vaticano quer é chamar a atenção. Aposto que nosso novo papa fará o possível para ficar longe dos refletores.

– Mas Valendrea pode apontar esses refletores para outro lugar.

Michener pareceu entender.

– Para mim, por exemplo.

Ela assentiu.

– Nada melhor do que um ex-empregado para ficar com toda a culpa.

Valendrea vestiu uma das batinas brancas que a Casa de Gammarelli confeccionara durante a tarde. Estivera certo de manhã – suas medidas estavam arquivadas, e fora fácil preparar as vestimentas apropriadas corretamente num curto período de tempo. As costureiras tinham feito um bom serviço. Ele admirava um bom trabalho e fez uma anotação mental para mandar Ambrosi emitir um agradecimento oficial.

Não recebia notícias de Ambrosi desde sua partida para a Bósnia. Mas não tinha dúvida de que o amigo cumpriria a missão. Ambrosi sabia o que estava em risco. Valendrea havia deixado as coisas claras naquela noite na Romênia. Colin Michener precisava ser trazido a Roma. Clemente XV espertamente pensara adiante – isso ele tinha de admitir – e concluíra que Valendrea o sucederia, por isso retirara de propósito a última tradução de Tibor, sabendo que de jeito nenhum ele poderia iniciar o papado com esse desastre potencial à vista.

Mas onde estaria aquilo?

Michener certamente sabia.

O telefone tocou.

Estava em seu quarto no terceiro andar do palácio. Os apartamentos do papa ainda estavam sendo preparados.

O telefone tocou de novo.

Pensou na interrupção. Eram quase oito da noite. Estava tentando se vestir para seu primeiro jantar formal, uma celebração de agradecimento com os cardeais, e tinha deixado ordens para não ser perturbado.

Outro toque.

Levantou o fone.

– Santo Padre, o padre Ambrosi está ligando e pediu que eu repassasse. Disse que era importante.

– Complete.

Alguns estalos e Ambrosi disse:

– Fiz o que o senhor pediu.

– E a reação?

– Ele estará aí amanhã.

– E a saúde?

– Nada sério.

– A companheira de viagem?

– Encantadora como sempre.

– Vamos mantê-la feliz, por enquanto. – Ambrosi tinha lhe contado sobre a agressão de Katerina contra ele em Roma. Na época, ela era o melhor ponto de contato com Michener, mas a situação tinha mudado.

– De minha parte, nada afetará isso.

– Então até amanhã. Faça uma boa viagem.

CINQUENTA E CINCO

CIDADE DO VATICANO

QUINTA-FEIRA, 30 DE NOVEMBRO

13H

Michener estava no banco de trás de um carro do Vaticano, com Katerina ao lado. Ambrosi estava no banco da frente, e ao seu comando eles tiveram permissão de passar pelo Arco dos Sinos e entrar na privacidade do pátio de São Damasco. Uma sucessão de construções antigas os rodeava, bloqueando o sol do meio-dia e lançando a calçada num tom de índigo.

Pela primeira vez, sentiu-se desconfortável por estar no Vaticano. Os homens no poder agora eram manipuladores. Inimigos. Precisava ter cuidado, controlar as palavras e acabar o mais rápido possível com o que estava para acontecer.

O carro parou e eles saíram.

Ambrosi levou-os até uma sala com vitrais em três lados, onde os papas, durante séculos, tinham recebido convidados sob os murais impressionantes. Seguiram Ambrosi por um labirinto de *loggias* e galerias cheias de candelabros e tapetes, rodeado por paredes cheias de imagens de papas recebendo homenagens de imperadores e reis.

Michener sabia para onde iam, e Ambrosi parou diante da porta de bronze que dava na biblioteca papal que Gorbachev, Mandela, Carter, Yeltsin, Reagan, Bush, Clinton, Rabin e Arafat tinham visitado.

– A Srta. Lew estará esperando na *loggia* da frente quando você terminar – disse Ambrosi. – Enquanto isso, vocês não serão perturbados.

Surpreendentemente, Katerina não fez objeção a ser excluída e afastou-se com Ambrosi.

Michener abriu a porta e entrou.

Três janelas com vitrais banhavam as estantes de quinhentos anos com ondas fraturadas de luz. Valendrea estava sentado atrás de uma mesa, a mesma que os papas haviam usado durante meio milênio. Um painel representando Nossa Senhora adornava a parede atrás. Uma poltrona estofada ficava em ângulo diante da mesa, mas Michener sabia que apenas chefes de estado tinham o privilégio de se sentar diante do papa.

Valendrea rodeou a mesa. O papa estendeu a mão com a palma para baixo, e Michener sabia o que era esperado de sua parte. Olhou fundo nos olhos do toscano. Este era o momento da submissão. Pensou no que fazer, mas decidiu que a discrição era uma abordagem melhor, pelo menos até saber o que esse demônio queria. Ajoelhou-se e beijou o anel, notando que os joalheiros de Valendrea já haviam feito um novo.

– Soube que Clemente teve o prazer de extrair um gesto semelhante de Sua Eminência, o cardeal Bartolo, em Turim. Informarei ao bom cardeal sobre seu respeito pelo protocolo da Igreja.

Michener levantou-se.

– O que o senhor quer? – Não acrescentou *Santo Padre.*

– Como estão seus ferimentos?

– Certamente o senhor não está interessado em saber.

– O que o faz pensar assim?

– O respeito que demonstrou por mim nos últimos três anos.

Valendrea recuou para a mesa.

– Presumo que esteja tentando provocar uma reação. Vou ignorar seu tom de voz.

Michener perguntou de novo:

– O que quer?

– Quero o que Clemente retirou da *Riserva*.

– Eu não sabia que algo havia sumido.

– Não estou com clima para isso. Clemente contava tudo a você.

Ele se lembrou das coisas que Clemente havia lhe contado. *Permiti que Valendrea lesse o que há na caixa de Fátima... Em 1978, ele retirou da* Riserva *parte da terceira mensagem da Virgem.*

– Pelo que me parece, o senhor é que é o ladrão.

– Palavras ousadas para seu papa. Pode prová-las?

Michener não ia morder a isca. Que o desgraçado imaginasse o que ele sabia.

Valendrea aproximou-se. Parecia bastante confortável vestido de branco, com o solidéu quase perdido na juba densa.

– Não estou pedindo, Michener. Estou ordenando que me diga onde está o texto.

Havia um tom de desespero na ordem, que o fez imaginar se as divagações do *e-mail* de Clemente seriam mais do que as palavras de uma alma deprimida prestes a morrer.

– Até agora, não sabia que algo havia sumido.

– E eu devo acreditar?

– Acredite no que quiser.

– Mandei revistar os apartamentos do papa e Castel Gandolfo. Você está com os pertences pessoais de Clemente. Quero que sejam examinados.

– O que está procurando?

Valendrea avaliou-o com um olhar cheio de suspeita.

– Não consigo decidir se está sendo sincero ou não.

Ele deu de ombros.

– Acredite. Estou.

– Certo. O padre Tibor reproduziu a terceira mensagem de Fátima escrita pela irmã Lúcia. Enviou para Clemente uma cópia do original da boa freira e de sua tradução. A tradução reproduzida sumiu da *Riserva*.

Michener estava começando a entender.

– Então o senhor tirou parte do terceiro segredo em 1978.

– Simplesmente quero o que aquele padre inventou. Onde estão os pertences de Clemente?

– Doei os móveis dele para a caridade. O resto está comigo.

– Você examinou tudo?

Ele mentiu.

– Claro.

– E não achou nada do padre Tibor?

– O senhor acreditaria se eu respondesse?

– Por que deveria acreditar?

– Por que sou um cara muito legal.

Valendrea ficou em silêncio por um momento. Michener também.

– O que descobriu na Bósnia?

Ele notou a mudança de assunto.

– Que não devo subir uma montanha durante uma tempestade.

– Vejo por que Clemente gostava de você. Humor ágil acompanhado de um intelecto afiado – fez uma pausa. – Agora responda à minha pergunta.

Michener enfiou a mão no bolso, pegou o bilhete de Jasna e entregou a folha ao papa.

– Este é o décimo segredo de Medjugorje.

Valendrea pegou o papel e leu. O toscano respirou fundo e seu olhar se alternou entre a folha e o rosto de Michener. Um gemido baixo saiu da boca do papa e, sem aviso, Valendrea saltou para a frente e agarrou a batina preta de Michener, ainda segurando o papel. A fúria tomava os olhos que o encaravam.

– Onde está a tradução reproduzida por Tibor?

Ele ficou chocado com o ataque, mas manteve a compostura.

– Eu considerei que as palavras de Jasna não faziam sentido. Por que elas o incomodam?

– As divagações dela não significam nada. O que eu quero é a cópia do padre Tibor...

– Se as palavras não têm sentido, por que estou sendo atacado?

Valendrea pareceu notar a situação e o soltou.

– A tradução de Tibor é propriedade da Igreja. Quero que seja devolvida.

– Então deve mandar a guarda suíça localizá-la.

– Você tem 48 horas para apresentá-la ou emitirei um mandado de prisão.

– Sob que acusação?

– Roubo de propriedade do Vaticano. Além disso, vou entregá-lo à polícia romena. Eles querem saber sobre sua visita ao padre Tibor. – As palavras estavam repletas de autoridade.

– Tenho certeza de que também vão gostar de saber de sua visita a ele.

– Que visita?

Para Michener, era importante que Valendrea pensasse que ele sabia muito mais do que sabia.

– O senhor deixou o Vaticano no dia em que Tibor foi morto.

– Como você parece ter todas as respostas, diga aonde fui.

– Sei o bastante.

– Você realmente acha que pode levar esse blefe adiante? Planeja implicar o papa numa investigação de assassinato? Isso não iria longe.

Ele tentou outro blefe.

– O senhor não estava sozinho.

– Verdade? Diga mais.

– Vou esperar até ser interrogado pela polícia. Os romenos ficarão fascinados. Isso eu garanto.

Um rubor invadiu o rosto de Valendrea.

– Você não faz ideia do que está em risco. É mais importante do que você jamais poderia imaginar.

– O senhor está falando como Clemente.

– Nisso ele estava certo. – Valendrea desviou o olhar por um momento, depois se virou de novo. – Clemente lhe disse que ficou olhando enquanto eu queimava parte do que Tibor lhe havia mandado? Ele ficou parado na *Riserva* e me deixou destruí-lo. Também queria que eu soubesse que o resto do que Tibor mandou, uma cópia da tradução da mensagem completa da irmã Lúcia, também estava lá, na caixa. Mas agora sumiu. Clemente não queria que nada acontecesse com ela. Isso eu sei. Portanto deu a você.

– Por que essa tradução é tão importante?

– Não pretendo me explicar. Simplesmente quero que o documento seja devolvido.

– Como sabe que ele ao menos estava lá?

– Não sei. Mas ninguém voltou ao arquivo depois daquela sexta-feira, e Clemente morreu dois dias depois.

– Junto com o padre Tibor.

– O que isso quer dizer?

– O que o senhor quiser.

– Farei o que for preciso para conseguir o documento.

Havia um tom ácido nas palavras.

– Acredito que faria mesmo. – Ele precisava ir embora. – Estou dispensado?

– Saia. Mas é melhor eu ter notícias suas dentro de dois dias, ou você não gostará de meu próximo mensageiro.

Ele imaginou o que isso significava. A polícia? Mais alguém? Difícil dizer.

– Já se perguntou como a Srta. Lew o encontrou na Romênia? – perguntou Valendrea casualmente quando ele chegou à porta.

Será que ele ouvira direito? Como Valendrea sabia algo sobre Katerina? Parou e olhou para trás.

– Estava lá porque eu paguei a ela para descobrir o que você estava fazendo.

Michener ficou pasmo, mas não disse nada.

– Na Bósnia também. Foi para ficar de olho em você. Disse a ela para usar seus talentos para ganhar sua confiança, e aparentemente ela conseguiu.

Michener deu um passo à frente, mas Valendrea pegou um pequeno controle remoto preto.

– Basta apertar uma vez e a guarda suíça entrará nesta sala. Agredir o papa é crime sério.

Michener parou e conteve um tremor.

– Você não é o primeiro homem a ser enganado por uma mulher. Ela é inteligente. Mas estou dizendo isso como um aviso. Tenha cuidado com as pessoas em quem confia, Michener. Há muita coisa em risco. Talvez você não perceba, mas posso ser o único amigo que você terá quando tudo isso acabar.

CINQUENTA E SEIS

Michener saiu da biblioteca. Ambrosi esperava do lado de fora, mas não o acompanhou até a *loggia* externa, dizendo apenas que o carro e o motorista o levariam aonde ele quisesse.

Katerina estava sentada sozinha num sofá dourado. Ele tentava entender o que a motivara a enganá-lo. Tinha pensado em como ela o encontrara em Bucareste, depois como havia aparecido em seu apartamento em Roma. Queria acreditar que tudo que acontecera entre os dois tinha sido sincero, mas não conseguia evitar o pensamento de que não passava de uma representação destinada a abalar suas emoções e baixar suas defesas. Tinha se preocupado com os empregados domésticos ou equipamentos de escuta. Em vez disso, a única pessoa em quem confiava tinha se tornado a emissária perfeita de seu inimigo.

Em Turim, Clemente o alertara: *Você não faz ideia da obscuridade de uma pessoa como Alberto Valendrea. Acha que pode lutar contra Valendrea? Não, Colin. Você não é páreo para ele. É decente demais. Confiável demais.*

Sua garganta se apertou quando chegou perto de Katerina. Talvez a expressão tensa tenha denunciado seus pensamentos.

– Ele contou sobre mim, não foi? – A voz dela estava triste.

– Você esperava isso?

– Ambrosi quase falou ontem. Achei que Valendrea certamente falaria. Não tenho mais utilidade para os dois.

As emoções ricocheteavam dentro dele.

– Eu não contei nada, Colin. Absolutamente nada. Peguei o dinheiro de Valendrea e fui à Romênia e à Bósnia. Isso é verdade. Mas porque quis ir, e não porque *eles* queriam que eu fosse. Eu os usei, como eles me usaram.

As palavras pareciam boas, mas não bastavam para minimizar sua dor. Ele perguntou calmamente:

– A verdade significa alguma coisa para você?

Katerina mordeu o lábio e ele notou o braço direito dela tremendo. A raiva, sua reação normal a um confronto, não viera à tona. Como ela não respondeu, Michener disse:

– Eu confiei em você, Kate. Contei-lhe coisas que jamais contaria a ninguém.

– E eu não violei essa confiança.

– Como posso acreditar? – Embora ele quisesse.

– O que Valendrea disse?

– O bastante para termos esta conversa.

Ele estava ficando insensível rapidamente. Seus pais tinham morrido, assim como Jakob Volkner. Agora Katerina o traíra. Pela primeira vez na vida, estava sozinho e, de súbito, o peso de ser uma criança indesejada, nascida numa instituição e separada da mãe, assentou-se sobre ele. Estava perdido de muitas maneiras, sem ter aonde ir. Pensara que, com a partida de Clemente, a mulher diante dele seria a solução para seu futuro. Estava até mesmo disposto a descartar um quarto de século da vida em troca da chance de amá-la e ser amado por ela.

Mas como isso seria possível agora?

Houve um momento de silêncio tenso. Incômodo e embaraçoso.

– Certo, Colin – disse ela finalmente. – Entendi o recado. Vou embora.

E virou-se para sair.

Os saltos dos sapatos ressoavam no chão de mármore enquanto ela se afastava. Michener quis dizer que estava tudo bem. *Não vá. Pare.* Mas não conseguiu pronunciar as palavras.

Foi na direção oposta e desceu ao térreo. Não usaria o carro oferecido por Ambrosi. Não queria mais nada deste lugar, somente ser deixado em paz.

Estava dentro do Vaticano sem credenciais nem escolta, mas o rosto era tão conhecido que nenhum dos guardas questionou sua presença. Chegou ao fim de uma comprida *loggia* cheia de planisférios e globos. À frente, viu Maurice Ngovi junto à porta do lado oposto.

– Ouvi dizer que você estava aqui – disse Ngovi enquanto ele se aproximava. – Também sei o que aconteceu na Bósnia. Você está bem?

Ele assentiu.

– Ia ligar para você mais tarde.

– Precisamos conversar.

– Onde?

Ngovi pareceu entender e sinalizou para ele acompanhá-lo. Caminharam em silêncio até o arquivo. As salas de leitura estavam de novo cheias de eruditos, historiadores e jornalistas. Ngovi encontrou o cardeal-arquivista e os três foram para uma das salas de leitura. Assim que estavam dentro, com a porta fechada, Ngovi disse:

– Acho que este lugar é razoavelmente privado.

Michener virou-se para o arquivista.

– Achei que o senhor já estaria sem trabalho.

– Recebi ordem de cair fora até o fim de semana. Meu substituto chega depois de amanhã.

Ele sabia o que o cargo significava para o velho.

– Sinto muito. Mas acho que o senhor estará melhor.

– O que nosso pontífice queria com você? – perguntou Ngovi.

Michener deixou-se cair numa das cadeiras.

– Ele acha que tenho um documento que supostamente estava na *Riserva*. Algo que o padre Tibor enviou a Clemente, relativo ao terceiro segredo de Fátima. Uma cópia de uma tradução. Não faço ideia do que ele quis dizer.

Ngovi lançou um olhar estranho para o arquivista.

– O que é? – perguntou Michener.

Ngovi contou-lhe sobre a visita de Valendrea à *Riserva* na véspera.

– Parecia louco – disse o arquivista. – Ficava dizendo que algo havia sumido da caixa. Realmente senti medo. Que Deus ajude esta Igreja.

– Valendrea explicou alguma coisa? – perguntou Ngovi.

Ele contou aos dois o que o papa tinha dito.

– Naquela noite de sexta-feira – disse o cardeal-arquivista –, quando Clemente e Valendrea estiveram juntos na *Riserva*, algo foi queimado. Encontramos cinzas no chão.

– Clemente não lhe falou nada a respeito? – perguntou Michener.

O arquivista balançou a cabeça.

– Nem uma palavra.

Várias peças estavam se encaixando, mas ainda havia um problema.

– Essa coisa toda é esquisita – disse Michener. – A própria irmã Lúcia verificou, em 2000, a autenticidade do terceiro segredo antes de ser divulgado por João Paulo.

Ngovi assentiu.

– Eu estava presente. O texto original foi levado da *Riserva* a Portugal, na caixa, e ela confirmou que o documento era o mesmo que havia escrito em 1944. Mas, Colin, a caixa continha apenas dois pedaços de papel. Eu mesmo estava lá quando ela foi aberta. Havia um texto original e uma tradução em italiano. Nada mais.

– Se a mensagem estivesse incompleta, será que ela não teria dito alguma coisa? – perguntou Michener.

– Ela estava muito velha e frágil. Lembro-me que ela meramente olhou para a página e assentiu. Disseram-me que sua vista estava fraca e que estava surda.

– Maurice me pediu para verificar – disse o arquivista. – Valendrea e Paulo VI entraram na *Riserva* em 18 de maio de 1978. Valendrea retornou uma hora depois, sob ordens expressas de Paulo, e ficou lá, sozinho, durante 15 minutos.

Ngovi assentiu.

– Parece que o que quer que o padre Tibor tenha mandado a Clemente abriu uma porta que Valendrea considerava fechada há muito.

– E isso pode ter custado a vida de Tibor. – Ele pensou na situação. – Valendrea disse que a coisa desaparecida era a *cópia de uma tradução.* Tradução de quê?

– Colin – disse Ngovi –, aparentemente há mais no terceiro segredo de Fátima do que nós sabemos.

– E Valendrea acha que a cópia está comigo.

– E está? – perguntou Ngovi.

Ele balançou a cabeça.

– Se estivesse, eu daria a ele. Estou cheio disso tudo e só quero cair fora.

– Alguma ideia do que Clemente pode ter feito com a reprodução de Tibor?

Ele realmente não havia pensado nisso.

– Não faço ideia. Roubar não era do feitio de Clemente.

O suicídio também não, mas Michener sabia que era melhor não dizer nada. O arquivista não sabia disso. Mas sentiu, pela expressão de Ngovi, que o queniano estava pensando a mesma coisa.

– E quanto à Bósnia? – perguntou Ngovi.

– Mais estranha que a Romênia.

Ele mostrou a mensagem de Jasna. Tinha dado uma cópia a Valendrea e guardado o original.

– Não podemos dar muito crédito a isto – disse Ngovi, apontando para as palavras de Jasna. – Medjugorje parece mais um espetáculo de circo do que uma experiência religiosa. Este décimo segredo pode simplesmente ser a imaginação de uma vidente e, com franqueza, considerando seu âmbito, tenho de questionar seriamente se não é mesmo isso.

– Exatamente o que eu acho – disse Michener. – Jasna se convenceu de que a mensagem é real e parece tomada pela experiência. No entanto, Valendrea reagiu com intensidade quando leu. – E contou o que acabara de acontecer.

– Foi assim que ele ficou na *Riserva* – disse o arquivista. – Feito louco.

Michener encarou Ngovi.

– O que está acontecendo aqui, Maurice?

– Não faço ideia. Há anos, quando era bispo, eu e outros passamos três meses estudando o terceiro segredo a pedido de João Paulo. A mensagem era muito diferente das duas primeiras. Elas eram precisas e detalhadas, mas o terceiro segredo mais parecia uma parábola. Sua Santidade achava necessária uma orientação da Igreja na interpretação. E eu concordei. Mas jamais consideramos que a mensagem estivesse incompleta.

Ngovi sinalizou para um volume grande e grosso sobre a mesa. O gigantesco manuscrito era muito antigo, as páginas tão velhas que pareciam chamuscadas. A capa era escrita em latim, rodeada por desenhos coloridos representando o que pareciam ser papas e cardeais. As palavras LIGNUM VITAE mal eram visíveis em tinta carmim desbotada.

Ngovi sentou-se numa das cadeiras e perguntou a Michener:

– O que você sabe sobre São Malaquias?

– O bastante para questionar se o sujeito era genuíno.

– Garanto: as profecias dele são verdadeiras. Este volume foi publicado em Veneza em 1595 por um historiador dominicano, Arnold Wion, como o relato definitivo do que o próprio São Malaquias escreveu sobre suas visões.

– Maurice, essas visões aconteceram em meados do século XII. Quatrocentos anos se passaram antes que Wion começasse a escrever alguma coisa. Ouvi todas as histórias. Quem sabe o que Malaquias disse? As palavras *dele* não sobreviveram.

– Mas os escritos de Malaquias estavam aqui em 1595 – disse o arquivista. – Nossos registros mostram isso. De modo que Wion teria acesso a eles.

– Se o livro de Wion sobreviveu, por que o texto de Malaquias não?

Ngovi indicou o livro.

– Mesmo que o texto de Wion seja uma fraude, que as profecias sejam *dele*, e não de Malaquias, elas também são de uma precisão notável. E ficam mais notáveis ainda com o que aconteceu nos últimos dias.

Ngovi entregou-lhe três folhas datilografadas. Michener examinou as páginas e viu que era um resumo narrativo.

Malaquias era irlandês, nascido em 1094. Tornou-se padre aos 25 anos, bispo aos trinta. Em 1139, trocou a Irlanda por Roma, onde fez um relato de sua diocese ao papa Inocêncio II. Enquanto estava lá, teve uma estranha visão do futuro, uma longa lista de homens que um dia governariam a Igreja. Anotou sua visão num pergaminho e presenteou Inocêncio com o manuscrito. O papa leu e, em seguida, guardou no arquivo, onde ficou até 1595, quando Arnold Wion registrou de novo a lista dos pontífices que Malaquias tinha visto, junto com os dísticos proféticos de Malaquias, começando por Celestino II, em 1143, e terminando 111 papas depois, com o suposto último pontífice.

– Não há qualquer evidência de que Malaquias tenha tido visões – disse Michener. – Pelo que me lembro, tudo isso foi acrescentado à história no fim do século XIX por fontes indiretas.

– Leia alguns dos dísticos – disse Ngovi calmamente.

Ele olhou de novo para as páginas em sua mão. O 81° papa foi profetizado como *O lírio e a rosa*. Urbano VIII, que serviu naquela época, viera de Florença, que tinha o lírio vermelho como símbolo. Além disso, era bispo de Spoletto, que tinha a rosa como símbolo. O 94° papa seria *Uma rosa da Úmbria*. Clemente XIII, antes de se tornar papa, foi governador da Úmbria. *Nômade apostólico* foi o lema previsto para o 96° papa. Pio VI terminaria seus dias como um prisioneiro nômade dos revolucionários franceses. Leão XIII foi o 102º papa. *Uma luz no céu* era o lema atribuído a ele. O brasão papal de Leão mostrava um cometa. João XXIII seria *Pastor e marinheiro.* Adequado, já que ele definia seu pontificado como o de um pastor, e o emblema do Vaticano II, convocado por ele, mostrava uma cruz e um navio. Além disso, antes de sua eleição, João era patriarca de Veneza, uma antiga capital marítima.

Michener ergueu os olhos.

– Interessante, mas o que isso tem a ver?

– Clemente era o 111° papa. Malaquias o rotulou como *Da glória da oliveira.* Você se lembra do evangelho de Mateus, capítulo 24, os sinais do fim dos tempos?

Ele se lembrava. Jesus saiu do Templo e estava se afastando quando seus discípulos elogiaram a beleza do edifício. *Em verdade vos digo* – disse ele – *aqui não será deixada pedra sobre pedra; todas serão derrubadas.* E mais tarde, no Monte das Oliveiras, os discípulos pediram que ele dissesse o que ia acontecer e qual seria o sinal do fim dos tempos.

– Nessa passagem, Cristo previu o segundo advento. Mas, Maurice, você não pode acreditar seriamente que o fim dos tempos esteja chegando.

– Talvez não algo tão cataclísmico, mas ainda assim um fim claro e um novo início. Clemente teria sido previsto como o precursor desse evento. E mais. Dentre os papas descritos por Malaquias, a começar em 1143, o último dos 112 é o atual. Malaquias previu, em 1138, que ele seria chamado de *Petrus Romanus.*

Pedro, o romano.

– Mas isso é uma falácia – disse Michener. – Alguns dizem que Malaquias nunca previu um Pedro. Isso teria sido acrescentado numa publicação de suas profecias no século XIX.

– Gostaria que fosse verdade – disse Ngovi, enquanto calçava um par de luvas de algodão e cuidadosamente abria o grosso manuscrito. O pergaminho antigo estalou com o esforço. – Leia isso.

Ele olhou as palavras escritas em latim:

Na perseguição final da Santa Igreja Romana reinará Pedro, o romano, que sustentará seu rebanho em meio a muitas atribulações, depois do que, na cidade das sete colinas, o temido juiz julgará todas as pessoas.

– Valendrea assumiu o nome de *Pedro* por vontade própria – disse Ngovi. – Vê agora porque estou tão preocupado? Essas são as palavras de Wion, supostamente do próprio Malaquias, escritas há séculos. Quem somos nós para questionar? Talvez Clemente estivesse certo. Nós indagamos demais e fazemos o que queremos, e não o que deveríamos.

– Como pode explicar que este volume tenha quase quinhentos anos e os dísticos tenham sido atribuídos a esses papas há tanto tempo? – perguntou o cardeal-arquivista. – Se dez ou vinte estivessem corretos, seria coincidência. Noventa por cento já é outra coisa, e é disso que estamos falando. Apenas cerca de dez por cento dos rótulos parecem não ter qualquer significado. A grande maioria tem uma precisão notável. E o último, Pedro, vem exatamente no número 112. Eu estremeci quando Valendrea assumiu esse nome.

Muita coisa estava chegando depressa. Primeiro a revelação sobre Katerina. Agora a possibilidade de que o fim do mundo estivesse próximo. *Depois do que, na cidade das sete colinas, o temido juiz julgará todas as pessoas*. Há muito tempo Roma era conhecida como *a cidade das sete colinas*. Ele olhou para Ngovi. O rosto do prelado estava coberto de preocupação.

– Colin, você precisa encontrar a reprodução da tradução de Tibor. Se Valendrea considera esse documento fundamental, também devemos considerar. Você conhecia Jakob melhor do que ninguém. Encontre o esconderijo. – Ngovi fechou o manuscrito. – Hoje pode ser o último dia em que temos acesso a este arquivo. Uma mentalidade de cerco está surgindo. Valendrea está expurgando todos os dissidentes. Eu queria que você visse isso em primeira mão para entender a seriedade. O que a vidente de Medjugorje escreveu está aberto a debates, mas o que a irmã Lúcia redigiu e o padre Tibor traduziu é algo bem diferente.

– Não faço ideia de onde esse documento possa estar. Nem posso conceber como Jakob o tirou do Vaticano.

– Eu era a única pessoa que tinha a combinação do cofre – disse o cardeal-arquivista. – E só o abri para Clemente.

Um vazio o tomou enquanto pensava de novo na traição de Katerina. Concentrar-se em outra coisa poderia ajudar, nem que fosse por pouco tempo.

– Verei o que posso fazer, Maurice. Mas nem sei por onde começar.

O rosto de Ngovi permaneceu solene.

– Colin, não quero dramatizar isso mais do que o necessário. Mas o destino da Igreja pode muito bem estar nas suas mãos.

CINQUENTA E SETE

15H30

Valendrea pediu licença à multidão que lhe dava os parabéns no salão de audiências. O grupo tinha viajado de Florença para lhe desejar felicidades, e antes de sair ele garantiu a todos que sua primeira viagem seria à Toscana.

Ambrosi estava esperando no quarto andar. O secretário tinha saído da câmara de audiências há meia hora e ele estava curioso para saber por quê.

– Santo Padre – disse Ambrosi –, Michener encontrou-se com Ngovi e o cardeal-arquivista depois de deixá-lo.

Agora ele entendia a urgência.

– O que foi dito?

– Foi a portas fechadas, numa das salas de leitura. O padre que tenho no arquivo não conseguiu descobrir nada, a não ser que eles estavam com um volume antigo, que normalmente apenas o arquivista pode manusear.

– Qual?

– *Lignum Vitae.*

– As profecias de Malaquias? Você deve estar brincando. Aquilo é absurdo. Mesmo assim, é uma pena não sabermos o que foi dito.

– Estou no processo de reinstalar os equipamentos de escuta. Mas isso levará tempo.

– Quando Ngovi deve partir?

– O escritório dele já está limpo. Disseram-me que ele parte para a África dentro de alguns dias. Por enquanto, ainda está no apartamento.

E ainda é camerlengo. Valendrea ainda não se decidira quanto ao substituto, tentando escolher entre três cardeais que não tinham hesitado no apoio durante o conclave.

– Estive pensando nos bens pessoais de Clemente. A cópia de Tibor deve estar entre eles. Clemente deve ter imaginado que apenas Michener examinaria suas coisas.

– O que está dizendo, Santo Padre?

– Não creio que Michener vá nos trazer alguma coisa. Ele nos despreza. Não, ele vai entregar o papel a Ngovi. E não posso deixar que isso aconteça.

Observou Ambrosi, em busca de uma reação, e seu velho amigo não o desapontou.

– Quer agir primeiro? – perguntou o secretário.

– Precisamos demonstrar a Michener que estamos falando sério. Mas desta vez não será você, Paolo. Ligue para nossos amigos e peça ajuda.

Michener entrou no apartamento que vinha usando desde a morte de Clemente. Caminhara pelas ruas de Roma nas últimas duas horas. Sua cabeça começara a doer há meia hora, uma das dores sobre cuja recorrência o médico da Bósnia alertara, por isso foi direto ao banheiro e engoliu duas aspirinas. O médico também lhe dissera para fazer um exame físico quando voltasse a Roma, mas por enquanto não havia tempo para isso.

Desabotoou a batina e jogou-a na cama. O relógio na mesinha de cabeceira marcava 18h30. Ainda podia sentir as mãos de Valendrea agarrando-o. Que Deus ajudasse a Igreja Católica. Um homem sem medo era algo perigoso. Valendrea parecia saltar despreocupado entre um momento e outro, e o poder absoluto o investia de opções ilimitadas. E havia o que São Malaquias supostamente dissera. Tinha consciência de que deveria ignorar o ridículo, mas um pavor crescia dentro dele. Havia problemas adiante. Disso tinha certeza.

Vestiu jeans e uma camisa com botões, depois foi para a sala e se acomodou no sofá. Intencionalmente deixou todas as luzes apagadas.

Será que Valendrea realmente havia tirado algo da *Riserva* fazia décadas? Será que Clemente fizera a mesma coisa há pouco tempo? O que estava acontecendo? Era como se a realidade tivesse virado de cabeça para baixo. Tudo e todos ao redor pareciam contaminados. E, para completar a confusão, um bispo irlandês que vivera há novecentos anos podia ter previsto o fim do mundo com a chegada de um papa chamado Pedro.

Massageou as têmporas e tentou aplacar a dor. Pelas janelas, alguns raios de luz fraca entravam, vindos da rua. Nas sombras abaixo do peitoril, ainda estava o baú de carvalho de Jakob Volkner. Michener lembrou-se de que estava trancado no dia em que trouxe tudo do Vaticano. Sem dúvida parecia um lugar onde Clemente poderia ter escondido algo importante. Ninguém ousaria olhar dentro.

Engatinhou pelo tapete até o baú.

Levantou a mão, acendeu um dos abajures e examinou a fechadura. Não queria danificar o baú arrombando-o. Sentou-se e pensou no melhor caminho.

A caixa de papelão que tinha trazido do apartamento do papa no dia depois da morte de Clemente estava ali perto. Tudo de Clemente se encontrava dentro. Puxou a caixa e remexeu nos itens que um dia haviam ocupado o apartamento papal. A maioria invocava memórias queridas – um relógio Floresta Negra, algumas canetas especiais, uma foto emoldurada dos pais de Clemente.

Um saco de papel pardo continha a Bíblia pessoal de Clemente. Fora mandada de Castel Gandolfo no dia do enterro. Ele não abrira o livro, simplesmente o havia trazido ao apartamento e posto na caixa.

Agora admirou a capa de couro branco, com a borda de ouro desbotada pelo tempo. Abriu-a com reverência. Em alemão estava escrito NA OCASIÃO DE SUA ORDENAÇÃO. DE SEUS PAIS, QUE O AMAM MUITO.

Clemente havia falado muitas vezes dos pais. Os Volkner eram da aristocracia bávara na época de Ludovico I, e a família fora antinazista, jamais apoiando Hitler, mesmo nos dias de glória antes da guerra. Mas não eram idiotas e mantiveram a dissensão em segredo, fazendo o possível para discretamente ajudar os judeus de Bamberg. O pai de Jakob Volkner tinha guardado as economias de toda a vida de duas famílias locais, mantendo os fundos até depois da guerra. Infelizmente, ninguém retornou para reivindicar o dinheiro. Em vez disso, cada marco foi enviado a Israel. Presente do passado com a esperança do futuro.

A visão da noite anterior relampejou em sua mente.

O rosto de Jakob Volkner.

Não ignore mais o céu. Faça o que lhe pedi. Lembre-se: é importante haver um servo leal.

Qual é o meu destino, Jakob?

Mas foi a imagem do padre Tibor que respondeu:

Ser um sinal ao mundo. Um farol para o arrependimento. O mensageiro que anunciará que Deus está muito vivo.

O que tudo aquilo significava? Seria real? Ou apenas a ilusão de um cérebro abalado pelo raio?

Folheou lentamente a Bíblia. As páginas pareciam de tecido. Algumas tinham trechos sublinhados. Algumas tinham anotações escritas nas margens. Começou a ler as passagens marcadas.

Atos 5, 29. *A obediência a Deus tem mais autoridade do que a obediência aos homens.*

Tiago 1, 27. *A religião pura e incólume aos olhos de Deus, nosso Pai, é a seguinte: ajudar os órfãos e as viúvas quando precisarem e se manter não contaminado pelo mundo.*

Mateus 15, 3-6. *Por que transgredis os mandamentos de Deus em nome de vossa tradição? Deste modo, tornais o mundo de Deus nulo e vazio, através da tradição.*

Mateus 5, 19. *O homem que deixa de cumprir sequer o menor destes mandamentos e ensina os outros a agir assim será considerado o último no reino do Céu.*

Daniel 4, 23. *Vosso reino será preservado para vós, mas somente depois de terdes aprendido que o Céu governa tudo.*

João 2, 28. *Não faço nada por autoridade própria, prego apenas o que o Pai me ensinou.*

Escolhas interessantes. Mais mensagens de um papa perturbado? Ou apenas seleções ao acaso?

Quatro fios de seda colorida se projetavam da parte de baixo do livro, amarradas a cerca de três quartos do volume. Ele segurou os fios e foi às páginas indicadas.

Enfiada na encadernação havia uma fina chave prateada.

Será que Clemente fizera isso de propósito? A Bíblia estivera em Castel Gandolfo na mesinha de cabeceira. O papa deve ter presumido que apenas Michener examinaria o livro.

Soltou a chave e soube o que ela abria.

Enfiou-a na fechadura do baú. A tranca se abriu e a tampa foi liberada.

Dentro havia envelopes. Uma centena ou mais, todos endereçados a Clemente, em letra feminina. Os endereços variavam. Munique, Colônia, Dublin, Cairo, Cidade do Cabo, Varsóvia, Roma. Todos eram lugares onde Clemente servira. O endereço do remetente em todos os envelopes era o mesmo. Ele conhecia a remetente, depois de um quarto de século cuidando das correspondências de Volkner. O nome dela era Irma Rahn, amiga de infância. Michener jamais havia perguntado muito sobre ela, e Clemente só tinha dito que os dois cresceram juntos em Bamberg.

Clemente se correspondia com regularidade com alguns amigos antigos. No entanto, todos os envelopes no baú eram de Irma Rahn. Por que deixara um legado assim? Por que não destruí-las simplesmente? Poderia ter implicações facilmente mal interpretadas, especialmente por inimigos como Valendrea. Mas parecia que Clemente decidira que o risco valia a pena.

Como agora eram de sua propriedade, ele abriu um dos envelopes, tirou a carta e começou a ler.

CINQUENTA E OITO

Jakob:

Meu coração doeu com as notícias de Varsóvia. Vi seu nome mencionado por estar presente quando irromperam os tumultos. Os comunistas adorariam que você e os outros bispos fossem vítimas. Fiquei aliviada ao receber sua carta e feliz por saber que estava incólume. Gostaria que Sua Santidade lhe permitisse um posto em Roma, onde sei que você estaria em segurança. Sei que você jamais faria um pedido assim, mas rezo a nosso Senhor para que isso ocorra. Espero que possa vir aqui para o Natal. Seria bom passar o feriado perto de você. Se for possível, avise. Como sempre, espero sua carta, e saiba, querido Jakob, que o amo muito.

Jakob:

Hoje visitei o túmulo de seus pais. Aparei a grama e limpei as pedras. Deixei um ramo de lírios com seu nome neles. Uma pena não terem vivido para ver o que você se tornou. Arcebispo da igreja, talvez até cardeal um dia. O que você fez é um testamento a eles. Meus pais e os seus suportaram muita coisa; na verdade, demais. Rezo todo dia pela libertação da Alemanha. Talvez por meio de homens bons como você o nosso legado possa se tornar algo bom. Espero que sua saúde esteja boa. A minha está ótima. Pareço abençoada com uma boa constituição física. Devo estar em Munique nas próximas três semanas. Ligarei, se for. Meu coração anseia por vê-lo de novo. Suas preciosas palavras na última carta me aquecem desde então. Cuide-se, querido Jakob. Meu amor, sempre e para sempre.

Jakob:

Cardeal Eminência. Título que você tanto merece. Deus abençoe João Paulo por finalmente elevá-lo. Obrigada de novo por deixar que eu assistisse ao consistório. Sem dúvida, ninguém sabia quem eu era. Fiquei sentada num canto, em silêncio. Seu Colin Michener estava lá e parecia muito orgulhoso. É como você descreveu: um rapaz bonito. Faça dele o filho que sempre desejamos. Invista nele, como seu pai investiu em você. Deixe um legado, Jakob, através dele. Não há nada de errado nisso, nada em seus votos à sua Igreja ou ao seu Deus proíbe isso. Meus olhos ainda se enchem d'água ao lembrar do papa coroando-o com um chapéu escarlate. Foi o momento mais orgulhoso de minha vida. Eu o amo, Jakob, e só espero que nossa ligação seja uma fonte de força. Cuide-se, querido, e escreva logo.

Jakob:

Karl Heigl morreu há alguns dias. No enterro, eu estava me lembrando de quando nós três éramos crianças, brincando no rio num dia quente de verão. Ele era um homem muito gentil e, se não fosse você, eu poderia muito bem tê-lo amado. Mas suspeito de que saiba disso. A mulher dele faleceu há vários anos e ele vivia sozinho. Os filhos dele são uns ingratos egoístas. O que aconteceu com nossa juventude? Será que não apreciam de onde vieram? Muitas vezes eu levava o jantar para ele e nós conversávamos. Ele o admirava muito. O pequeno e magricelo Jakob, elevado a cardeal da Igreja Católica. Agora secretário de Estado. A um passo de ser papa. Ele teria gostado de vê-lo de novo e é uma pena isso não ser possível. Bamberg não esqueceu seu bispo e sei que o bispo não esqueceu o local de sua juventude. Tenho rezado diligentemente nos últimos dias por você, Jakob. O papa não está bem. Logo um novo papa será escolhido. Pedi ao Senhor para olhar por você. Talvez ele ouça o pedido de uma velha que ama profundamente seu Deus e seu cardeal. Cuide-se.

Jakob:

Vi pela televisão você aparecer na sacada da catedral de São Pedro. O orgulho e o amor que cresceram dentro de mim foram demais para descrever. Meu Jakob agora é Clemente. Uma bela escolha de nome. Ao ser mencionado, lembrei-me da época em que eu e você íamos à catedral e visitávamos o túmulo. Lembrei-me de como você imaginava Clemente II. Um alemão feito papa. Mesmo na época havia uma visão em seus olhos. De algum modo, ele fazia parte de você. Agora, como Clemente XV, você é papa. Seja sábio, querido Jakob, mas seja corajoso. A Igreja é sua para ser moldada ou partida. Faça com que se lembrem de Clemente XV com orgulho. Uma peregrinação a Bamberg seria maravilhosa. Tente marcar isso um dia. Não o vejo há muito tempo. Só alguns instantes, mesmo em público, bastariam. Enquanto isso, deixe que o que tivemos aqueça seu coração e abrande sua alma. Pastoreie o rebanho com força e dignidade e saiba sempre que meu coração está com você.

CINQUENTA E NOVE

21H

Katerina aproximou-se do prédio onde Michener morava. A rua escura estava sem pessoas, ladeada de carros vazios. Das janelas abertas vinham conversas casuais, gritos de crianças e trechos de música. O tráfego rugia num bulevar a cinquenta metros atrás.

Havia uma luz acesa no apartamento de Michener, e ela se refugiou num portal do outro lado da rua, segura nas sombras, e olhou para o terceiro andar.

Os dois precisavam conversar. Colin tinha de entender. Ela não o traíra. Não contara nada a Valendrea. Mesmo assim, violara a confiança dele. Michener não ficara com tanta raiva quanto ela havia esperado, parecera mais magoado, e isso a fez sentir-se pior. Quando aprenderia? Por que continuava cometendo os mesmos erros? Será que nem uma vez poderia fazer o que era certo pelo motivo certo? Era capaz de coisa melhor, mas algo parecia contê-la perpetuamente.

Ficou parada no escuro, confortada pela solidão, decidida na certeza do que precisava ser feito. Não havia sinal de movimento na janela do terceiro andar e ela se perguntou se Michener ao menos estaria lá.

Estava juntando coragem para atravessar a rua quando um carro saiu lentamente do bulevar e foi até o prédio. Os faróis iluminavam um caminho adiante e ela se grudou à parede, afundando na escuridão.

Os faróis se apagaram e o veículo parou.

Um cupê Mercedes preto.

A porta de trás se abriu e um homem desceu. À luz do interior, ela viu que era alto, com um rosto magro dividido por um nariz comprido e afilado. Usava um largo terno cinza, e ela não gostou do brilho nos olhos escuros. Já tinha visto homens assim. Dois outros estavam no carro. Um ao volante e o outro no banco de trás. Seu cérebro gritou que era encrenca. Ambrosi certamente os havia enviado.

O homem alto entrou no prédio de Michener.

O Mercedes foi adiante, seguindo pela rua. A luz no apartamento ainda estava acesa.

Não havia tempo para chamar a polícia.

Saiu do portal e atravessou a rua correndo.

Michener terminou de ler a última carta e olhava fixamente os envelopes espalhados ao redor. Nas últimas duas horas, tinha lido cada palavra escrita por Irma Rahn. Certamente o baú não continha toda uma vida de correspondências entre os dois. Talvez Volkner só guardasse as cartas que significavam alguma coisa. A mais recente era datada de dois meses atrás – outro texto em que Irma lamentava a saúde de Clemente, preocupada com o que assistia pela televisão, insistindo para que ele se cuidasse.

Pensou nos anos passados e agora entendia alguns comentários feitos por Volkner, especialmente quando os dois falavam de Katerina.

Você acha que é o único padre a sucumbir? E isso foi errado, afinal? Pareceu errado, Colin? Seu coração lhe disse que era errado?

E pouco antes de morrer. A declaração curiosa quando Clemente perguntou sobre Katerina e o tribunal. *Não faz mal se importar, Colin. Ela faz parte de seu passado. Uma parte que você não deveria esquecer.*

Pensara que o amigo estava apenas tentando confortá-lo. Agora sabia que era mais que isso.

Mas isso não significa que não possam ser amigos. Que não possam compartilhar a vida em palavras e sentimentos. Que não possam experimentar a proximidade que pode ser proporcionada por alguém que se importe de verdade. Sem dúvida a Igreja não nos proíbe esse prazer.

Lembrou-se das perguntas que Clemente fizera em Castel Gandolfo, apenas horas antes de morrer.

Por que os padres não podem se casar? Por que têm de permanecer castos? Se isso é aceitável para os outros, por que não para o clero?

Não conseguia deixar de pensar até onde o relacionamento havia chegado. Será que o papa violara o voto de celibato? Será que fizera a mesma coisa que Thomas Kealy era acusado de fazer? Nada nas cartas indicava isso, o que, em si, não significava nada. Afinal de contas, quem escreveria uma coisa dessas?

Recostou-se no sofá e esfregou os olhos.

A tradução do padre Tibor não estava no baú. Examinara cada envelope e lera cada carta, imaginando a possibilidade de Clemente ter posto o papel dentro de uma delas. De fato, não havia qualquer menção a algo sequer remotamente relacionado a Fátima. Seu esforço parecia outro beco sem saída. Estava onde havia começado, a não ser que agora sabia sobre Irma Rahn.

Não se esqueça de Bamberg.

Foi o que Jasna disse. E o que Clemente lhe escrevera na mensagem final? *Eu preferiria a santidade de Bamberg, aquela linda cidade junto ao rio, e a catedral que tanto amei. Meu único arrependimento é não ter visto sua beleza pela última vez. Mas talvez meu legado ainda possa estar lá.*

E à tarde, no solário em Castel Gandolfo, o que Clemente havia sussurrado:

Deixei Valendrea ler o que há na caixa de Fátima.

O que há lá?

Parte do que o padre Tibor me enviou.

Parte? Não havia percebido a dica até este momento.

A viagem a Turim relampejou de novo em seu pensamento, junto com as acaloradas observações de Clemente sobre sua lealdade e sua capacidade. E o envelope. *Poderia pôr isso no correio para mim?* Era endereçado a Irma Rahn. Não havia pensado nisso. Tinha postado muitas cartas para ela ao longo dos anos. Mas o estranho pedido para postar a carta de lá, e para fazer isso pessoalmente.

Clemente estivera na *Riserva* na noite anterior. Ele e Ngovi tinham esperado do lado de fora enquanto o papa examinava o conteúdo da caixa. Seria a oportunidade perfeita para qualquer remoção. O que significava que, quando Clemente e Valendrea estiveram na *Riserva*, dias depois, a tradução reproduzida já não estava lá. O que Michener havia perguntado a Valendrea mais cedo?

Como sabe que ela estava lá?

Não sei. Mas ninguém voltou ao arquivo depois daquela noite de sexta-feira, e Clemente morreu dois dias depois.

A porta do apartamento foi aberta com violência.

A sala estava iluminada apenas por um abajur e, nas sombras, um homem alto e magro saltou sobre ele. Michener foi arrancado do chão e um punho atingiu seu abdome.

O ar saiu dos pulmões.

O agressor deu outro soco em seu peito, que o fez cambalear na direção do quarto. O choque do momento o paralisou. Jamais estivera numa briga. O instinto lhe dizia para levantar os braços e se proteger, mas o homem deu outro soco em sua barriga, que o lançou na cama.

Ofegou e olhou para a forma escura, imaginando o que viria em seguida. Algo saiu do bolso do homem. Um retângulo preto com cerca de 15 centímetros de comprimento, com brilhantes pontas de metal se projetando de uma extremidade, como pinças. Um clarão de luz brotou subitamente entre as pontas.

Uma arma de atordoamento.

A guarda suíça as usava como meio de proteger o papa sem usar balas. Ele e Clemente tinham visto as armas e ficaram sabendo que a carga de uma bateria de nove volts podia ser transformada em duzentos mil volts, capazes de imobilizar rapidamente uma pessoa. Ficou olhando enquanto a corrente branco-azulada saltava de um eletrodo para o outro, estalando o ar no meio.

Um sorriso surgiu nos lábios finos do sujeito.

– Vamos nos divertir um pouco agora – disse ele em italiano.

Michener juntou toda a força e saltou, girando a perna e chutando o braço estendido do homem. A arma de atordoamento voou na direção da porta aberta.

A ação pareceu realmente surpreender o agressor, mas ele se recuperou e aplicou um golpe no rosto de Michener, derrubando-o na cama.

A mão do homem mergulhou em outro bolso. Houve um estalo e uma faca apareceu. Com a lâmina bem segura na mão levantada, o homem saltou para a frente. Michener se preparou, imaginando como seria levar uma facada.

Mas não sentiu coisa alguma.

Em vez disso, houve um estalo de eletricidade e o sujeito se encolheu. Seus olhos se reviraram para cima, os braços ficaram frouxos e o corpo começou a se convulsionar em espasmos profundos. A faca tombou longe, os músculos afrouxaram e ele despencou no chão.

Michener sentou-se.

Parada atrás do agressor estava Katerina. Ela jogou a arma de atordoamento de lado e correu para ele.

– Você está bem?

Ele estava segurando a barriga, lutando para respirar.

– Colin, você está bem?

– O que, diabos, era... isso?

– Não temos tempo. Há mais dois lá embaixo.

– O que você... sabe que eu não sei?

– Explico depois. Precisamos ir.

A mente dele voltou a funcionar.

– Pegue minha bolsa de viagem... ali. Eu não esvaziei desde a Bósnia.

– Vai a algum lugar?

Ele não respondeu e ela pareceu entender o silêncio.

– Você não vai contar.

– Por que está... aqui?

– Vim conversar com você. Tentar explicar. Mas este homem e mais dois apareceram num carro.

Michener tentou se levantar da cama, mas uma dor forte o obrigou a ficar.

– Você está machucado – disse ela.

Ele tossiu o ar que estava nos pulmões.

– Sabia que esse cara vinha aqui?

– Não acredito que esteja me perguntando isso.

– Responda.

– Vim conversar com você e ouvi a arma de atordoamento. Vi você chutá-la para longe e vi a faca. Por isso, peguei aquela coisa no chão e fiz o que pude. Achei que você me agradeceria.

– E agradeço. Diga-me o que sabe.

– Ambrosi me atacou na noite em que nos encontramos com o padre Tibor em Bucareste. Deixou claro que, se eu não cooperasse, pagaria muito caro. – Apontou para a forma no chão. – Presumo que este homem tenha alguma ligação com ele. Mas não sei por que veio atrás de você.

– Acho que Valendrea ficou insatisfeito com nossa conversa de hoje e decidiu forçar a barra. Disse-me que eu não gostaria do próximo mensageiro.

– Precisamos ir embora – insistiu ela.

Ele foi até a bolsa de viagem e colocou dentro um par de tênis. A dor na barriga provocava lágrimas.

– Eu amo você, Colin. O que fiz foi errado, mas fiz pelo motivo certo. – As palavras saíram depressa. Precisava dizê-las.

Ele a fitou.

– É difícil discutir com alguém que acaba de salvar minha vida.

– Não quero discutir.

Nem ele. Talvez não devesse ser tão dono da verdade. Também não fora totalmente honesto com ela. Abaixou-se e verificou o pulso do agressor.

– Provavelmente vai ficar bem irritado quando acordar. Não quero estar por perto.

Foi para a porta do apartamento e viu as cartas e envelopes espalhados no chão. Precisavam ser destruídos. Foi até lá.

– Colin, temos de sair antes que os outros dois decidam subir.

– Tenho de levar isso... – Ele ouviu passos na escada, três andares abaixo.

– Colin, estamos sem tempo.

Pegou alguns punhados de cartas e enfiou o que pôde na bolsa de viagem, mas só conseguiu pegar metade. Levantou-se e os dois saíram pela porta. Apontou para cima e foram na ponta dos pés até o próximo andar enquanto os passos que vinham de baixo ficavam mais altos. A dor no lado do corpo tornava difícil andar, mas a adrenalina o forçava a prosseguir.

– Como vamos sair daqui? – sussurrou ela.

– Há outra escada nos fundos do prédio. Vai dar num pátio. Venha.

Seguiram cuidadosamente pelo corredor, passando por portas fechadas, em direção aos fundos do prédio. Achou a escada dos fundos no momento em que dois homens apareciam 15 metros atrás deles.

Desceu de três em três degraus, com uma dor aguda rasgando o abdome. A bolsa de viagem cheia de cartas batendo nas costelas só aumentava a agonia. Viraram no patamar, chegaram ao térreo e saíram correndo do prédio.

O pátio dos fundos estava cheio de carros e os dois foram ziguezagueando entre eles. Michener foi na frente, atravessando uma passagem em arco e saindo no bulevar movimentado. Carros passavam rapidamente e pessoas enchiam as calçadas. Graças a Deus os romanos jantavam tarde.

Viu um táxi junto ao meio-fio, 15 metros adiante.

Segurou Katerina e foi direto para o veículo sujo. Com um olhar por cima do ombro, viu dois homens saírem do pátio.

Eles o viram e vieram correndo.

Chegou ao táxi e abriu a porta de trás. Os dois pularam dentro.

– Ande, agora! – gritou em italiano.

O carro saltou para a frente. Pela janela traseira, ele viu os homens pararem a perseguição.

– Aonde estamos indo? – perguntou Katerina.

– Você está com seu passaporte?

– Na bolsa.

– Para o aeroporto – disse ao motorista.

SESSENTA

23H40

Valendrea ajoelhou-se diante do altar na capela que seu amado Paulo VI havia comissionado pessoalmente. Clemente não quisera usá-la, preferindo uma sala menor, mais adiante no corredor, mas ele pretendia usar o espaço ricamente decorado para uma missa matinal diária, hora em que cerca de quarenta convidados especiais poderiam partilhar uma celebração com o pontífice. Depois, alguns minutos de seu tempo e uma fotografia cimentariam a lealdade deles. Clemente jamais usara os atributos do cargo – outra de suas muitas falácias –, mas Valendrea pretendia aproveitar o máximo o que os papas haviam lutado por séculos para conquistar.

Os funcionários tinham saído no fim do dia e Ambrosi estava cuidando de Colin Michener. Valendrea gostou de ter um tempo sozinho, já que precisava rezar ao Deus que, ele sabia, estava escutando.

Imaginou se deveria oferecer o Pai Nosso ou outra oração tradicional, mas decidiu que uma conversa franca seria mais adequada. Além do mais, ele era o supremo pontífice da igreja apostólica de Deus. Se não possuísse o direito de falar abertamente com o Senhor, quem possuiria?

Percebia que o que acontecera antes com Michener – sua chance de ler o décimo segredo de Medjugorje – era um sinal do céu. Tivera permissão de saber tanto a mensagem de Medjugorje como a de Fátima por algum motivo. Sem dúvida o assassinato do padre Tibor fora justificado. Ainda que um dos mandamentos proibisse matar, há séculos os papas tinham matado milhões em nome do Senhor. E agora não era exceção. A ameaça à Igreja Católica Romana era real. Embora Clemente XV tivesse partido, seu protegido vivia e o legado de Clemente estava por aí. Ele não podia permitir que os riscos crescessem além das proporções já perigosas. O assunto exigia uma solução definitiva. Assim como acontecera com o padre Tibor, também seria necessário dar um jeito em Colin Michener.

Juntou as mãos e olhou para o rosto torturado de Cristo no crucifixo. Pediu com reverência a orientação do filho de Deus. Obviamente fora escolhido papa por algum motivo. Também fora motivado a escolher o nome de *Pedro.* Antes desta tarde, havia pensado que era apenas o produto de sua ambição. Agora entendia. Ele era o elo. Pedro II. Para ele, havia apenas um caminho, e agradeceu ao Todo-poderoso por possuir a força para fazer o que era necessário.

– Santo Padre.

Fez o sinal da cruz e levantou-se do genuflexório. Ambrosi ocupava o portal nos fundos da capela mal iluminada. A preocupação cobria o rosto do assistente.

– E Michener?

– Foi embora. Com a Srta. Lew. Mas encontramos uma coisa.

Valendrea examinou o maço de cartas e ficou maravilhado com esta última surpresa. Clemente XV tivera uma amante. Ainda que nada nos textos admitisse qualquer pecado mortal – e, para um padre, a violação das Santas Ordens seria um sério pecado mortal –, o significado era inquestionável.

– Continuo pasmo – disse a Ambrosi, levantando os olhos.

Estavam sentados na biblioteca. A mesma sala onde havia confrontado Michener mais cedo. Pensou em algo que Clemente dissera há um mês, quando soube que o padre Kealy dera poucas opções ao tribunal. *Talvez simplesmente devêssemos ouvir um ponto de vista diferente.* Agora entendia por que Volkner fora tão aberto. Aparentemente, o celibato não era um conceito que o alemão levava a sério. Olhou para Ambrosi.

– Isso vai tão longe quanto o suicídio. Jamais percebi como Clemente era complexo.

– E aparentemente cheio de recursos. Ele retirou os escritos do padre Tibor da *Riserva* confiando no que você faria em seguida.

Valendrea não gostou de Ambrosi ter lembrado sua previsibilidade, mas não disse nada. Em vez disso, ordenou:

– Destrua estas cartas.

– Não deveríamos guardá-las?

– Nunca poderemos usá-las, por mais que eu quisesse. A memória de Clemente deve ser preservada. Desacreditá-lo só ia desacreditar este cargo, algo que não posso permitir. Iríamos nos prejudicar e manchar a reputação de um morto. Picote-as. – Perguntou o que realmente queria saber: – Aonde Michener e a Srta. Lew foram?

– Nossos amigos estão verificando na empresa de táxis. Logo saberemos.

Ele havia pensado antes que o baú pessoal de Clemente podia ser o esconderijo. Mas dado o que sabia agora sobre a personalidade do ex-inimigo, o alemão aparentemente fora muito mais esperto. Levantou um dos envelopes e leu o endereço do remetente. IRMA RAHN, HINTERHOLZ 19, BAMBERG, ALEMANHA.

Ouviu um tilintar fraco e Ambrosi tirou um celular de dentro da batina. Depois de uma curta conversa, Ambrosi desligou o aparelho.

Valendrea continuou a olhar para o envelope.

– Deixe-me adivinhar. Foram levados para o aeroporto.

Ambrosi assentiu.

Valendrea entregou o envelope ao amigo.

– Encontre esta mulher, Paolo, e encontrará o que procuramos. Michener e a Srta. Lew também estarão lá. Estão indo agora.

– Como pode ter certeza?

– Nunca se pode ter certeza de nada, mas podemos presumir. Cuide você mesmo dessa tarefa.

– Não é arriscado?

– É um risco que teremos de correr. Tenho certeza de que você conseguirá disfarçar sua presença.

– Claro, Santo Padre.

– Quero que a tradução de Tibor seja destruída no momento em que você localizá-la. Não me importa como, simplesmente a destrua. Paolo, estou contando com você para cuidar disso. Se alguém, e quero dizer qualquer pessoa, esta mulher de Clemente, Michener, Lew, não me importa quem, ler aquelas palavras ou souber quais são, mate-a. Não hesite; simplesmente elimine.

Os músculos no rosto do secretário nem estremeceram. Os olhos, como os de uma ave de rapina, fitavam-no com intensidade. Valendrea sabia tudo sobre os desentendimentos entre Ambrosi e Michener – até mesmo os encorajara, já que nada garantia mais a lealdade do que um ódio comum. As horas seguintes poderiam ser tremendamente satisfatórias para seu velho amigo.

– Não vou desapontá-lo, Santo Padre – disse Ambrosi em voz baixa.

– Não é a mim que você deve se preocupar em não desapontar. Estamos em missão para o Senhor, e há muita coisa em risco. Coisas demais.

SESSENTA E UM

BAMBERG, ALEMANHA
SEXTA-FEIRA, 1º DE DEZEMBRO
10H

Michener caminhava pelas ruas de paralelepípedos e rapidamente entendeu o amor de Jakob Volkner por Bamberg. Jamais tinha visitado a cidade. As poucas viagens de Volkner à cidade natal tinham sido feitas sozinho. Tinham planejado uma missão papal para o ano seguinte, como parte de uma peregrinação a várias cidades da Alemanha. Volkner dissera que queria visitar a sepultura dos pais, rezar a missa na catedral e encontrar velhos amigos. O que tornou seu suicídio ainda mais perturbador, já que o planejamento para a viagem jubilosa estava bem adiantado quando Clemente morreu.

Bamberg ficava onde o veloz rio Regnitz e o sinuoso Main se juntavam. A metade eclesiástica da cidade coroava as colinas e envolvia uma residência real, um monastério e a catedral. As cristas cobertas de florestas tinham sido lar de príncipes-bispos. Grudada às encostas mais baixas, perto das margens do Regnitz, ficava a parte secular, onde empresas e comércio sempre dominaram. O encontro simbólico das duas metades era o rio, onde há séculos políticos inteligentes tinham erguido uma prefeitura com estrutura de madeira e paredes tatuadas de afrescos luminosos. A *rathaus* ficava numa ilha, no centro das duas classes, com uma ponte de pedra atravessando o rio, dividindo o prédio ao meio e ligando os dois mundos.

Michener e Katerina pegaram um avião de Roma a Munique e passaram a noite perto do aeroporto. De manhã, alugaram um carro e foram para o norte, entrando na Baviera central, passando pelos montes Francônios durante quase duas horas. Agora estavam na Maxplatz, onde uma animada feira enchia a praça. Os comerciantes preparavam o início da feira de Natal, que começaria mais tarde. O ar frio rachava seus lábios, o sol surgia intermitentemente e a neve roçava o pavimento. Ele e Katerina, despreparados para a mudança de temperatura, tinham parado numa das lojas e comprado casacos, luvas e botas de couro.

À esquerda, a igreja de São Martim projetava uma sombra comprida na praça apinhada. Michener pensou que uma conversa com o padre poderia ser útil. Sem dúvida ele conheceria Irma Rahn, e de fato o padre fora gentil, sugerindo que ela poderia estar na igreja de São Gangolf, a paróquia a alguns quarteirões ao norte, do outro lado de um canal.

Acharam-na cuidando de uma das capelas laterais, sob um Cristo crucificado que lançava um olhar lamentoso para baixo. O ar recendia a incenso suavizado pelo cheiro de cera de abelha. Era uma mulher minúscula, com pele clara e feições enrugadas que ainda sugeriam uma beleza pouco desbotada desde a juventude. Se Michener não soubesse que Irma estava se aproximando dos oitenta anos, juraria que tinha sessenta e poucos.

Observaram que ela se ajoelhava a cada vez que passava diante do crucifixo. Michener adiantou-se e passou por um portão de ferro aberto. Uma sensação estranha o dominou. Estaria se intrometendo em algo que não era da sua conta? Mas descartou o pensamento. Afinal de contas, o próprio Clemente abrira o caminho.

– A senhora é Irma Rahn? – perguntou em alemão.

Ela o fitou. Seu cabelo prateado caía sobre os ombros. Os malares e a pele macia não eram tocados por maquiagem. O queixo enrugado era redondo e delicado, os olhos sensíveis e compassivos.

Ela se aproximou e disse:

– Estava me perguntando quanto tempo demoraria até você vir.

– Como sabe quem sou? Nós nunca nos encontramos.

– Mas eu o conheço.

– E esperava que eu viesse?

– Ah, sim. Jakob me disse que você viria. E ele sempre estava certo... especialmente sobre você.

Então Michener percebeu.

– Na carta. A que veio de Turim. Ele fez alguma menção nela?

A mulher assentiu.

– A senhora tem o que eu quero, não é?

– Depende. Você veio por si mesmo ou por outra pessoa?

Pergunta estranha, e ele pensou na resposta.

– Vim por minha Igreja.

Ela sorriu de novo.

– Jakob disse que você responderia assim. Ele o conhecia bem.

Michener apontou para Katerina e apresentou as duas. A velha deu um sorriso caloroso e as duas se cumprimentaram.

– É muito bom conhecê-la. Jakob disse que talvez você também viesse.

SESSENTA E DOIS

CIDADE DO VATICANO, 10H30

Valendrea folheou o *Lignum Vitae*. O arquivista estava de pé diante dele. Tinha ordenado que o velho cardeal se apresentasse no quarto andar trazendo o volume. Queria ver por si mesmo o que atraíra tanto o interesse de Ngovi e Michener.

Achou a parte da profecia de Malaquias que falava de Pedro, o romano, no fim do relato de 1.800 páginas de Arnold Wion:

> *Na perseguição final da Santa Igreja Romana reinará Pedro, o romano, que sustentará seu rebanho em meio a muitas atribulações, depois do que, na cidade das sete colinas, o temido juiz julgará todas as pessoas.*

– Você acredita nesta baboseira? – perguntou ao arquivista.

– O senhor é o 112° papa na lista de Malaquias. O último a ser mencionado, e ele disse que esse nome seria escolhido.

– Então a Igreja está diante do apocalipse? *Na cidade das sete colinas o temido juiz julgará todas as pessoas*. Acredita nisso? Você não pode ser tão ignorante.

– Roma é a cidade das sete colinas. Tem sido chamada assim desde os tempos antigos. E não me agrada o seu tom.

– Não me importa o que lhe agrada. Só quero saber o que você, Ngovi e Michener discutiram.

– Não vou contar nada.

Valendrea apontou para o manuscrito.

– Diga-me por que acredita nesta profecia.

– Como se o que eu acho fosse importante.

Valendrea levantou-se da mesa.

– Importa muito, Eminência. Considere isso como seu último ato para a Igreja. Creio que este seja o seu último dia.

O rosto do velho não revelava nada da tristeza que certamente estava sentindo. O cardeal servira a Roma por quase cinco décadas e certamente já tivera sua cota de alegria e dor. Mas ele era o homem que havia orquestrado o apoio a Ngovi no conclave – isso se tornara claro no dia anterior, quando os cardeais finalmente começaram a falar – e fizera um trabalho magistral ao reunir votos. Uma pena não ter escolhido o lado vitorioso.

Mas igualmente perturbador era que uma discussão sobre as previsões de Malaquias havia surgido na imprensa nos dois dias anteriores. Ele suspeitava de que o homem à sua frente era a fonte daquelas histórias, ainda que nenhum repórter citasse ninguém, apenas a *autoridade anônima do Vaticano* de sempre. As previsões de Malaquias não eram novidade – há muito os teóricos da conspiração alertavam sobre elas –, mas agora os jornalistas estavam começando a fazer uma conexão. De fato, o 112º papa assumira o nome de *Pedro II*. Como um monge do século XI ou um narrador do século XVI poderia saber o que ia acontecer? Coincidência? Talvez, mas era o cúmulo da coincidência.

Na verdade, Valendrea pensava a mesma coisa. Alguns poderiam dizer que ele havia escolhido o nome sabendo o que estava registrado no arquivo do Vaticano. Mas *Pedro* sempre fora sua preferência, desde que tinha decidido alcançar o papado, na época de João Paulo II. Jamais contara a ninguém, nem mesmo a Ambrosi. E nunca havia lido as previsões de Malaquias.

Olhou para o arquivista, esperando uma resposta à pergunta. Por fim, o cardeal falou:

– Não tenho nada a dizer.

– Então talvez possa especular sobre onde estaria o documento desaparecido.

– Não sei de nenhum documento desaparecido. Tudo que está no inventário se encontra lá.

– Esse documento não está no seu inventário. Clemente acrescentou-o à *Riserva*.

– Não tenho responsabilidade sobre o que não é de meu conhecimento.

– Verdade? Então diga o que você sabe *de fato*. O que foi mencionado quando se encontrou com o cardeal Ngovi e o monsenhor Michener?

O arquivista ficou quieto.

– Pelo seu silêncio, presumo que o assunto foi o documento desaparecido e que você esteve envolvido na remoção do papel.

Valendrea percebeu que o golpe atingiria o coração do velho. Como arquivista, seu dever era proteger os escritos da Igreja. O fato de um deles estar desaparecido mancharia para sempre seu trabalho.

– Não fiz nada além de abrir a *Riserva* por ordem de Sua Santidade Clemente XV.

– E eu acredito, Eminência. Acho que o próprio Clemente, sem que ninguém soubesse, retirou o texto. Só quero encontrá-lo. – Ele aliviou o tom de voz, sinalizando que aceitava a explicação.

– Eu também quero... – começou o arquivista, e parou, como se fosse dizer mais do que era adequado.

– Continue. Diga-me, Eminência.

– Estou tão chocado quanto o senhor com a possibilidade de algo ter sumido. Mas não faço ideia de quando isso ocorreu e de onde possa estar. – O tom de voz deixou claro que essa era sua história e que ele planejava se ater a ela.

– Onde está Michener? – Valendrea já estava razoavelmente seguro da resposta, mas decidiu que a verificação aliviaria qualquer preocupação de que Ambrosi pudesse estar seguindo a pista errada.

– Não sei – disse o arquivista com um ligeiro tremor na voz.

Agora Valendrea perguntou o que realmente queria saber:

– E Ngovi? Qual é o interesse dele?

O rosto do arquivista demonstrou compreensão.

– O senhor tem medo dele, não é?

O papa não permitiu que o comentário o afetasse.

– Não temo ninguém, Eminência. Estou meramente me perguntando por que o camerlengo está tão interessado em Fátima.

– Eu nunca disse que ele estava interessado.

– Mas isso foi discutido na reunião de ontem, não foi?

– Também não falei isso.

Valendrea baixou o olhar até o livro, um sinal sutil de que a obstinação do velho não o estava afetando.

– Eminência, eu o demiti. Poderia, com a mesma facilidade, contratá-lo de novo. Não gostaria de morrer aqui, no Vaticano, como cardeal-arquivista da Igreja Católica? Não gostaria de ver o documento desaparecido retornar? Seu dever não tem mais significado do que qualquer sentimento pessoal a meu respeito?

O velho se remexeu, e o silêncio talvez fosse uma indicação de que estava pensando na proposta.

– O que deseja? – perguntou finalmente o arquivista.

– Diga-me aonde o padre Michener foi.

– Hoje cedo me disseram que foi a Bamberg. – A voz estava repleta de resignação.

– Então mentiu para mim?

– O senhor me perguntou se eu sabia para onde ele tinha ido. Não sei. Só sei o que me disseram.

– E qual seria o objetivo da viagem?

– O documento que o senhor procura pode estar lá.

Agora algo novo:

– E Ngovi?

– Está esperando o telefonema do padre Michener.

As mãos nuas de Valendrea apertaram a borda do livro. Não tinha se preocupado em usar luvas. O que importava? No dia seguinte, o manuscrito teria sido transformado em cinzas. Agora a parte crítica:

– Ngovi está esperando para saber o que há no documento?

O velho assentiu, como se lhe doesse ser honesto.

– Eles querem saber o que o senhor aparentemente já sabe.

SESSENTA E TRÊS

BAMBERG,

11H

Michener e Katerina seguiram Irma Rahn pela Maxplatz, depois atravessaram o rio e entraram numa hospedaria de cinco andares. Uma placa de ferro fundido anunciava o nome KÖNIGSHOF, junto com a designação 1614 – ano em que o prédio foi construído, explicou Irma.

Sua família era dona da propriedade havia gerações, e ela a herdara do pai, depois de seu irmão ser morto na Segunda Guerra Mundial. Originalmente, o prédio tinha sido um moinho. A roda de pás se fora havia séculos, mas o negro teto em mansarda, as sacadas de ferro e os detalhes barrocos ainda estavam lá. Ela havia acrescentado uma taverna e restaurante e os levou para dentro, onde se sentaram a uma mesa vazia junto a uma janela de vidro. Do lado de fora, nuvens escureciam o céu do fim da manhã. Parecia haver mais neve a caminho. A anfitriã trouxe uma caneca de cerveja para cada um.

– Só abrimos para o jantar – disse Irma. – As mesas ficam cheias. Nosso cozinheiro é bem popular.

Michener quis saber:

– Na igreja, a senhora disse que Jakob mencionou que Katerina e eu viríamos. O que há realmente na última carta dele?

Irma assentiu.

– Ele disse para esperá-lo e que provavelmente essa mulher adorável viria junto. Meu Jakob era intuitivo, em especial no que tangia a você, Colin. Posso chamá-lo assim? Sinto como se o conhecesse bem.

– Eu não desejaria que me chamasse de outro modo.

– E eu sou Katerina.

Ela deu aos dois um sorriso do qual Michener gostou.

– O que mais Jakob disse?

– Falou de seu dilema, Colin. De sua crise na fé. Como está aqui, presumo que tenha lido minhas cartas.

– Eu nunca havia percebido a profundidade do relacionamento de vocês.

Do outro lado da janela, uma barcaça passou chacoalhando, indo para o norte.

– Meu Jakob era um homem amoroso. Dedicou toda a vida aos outros. Entregou-se a Deus.

– Mas parece que não completamente – disse Katerina.

Michener estivera esperando que ela levantasse o argumento. Na noite anterior, Katerina tinha lido as cartas que ele conseguira salvar e ficou chocada com as emoções particulares de Volkner.

– Eu não gostava dele – disse Katerina. – Eu sempre o via pressionando Colin a escolher, insistindo para que colocasse a Igreja em primeiro lugar. Mas estava errada. Agora percebo que ele, especialmente, entenderia meus sentimentos.

– E entendia. Falou comigo sobre a dor de Colin. Queria contar a verdade, mostrar que ele não estava sozinho, mas eu lhe disse que não. O momento não era adequado. Não queria que ninguém soubesse a nosso respeito. Isso era uma coisa intensamente particular. – Ela o fitou. – Ele queria que você permanecesse como padre. Para mudar as coisas, precisava de sua ajuda. Acho que Jakob sabia, mesmo na época, que um dia você e ele fariam diferença.

Michener precisava dizer:

– Ele tentou mudar as coisas. Não com o confronto, mas com a razão. Era um homem de paz.

– Mas acima de tudo, Colin, ele era um homem. – A voz de Irma sumiu no final da declaração, como se uma lembrança tivesse retornado por um momento e ela não quisesse ignorá-la. – Era apenas um homem, fraco e pecador, como todos nós.

Katerina estendeu a mão sobre a mesa e segurou a da senhora. Os olhos das duas brilharam.

– Quando foi que o relacionamento começou? – perguntou Katerina.

– Quando éramos crianças. Na época, eu sabia que o amava e que sempre o amaria. – Ela mordeu o lábio. – Mas também sabia que nunca o teria. Não completamente. Desde então ele queria ser padre. Mas, de algum modo, sempre bastava que eu possuísse seu coração.

Michener queria saber uma coisa. Por quê, não tinha certeza. Na verdade, não era da sua conta. Mas sentiu que não havia problema em perguntar:

– O amor nunca foi consumado?

O olhar dela sustentou o dele durante segundos, antes que um leve sorriso lhe viesse aos lábios.

– Não, Colin. O seu Jakob nunca violou o juramento à Igreja. Seria impensável para ele e para mim. – Olhou para Katerina. – Todos devemos nos julgar segundo a época em que vivemos. Jakob e eu éramos de outro tempo. Já era suficientemente ruim nos amarmos. Seria impensável levar isso mais adiante.

Ele se lembrou do que Clemente dissera em Turim. *O amor contido não é uma coisa agradável.*

– A senhora viveu aqui, sozinha, todo esse tempo?

– Tenho minha família, este negócio, meus amigos e meu Deus. Conheci o amor de um homem que dividia tudo comigo. Não no sentido físico, mas em todos os outros. Poucos podem dizer o mesmo.

– Nunca foi problema vocês não ficarem juntos? – perguntou Katerina. – Não quero dizer sexualmente. Quero dizer fisicamente, perto um do outro. Deve ter sido duro.

– Eu gostaria que as coisas fossem diferentes. Mas isso estava fora do meu controle. Jakob foi chamado cedo ao sacerdócio. Eu sabia disso e não fiz nada para interferir. Amava-o o bastante para dividi-lo... até mesmo com o céu.

Uma mulher de meia-idade passou por uma porta de vaivém e falou algumas palavras para Irma. Algo sobre a feira e suprimentos. Outra barca passou pela janela, no rio cinza-amarronzado. Alguns flocos de neve bateram nos vidros.

– Alguém sabia sobre a senhora e Jakob? – perguntou Michener assim que a mulher saiu.

Ela balançou a cabeça.

– Nenhum de nós jamais falou sobre isso. Muitos aqui na cidade sabem que eu e Jakob éramos amigos de infância.

– A morte dele deve ter sido terrível para a senhora – disse Katerina.

Ela soltou uma respiração longa.

– Você não pode imaginar. Eu sabia que ele estava mal. Vi pela televisão. Percebi que era apenas questão de tempo. Nós dois estávamos ficando velhos. Mas a hora dele chegou de repente. Ainda espero uma carta chegar, como tantas vezes. – Sua voz ficou mais suave, embargada de emoção. – Meu Jakob se foi, e vocês são as primeiras pessoas com quem falo a respeito. Ele me disse para confiar em vocês. Que sua visita me traria paz. E estava certo. Simplesmente falar disso fez com que eu me sentisse melhor.

Michener imaginou o que aquela mulher gentil pensaria se soubesse que Volkner havia tirado a própria vida. Será que tinha direito de saber? Ela estava abrindo o coração para eles, e Michener estava cansado de mentir. A memória de Clemente estaria segura com ela.

– Ele se matou.

Irma não disse nada por muito tempo.

Ele viu o olhar de Katerina enquanto ela perguntava:

– O papa tirou a própria vida?

Michener assentiu.

– Tomou comprimidos para dormir. Falou que a Virgem Maria disse para ele terminar a vida com as próprias mãos. Penitência pela desobediência. Disse que tinha ignorado o céu por tempo demais. Mas que não ignoraria dessa vez.

Irma continuou sem dizer nada. Apenas o fitava com olhos cheios de paixão.

– A senhora sabia? – perguntou ele.

Ela assentiu.

– Ele me apareceu recentemente... em sonho. Disse que está tudo bem. Que agora foi perdoado. Que logo se encontraria com Deus, de qualquer modo. Não entendi o que ele quis dizer.

– A senhora teve visões enquanto estava acordada?

Ela balançou a cabeça.

– Só em sonhos. – Sua voz estava distante. – Logo estarei com ele. É só isso que me sustenta. Pela eternidade, Jakob e eu estaremos juntos. Ele me disse isso no sonho. – Ela olhou para Katerina. – Você perguntou como era estar separados. Esses anos de separação perdem a importância comparados à eternidade. No mínimo, sou uma mulher paciente.

Ele precisava empurrá-la em direção ao objetivo de tudo aquilo.

– Irma, onde está o que Jakob lhe mandou?

Ela olhou para a cerveja.

– Tenho um envelope que Jakob mandou lhe dar.

– Preciso dele.

Irma levantou-se da mesa.

– Está no meu apartamento, aqui ao lado. Já volto.

A senhora saiu do restaurante.

– Por que não me contou sobre Clemente? – perguntou Katerina, quando a porta se fechou. O tom gélido combinava com a temperatura lá fora.

– Acho que a resposta é óbvia.

– Quem sabe disso?

– Só uns poucos.

Ela se levantou da mesa.

– Sempre a mesma coisa, não é? Muitos segredos no Vaticano. – Em seguida, vestiu o casaco e foi para a porta. – Algo com que você parece muito confortável.

– Exatamente como você. – Ele sabia que não devia ter dito isso. Ela parou.

– Ponto para você. Eu mereci. Qual é a sua desculpa?

Michener não disse nada e ela se virou para sair.

– Aonde você vai?

– Dar uma volta. Tenho certeza de que você e a amante de Clemente têm que conversar sobre muito mais coisas que também não me dizem respeito.

SESSENTA E QUATRO

A mente de Katerina girava, confusa. Michener não lhe confiara o fato de que Clemente XV havia tirado a própria vida. Valendrea certamente sabia – caso contrário, Ambrosi teria insistido para que ela descobrisse o possível sobre a morte do papa. O que estava acontecendo, afinal? Textos desaparecidos. Videntes falando com Maria. Um papa cometendo suicídio depois de amar em segredo uma mulher durante seis décadas. Ninguém acreditaria em nada disso.

Saiu da hospedaria, abotoou o casaco e decidiu voltar para a Maxplatz e afastar a frustração com uma caminhada. Sinos tocavam em todas as direções, sinalizando o meio-dia. Limpou do cabelo a neve que ia aumentando. O ar estava frio, ressecado e carrancudo – como seu humor.

Irma Rahn abrira sua mente. Enquanto há anos ela obrigara Michener a fazer uma escolha, afastando-o e magoando os dois no processo, Irma se aventurara por um caminho menos egoísta, que refletia amor, e não posse. Talvez a senhora estivesse certa. Não importava uma conexão física. O que contava era possuir o coração e a mente.

Imaginou se ela e Michener poderiam ter desfrutado de um relacionamento semelhante. Provavelmente não. Os tempos eram outros. No entanto, ali estava ela, de volta com o mesmo homem, aparentemente no mesmo caminho tortuoso de amor perdido, depois reencontrado, depois testado e depois... essa era a questão. Depois o quê?

Continuou andando; encontrou a praça principal, atravessou um canal e viu as torres gêmeas com cúpulas que pareciam cebolas, na igreja de São Gangolf.

A vida era complicada demais.

Ainda podia ver o homem da noite passada parado em cima de Michener, segurando uma faca. Ela não hesitara em atacá-lo. Depois sugerira que procurassem as autoridades, mas Michener descartara a ideia. Agora sabia por quê. Colin não podia se arriscar a expor o suicídio de um papa. Jakob Volkner significava muito para ele. Talvez demais. E agora Katerina entendia por que ele viajara à Bósnia – procurando respostas a perguntas que seu velho amigo deixara para trás. Claramente esse capítulo da vida dele não podia ser encerrado, porque o fim ainda não fora escrito. Imaginou se algum dia seria.

Continuou andando e se viu de novo às portas da igreja de São Gangolf. O ar quente que saía de dentro a atraiu. Entrou e viu que o portão da capela lateral, onde Irma estivera fazendo a limpeza, continuava aberto. Passou por ele e parou em outra capela. Uma estátua da Virgem Maria, acalentando o menino Jesus nos braços, olhava com a expressão amorosa de uma mãe cheia de orgulho. Sem dúvida uma representação medieval – a de uma caucasiana anglo-saxã –, mas uma imagem que o mundo havia se acostumado a cultuar. Maria tinha morado em Israel, um lugar onde o sol era quente e a pele era bronzeada. Suas feições seriam árabes, os cabelos escuros, o corpo atarracado. No entanto, os católicos europeus jamais teriam aceitado essa realidade. Assim, uma visão feminina familiar foi criada – e desde então a Igreja se agarrou a essa imagem.

E será que ela era virgem? O Espírito Santo havia posto o filho de Deus em seu útero? Mesmo que fosse verdade, a decisão certamente teria sido dela. Ela sozinha teria consentido com a gravidez. Por que, então, a Igreja se opunha tanto ao aborto e ao controle da natalidade? Quando foi que as mulheres perderam a opção de decidir se queriam dar à luz? Será que Maria não tinha estabelecido esse direito? E se ela se recusasse? Mesmo assim teria de levar a gravidez da criança divina até o fim?

Estava cansada de dilemas complexos. Eram muitos, e sem respostas. Virou-se para sair.

A um metro de distância estava Paolo Ambrosi.

A visão a espantou.

Ele saltou para a frente, girando-a de costas e empurrando-a para a capela da Virgem. Lançou-a contra a parede de pedras, com o braço esquerdo torcido nas costas. Outra mão apertou rapidamente seu pescoço. O rosto estava pressionado contra a pedra áspera.

– Eu estava imaginando como poderia separá-la de Michener. Mas você fez isso para mim.

Ambrosi aumentou a pressão no braço. Ela abriu a boca para gritar.

– Agora, não. Não vamos fazer isso. Além do mais, não há ninguém para ouvir.

Ela tentou se soltar usando as pernas.

– Fique quieta. Minha paciência com você se esgotou.

A resposta de Katerina foi lutar mais.

Ambrosi arrancou-a da parede e passou o braço por seu pescoço. Imediatamente sua traqueia foi apertada. Ela tentou se soltar, cravando as unhas na pele dele, mas a diminuição do oxigênio estava fazendo tudo à sua frente aparecer e desaparecer.

Abriu a boca para gritar, mas não havia ar para formar as palavras.

Seus olhos se reviraram para cima.

A última coisa que viu, antes de o mundo ficar preto, foi o olhar triste da Virgem, que não oferecia consolo para seu sofrimento.

SESSENTA E CINCO

Michener observava Irma olhando para o rio, pela janela. Ela voltara pouco depois da saída de Katerina, segurando um envelope azul familiar, que agora estava sobre a mesa.

– Meu Jakob se matou – sussurrou ela consigo mesma. – Que triste. – E o fitou. – No entanto, ele foi enterrado na basílica de São Pedro. Em terreno sagrado.

– Não podíamos contar ao mundo o que aconteceu.

– Esta era a reclamação de Jakob quanto à Igreja. A verdade é muito rara. É irônico que o legado dele agora dependa de uma mentira.

O que não parecia incomum. Como acontecera com Jakob Volkner, toda a carreira de Michener se baseara numa mentira. Interessante como os dois tinham ficado parecidos.

– Ele sempre a amou?

– Você quer saber se houve outras? Não, Colin. Só eu.

– É de imaginar que, depois de um tempo, vocês dois precisariam seguir com a própria vida. Você não sentiu necessidade de ter um marido, filhos?

– Filhos, sim. É a única coisa que lamento na vida. Mas desde cedo soube que queria ser de Jakob e ele queria o mesmo de mim. Tenho certeza de que, em todos os sentidos, você foi o filho dele.

Os olhos de Michener ficaram úmidos.

– Li que você encontrou o corpo dele. Deve ter sido terrível.

Ele não queria pensar na imagem de Clemente na cama, com as freiras preparando-o para o enterro.

– Jakob era um homem notável. No entanto, agora sinto como se ele fosse um estranho.

– Não precisa se sentir assim. Simplesmente havia partes que eram apenas dele. Como tenho certeza de que há partes suas que ele jamais conheceu.

Que verdade!

Irma indicou o envelope.

– Não consegui ler o que ele me mandou.

– A senhora tentou?

Ela assentiu.

– Abri o envelope. Estava curiosa. Mas só depois de Jakob morrer. Está escrito em outra língua.

– Italiano.

– Diga-me o que é.

Ele contou, e ela ouviu espantada. Mas Michener teve de dizer que ninguém vivo, além de Alberto Valendrea, sabia o que estava no documento dentro do envelope.

– Eu sabia que algo estava incomodando Jakob. Suas cartas, nos últimos meses, eram depressivas, até mesmo cínicas. Nem um pouco no estilo dele. E ele não quis me contar nada.

– Eu também tentei, mas ele não quis dizer uma palavra.

– Às vezes Jakob era assim.

Na frente do prédio, ele ouviu uma porta se abrir, depois se fechar com estrondo. Passos ecoaram no piso de madeira. O restaurante ficava nos fundos, atrás de um pequeno saguão e de uma escada que levava aos andares de cima. Ele presumiu que fosse Katerina retornando.

– Em que posso ajudá-lo? – perguntou Irma.

Michener estava de costas para a porta, voltado para o rio. Virou-se e viu Paolo Ambrosi parado pouco mais de um metro atrás. O italiano usava jeans pretos largos e uma camisa escura. Um sobretudo cinza ia até os joelhos e um cachecol marrom estava pendurado no pescoço.

Michener levantou-se.

– Onde está Katerina?

Ambrosi não respondeu. Michener não gostou nem um pouco do ar presunçoso no rosto do sacana. Levantou-se e foi em direção a ele, mas Ambrosi sacou calmamente um revólver do bolso do sobretudo. Ele parou.

– Quem é ele? – perguntou Irma.

– Encrenca.

– Sou o padre Paolo Ambrosi. Você deve ser Irma Rahn.

– Como sabe meu nome?

Michener ficou entre os dois, esperando que Ambrosi não notasse o envelope sobre a mesa.

– Ele leu suas cartas. Não consegui pegar todas ontem à noite antes de sair de Roma.

Ela levou a mão à boca e soltou um ruído ofegante.

– O papa sabe?

Michener apontou para Ambrosi.

– Se esse miserável sabe, Valendrea sabe.

Ela fez o sinal da cruz.

Michener encarou Ambrosi e entendeu.

– Diga-me onde está Katerina.

A arma continuou apontada para ele.

– Por enquanto, em segurança. Mas você sabe o que quero.

– E como sabe que está comigo?

– Está com você ou com esta mulher.

– Pensei que Valendrea disse que, se eu achasse, era meu. – Ele esperava que Irma ficasse quieta.

– E o cardeal Ngovi seria o destinatário do que você enviasse.

– Não sei o que eu teria feito.

– Presumo que agora saiba.

Ele queria dar um soco e arrancar a arrogância do rosto de Ambrosi, mas ainda havia a questão da arma.

– Katerina está em perigo? – perguntou Irma.

– Ela está bem – Ambrosi deixou claro.

– Francamente, Ambrosi – disse Michener –, Katerina é problema *seu*. Ela era sua espiã. Não dou a mínima.

– Tenho certeza de que ela vai ficar de coração partido ao ouvir isso.

Michener deu de ombros.

– Ela entrou sozinha nessa confusão, cabe a ela sair. – Michener imaginou se estaria colocando em risco a segurança de Katerina, mas qualquer demonstração de fraqueza seria fatal.

– Quero a tradução de Tibor – disse Ambrosi.

– Não está comigo.

– Mas Clemente a enviou para cá. Correto?

– Não sei disso... ainda. – Ele precisava de tempo. – Mas posso descobrir. E há mais uma coisa. – Apontou para Irma. – Quando descobrir, quero que esta senhora seja deixada de fora de tudo. Isso não tem a ver com ela.

– Ela foi envolvida por Clemente, não por mim.

– Se quiser a tradução, isso é uma condição. Caso contrário, entrego à imprensa.

Houve um tremor momentâneo na postura fria de Ambrosi. Ele quase sorriu. Michener tinha adivinhado certo. Valendrea mandara seu capanga para destruir a informação, e não para recuperá-la.

– Ela fica de fora – disse Ambrosi – desde que não tenha lido.

– Ela não lê italiano.

– Mas você lê. Portanto, lembre-se do alerta. Você vai limitar seriamente minhas opções se optar por ignorar o que estou dizendo.

– Como saberá se eu li, Ambrosi?

– Estou presumindo que a mensagem seja difícil de esconder. Papas tremeram diante dela. Portanto, deixe para lá, Michener. Isso não tem mais a ver com você.

– Para alguma coisa que não tem a ver comigo, parece que estou bem no meio. Como o visitante que você mandou ontem à noite.

– Não sei de nada disso.

– Eu diria o mesmo, se fosse você.

– E Clemente? – perguntou Irma com um pedido na voz. Aparentemente ainda estava pensando nas cartas.

Ambrosi deu de ombros.

– A memória dele está nas suas mãos. Não quero que a imprensa se envolva. Mas se isso ocorrer, estamos preparados para vazar alguns fatos que serão, no mínimo, devastadores para a memória dele... e a sua.

– Vocês contarão ao mundo como ele morreu? – perguntou Irma.

Ambrosi olhou para Michener.

– Ela sabe?

Ele assentiu.

– Como você, aparentemente.

– Bom. Isso torna as coisas mais fáceis. Sim, nós contaríamos ao mundo, mas não diretamente. Os boatos podem causar muito mais danos. As pessoas ainda acreditam que o santificado João Paulo I foi assassinado. Pense no que escreveriam sobre Clemente. As poucas cartas que temos são bastante prejudiciais. Se você gosta dele, como acredito, coopere nesta questão e nada jamais será divulgado.

Irma ficou quieta, mas lágrimas encharcaram suas bochechas.

– Não chore – disse Ambrosi. – O padre Michener fará a coisa certa. Ele sempre faz. – Ambrosi recuou para a porta e parou. – Disseram-me que o famoso circuito dos presépios de Bamberg começa esta noite. Todas as igrejas mostrarão cenas da natividade. Uma missa será rezada na catedral. Muita gente estará lá. Começa às oito. Por que não chegamos antes da multidão e trocamos o que cada um de nós quer às sete?

– Eu não disse que quero nada de você.

Ambrosi deu um riso irritante.

– Quer sim. Esta noite. Na catedral. – Ele apontou para a janela do prédio que coroava uma colina do outro lado do rio. – Bastante público, de modo que será melhor para todos. Ou, se você preferir, podemos fazer a troca agora.

– Às sete na catedral. Agora dê o fora daqui.

– Lembre-se do que eu disse, Michener. Deixe lacrado. Faça um favor a si mesmo, à Srta. Lew e à Srta. Rahn.

Ambrosi saiu.

Irma ficou sentada em silêncio, soluçando. Finalmente disse:

– Esse homem é maligno.

– Ele e o nosso novo papa.

– Ele tem ligação com Pedro?

– É o secretário papal.

– O que está acontecendo aqui, Colin?

– Para saber disso, preciso ler o que há neste envelope. – Mas também precisava salvaguardá-la. – Quero que a senhora saia. Não quero que saiba de nada.

– Por que você vai abrir?

Ele levantou o envelope.

– Tenho de saber o que é tão importante.

– O homem foi bastante claro quando disse para não fazer isso.

– Para o diabo com Ambrosi. – A severidade do tom de voz o espantou.

Irma pareceu pensar na situação e disse:

– Vou me certificar de que você não seja perturbado.

Ela se retirou e fechou a porta. As dobradiças guincharam levemente, como as do arquivo, naquela manhã chuvosa há quase um mês, quando havia alguém vigiando.

Sem dúvida Paolo Ambrosi.

Uma buzina soou abafada a distância. Do outro lado do rio, sinos tocaram sinalizando as treze horas.

Sentou-se e abriu o envelope.

Dentro estavam dois pedaços de papel: um azul e um castanho. Leu primeiro o azul, escrito com a letra de Clemente:

Colin, neste ponto você sabe que a Virgem deixou mais. Agora as palavras dela estão sob sua guarda. Seja sábio com relação a elas.

Suas mãos tremeram enquanto deixava o papel azul de lado. Clemente parecia saber que ele acabaria indo a Bamberg e que leria o que estava no envelope.

Desdobrou a folha castanha.

A tinta era azul-clara, a página lisa e nova. Examinou o italiano, com a tradução relampejando na mente. Uma segunda passagem refinou a linguagem. Uma leitura final e ele sabia o que a irmã Lúcia escrevera em 1944 – o resto do que a Virgem lhe dissera no terceiro segredo – que o padre Tibor traduzira naquele dia de 1960.

Antes de sair, Nossa Senhora declarou que havia uma última mensagem que o Senhor queria dar apenas a Jacinta e a mim. Disse que Ela era a Mãe de Deus e pediu que tornássemos pública esta mensagem a todo o mundo no tempo apropriado. Ao fazer isso, encontraremos uma forte resistência. Ouçam bem e prestem atenção ao que Ela ordena. Os homens precisam se corrigir. Pecaram e pisotearam o presente que lhes foi dado. Meus filhos, disse Ela, o casamento é um estado santificado. Seu amor não conhece limites. O que o coração sente é genuíno, não importando por quem ou por quê, e Deus não colocou limite no que torna saudável uma união. Saibam que a felicidade é o único teste verdadeiro do amor. Saibam também que as mulheres fazem parte da igreja de Deus tanto quanto os homens. Ser chamado ao serviço do Senhor não é atividade masculina. Os sacerdotes do Senhor não devem ser proibidos de ter amor e companheirismo, nem da alegria de um filho. Servir a Deus não é esquecer nosso coração. Os padres devem ser generosos em todos os sentidos. Por fim, disse Ela, saibam que o corpo de vocês é de vocês. Assim como Deus me confiou Seu filho, o Senhor confia a todas as mulheres os seus não nascidos. Somente vocês podem decidir o que é melhor. Vão, meus pequeninos, e proclamem a glória destas palavras. Com esse objetivo, eu sempre estarei ao seu lado.

As mãos dele tremiam. Não eram as palavras da irmã Lúcia, por mais provocadoras que fossem. Era outra coisa.

Enfiou a mão no bolso e pegou a mensagem que Jasna tinha escrito há dois dias. As palavras que a Virgem lhe disse no topo de uma montanha da Bósnia. O décimo segredo de Medjugorje. Desdobrou o papel e releu a mensagem:

Não tema, eu sou a Mãe de Deus que fala com você e pede que torne pública a presente Mensagem a todo o mundo. Ao fazer isso, você encontrará forte resistência. Ouça bem e preste atenção ao que eu lhe digo. Os homens precisam se corrigir. Com pedidos humildes têm de implorar o perdão pelos pecados cometidos e pelos que irão cometer. Proclame em meu nome que uma grande punição cairá sobre a humanidade; não hoje, não amanhã, mas logo, se não acreditarem em minhas palavras. Já revelei isso aos abençoados em La Salette e de novo em Fátima, e hoje repito a você porque a humanidade pecou e pisou no presente dado por Deus. O tempo dos tempos e o fim de todos os fins chegará, se a humanidade não se converter; e se tudo ficar como está agora, ou pior, se piorar ainda mais, os grandes e poderosos perecerão junto com os pequenos e fracos.

Ouçam estas palavras. Por que perseguir o homem ou a mulher que ama de modo diferente dos outros? Essa perseguição não agrada ao Senhor. Saibam que o casamento deve ser partilhado por todos, sem restrição. Qualquer coisa contrária é tolice dos homens, e não a palavra do Senhor. As mulheres são elevadas aos olhos de Deus. Seu serviço há muito foi proibido, e essa repressão desagrada ao céu. Os sacerdotes de Cristo devem ser felizes e generosos.

O júbilo do amor e dos filhos jamais deve ser negado a eles e o Santo Padre deveria entender isso. Minhas últimas palavras são as mais importantes. Saibam que optei livremente por ser mãe de Deus. A escolha de um filho é da mulher, e o homem jamais deveria interferir nessa decisão. Vá agora, conte ao mundo minha mensagem e proclame a bondade do Senhor, mas lembre-se de que sempre estarei ao seu lado.

Ele deslizou da cadeira e caiu de joelhos. Não havia dúvida quanto às implicações. Duas mensagens. Uma escrita por uma freira portuguesa em 1944 – uma mulher com pouca formação e limitado domínio da língua – traduzida por um padre em 1960 – relato do que foi dito em 13 de julho de 1917, quando a Virgem Maria supostamente apareceu. A outra redigida por uma mulher há dois dias – uma vidente que vivenciara centenas de aparições –, relato do que lhe foi dito numa montanha tempestuosa quando a Virgem Maria lhe apareceu pela última vez.

Quase cem anos separavam os dois acontecimentos.

A primeira mensagem estivera lacrada no Vaticano, lida apenas por papas e um tradutor búlgaro, e nenhum deles conheceu a portadora da segunda mensagem. Do mesmo modo, a receptora da segunda mensagem não tinha como saber do conteúdo da primeira. No entanto, as duas tinham conteúdo idêntico – e o denominador comum era a mensageira.

Maria, a mãe de Deus.

Por dois mil anos, as pessoas que duvidavam tinham desejado provar a existência de Deus. Algo tangível que demonstrasse, sem dúvida, que Ele era uma entidade viva, consciente do mundo, viva em todos os sentidos. Não uma parábola ou uma metáfora. Em vez disso, era o governante do céu, provedor do homem, supervisor da Criação. A visão que Michener tivera da Virgem saltou em sua mente.

Qual é o meu destino?, tinha perguntado ele.

Ser um sinal para o mundo. Um farol para o arrependimento. O mensageiro para anunciar que Deus está muito vivo.

Pensara que era tudo uma alucinação. Agora sabia que era verdadeiro.

Fez o sinal da cruz e, pela primeira vez, rezou ciente de que Deus estava ouvindo. Pediu perdão pela Igreja e pelas tolices dos homens, especialmente ele próprio. Se Clemente estava certo – e não havia mais motivo para duvidar –, em 1978 Alberto Valendrea tinha retirado a parte do terceiro segredo que ele acabara de ler. Imaginou o que Valendrea pensara ao ler as palavras pela primeira vez. Dois mil anos de ensinamentos da Igreja rejeitados por uma criança portuguesa iletrada. As mulheres podem ser sacerdotes? Os sacerdotes podem se casar e ter filhos? O homossexualismo não é pecado? A maternidade é uma escolha da mulher? Então, ontem, quando leu a mensagem de Medjugorje, Valendrea percebeu imediatamente o que Michener agora sabia.

Tudo aquilo era a Palavra de Deus.

As palavras da Virgem lhe vieram de novo. *Não rejeite sua fé, porque no final ela será tudo que restará.*

Fechou os olhos com força. Clemente estava certo. O homem era idiota. O céu havia tentado guiar a humanidade no caminho certo, e pessoas tolas tinham ignorado todo o esforço. Pensou nas mensagens desaparecidas dos videntes de La Salette. Será que outro papa, há um século, tinha feito o que Valendrea tentara? Isso poderia explicar por que a Virgem aparecera depois em Fátima e Medjugorje. Para tentar de novo. No entanto, Valendrea havia sabotado qualquer revelação ao destruir a prova. Clemente pelo menos tentara. *A Virgem retornou e disse que minha hora havia chegado. O padre Tibor estava com Ela. Esperei que Ela me levasse, mas Ela me disse que eu deveria acabar com minha própria vida. O padre Tibor disse que era meu dever, a penitência pela desobediência, e que tudo se esclareceria depois. Pensei na minha alma, mas foi-me dito que o Senhor estava esperando. Ignorei o céu por muito tempo. Não farei isso desta vez.* Essas palavras não eram os delírios de uma mente enlouquecida, ou mesmo o bilhete de suicídio de um homem instável. Agora entendia por que Valendrea não podia permitir que a tradução reproduzida do padre Tibor fosse comparada com a mensagem de Jasna.

As repercussões eram devastadoras.

Ser chamado ao serviço do Senhor não é atividade masculina. A postura da Igreja com relação às mulheres como sacerdotes fora inalterável. Desde os tempos romanos, os papas tinham convocado concílios para reafirmar essa tradição. Cristo era homem, portanto os sacerdotes também deveriam ser.

Os sacerdotes de Cristo devem ser felizes e generosos. O júbilo do amor e dos filhos não deve ser negado a eles. O celibato era um conceito imaginado pelos homens e imposto pelos homens. Cristo era considerado celibatário. Portanto, Seus sacerdotes também deveriam ser.

Por que perseguir o homem ou a mulher que ama de modo diferente dos outros? O Gênese descrevia o homem e a mulher juntando-se como *um só corpo* para transmitir a vida ao outro, portanto a Igreja há muito vinha ensinando que só o pecado poderia vir de uma união que não gerasse vida.

Assim como Deus me confiou Seu filho, o Senhor confia a todas as mulheres os seus não nascidos. Somente vocês podem decidir o que é melhor. A Igreja havia se oposto absolutamente ao controle da natalidade sob qualquer forma. Os papas tinham decretado repetidamente que o embrião tinha alma, era um ser humano que merecia a vida, e que a vida tinha de ser preservada, mesmo à custa da mãe.

O conceito do homem sobre a Palavra de Deus aparentemente era muito diverso da Palavra em si. Pior ainda, durante séculos atitudes inflexíveis tinham proclamado a mensagem de Deus com o selo da infalibilidade do papa, o que, por definição, agora estava provado como falso, já que nenhum papa tinha feito o que o céu desejava. O que Clemente havia dito? *Somos meramente homens, Colin. Nada mais. Não sou mais infalível que você. No entanto, nos proclamamos príncipes da*

Igreja. Clérigos devotos preocupados apenas em agradar a Deus, enquanto simplesmente agradamos a nós mesmos.

Estava certo. Que Deus abençoasse sua alma, pois ele estava certo.

Com a leitura de algumas palavras simples escritas por duas mulheres abençoadas, milhares de anos de disparates religiosos se tornavam claros. Rezou de novo, desta vez agradecendo a Deus por Sua paciência. Pediu que o Senhor perdoasse a humanidade, depois pediu a Clemente para cuidar dele nas próximas horas.

De jeito nenhum poderia dar a tradução do padre Tibor a Ambrosi. A Virgem lhe dissera que ele era um sinal para o mundo. Um farol para o arrependimento. O mensageiro para anunciar que Deus estava vivo. Para fazer isso, precisava completar o terceiro segredo de Fátima. Os eruditos deveriam estudar o texto e eliminar o que fosse explicável, deixando apenas uma conclusão.

Mas guardar as palavras do padre Tibor colocaria a vida de Katerina em risco.

Rezou de novo, desta vez pedindo orientação.

SESSENTA E SEIS

16H30

Katerina lutou para tentar livrar as mãos e os pés da grossa fita adesiva. Os braços estavam dobrados nas costas e ela se encontrava deitada num colchão duro coberto por uma colcha áspera que cheirava a tinta. Pela janela da solitária, podia ver a noite se aproximando. Sua boca estava coberta por fita adesiva, por isso se obrigou a ficar calma e a respirar lentamente pelo nariz.

Não fazia ideia de como havia chegado ali. Lembrava-se apenas de Ambrosi sufocando-a e do mundo ficando negro. Estava acordada há umas duas horas, e ainda não ouvira nada além de uma voz ocasional vinda da rua. Parecia estar num andar alto, talvez num dos prédios barrocos que ladeavam as ruas antigas de Bamberg, perto da igreja de São Gangolf, já que Ambrosi não poderia tê-la carregado até longe. O ar frio estava ressecando suas narinas e Katerina ficou satisfeita por ele não ter tirado seu casaco.

Por um instante, na igreja, pensara que sua vida estava acabada. Aparentemente era considerada mais valiosa viva – certamente como a moeda de troca que Ambrosi usaria para exigir de Michener o que queria.

Tom Kealy estava certo sobre Valendrea, mas estava errado sobre ela ser capaz de se virar sozinha. As paixões daqueles homens estavam muito além de qualquer coisa que ela conhecera. Valendrea dissera a Kealy no tribunal que ele claramente estava com o demônio. Se isso era verdade, Kealy e Valendrea tinham a mesma companhia.

Ouviu uma porta se abrir, depois se fechar. Passos se aproximaram. A porta do cômodo se abriu e Ambrosi entrou, tirando um par de luvas.

– Confortável? – perguntou ele.

Os olhos de Katerina acompanharam seus movimentos. Ambrosi jogou o casaco numa cadeira e depois se sentou na cama.

– Imagino que tenha achado que ia morrer naquela igreja. A vida é um presente fantástico, não? Claro que você não pode responder, mas tudo bem. Gosto de responder às minhas próprias perguntas.

Ele parecia satisfeito consigo mesmo.

– A vida é de fato um presente, e eu lhe dei esse presente. Poderia tê-la matado e acabado com o problema que você representa.

Ela ficou perfeitamente imóvel. O olhar dele percorreu seu corpo.

– Michener desfrutou de você, não foi? Um tremendo prazer, tenho certeza. O que foi que me disse em Roma? Você mija sentada, por isso eu não me interessaria. Acha que não sinto desejo por uma mulher? Acha que não saberia o que fazer? Porque sou padre? Ou porque sou gay?

Katerina imaginou se aquela representação era para ela ou para ele próprio.

– Seu amante disse que não ligava a mínima para o que acontecesse com você. – A diversão temperava a voz dele. – Chamou você de minha espiã. Disse que você era problema meu, e não dele. Talvez estivesse certo. Afinal de contas, eu a recrutei.

Ela tentou manter os olhos calmos.

– Acha que Sua Santidade convocou sua ajuda? Não, eu é que descobri sobre você e Michener. Fui eu que pensei na possibilidade. Pedro não saberia de nada se não fosse eu.

De repente, Ambrosi levantou-a e arrancou a fita de sua boca. Antes que ela pudesse emitir qualquer som, ele a puxou e grudou os lábios nos seus. O movimento da língua era revoltante e ela tentou se encolher, mas ele manteve o abraço. Dobrou a cabeça dela para o lado e agarrou os cabelos, sugando o ar de seus pulmões. A boca de Ambrosi tinha gosto de cerveja. Por fim, Katerina cravou os dentes na língua dele. Ele recuou e ela saltou para a frente, mordendo seu lábio inferior e tirando sangue.

– Sua puta escrota – gritou ele enquanto a jogava na cama.

Katerina cuspiu a saliva de Ambrosi, como se exorcizasse o mal. Ele saltou para a frente e lhe deu um tapa no rosto. O golpe ardeu e ela sentiu gosto de sangue. Ele golpeou de novo, e a força lançou sua cabeça contra a parede junto à cama.

O quarto começou a girar.

– Eu devia matar você – murmurou ele.

– Foda-se – conseguiu dizer ela enquanto rolava, deitando-se de costas, mas a tontura continuava ali.

Ambrosi enxugou o lábio com a manga da camisa.

Um fio de sangue escorria da boca de Katerina. Ela esfregou o rosto na colcha. Borrões vermelhos mancharam o tecido.

– É melhor me matar. Por que se não fizer isso, assim que tiver chance eu mato você.

– Você nunca terá a chance.

Ela percebeu que estava segura enquanto ele não conseguisse o que queria. Colin fizera a coisa certa levando o idiota a pensar que ela não era importante.

Ele voltou para perto da cama e enxugou o lábio.

– Só espero que seu amante ignore o que eu disse. Vou adorar ver vocês dois morrerem.

– Grandes palavras, homenzinho.

Ele saltou para a frente, rolou-a de costas e montou sobre ela. Katerina sabia que ele não ia matá-la. Pelo menos, não por enquanto.

– Qual é o problema, Ambrosi, não sabe o que fazer em seguida?

Ele estremeceu de fúria. A mulher o estava pressionando, mas que diabo!

– Depois da Romênia, eu disse a Pedro para deixá-la em paz.

– Então é por isso que estou sendo espancada pelo cachorrinho dele.

– Você tem sorte se eu fizer só isso.

– Talvez Valendrea sinta ciúme. Talvez devêssemos manter isso aqui entre nós.

A provocação fez aumentar a pressão em sua garganta. Não o bastante para impedir a respiração, mas o bastante para ela saber que deveria se calar.

– Você parece um homem forte com uma mulher que tem as mãos e os pés amarrados. Me solte e vamos ver se é mesmo corajoso.

Ambrosi saiu de cima dela.

– Você não vale o esforço. Só temos umas duas horas. Vou jantar antes de terminar isso. – O olhar dele se cravou nela. – De uma vez por todas.

SESSENTA E SETE

CIDADE DO VATICANO,
18H30

Valendrea caminhava pelo jardim, desfrutando uma tarde de dezembro de rara amenidade. Este primeiro sábado de seu papado fora cheio de movimento. Celebrara a missa de manhã, depois recebera uma procissão de pessoas que tinham viajado a Roma para lhe dar os parabéns. A tarde havia começado com uma reunião de cardeais. Cerca de oitenta ainda estavam na cidade e o papa havia se encontrado com eles durante três horas, para delinear parte do que pretendia fazer. Houvera as perguntas normais, só que desta vez ele tinha aproveitado a oportunidade para anunciar que todas as nomeações de Clemente XV permaneceriam válidas até a semana seguinte. A única exceção era o cardeal-arquivista, que, segundo ele, pedira a aposentadoria por motivos de saúde. O arquivista seria um cardeal belga que já havia retornado para casa, mas estava voltando a Roma. Além disso, não havia tomado decisões e não tomaria até o fim de semana. Tinha notado o olhar de muitos no salão, esperando que ele confirmasse as promessas pré-conclave, mas ninguém questionou suas declarações. E ele gostou disso.

À sua frente estava o cardeal Bartolo, esperando onde haviam combinado antes, depois da reunião dos cardeais. O primaz de Turim havia insistido que os dois se falassem hoje. Valendrea sabia que o cargo de secretário de Estado fora prometido a Bartolo e agora, aparentemente, o cardeal queria o cumprimento da promessa. Ambrosi é que fizera a promessa, mas também lhe aconselhara a adiar essa escolha pelo maior tempo possível. Afinal de contas, Bartolo não fora o único a quem o cargo fora prometido. Para os perdedores, precisariam ser encontradas desculpas que os eliminassem como competidores – motivos suficientes para aplacar o azedume e impedir retaliações. Sem dúvida postos alternativos poderiam ser oferecidos a alguns, mas ele sabia muito bem que a Secretaria de Estado era algo que mais de um cardeal importante cobiçava.

Bartolo estava parado perto do *Pasetto di Borgo.* A passagem medieval se estendia pelo muro do Vaticano até o Castelo de Sant'Angelo, ali perto, uma fortificação que já protegera papas contra invasores.

– Eminência – cumprimentou Valendrea enquanto se aproximava.

Bartolo fez uma reverência com o rosto barbudo.

– Santo Padre. – O sacerdote mais velho sorriu. – Você gosta dessas palavras, não é, Alberto?

– Sem dúvida elas têm ressonância.

– Você tem me evitado.

Ele ignorou a observação.

– Nunca.

– Eu o conheço bem demais. Não sou o único a quem foi oferecido o cargo de secretário de Estado.

– Os votos são difíceis de conseguir. Devemos fazer o que é necessário. – Ele tentava manter o tom leve, mas percebeu que Bartolo não era ingênuo.

– Fui responsável direto por pelo menos uma dúzia dos seus votos.

– Que acabaram não sendo necessários.

Os músculos do rosto de Bartolo se enrijeceram.

– Só porque Ngovi retirou a candidatura. Imagino que aqueles doze votos seriam críticos, se a luta continuasse.

O aumento no tom da voz do velho parecia tirar a força das palavras, transformando-as num pedido. Valendrea decidiu ir direto ao ponto.

– Gustavo, você é velho demais para ser secretário. É um cargo exigente. São necessárias muitas viagens.

Bartolo encarou-o, furioso. Aquele homem seria um aliado difícil de aplacar. De fato, o cardeal conseguira vários votos, confirmados pelos equipamentos de escuta, e fora seu defensor desde o início. Mas a reputação de Bartolo era de frouxo, com educação medíocre e sem experiência diplomática. Sua escolha para qualquer cargo não seria popular, especialmente um cargo tão crítico como o de secretário de Estado. Havia mais três cardeais que tinham trabalhado igualmente duro, com passados exemplares e melhor reputação no Sacro Colégio. Mesmo assim, Bartolo oferecia uma coisa que eles não ofereciam. Obediência inabalável. E isso era importante.

– Gustavo, se eu pensasse em nomeá-lo, haveria condições. – Estava testando o terreno, vendo se era convidativo.

– Estou ouvindo.

– Pretendo dirigir pessoalmente a política externa. Qualquer decisão será minha, e não sua. Você teria de fazer exatamente o que eu mandasse.

– Você é papa.

A resposta veio rápida, sinalizando o desejo.

– Eu não toleraria dissensões nem atos independentes.

– Alberto, sou padre há quase cinquenta anos e sempre fiz o que os papas mandaram. Até me ajoelhei e beijei o anel de Jakob Volkner, um homem que eu desprezava. Não vejo como você poderia questionar minha lealdade.

Valendrea permitiu que seu rosto se transformasse num sorriso.

– Não estou questionando nada. Só quero que saiba as regras.

Ele se adiantou pelo caminho e Bartolo foi atrás. Apontou para cima e disse:

– Antigamente, os papas fugiam do Vaticano por aquele corredor. Escondidos como crianças, com medo do escuro. A ideia me deixa enojado.

– Os exércitos não invadem mais o Vaticano.

– Não com tropas, mas ainda invadem. Os infiéis de hoje vêm na forma de repórteres e escritores. Trazem suas câmeras e *notebooks* e tentam destruir os alicerces da Igreja, ajudados por liberais e dissidentes. Algumas vezes, Gustavo, até o próprio papa é aliado deles, como Clemente.

– Foi uma bênção ele ter morrido.

Valendrea gostou do que estava escutando, e sabia que não era da boca para fora.

– Pretendo restaurar a glória do papado. O papa atrai mais de um milhão de pessoas em qualquer lugar do mundo onde apareça. Os governos deveriam temer esse potencial. Pretendo ser o papa mais viajado da história.

– E precisaria da assistência constante do secretário de Estado para conseguir tudo isso.

Os dois andaram um pouco mais.

– Exatamente o que penso, Gustavo.

Valendrea olhou de novo para o túnel de tijolos e imaginou o último papa que havia fugido do Vaticano quando mercenários alemães invadiram Roma. Sabia a data exata: 6 de maio de 1527. Cento e quarenta e sete guardas suíços morreram naquele dia defendendo seu pontífice. O papa escapou por pouco, passando pelo corredor de tijolos acima de Valendrea, jogando longe as vestimentas brancas para que ninguém o reconhecesse.

– Jamais fugirei do Vaticano – deixou claro não somente a Bartolo, mas também às próprias paredes. De repente, estava dominado pelo momento e decidiu desconsiderar o que Ambrosi lhe aconselhara.

– Certo, Gustavo, farei o anúncio na segunda-feira. Você será meu secretário de Estado. Sirva-me bem.

O rosto do velho se iluminou.

– De mim você terá dedicação total.

O que o fez pensar em seu mais leal aliado.

Ambrosi telefonara há duas horas, dizendo que a tradução reproduzida do padre Tibor deveria ser dele às dezenove horas. Até agora não havia indicação de que alguém a tivesse lido, e esse relatório o agradara.

Olhou para o relógio: 19h50.

– Precisa ir a algum lugar, Santo Padre?

– Não, Eminência, só estava pensando em outro assunto que está sendo resolvido neste momento.

SESSENTA E OITO

BAMBERG,
18H50

Michener subiu por um caminho íngreme até a catedral de São Pedro e São Jorge e entrou numa praça inclinada e comprida. Abaixo, uma paisagem de telhados de barro e torres de pedra se erguia do centro da cidade, iluminada por poços de luz que a pintalgavam. O céu escuro enviava um fluxo constante de neve em espirais, mas isso não detia a multidão que já ia para a igreja, cujas quatro agulhas se banhavam num brilho branco-azulado.

As igrejas e as praças de Bamberg tinham comemorado o Advento por mais de quatrocentos anos com uma exposição de presépios decorativos. Ele ficara sabendo com Irma Rahn que o circuito sempre começava na catedral e, depois da bênção do bispo, todos se espalhavam pela cidade para ver as representações daquele ano. Muitos vinham de toda a Baviera para participar, e Irma havia alertado que as ruas estariam apinhadas e ruidosas.

Olhou o relógio. Ainda não eram 19h.

Olhou ao redor e examinou as famílias que desfilavam até a entrada da catedral, muitas crianças conversando incessantemente sobre a neve, o Natal e Papai Noel. À direita, um grupo estava amontoado ao redor de uma mulher enrolada num pesado casaco de lã. Estava empoleirada numa mureta baixa, falando sobre a catedral e sobre Bamberg. Era um grupo de turistas.

Imaginou o que as pessoas pensariam se soubessem o que ele sabia agora. Que o homem não havia criado Deus. Em vez disso, como os teólogos e santos vinham aconselhando desde o início dos tempos, Deus estava lá, vigiando, muitas vezes certamente satisfeito, outras vezes frustrado, algumas vezes irritado. O melhor conselho parecia ser o mais antigo. Servi-Lo bem e com fé.

Ainda estava com medo da expiação que seria necessária para seus pecados. Talvez essa tarefa fizesse parte da penitência. Mas ficou aliviado ao saber que seu amor por Katerina jamais fora pecado, pelo menos na visão do céu. Quantos padres tinham deixado a Igreja depois de falhas semelhantes? Quantos homens bons morreram pensando que tinham caído?

Já ia passar pelo grupo de turistas quando algo que a mulher falou atraiu sua atenção.

– ...cidade das sete colinas.

Ele se imobilizou.

– É como os antigos chamavam Bamberg. Isso se refere aos sete montes que rodeiam o rio. Agora é difícil de ver, mas há sete colinas distintas, cada uma ocupada nos séculos passados por um príncipe, um bispo ou uma igreja. Na época de Henrique II, quando esta era a capital do Sacro Império Romano, a analogia levou este centro político mais para perto do centro religioso de Roma, outra cidade conhecida como *das sete colinas.*

Na perseguição final da Santa Igreja Romana reinará Pedro, o romano, que sustentará seu rebanho em meio a muitas atribulações, depois do que, na cidade das sete colinas, o temido juiz julgará todas as pessoas. Era o que São Malaquias supostamente previra no século XI. Michener havia pensado que a *cidade das sete colinas* era uma referência a Roma. Jamais soubera de um título semelhante para Bamberg.

Fechou os olhos e rezou de novo. Seria isso uma sugestão? Algo vital para o que estava para acontecer?

Olhou para o pórtico afunilado da igreja. O tímpano, banhado em luz, representava Cristo no Juízo Final. Maria e João, aos seus pés, imploravam pelas almas que se levantavam dos caixões, os abençoados se adiantando atrás de Maria, indo para o céu, os condenados sendo arrastados para o inferno por um demônio sorridente. Será que dois mil anos de arrogância cristã haviam resultado nesta noite – num lugar aonde há quase mil anos um santificado padre irlandês tinha previsto que a humanidade chegaria?

Inspirou o ar gélido e se preparou, depois entrou na nave. No interior da igreja, as paredes de arenito eram banhadas por uma luz suave. Captou os detalhes dos muitos arcos parecendo costelas, as pilastras fortes, as estátuas e as janelas altas. Uma plataforma de coro ficava numa das extremidades. O altar ocupava a outra. Atrás do altar ficava o túmulo de Clemente II, o único papa a ser enterrado em solo alemão, homônimo de Jakob Volkner.

Parou numa fonte de mármore e molhou o dedo com água benta. Fez o sinal da cruz e outra oração pelo que estava para realizar. Um órgão tocava uma melodia suave.

Olhou ao redor para a multidão que ocupava os bancos compridos. Coroinhas com mantos preparavam o santuário. No alto, à esquerda, de pé atrás de uma grossa balaustrada de pedra, estava Katerina. Ao lado dela, Ambrosi, usando o mesmo casaco escuro com o cachecol. Havia duas escadas à direita e à esquerda do corrimão, com os degraus cheios de gente. Entre as duas escadas estava o túmulo imperial. Clemente também havia falado nele – um Riemenschneider, rico em esculturas elaboradas representando Henrique II e sua rainha, onde os corpos tinham repousado por meio milênio.

Percebeu que havia uma arma perto de Katerina, mas não acreditou que Ambrosi arriscaria qualquer coisa ali. Imaginou se poderia haver reforços escondidos no meio da multidão. Ficou rígido enquanto pessoas passavam por ele.

Ambrosi sinalizou para ele subir a escada da esquerda.

Michener não se mexeu.

Ambrosi sinalizou de novo.

Ele balançou a cabeça.

O olhar de Ambrosi ficou mais tenso.

Michener tirou o envelope do bolso e mostrou. A expressão do secretário papal demonstrou ter reconhecido o mesmo envelope antes, no restaurante, pousado inocentemente sobre a mesa.

Michener balançou a cabeça de novo.

Então se lembrou do que Katerina havia dito, sobre como Ambrosi tinha lido os lábios dela xingando-o na praça de São Pedro.

– *Foda-se, Ambrosi* – murmurou ele.

E viu que o padre entendeu. Enfiou o envelope no bolso e foi para a saída, esperando não se arrepender do que aconteceria em seguida.

Katerina viu Michener murmurar alguma coisa e depois se virar para ir embora. Não oferecera qualquer resistência ao vir até a catedral porque Ambrosi tinha dito que não estava sozinho e que, se eles não aparecessem lá às sete, Michener seria morto. Tinha dúvida de que houvesse outros, mas sua melhor chance era chegar à igreja e esperar uma oportunidade. Assim, no instante que Ambrosi demorou para perceber a traição de Michener, ela ignorou o cano da arma às costas e cravou o salto do sapato no pé de Ambrosi. Depois empurrou o padre para longe e arrancou a arma de sua mão. O revólver caiu fazendo barulho no chão de ladrilhos.

Ela correu para a arma enquanto uma mulher ao lado gritava. Usou a confusão para pegar o revólver e correr para a escada, enquanto captava um vislumbre de Ambrosi se levantando.

Os degraus estavam apinhados, e ela foi descendo até que decidiu pular por cima do corrimão, na cripta imperial. Caiu sobre a efígie de pedra de uma mulher deitada ao lado de um homem com manto, depois saltou no chão. A arma ainda estava em sua mão. Vozes gritaram. Um pânico inundou a igreja. Ela abriu caminho por um amontoado de pessoas junto à porta e saiu para a noite gelada.

Enfiando a arma no bolso, seus olhos procuraram Michener, e o viu no caminho que levava ao centro da cidade. Uma agitação atrás dela alertou que Ambrosi também tentava sair.

Por isso correu.

Michener pensou ter visto Katerina quando começou a descer o caminho sinuoso. Mas não podia parar. Precisava ir em frente. Se fosse Kate, ela viria atrás e Ambrosi a perseguiria, por isso correu pelo estreito caminho de pedras, esbarrando nas pessoas que iam subindo.

Chegou embaixo e se apressou até a ponte da prefeitura. Atravessou o rio por um portão que dividia o velho prédio de estrutura de madeira e entrou na movimentada Maxplatz.

Diminuiu a velocidade e se arriscou a olhar para trás.

Katerina estava a uns cinquenta metros, vindo na sua direção.

Katerina queria gritar e pedir para Michener esperar, mas ele estava andando num passo decidido, entrando em Bamberg na direção da feira de Natal. A arma ainda estava em seu bolso e, atrás dela, Ambrosi avançava rapidamente. Estivera alerta para algum policial, alguma autoridade, mas esta noite de festividades parecia ser feriado no governo. Não havia nenhum uniforme à vista.

Precisava acreditar que Michener sabia o que estava fazendo. Ele provocara Ambrosi deliberadamente, sem dúvida apostando que o agressor não faria mal a ela em público. O que quer que estivesse na tradução do padre Tibor, devia ser suficientemente importante para Michener não querer que caísse nas mãos de Ambrosi ou Valendrea. Mas ela se perguntou se seria suficientemente importante para arriscar o que ele parecia disposto a bancar nesse jogo aparentemente alto.

Adiante, Michener misturou-se à multidão que examinava barracas cheias de produtos natalinos. Luzes fortes davam um brilho diurno à feira ao ar livre. O ar recendia a salsichas grelhadas e cerveja.

Ela também diminuiu a velocidade enquanto as pessoas a envolviam.

Michener andava depressa entre as pessoas, mas não o bastante para atrair atenção. A feira se espalhava por uns cem metros descendo a rua de paralelepípedos. Construções com estrutura de madeira rodeavam o perímetro, espremendo pessoas e barracas numa coluna congestionada.

Chegou à última barraca e a multidão ficou mais rala.

Voltou a correr, com as solas de borracha batendo nas pedras enquanto deixava a feira ruidosa e ia para o canal, atravessando uma ponte de pedra e entrando numa parte silenciosa da cidade.

Atrás dele, mais solas eram ouvidas batendo nas pedras. Adiante, viu a igreja de São Gangolf. Todas as festividades estavam centradas na Maxplatz ou do outro lado do rio, no bairro da catedral, e ele estava contando com um pouco de privacidade por pelo menos alguns minutos.

Só esperava não estar provocando o destino.

*

Katerina viu Michener entrar na igreja de São Gangolf. O que ele estaria fazendo ali? Era estupidez. Ambrosi continuava atrás dela, no entanto Colin viera deliberadamente para a igreja. Devia saber que ela estava seguindo-o e que o agressor também viria.

Olhou os prédios ao redor. Havia poucas luzes nas janelas e a rua adiante estava vazia. Correu até a porta da igreja, abriu-a e entrou. Sua respiração estava ofegante.

– Colin.

Não houve resposta.

Chamou o nome dele outra vez. Ainda não houve resposta.

Foi rapidamente pelo corredor central até o altar, passando por bancos vazios que formavam sombras finas na escuridão. Apenas algumas lâmpadas iluminavam a nave. Aparentemente, esta igreja não fazia parte da comemoração deste ano.

– Colin.

Agora o desespero apertava sua voz. Onde estaria ele? Por que não respondia? Teria saído por outra porta? Será que ela estava presa ali dentro sozinha?

A porta atrás dela se abriu.

Katerina mergulhou numa fileira de bancos e se grudou ao chão, tentando deslizar pela pedra áspera até o outro lado.

O som de passos fez com que parasse.

Michener viu um homem entrar na igreja. Um facho de luz revelou o rosto de Paolo Ambrosi. Há alguns instantes, Katerina tinha entrado e chamado seu nome, mas ele não respondera intencionalmente. Agora ela estava deitada no chão entre os bancos.

– Você é rápido, Ambrosi – gritou ele.

Sua voz ricocheteou nas paredes, criando um eco que tornava difícil identificar de onde vinha. Viu Ambrosi se mover para a direita, em direção aos confessionários, a cabeça girando de um lado para o outro, para que os ouvidos pudessem avaliar o som. Esperava que Katerina não revelasse sua presença.

– Por que dificultar as coisas, Michener? – perguntou Ambrosi. – Você sabe o que quero.

– Mais cedo, você disse que as coisas seriam diferentes se eu lesse as palavras. Pela primeira vez, você estava certo.

– Você nunca poderia obedecer.

– E o padre Tibor? Obedeceu?

Ambrosi estava se aproximando do altar. Andava com passos cautelosos, ainda procurando a localização de Michener no escuro.

– Eu nunca falei com Tibor – respondeu Ambrosi.

– Claro que falou.

Michener olhou do púlpito elevado, dois metros e meio acima de Ambrosi.

– Saia, Michener. Vamos resolver isso.

Enquanto Ambrosi dava as costas momentaneamente para ele, Michener saltou. Os dois caíram juntos no chão e rolaram.

Ambrosi afastou-se e saltou, ficando em pé.

Michener também começou a se levantar.

Um movimento à direita atraiu sua atenção. Viu Katerina correndo em direção a eles, segurando uma arma. Ambrosi girou, afastando-se de uma fileira de bancos, e saltou sobre ela, lançando os pés contra seu peito e fazendo-a cair no chão. Michener ouviu um som seco quando o crânio encontrou a pedra. Ambrosi desapareceu por cima dos bancos e surgiu de novo segurando a arma, puxando Katerina, de pé, e apertando o cano da pistola contra seu pescoço.

– Certo, Michener. Já chega.

Michener ficou imóvel.

– Entregue a tradução de Tibor.

Michener deu alguns passos até eles e tirou o envelope do bolso.

– É isso que você quer?

– Largue no chão e recue. – Ambrosi armou o revólver. – Não me pressione, Michener. Eu tenho coragem para fazer o que tem de ser feito porque o Senhor me dá forças.

– Talvez Ele esteja testando para ver o que você faria, não é?

– Cale-se. Não preciso de uma aula de teologia.

– Talvez eu seja a melhor pessoa na terra para isso, neste momento.

– São as palavras? – O tom de voz era interrogativo, como o de um menino perguntando ao professor. – Elas lhe dão coragem?

Michener sentiu alguma coisa.

– O que foi, Ambrosi? Valendrea não lhe contou tudo? Que pena. Ele escondeu a melhor parte.

Ambrosi apertou Katerina com mais força.

– Largue o envelope e afaste-se.

A expressão desesperada nos olhos de Ambrosi sinalizava que ele podia muito bem cumprir a ameaça. Michener jogou o envelope no chão.

Ambrosi soltou Katerina e a empurrou para Michener. Ele a pegou e viu que ela estava atordoada pelo golpe na cabeça.

– Você está bem? – perguntou.

Os olhos de Katerina estavam vidrados, mas ela confirmou com a cabeça.

Ambrosi examinava o conteúdo do envelope.

– Como você sabe que é isso que Valendrea quer? – perguntou Michener.

– Não sei. Mas minhas instruções foram claras. Pegue o que puder e elimine as testemunhas.

– E se eu tiver feito uma cópia?

Ambrosi deu de ombros.

– É um risco que corremos. Mas, felizmente para nós, você não estará aqui para testemunhar. – A arma foi levantada, apontada diretamente para os dois. – Esta é a parte de que eu realmente vou gostar.

Uma forma emergiu das sombras e lentamente se aproximou de Ambrosi, vindo de trás. Nenhum som revelou os passos que se aproximavam. O homem usava calça preta e um paletó preto folgado. A silhueta de uma arma aparecia numa das mãos, e ela foi levantada lentamente até a têmpora direita de Ambrosi.

– Garanto, padre – disse o cardeal Ngovi –, que também vou gostar desta parte.

– O que está fazendo aqui? – perguntou Ambrosi com surpresa na voz.

– Vim falar com você. Portanto, baixe a arma e responda a algumas perguntas. Depois estará livre.

– Você quer Valendrea, não é?

– Por que outro motivo você acha que ainda está respirando?

Michener prendeu o fôlego enquanto Ambrosi avaliava suas opções. Quando telefonou para Ngovi mais cedo, contava com os instintos de sobrevivência de Ambrosi. Presumia que, ainda que Ambrosi pudesse professar grande lealdade, quando se tratasse de uma escolha entre ele mesmo e seu papa, realmente não haveria escolha.

– Acabou, Ambrosi. – Michener apontou para o envelope. – Eu li. O cardeal Ngovi leu. Agora são muitos os que sabem. Você não pode vencer esta.

– E o que valia tudo isso? – perguntou Ambrosi, com o tom de voz sinalizando que estava pensando na proposta.

– Baixe a arma e descubra.

Outro longo momento de silêncio se passou. Por fim, a mão de Ambrosi baixou. Ngovi agarrou a pistola e recuou, com sua arma ainda apontada para o padre.

Ambrosi encarou Michener.

– Você era uma isca? A ideia era que eu o seguisse?

– Algo do tipo.

Ngovi adiantou-se.

– Temos algumas perguntas. Coopere e não haverá polícia nem prisão. Simplesmente desapareça. É um bom acordo, pensando bem.

– Pensando em quê?

– No assassinato do padre Tibor.

Ambrosi deu um risinho.

– Isso é um blefe e vocês sabem. Trata-se de vocês dois derrubarem Pedro II.

Michener levantou-se.

– Não. Trata-se de você derrubar Valendrea. O que não deveria importar. Ele faria o mesmo, se os papéis estivessem invertidos.

Sem dúvida o homem parado diante dele estivera envolvido na morte de Tibor, provavelmente era o próprio assassino. Mas Ambrosi era inteligente a ponto de perceber que o jogo havia mudado.

– Certo – disse ele. – Pergunte.

O cardeal enfiou a mão no bolso do paletó.

Surgiu um gravador.

Michener ajudou Katerina a entrar no Königshof. Irma Rahn recebeu-os na porta da frente.

– Correu tudo bem? – perguntou ela a Michener. – Na última meia hora fiquei muito agitada.

– Tudo bem.

– Louvado seja Deus. Eu estava muito preocupada.

Katerina continuava tonta, mas sentindo-se melhor.

– Vou levá-la para cima – disse Michener.

Ele a ajudou a ir para o segundo andar. Quando chegou ao quarto, ela perguntou imediatamente:

– Em nome de Deus, o que Ngovi estava fazendo aqui?

– Eu liguei esta tarde e disse o que tinha descoberto. Ele pegou um avião para Munique e chegou aqui pouco antes de eu ir para a catedral.

Meu trabalho era levar Ambrosi até a igreja de São Gangolf. Precisávamos de um lugar longe das festividades. Irma me disse que este ano a igreja não teria presépio. Pedi que Ngovi falasse com o pároco. Ele não sabe de nada, só que autoridades do Vaticano precisavam de sua igreja por algum tempo. – Michener sabia o que ela estava pensando. – Kate, Ambrosi não machucaria ninguém enquanto não estivesse com a tradução de Tibor. Até lá, ele não podia ter certeza de nada. Tivemos de jogar.

– Então eu era uma isca?

– Você e eu. Desafiá-lo era o único modo de garantir que ele entregasse Valendrea.

– Ngovi é durão.

– Ele foi garoto de rua em Nairóbi. Sabe se virar.

Tinham passado a última meia hora com Ambrosi, gravando o que seria necessário no dia seguinte. Ela ouvira e agora sabia de tudo, menos o resto do terceiro segredo de Fátima. Michener tirou um envelope do bolso.

– Eis o que o padre Tibor enviou a Clemente. É a cópia que eu ofereci a Ambrosi. O original está com Ngovi.

Ela leu as palavras e comentou:

– É parecido com o que Jasna escreveu. Você ia dar a Ambrosi a mensagem de Medjugorje?

Ele balançou a cabeça.

– Estas não são as palavras de Jasna. São as da Virgem de Fátima, escrita por Lúcia dos Santos em 1944 e traduzidas pelo padre Tibor em 1960.

– Você não pode estar falando sério. Percebe o que significaria se as duas mensagens fossem essencialmente iguais?

– Percebi isso esta tarde. – Sua voz saiu grave e calma, e ele esperou enquanto ela pensava nas implicações. Os dois tinham conversado muitas vezes sobre a falta de fé de Katerina. Mas ele jamais se sentira no direito de julgar, considerando seus próprios lapsos. *Depois do que, na cidade das sete colinas, o temido juiz julgará todas as pessoas.* Talvez Katerina fosse a primeira de muitos que julgariam a si mesmos.

– Parece que o Senhor voltou – disse ele.

– É inacreditável. No entanto, o que mais poderia ser? Como essas mensagens poderiam ser iguais?

– É impossível, considerando o que você e eu sabemos. Mas pessoas dirão que nós inventamos a tradução do padre Tibor para combinar com a mensagem de Jasna. Dirão que é tudo fraude. Os originais sumiram e todos os que escreveram estão mortos. Somos os únicos que sabemos da verdade.

– Então continua sendo uma questão de fé. Você e eu sabemos o que aconteceu. Mas todos os outros simplesmente terão de aceitar nossa palavra. – Ela balançou a cabeça. – Parece que Deus está destinado a ser sempre um mistério.

Ele já havia pensado nas possibilidades. A Virgem lhe disse, na Bósnia, que ele seria *um sinal para o mundo. Um farol para o arrependimento. O mensageiro para anunciar que Deus está muito vivo.* Mas outra coisa que a Virgem lhe disse era igualmente importante. *Não abandone sua fé, porque no fim ela será tudo que resta.*

– Há um consolo – disse ele. – Eu me censurei tremendamente anos atrás, por ter violado as Santas Ordens. Amei você, mas acreditava que o que sentia e fazia era pecado. Agora sei que não era. Pelo menos aos olhos de Deus.

Ouviu de novo, na mente, João XXIII se dirigindo ao concílio Vaticano II. Seu pedido para que os tradicionalistas e os progressistas trabalhassem unidos para *que a cidade terrena pudesse vir a se parecer com a cidade celestial onde reina a verdade.* Só agora entendia totalmente o que o papa quisera dizer.

– Clemente tentou fazer o que podia – disse ela. – Sinto muito pelo modo como eu pensava sobre ele.

– Acho que ele entende.

Ela lhe lançou um sorriso.

– E agora?

– De volta a Roma. Ngovi e eu temos uma reunião amanhã.

– E depois?

Ele sabia o que a pergunta significava.

– Para a Romênia. Aquelas crianças estão esperando por nós.

– Achei que talvez você estivesse em dúvida.

Ele apontou para o céu.

– Acho que devemos isso a Ele. Não acha?

SESSENTA E NOVE

CIDADE DO VATICANO

SÁBADO, 2 DE DEZEMBRO

11H

Michener e Ngovi caminharam pela *loggia* em direção à biblioteca papal. O sol luminoso entrava pelas altas janelas dos dois lados do amplo corredor. Vestiam roupas clericais: Ngovi de escarlate, Michener de preto.

O escritório papal fora contatado antes, e o secretário de Ambrosi recebera o pedido de consulta diretamente com Valendrea. Ngovi queria uma audiência com o papa. Não foi revelado o assunto, mas Michener estava contando com o fato de que Valendrea entenderia a importância de ele e Ngovi desejarem uma conversa e do fato de Paolo Ambrosi não ser encontrado em lugar nenhum. A tática aparentemente funcionara. O próprio papa deu permissão para eles entrarem no palácio, destinando 15 minutos para a audiência.

– Os senhores podem fazer o que desejam nesse tempo? – perguntara o secretário de Ambrosi.

– Acho que sim – respondeu Ngovi.

Valendrea mantivera-os esperando por quase meia hora. Agora chegaram à biblioteca e entraram, fechando a porta. Valendrea estava parado diante dos vitrais, com sua forma atarracada, vestida de branco, banhada pela luz do sol.

– Devo dizer que minha curiosidade foi despertada quando vocês pediram a audiência. Seriam as últimas pessoas que eu esperaria que estivessem aqui numa manhã de sábado. Achei que você, Maurice, estava na África. E você, Michener, na Alemanha.

– Metade certo – disse Ngovi. – Os dois estávamos na Alemanha.

Uma expressão curiosa surgiu no rosto de Valendrea.

Michener decidiu ir direto ao ponto.

– Você não terá notícias de Ambrosi.

– O que quer dizer?

Ngovi retirou o gravador da batina e ligou. A voz de Ambrosi preencheu a biblioteca enquanto ele falava sobre o assassinato do padre Tibor, os equipamentos de escuta, os dossiês sobre os cardeais e a chantagem usada para garantir votos no conclave. Valendrea ouviu impassivelmente enquanto todos os seus pecados eram revelados. Ngovi desligou o aparelho.

– Está claro?

O papa não disse nada.

– Estamos com o texto completo do terceiro segredo de Fátima e o décimo segredo de Medjugorje – disse Michener.

– Eu tinha a impressão de que eu possuía o segredo de Medjugorje.

– Uma cópia. Agora sei por que reagiu com tanta veemência quando leu a mensagem de Jasna.

Valendrea pareceu trêmulo. Pela primeira vez, aquele homem obstinado não estava no controle.

Michener chegou mais perto.

– Você precisava ocultar aquelas palavras.

– Até mesmo o seu Clemente tentou – disse Valendrea em tom de desafio.

Michener balançou a cabeça.

– Ele sabia o que você faria e teve a visão de afastar daqui a tradução de Tibor. Fez mais do que qualquer pessoa. Deu sua vida. Ele é melhor que qualquer um de nós. Acreditava no Senhor... sem precisar de provas. – Sua pulsação se acelerou com a empolgação. – Sabia que Bamberg era chamada de *cidade das sete colinas*? Lembra-se da previsão de Malaquias? *Depois do que, na cidade das sete colinas, o temido juiz julgará todas as pessoas.* – Ele apontou para a fita. – Para você, a verdade é o temido juiz.

– Essa fita não passa dos delírios de um homem que foi pego – disse Valendrea. – Não prova nada.

Michener não se impressionou.

– Ambrosi contou-nos sobre sua viagem à Romênia e forneceu detalhes mais do que suficientes para montar um processo e obter a condenação, especialmente numa nação do antigo bloco comunista, onde o ônus da prova é... digamos... livre.

– Você está blefando.

Ngovi tirou outro microcassete do bolso.

– Nós mostramos a ele a mensagem de Fátima e a de Medjugorje. Não tivemos de explicar o significado delas. Até mesmo um homem amoral como Ambrosi viu a grandiosidade do que o espera. Depois disso, as respostas dele vieram livremente. Ele me implorou para ouvir sua confissão. – Ngovi apontou para o gravador. – Mas não antes de falar oficialmente.

– Ele é uma boa testemunha – disse Michener. – Veja bem: na verdade, existe uma autoridade maior do que você.

Valendrea andou pela sala, em direção às estantes, parecendo um animal enjaulado.

– Os papas vêm ignorando Deus por muito tempo. A mensagem de La Salette está desaparecida do arquivo há um século. Aposto que a Virgem disse a mesma coisa àqueles videntes.

– Esses homens podem ser perdoados – disse Ngovi. – Eles consideravam que as mensagens eram dos videntes, e não da Virgem. Racionalizavam com cautela seu desafio. Careciam da prova que você possuía. Você sabia que as palavras eram divinas e mesmo assim teria matado Michener e Katerina Lew para ocultá-las.

Os olhos de Valendrea queimavam.

– Seu desgraçado hipócrita. O que eu devia fazer? Deixar a Igreja desmoronar? Não percebe o que essa revelação fará? Dois mil anos de dogma foram considerados falsos.

– Não é nosso dever manipular o destino da Igreja – disse Ngovi. – A Palavra de Deus é somente Dele, e aparentemente Sua paciência acabou.

Valendrea balançou a cabeça.

– É nosso dever preservar a Igreja. Que católico nesta terra ouviria Roma se soubesse que mentimos? E não estamos falando de pontos sem importância. Celibato? Mulheres sacerdotes? Aborto? Homossexualismo? Até mesmo a essência da infalibilidade do papa.

Ngovi não pareceu se afetar.

– Estou mais preocupado em saber como explicaria ao meu Senhor por que ignorei Sua ordem.

Michener encarou Valendrea.

– Quando você entrou na *Riserva* em 1978, não havia o décimo segredo de Medjugorje. Mesmo assim, retirou parte da mensagem. Como sabia que as palavras da irmã Lúcia eram genuínas?

– Vi medo nos olhos de Paulo quando ele as leu. Se *aquele* homem ficou apavorado, havia algo ali. Naquela noite de sexta-feira, na *Riserva,* quando Clemente me falou da última tradução de Tibor e me mostrou parte da mensagem original, foi como se um demônio tivesse retornado.

– Em certo sentido, foi exatamente o que aconteceu – disse Michener.

Valendrea encarou-o.

– Se Deus existe, o mal também existe.

– Qual dos dois provocou a morte do padre Tibor? – perguntou Valendrea, com um tom de desafio na voz. – Foi o Senhor, para que a verdade fosse revelada? Ou o diabo, para que a mensagem fosse revelada? Ambos estariam motivados pelo mesmo objetivo, não é?

– Foi por esse motivo que você matou o padre Tibor? Para impedir isso? – perguntou Michener.

– Em todo movimento religioso, sempre houve mártires. – Não havia sequer uma fagulha de remorso nas palavras.

Ngovi adiantou-se.

– Verdade. E nós pretendemos que haja mais um.

– Eu já presumia o que vocês tinham em mente. Vai me processar?

– De jeito nenhum – respondeu Ngovi.

Michener ofereceu a Valendrea um pequeno frasco cor de caramelo.

– Esperamos que você se junte à lista de mártires.

A testa de Valendrea se franziu de espanto. Michener falou:

– É a mesma medicação para dormir que Clemente tomou. Mais do que suficiente para matar. Se de manhã seu corpo for encontrado, você terá um funeral de papa e será enterrado na basílica de São Pedro com toda a cerimônia. Seu reinado será curto, mas será lembrado mais ou menos do como o de João Paulo I. Por outro lado, se amanhã você estiver vivo, o Sacro Colégio será informado de tudo que sabemos. E você será lembrado como o primeiro papa na história a passar por um julgamento.

Valendrea não aceitou o frasco.

– Querem que eu me mate?

Michener nem piscou.

– Você pode morrer como um papa glorioso ou cair em desgraça como um criminoso. Pessoalmente, prefiro a segunda hipótese, por isso espero que não tenha coragem para fazer o que Clemente fez.

– Eu posso lutar contra vocês.

– Vai perder. Com o que sabemos, aposto que há muitos no Sacro Colégio simplesmente esperando a oportunidade de derrubá-lo. As provas são irrefutáveis. Seu colega conspirador será o principal acusador. Não há maneira de você vencer.

Valendrea ainda não queria pegar o frasco. Por isso Michener deixou o conteúdo cair sobre a mesa e, em seguida, o encarou.

– A escolha é sua. Se ama tanto a Igreja quanto professa, sacrifique sua vida para que ela sobreviva. Você foi rápido em acabar com a vida do padre Tibor. Vejamos se é tão liberal com a sua. O temido juiz julgou e a sentença é a morte.

– Você está me pedindo para fazer o impensável.

– Estou lhe pedindo para salvar esta instituição da humilhação de removê-lo à força.

– Sou papa. Ninguém pode me remover.

– A não ser o Senhor. E, de certa forma, é exatamente Ele quem está fazendo isso.

Valendrea virou-se para Ngovi.

– Você será o próximo papa, não é?

– Quase com certeza.

– Você poderia ter vencido a eleição no conclave, não poderia?

– Havia uma chance razoável.

– Então por que abriu mão?

– Por que Clemente me pediu.

Valendrea ficou perplexo.

– Quando?

– Uma semana antes de morrer. Disse-me que você e eu provavelmente ficaríamos travados naquela batalha. Mas falou que você deveria vencer.

– Por que, diabos, deu ouvidos a ele?

O rosto de Ngovi endureceu.

– Ele era o meu papa.

Valendrea balançou a cabeça, incrédulo.

– E estava certo.

– Você planeja fazer o que a Virgem mandou?

– Abolirei todos os dogmas contrários à mensagem Dela.

– E enfrentará uma revolta.

Ngovi deu de ombros.

– Os que discordarem são livres para ir embora e criar sua própria religião. É a escolha deles. Não terão oposição de minha parte. Mas esta Igreja fará o que foi ordenado.

O rosto de Valendrea demonstrava incredulidade.

– Acha que vai ser tão fácil assim? Os cardeais nunca permitirão.

– Isto aqui não é uma democracia – disse Michener.

– Então ninguém conhecerá as mensagens propriamente ditas?

Ngovi balançou a cabeça.

– Não é necessário. Os céticos afirmariam que a tradução do padre Tibor foi simplesmente alterada para se adequar à mensagem de Medjugorje. A simples magnitude da mensagem apenas instigaria as críticas. A irmã Lúcia e o padre Tibor estão mortos. Nenhum dos dois pode confirmar nada. Não é necessário que o mundo saiba o que aconteceu. Nós três sabemos, e é isso que importa. Eu pronunciarei as palavras. Esse ato será *meu*, e somente *meu*. Eu receberei os elogios e as críticas.

– O próximo papa simplesmente reverterá suas ordens – murmurou Valendrea.

Ngovi balançou a cabeça.

– Você tem pouca fé. – O africano se virou e foi para a porta. – Esperaremos a notícia de manhã. Dependendo do que for, podemos vê-lo ou não amanhã.

Michener hesitou antes de segui-lo.

– O próprio diabo achará difícil lidar com você.

E saiu sem esperar resposta.

SETENTA

23H30

Valendrea olhou os comprimidos sobre a mesa. Durante décadas havia sonhado em ser papa e tinha dedicado toda a vida para alcançar esse objetivo. Agora era. Deveria ter reinado por vinte anos ou mais, tornando-se a esperança do futuro ao recuperar o passado. Ontem mesmo tinha passado uma hora revendo os detalhes de sua coroação, cerimônia que aconteceria dali a apenas duas semanas. Havia circulado pelo museu do Vaticano, inspecionando pessoalmente adornos que seus predecessores tinham relegado às salas de exposição, e ordenara que fossem preparados para a cerimônia. Queria que o momento em que o líder espiritual de um bilhão de pessoas assumisse as rédeas do poder fosse um espetáculo ao qual cada católico poderia assistir com orgulho.

Já pensara na homilia. Seria um chamado à tradição. Uma rejeição às inovações – um recuo a um passado sagrado. A Igreja podia ser – e seria – uma arma para a mudança. Bastava de denúncias impotentes que os líderes mundiais ignoravam. Em vez disso, o fervor religioso seria usado para forjar uma nova política internacional. Uma política que emanaria dele como *o* Vigário de Cristo. *O* papa.

Contou lentamente as cápsulas na mesa.

Vinte e oito.

Se as engolisse, seria lembrado como o papa que reinara por quatro dias. Seria considerado um líder caído, levado pelo Senhor depressa demais. Havia algo interessante em morrer de súbito. João Paulo I tinha sido um cardeal insignificante. Agora era venerado simplesmente porque morrera 33 dias depois do conclave. Alguns papas tiveram reinado mais curto, muitos duraram muito mais, porém nenhum fora forçado à situação em que ele se encontrava.

Pensou na traição de Ambrosi. Não imaginava que Paolo pudesse ser tão desleal. Os dois estavam juntos havia muitos anos. Talvez Ngovi e Michener tivessem subestimado seu velho amigo. Talvez Ambrosi fosse seu legado, o homem que garantiria que o mundo jamais se esquecesse de Pedro II. Esperava estar certo ao acreditar que um dia Ngovi lamentaria ter deixado Paolo Ambrosi livre.

Seus olhos voltaram aos comprimidos. Pelo menos não haveria dor. E Ngovi garantiria que não houvesse autópsia. O africano ainda era camerlengo. Valendrea podia visualizar o sacana parado ao lado dele, batendo de leve em sua testa com um martelo de prata e perguntando três vezes se estava morto.

Acreditava que, se estivesse vivo no dia seguinte, Ngovi faria as acusações. Ainda que não houvesse precedente para a remoção de um papa, assim que ele estivesse envolvido em um assassinato jamais teria permissão de permanecer no cargo.

O que provocou sua maior preocupação.

Fazer o que Ngovi e Michener pediam significava que logo estaria respondendo por seus pecados. O que diria?

A prova de que Deus existia também significava que existia uma incomensurável força do mal que desviava o espírito humano. A vida parecia um cabo de guerra perpétuo entre esses dois extremos. Como explicaria seus pecados? Haveria perdão ou apenas punição? Ainda acreditava, mesmo diante de tudo que sabia, que os padres deviam ser homens. A Igreja de Deus começara com homens. E em dois milênios o sangue masculino fora derramado para preservar essa instituição. A entrada de mulheres em algo tão decididamente masculino parecia sacrílega. Cônjuges e filhos não passavam de distrações. E matar uma criança não nascida parecia impensável. O dever da mulher era trazer a vida, não importando como fosse concebida, fosse desejada ou não. Como Deus poderia ter feito tudo tão errado?

Remexeu as pílulas sobre a mesa.

A Igreja ia mudar. Nada jamais seria igual. Ngovi se certificaria de que o extremismo prevalecesse. E esse pensamento revirou seu estômago.

Sabia o que o esperava. Haveria uma prestação de contas, mas ele não fugiria do desafio. Encararia o Senhor e diria que fizera o que acreditava ser certo. Se fosse condenado ao inferno, teria algumas companhias bastante austeras. Não era o primeiro papa a desafiar o céu.

Estendeu a mão e arrumou as cápsulas em grupos de sete. Pegou um dos grupos e sopesou-o na mão. Uma certa perspectiva realmente surgia nos últimos momentos da vida.

Seu legado entre os homens estava seguro. Ele era Pedro II, papa da Igreja Católica Romana, e ninguém lhe poderia tirar isso. Até mesmo Ngovi e Michener teriam de venerar publicamente sua memória.

E essa possibilidade lhe deu consolo.

Junto com uma onda de coragem.

Jogou as pílulas na boca e estendeu a mão para um copo d'água. Pegou mais sete e engoliu. Enquanto ainda tinha forças, juntou as pílulas que restavam e deixou que o resto da água as levasse ao estômago.

Espero que você não tenha coragem para fazer o que Clemente fez.

Dane-se, Michener.

Atravessou a sala até um genuflexório dourado diante de um retrato de Cristo. Ajoelhou-se, fez o sinal da cruz e pediu que o Senhor o perdoasse. Ficou ajoelhado por dez minutos, até que a cabeça começou a girar. Seria bom para o seu legado o fato de ter sido chamado a Deus durante as orações.

A tontura se tornou sedutora e, por um tempo, ele lutou contra a ânsia de se render. Parte dele se sentiu aliviada por não ser associado a uma igreja contrária a tudo em que acreditava. Talvez fosse melhor repousar sob a basílica como o último papa do modo antigo. Imaginou os romanos inundando a praça no dia seguinte, perturbados com a perda de seu amado *Santíssimo Padre*. Milhões assistiriam ao funeral e a imprensa do mundo escreveria sobre ele com respeito. Com o tempo seriam publicados livros sobre ele. Esperava que os tradicionalistas o usassem como ponto focal para a oposição a Ngovi. E também havia Ambrosi. Querido e doce Paolo. Ele ainda estava lá. E esse pensamento o agradou.

Seus músculos ansiavam pelo sono e ele não conseguia mais lutar contra a ânsia, por isso rendeu-se ao inevitável e desmoronou no chão.

Olhou para o teto e finalmente deixou os comprimidos tomarem conta. A sala surgia e desaparecia. Não lutou mais contra a queda.

Em vez disso, deixou a mente vaguear, esperando que Deus fosse realmente misericordioso.

SETENTA E UM

DOMINGO, 3 DE DEZEMBRO

13H

Michener e Katerina seguiram o povo até a praça de São Pedro. Ao redor, homens e mulheres choravam abertamente. Muitos seguravam rosários. Os sinos da basílica tocavam solenes.

O anúncio fora feito há duas horas, uma curta declaração na retórica usual do Vaticano, dizendo que o Santo Padre havia falecido durante a noite. O camerlengo, o cardeal Maurice Ngovi, fora chamado, e o médico do papa confirmara que um ataque cardíaco fatal reivindicara a vida de Alberto Valendrea. A cerimônia apropriada, com o martelo de prata, havia acontecido, e a Santa Sé foi declarada vaga. Mais uma vez, os cardeais foram convocados a Roma.

Michener não contou a Katerina os acontecimentos da véspera. Era melhor assim. De certo modo, ele era um assassino, embora não se sentindo assim. Pelo contrário, tinha um grande sentimento de justiça. Especialmente por causa do padre Tibor. Uma coisa errada fora consertada por outra, num perverso sentido de equilíbrio que apenas as estranhas circunstâncias das últimas semanas poderiam ter criado.

Dentro de 15 dias, outro conclave seria convocado e outro papa seria eleito. O 269º desde São Pedro e o primeiro depois da lista de São

Malaquias. O temido juiz havia julgado. Os pecadores tinham sido punidos. Agora ficaria por conta de Maurice Ngovi garantir que a vontade do céu fosse cumprida. Havia pouca dúvida de que ele seria o próximo papa. No dia anterior, enquanto saíam do palácio, Ngovi pedira que ele ficasse em Roma para fazer parte do que viria. Mas Michener recusou. Ia para a Romênia com Katerina. Queria compartilhar a vida com ela, e Ngovi entendeu, desejando tudo de bom e dizendo que as portas do Vaticano estariam sempre abertas.

As pessoas continuavam a chegar, enchendo a praça entre as colunatas de Bernini. Michener não tinha certeza do motivo pelo qual viera, mas algo parecia chamá-lo, e ele experimentava uma paz interior que há muito não sentia.

– Essas pessoas não fazem ideia sobre Valendrea – sussurrou Katerina.

– Para elas, ele era o papa. Um italiano. E jamais poderíamos convencê-las do contrário. Sua memória terá de permanecer assim.

– Você nunca vai me contar o que aconteceu ontem, vai?

Michener a pegara examinando-o na noite anterior. Katerina percebeu que algo significativo ocorrera com Valendrea, mas ele não permitira que o assunto fosse explorado, e ela não pressionou.

Antes que ele pudesse responder, uma mulher mais velha, perto de uma das fontes, caiu no chão, num ataque de tristeza. Várias pessoas foram ajudá-la e ela lamentava que Deus tivesse levado um papa tão bom. Michener observava enquanto a mulher soluçava incontrolavelmente e dois homens a ajudavam a ir para a sombra.

Equipes de noticiários se espalhavam pela praça entrevistando pessoas. Logo a imprensa mundial voltaria a pensar no que o Sacro Colégio faria dentro da capela Sistina.

– Acho que Tom Kealy voltará – disse ele.

– Eu estava pensando a mesma coisa. O homem que tem todas as respostas. – Ela deu um sorriso e ele entendeu.

Aproximaram-se da basílica e pararam com o resto dos enlutados diante das barreiras. A igreja estava fechada e seu interior, ele sabia, estava sendo preparado para outro funeral. A sacada estava coberta de preto. Michener olhou para a direita. As janelas do quarto do papa estavam fechadas. Atrás delas, há algumas horas, o corpo de Alberto Valendrea fora encontrado. Segundo a imprensa, ele estava rezando quando o coração falhou, e o cadáver foi encontrado no chão sob um retrato de Cristo. Michener sorriu diante da última audácia de Valendrea.

Alguém agarrou seu braço.

Ele se virou.

O homem parado à sua frente era barbudo, com nariz torto e fartos cabelos ruivos.

– Diga-me, padre, o que vamos fazer? Por que o Senhor levou nosso Santo Padre? Qual é o significado de tudo isso?

Michener presumiu que a batina preta havia provocado a pergunta, e a resposta se formou rapidamente em seu pensamento.

– Por que sempre tem de ter um significado? Você não pode aceitar sem questionamento o que o Senhor fez?

– Pedro seria um grande papa. Um italiano finalmente de volta ao trono. Tínhamos grandes esperanças.

– Há muitos na Igreja que podem ser grandes papas. E não precisam ser italianos. – O ouvinte lançou-lhe um olhar estranho. – O que importa é a devoção que têm ao Senhor.

Sabia que, das milhares de pessoas ao redor, apenas ele e Katerina realmente entendiam. Deus estava vivo. Estava lá. Ouvindo.

Seu olhar foi do homem parado ao seu lado até a magnífica fachada da basílica. Apesar de toda a majestade, ainda não passava de argamassa e pedras. O tempo e o desgaste acabariam por destruí-la. Mas o que ela simbolizava, o que significava, duraria para sempre. *Tu és Pedro e sobre esta pedra edificarei minha Igreja. E os portões do inferno não se sustentarão diante dela. Dar-te-ei as Chaves do Reino do Céu: tudo que atares na terra será atado no céu; tudo que perderes na terra será perdido no céu.*

Virou-se de novo para o homem, que estava dizendo alguma coisa.

– Acabou, padre. O papa está morto. Tudo acabou antes mesmo de começar. Ele não aceitaria isso. E também não deixaria esse estranho aceitar o derrotismo.

– Você está errado. Não acabou. – E deu um sorriso tranquilizador para o sujeito. – Na verdade, está apenas começando.

NOTA DO AUTOR

Ao pesquisar para este romance, viajei à Itália e à Alemanha. Mas o livro surgiu de minha formação católica e do fascínio de toda a vida por Fátima. Nos últimos dois mil anos, o fenômeno das visões marianas ocorreu com regularidade surpreendente. Nos tempos modernos, as visões em La Salette, Lourdes, Fátima e Medjugorje são as mais notáveis, mas há incontáveis outras experiências menos conhecidas. Como aconteceu com meus dois primeiros romances, eu queria que as informações incluídas na história educassem e divertissem. Ainda mais do que nos dois primeiros livros, este contém uma grande dose de realidade.

A cena em Fátima, apresentada no prólogo, baseia-se no relato de testemunhas oculares, mais especificamente da própria Lúcia, que, no início do século XX, publicou sua versão do que aconteceu. As palavras da Virgem são Dela, bem como a maior parte das de Lúcia. Os três segredos, conforme aparecem no Capítulo 7, são citados literalmente a partir do texto. Apenas minha modificação, detalhada no Capítulo 65, é ficcional.

O que aconteceu com Francisco e Jacinta, junto com a curiosa história do terceiro segredo – como ele ficou lacrado no Vaticano até maio de 2000, lido apenas por papas (Capítulo 7) –, é verdade, junto com a recusa da Igreja em permitir que a irmã Lúcia falasse em público sobre Fátima. Infelizmente, a irmã Lúcia morreu pouco antes de este livro ser publicado, em fevereiro de 2005, aos 97 anos.

As visões de La Salette, em 1846, conforme mencionadas nos Capítulos 19 e 42, são relatadas acuradamente – bem como a história dos dois videntes, seus mordazes comentários públicos e as pungentes observações de Pio IX. Essa visão mariana específica é uma das mais estranhas registradas e foi manchada pelo escândalo e pela dúvida. Segredos faziam parte da aparição e os textos originais realmente desapareceram dos registros do Vaticano, o que turva ainda mais o que pode ter acontecido naquele povoado nos Alpes franceses.

Medjugorje é semelhante, ainda que se destaque dentre as visões marianas. Não é um único evento, nem mesmo várias visões em alguns meses. Medjugorje envolve milhares de aparições durante mais de duas décadas. A Igreja ainda não reconheceu formalmente nada relativo ao que pode ter acontecido, mas esse povoado na Bósnia se tornou um popular local de peregrinação. Como foi notado no capítulo 38, há dez segredos associados a Medjugorje. Pareceu irresistível incluir isso no enredo, e o que acontece no capítulo 65, ligando o décimo segredo de Medjugorje ao terceiro segredo de Fátima, tornou-se o modo perfeito de finalmente provar a existência de Deus. No entanto, como observa Michener no Capítulo 69, mesmo com essa prova a crença definitiva ainda depende da fé.

As previsões atribuídas a São Malaquias, como estão detalhadas no Capítulo 56, são todas verdadeiras. A precisão dos dísticos associados aos papas previstos é incrível. Sua profecia final, referente ao 112º papa, o que se chamaria Pedro II, juntamente com a declaração de que "na cidade das sete colinas o temível juiz julgará todas as pessoas", também é acurada. Atualmente, João Paulo II é o 110º papa da lista de São Malaquias*. Faltam dois para ver se a profecia de São Malaquias

*Na época da publicação do livro, o papa João Paulo II ainda não tinha falecido. (*N. do E.*)

será realizada. De modo semelhante a Roma, Bamberg, na Alemanha, já foi chamada de *cidade das sete colinas.* Fiquei sabendo disso quando estive lá e, depois da visita, soube que esse local encantador teria de ser incluído.

Infelizmente, os centros de natalidade irlandeses descritos no Capítulo 15 eram reais, assim como a dor que eles causaram. Milhares de bebês foram afastados das mães e adotados em outros países. Pouco ou nada se sabe de sua herança individual e muitas dessas crianças, agora adultas, lutaram, como Colin Michener, com a incerteza de sua existência. Felizmente, esses centros não existem mais.

Igualmente triste é o sofrimento dos órfãos romenos descritos no Capítulo 14. A tragédia dessas crianças continua. Doença, pobreza e desespero – para não mencionar a exploração por parte dos pedófilos do mundo – continua a devastar uma grande quantidade dessas almas inocentes.

Todos os procedimentos e cerimônias da Igreja são informados de modo preciso, a não ser o antigo martelo de prata batido na testa do papa morto, citado nos Capítulos 30 e 71. Esse procedimento não é mais usado, mas essa encenação antiga era difícil de ignorar.

As divisões dentro da Igreja, entre conservadores e liberais, italianos e não italianos, europeus e do resto do mundo, são reais. Atualmente, a Igreja luta com essa divergência, e o conflito parecia um pano de fundo natural para os dilemas individuais enfrentados por Clemente XV e Alberto Valendrea.

Os versículos da Bíblia anotados no Capítulo 57 são acurados, claro, e são interessantes quando lidos no contexto do romance. Assim como as palavras de João XXIII nos capítulos 7 e 68, quando, em 1962, discursou na sessão de abertura do concílio Vaticano II. Sua esperança de reforma – para que *a cidade terrena pudesse ser levada a se parecer com a cidade celestial onde reina a verdade* – é fascinante, considerando que ele foi o primeiro papa a ler o terceiro segredo de Fátima.

O terceiro segredo em si foi revelado ao mundo em maio de 2000. Como os cardeais Ngovi e Valendrea discutiram no Capítulo 17, as referências ao possível assassinato de um papa poderiam explicar a relutância da Igreja em tornar pública a mensagem antes. Mas, no geral, as charadas e parábolas contidas na terceira mensagem são muito mais cifradas do que ameaçadoras, o que fez com que muitos observadores se perguntassem se poderia haver mais alguma coisa no terceiro segredo.

A Igreja Católica é singular entre as instituições humanas. Não somente sobreviveu por mais de dois milênios como continua a crescer e prosperar. No entanto, muitos se perguntam qual será seu destino neste século. Alguns, como Clemente XV, querem mudar os fundamentos da Igreja. Outros, como Alberto Valendrea, desejam um retorno às raízes tradicionais. Mas talvez Leão XIII, em 1881, tenha dito melhor:

A Igreja precisa apenas da verdade.

Este livro foi composto na tipologia Palatino LT Std Roman, em corpo 10,5/17, e impresso em papel off-white no Sistema Digital Instant Duplex da Divisão Gráfica da Distribuidora Record.